U1074017

FONGHONG

证词

TESTIMONY

[美]斯科特·特罗/著

苏心一/译

江苏凤凰文艺出版社
JIANGSU PHOENIX LITERATURE AND ART PUBLISHING, LTD

图书在版编目（CIP）数据

证词 /（美）斯科特·特罗（Scott Turow）著；苏心一译．— 南京：江苏凤凰文艺出版社，2018.9

书名原文：Testimony

ISBN 978-7-5594-1691-9

Ⅰ．①证… Ⅱ．①斯… ②苏… Ⅲ．①长篇小说 – 美国 – 现代 Ⅳ．① I712.45

中国版本图书馆 CIP 数据核字（2018）第 045570 号

江苏省版权局著作权合同登记：图字10–2018–68号

TESTIMONY by SCOTT TUROW
Copyright: © 2017 by Scott Turow.
This edition arranged with BRANDT & HOCHMAN LITERARY AGENTS, INC.
through BIG APPLE AGENCY, INC., LABUAN, MALAYSIA.
Simplified Chinese edition copyright:©2018 Beijing Fonghong Books Co., Ltd.
All rights reserved.

书　　名	证词
著　　者	［美］斯科特·特罗
译　　者	苏心一
责任编辑	孙金荣
特约编辑	申　丹
版权支持	张晓阳
文字校对	孔智敏　张宛宜
封面设计	王超男
版面设计	张彩霞
出版发行	凤凰出版传媒股份有限公司 江苏凤凰文艺出版社
出版社地址	南京市中央路 165 号，邮编：210009
出版社网址	http://www.jswenyi.com
经　　销	凤凰出版传媒股份有限公司
印　　刷	三河市金元印装有限公司
开　　本	700 毫米 ×1000 毫米 1/16
印　　张	24
字　　数	353 千字
版　　次	2018 年 9 月第 1 版　2018 年 9 月第 1 次印刷
标准书号	ISBN 978-7-5594-1691-9
定　　价	48.00 元

（江苏凤凰文艺版图书凡印刷、装订错误可随时向承印厂调换）

献给阿德里安娜

写给中国读者

我很高兴有机会给《证词》的中国读者们写几句话。大约六年前，作为美国国务院和上海文学节邀请的客人，我出访了北京和上海。跟几乎所有去中国的美国人一样，你们的国家，它的美不胜收，它备受推崇的传统，它无限的活力，给我留下了深刻印象。

对我来说，《证词》这本小说耗费了数十年。2000 年，我在荷兰，宣传我当时新出版的小说《个人伤害》。我的荷兰之行让我去了海牙——荷兰的外交首都。那是一个美好的城市，有很多屹立几百年的宏伟官方建筑。海牙是众多国际组织的总部所在地，包括 11 个不同的国际法庭，其中 6 个刑事法庭最初由联合国设立，来处理发生在不同国家的战争暴行，比如柬埔寨、卢旺达、黎巴嫩。那时，这些法庭在积极裁决 20 世纪 90 年代早期在巴尔干地区的冲突中各方犯下的战争罪行。

我访问海牙时，当时的美国大使——尊敬的辛西娅 ·施耐德，热心地在大使官邸为我举办了一场招待会。很多年轻的美国律师在海牙工作，因为那里是深入学习《国际法》和国际惯例的绝佳之地，大使邀请了许多律师来参加那次聚会。在聚会期间，我置身于一群美国青年男女律师之间，所有人一致认可一件事：海牙是展开种种惊险法律小说的完美背景。

关于什么因素造就一本优秀的小说，我得到了不少建议，礼貌说来，大部分建议并不可行。但这个建议确实让我觉得有可能。我没有意识到要写一本关于国际刑事法庭的法律小说，我把这个想法藏起来，不时思考。

最后，我意识到可以将这个背景与我一直以来非常好奇的吉卜赛人结合起来。考虑到自从公元 9 世纪他们离开印度以来，四海为家，我猜中国也有吉卜赛人，虽然吉卜赛人有明确的特征，他们拒绝完全接受当地的文化和观念，很可能会给他们在中国的生活带来麻烦。

毫无疑问，他们在其他地方也遇到了严峻的问题。几个世纪以来，在西方世界，没有一个群体比吉卜赛人受到的蔑视和惩罚更深重，尽管如此，他们继续固守自己的价值观，这让吉卜赛人很难找到工作或接受教育。我想到创作这样一个主人公，他努力为在西方司法制度下被指控的数百位吉卜赛受害者伸张正义，因为这种文化冲突给小说提供了绝好的素材。例如，众所周知，吉卜赛人拒绝告诉外人真相。他们怎么能够遵从我们的司法制度，在法庭上起誓说真话？

承担这项艰巨任务的英雄是比尔·腾·布姆，一位有荷兰血统的美国人，50 出头，他同意成为海牙国际刑事法庭（ICC）的一位检察官时，抛弃了生命中的一切——他的婚姻、他的家庭和他的律师职业。

国际刑事法庭是一个极具吸引力的机构。虽然联合国的成员国大体上赞同需要一个永久的战犯法庭，但是这个法庭仍受到了掣肘，因为许多世界强国——美国、中国和俄罗斯——最终拒绝加入，他们担心这个法庭会侵犯他们的国家主权。基于小说中解释过的原因，我认为这些担忧可以理解，到头来却不合时宜。虽然我最初开始写作时，没有强硬的立场，我逐渐意识到国际刑事法庭是一个绝对必要的机构。重要的是，世界上有一个法庭让那些历史恶魔——在战争和政治动乱期间犯下暴行的人受到谴责。在这里，文明战胜混乱，可以为饱经创伤的人们启动调解进程。

尽管如此，《证词》不是我个人的临时讲台。它是关于 2004 年波斯尼亚 400 名吉卜赛难民一夜之间莫名消失的故事，当时这些人所在的难民营附近有数千名美军在维持和平。对腾·布姆来说，这是通向难以名状的真相的旅途，包括有关他自身的真相。我希望你们享受与他同行的旅程。

斯科特·特罗

芝加哥，2018

目录

CONTENTS

Ⅲ 波斯尼亚

Ⅳ 以供备案

Ⅴ 困 扰

Ⅵ 卡耶维奇

Ⅶ 在洞穴中

Ⅷ 触犯法律

证词

序幕

2015 年 3 月 5 日

“有很多人。”证人说。他又瘦又黑，肤色像橡果一般，坐在证人席，他的律师旁边。他看上去和起跑线上的短跑运动员一样紧张。

“多少人？”我问道。

“18 个？”他自问道，“或许更多。20 个？ 20。”他确认道。

证人名叫费尔科·林奇克，不过在国际刑事法庭的卷宗里，他将只被认定为证人 1 号。为了保护他，一道帘子将大审判室里的证人区域隔绝开来，经由电子处理后，费尔科的声音和形象在传播到少数旁观者以及网络上时变形失真。我站在离检察官席几英尺的地方，开始惯常的开场白：费尔科，年龄 38——虽然他看上去老得多，2004 年 4 月 27 日那天他住在那里，那个地方在波斯尼亚语里称为巴鲁普拉。

我问费尔科：“有人跟你一起住在巴鲁普拉吗？”

费尔科仍然转向右边，听着耳机里翻译的声音。

“我妻子，三个女儿，还有我儿子。”

“你一共有几个孩子？”

“六个。但是有两个女儿已经嫁人了，跟他们的家人住在一起。”

我拿起一张小照片，有折痕，已经磨旧了。

“早上你来的时候，是否给了我一张你和家人的旧合照？”

费尔科表示认可。我宣告这张照片将被标记为物证 P38。

“38？”首席法官高塔姆问道。法官席上共三位法官，全都神情冷漠。他们身穿黑袍，袖口和深蓝色的腰带光彩夺目。依据欧洲大陆风俗，我也戴着同样古怪的白色亚麻领巾，称作“花边饰带”，系在下巴下面。

“现在请看你面前的电脑屏幕。上面的那张照片，P38，是否与你家人在2004 年 4 月 27 日时的状况十分相似？”

“三女儿，她那时已经高多了。比她母亲还高。”

“不过大概来说你们那时就是这个样子，你、你的妻子和这些孩子仍然在家？”

他再次凝视显示器，表情逐步演变到些许无可奈何，最后才说是的。

我问起另一个问题，但是费尔科突然从证人席后站了起来，冲我挥手，用吉卜赛语表示抗议，说的话让译员都震惊得不愿翻译。刹那间我意识到这张照片让他不安。埃斯玛·斯扎尼，最初将费尔科的案子递到国际刑事法院的出庭律师，站起身试图安抚他，一头瀑布般的黑发近得足够暂时遮住费尔科。与此同时，我请求副司法常务官把这张旧照片归还给费尔科。等她归还后，费尔科用双手握住它，又端详了一秒，然后把照片利索地放进他的衬衣口袋，重新在埃斯玛旁边落座。

“在 P38 里，你们正后方就是你家吗？”

他点点头，法官高塔姆让他大声回答，以便法院书记官录下他的回应。

“那么背景里其他建筑呢？”我问道，“谁住在那些房子里？”“房子”是赞誉了，照片里那些住宅简直可以说是棚屋。每一个都是巴鲁普拉的居民利用废旧材料随意搭建的，他们将木材或旧铁柱敲入地里，再用蓝色柏油帆布或者塑料薄膜搭起来。也有大块建筑材料，特别是几片旧屋顶，那是从附近房子的废墟里捡来的，它们在波斯尼亚战争中遭到了毁坏。2004 年时那场战争已经结束九年了，但仍不乏残骸，因为没人知道哪些地方设了陷阱或是布了雷。

“人们（the people）。”关于他的邻居，费尔科这样回答。

“在吉卜赛语里，‘人们’是指‘吉卜赛人’（Roma）吗？”

他再次点头。

“为准确起见，英语中表示吉卜赛人意思的一个更常见的词是 Gypsies。”

“Gypsy。”费尔科重复了这个词，果断地点了下头。那很可能是他知道的唯一一个英语词汇。

“呃，我们还是使用‘Roma’。只有吉卜赛人住在巴鲁普拉吗？"

“是的，全是吉卜赛人。”

“大概多少人？”

“大约400。”

“现在我请你再次看向电脑屏幕，马上要显示物证P46。你们住在那里的那段时期，巴鲁普拉大体上是这样吗？”

埃斯玛弄到了几张巴鲁普拉和周边区域的照片，照片是一家国际救援机构在2000年拍摄的。我展示的这张显示的是这个营地的远景，在一个险峻的陡坡边，高低不平的住宅挤在一起。

“你和其他吉卜赛人在那里住了多久？”

费尔科上下摆动他的头。“五年？”

“你和你的家人还有巴鲁普拉的其他人，在那之前在哪里，如果你可以透露的话？”

“科索沃。我们1999年从那里逃离。”

“因为科索沃战争？”

“因为阿尔巴尼亚人。”他回答道，再次沮丧地摆动他的头。

“那么再回到2004年4月27日那天的最后几小时。大约20个人出现在巴鲁普拉的吉卜赛人难民营，对吗？”我们再次等待耗时费力的翻译过程，他们要开启法庭上的一块地板，译员被安置在那里的一扇窗户后面。我的问题首先由英语转换为国际刑事法庭的另一官方语言法语，然后由第二位译员翻译成吉卜赛人自己的语言吉卜赛语。回答以同样的方式返回，宛若一个波浪自海岸荡漾开去，最终抵达我的是女译员故作浑厚的英式英语。不过，这一次，程序简化了。

费尔科一听到用他的语言问出来的问题，就用吉卜赛语答道：“对。”辅以一个断然的点头。我们都明白了。

“他们是什么人？”我问，“他们看上去是专业人士吗？”

“Chetniks（游击队员）。”

“请向法官形容一下你用这个词要表达的意思。”

我俯身靠向古斯，他是指派给这个案子的调查员，红脸高个，坐在我旁边的首要检察官席位上。

“到底什么是游击队员？”我轻声问。在那一刻之前，我以为工作三天以来，我还算表现出色。这里的一切——法庭、我的同僚们、国际刑事法庭严正的礼节和烦琐的程序，我都不熟悉。我穿的黑袍和戴在下巴下面的领结让我感觉似乎我在演一场中学的戏剧。这也是我生平第一次没能有机会提前与证人交谈便讯问。就在埃斯玛护送费尔科·林奇克进入法庭前的几秒钟，我在走廊第一次见到他。与他握手时他仅握住我的手指尖，表现出明显的不信任。不需要任何人来告诉我，我就明白他恨不得马上离开这里。

“他们应该是士兵，”关于游击队员，费尔科解释道，“他们就是杀手。”

现在，古斯用整齐的笔迹在我们之间的拍纸簿上写好了他关于游击队员的说明：“塞尔维亚非法军事组织成员。”

“这些游击队员穿什么样的衣服？”

证人席边，费尔科穿着褪色的斜纹布裤子、无领白衬衫、深色背心，戴一顶淡黄色的馅饼式男帽，我们没人想到让他在法庭摘下帽子。所有一切——他看上去折断过几次的长鹰钩鼻，他的帽子，他浓密的黑胡子，那可能是一块化妆油彩污迹，让费尔科像是马科斯兄弟[1]丢失的孩子。

“军装、工作服、防弹衣。”费尔科说。

“他们的制服上有徽章或者其他标记吗？”

“我不记得。”

“你能看到他们的脸吗？”

“不，不，他们戴着面具。游击队员。”

---

[1] 马科斯兄弟：美国杂耍、电影戏剧家族，于20世纪30年代组成戏剧团。（本书注释如无特别说明均为译者注。）

“什么样的面具？你能描绘出有什么特征吗？”

“巴拉克拉瓦盔式帽，黑色，滑雪用的，只能看到眼睛。”

“他们带着武器吗？”

费尔科再次点头。为了强调回答要大声，法官高塔姆敲击麦克风银架，制造出了广播般的重击声。麦克风银架立在她、费尔科、我和环绕法院的一排排桌子边的40个其他座位前面，这些座位通常是留给辩护律师和受害者代理人的，但是今天的审前诉讼中，只有原告一方，因此这些座位没有人使用。

大审判室是现代荷兰风格，大概100英尺宽，竹木地板、芥末颜色的黄桦木家具和护墙板。设计理念偏爱简约胜过气派。装饰元素中最精巧的莫过于桌子的闭合式面板，以及法官身后那堵墙上的木屏风，那里也显现了国际刑事法院的白色圆形标志。

费尔科一表示肯定，我便问道：“你能认出他们携带的武器吗？”

“AK，”他说，“扎斯塔瓦。”

“是扎斯塔瓦M70吗？”那是南斯拉夫军队的突击步枪，“你怎么认出那是扎斯塔瓦的，先生？”

费尔科颓然抬起手，脸上再次浮现出一连串凄苦的表情。

“我们生活在那个时代。”他说。

古斯在电脑屏幕上调出了一张武器照片，就在麦克风旁边立起。那是一挺卡拉什尼科夫式冲锋枪，带折叠式枪托，弧形的弹匣上是木制长护木。很多年前我在金德县第一次见到扎斯塔瓦，那时我对街头帮派提起公诉，他们的武装总是比警察的更好。

“那么游击队员到达时，你在哪里？在你家吗？”

“不，我在茅房[1]。”我已经对译者表示怀疑，她的上层社会的腔调，显著地提升了费尔科的语法和词汇选择。基于我对他简单的了解，我相当确定他从未说过类似“privy（茅房）”这种比较高级的词。

[1] 原文为privy，指（户外）厕所，茅房，这是很老的说法。

“为什么你在茅房？”

这个问题最终到达费尔科那里时，他惊讶地猛然向后颤动，缓缓地抬起手掌。法官席上的法官们、坐在法官下面的登记人员、检察官办公室我的新同事们，以及我身后桌子旁几十个观看这场前所未有的审讯的人都笑了起来，笑声在法庭回荡。

“我收回这个愚蠢的问题，阁下。”

古斯抬起一张红润的圆脸，友好地冲我微笑。这一滑稽时刻似乎逗乐了所有人。

“阁下，是否可以这样说：有需求让你醒来，让你在午夜去了茅房？”

“对。”费尔科说着，拍了拍自己的肚子。

“好的，如果你在茅房，先生，你怎么能看到这些游击队员？”

“门上头有一处用来通风的空间。茅房里有个脚凳。听到他们进入村子的喧闹声响时，我把门打开了一条缝。一看到是游击队员，我就锁上门，站在凳子上看。”

“那个地方有灯吗？”

“茅房上有一盏带一个电池的小灯。那晚也有月光。”

“在你察觉到游击队员的时候，只有你一个人在茅房吗？”

法庭里有几个人再次咯咯笑起来，认为我显然又闹了笑话。

“起初是，”费尔科说，“奔跑和尖叫开始时，我看见我儿子在瞎转。他迷路了，哭了起来，我迅速打开门，把他拉了进来。”

“你儿子多大了？”

“三岁。”

“你抓住你儿子时，做了什么？”

“我捂住他的嘴让他不要出声，等他明白不能说话后，我再次站到凳子上。”

“我想问一下出现尖叫时的情况。不过在那之前，说说你可能听到的其他声响。首先，这些游击士兵，他们说过话吗？”

“是。”

“对吉卜赛人，对他们自己，还是两者都有？”

“两者都有。”

“好的。那他们怎么对吉卜赛人说话？”

“有个人有一个电子喇叭。”他指的是电子喇叭筒。

“那个士兵说什么语言？”

“波斯尼亚语。”

“你说波斯尼亚语吗？”

他耸耸肩：“我懂。跟他们在科索沃说的有点像。虽然不一样，不过我多半都懂。”

“他听起来像你认识的讲这种语言的其他波斯尼亚人吗？”

“不完全像。词语是对的，像老师。但是在我听起来，仍然不对劲。”

“你是说他有外国口音吗？”

“是。”

“游击队员对彼此说话吗？”

“很少。多数情况下是用手。”费尔科用他细长的手指，在空中打手势示范。

“他们是用手语吗？”头顶一阵停顿。显然，“手语”这个词在吉卜赛语里没有完全对应的词汇。不过，最后，费尔科再次表示肯定。

“你是否听到士兵们对彼此说过什么？”我问道。

“他们在茅房附近时，我听到了几句低语。”

“这些话是什么语言？”

“我不知道。”

“是塞尔维亚—克罗地亚语的语言吗？克罗地亚语，波斯尼亚语，塞尔维亚语？你听得懂这些语言吗？”

“差不多。”

“你听到的词是这些语言吗？”

“不，不，我觉得不是。对我来说，我觉得那是外国的，外来的，我听不出来。但那些话极少。”

“拿着喇叭的人，他最初用波斯尼亚语说的是什么？”

“他说：‘从屋子里出来。快速穿好衣服来这里集合。你们要回科索沃。拿上你们能带的贵重物品，不用操心其他私人用品。我们会把它们全部收集起来，和你们一起运到科索沃。’这段话他重复了很多遍。”

“嗯，你说尖叫开始了。请说说当时的情况。”

“那个士兵不停地用喇叭叫嚷，其他游击队员拿着来复枪和手电筒挨家挨户叫醒每个人。他们有良好的组织性。两个人进屋，其他人端着来复枪在外面围成一个圈。”

法官高塔姆打断了问话。她约莫50岁，神情和气，一头黑长发做成了时髦的外翻发型。但是，有人提醒过我，她一点儿也不像看上去那么温和。

“抱歉，腾·布姆先生。”她对我说。

“法官大人？”

“证人刚刚证明士兵们说的是一种外语，这种外语不是克罗地亚语、波斯尼亚语，也不是塞尔维亚语。那么肯定不像塞尔维亚游击战士了，是吗？”

“我不知道，法官大人。我以前从没听过这个词。”

欢闹声再一次在法庭传开，我身后的检察官们尤为开怀，其他两位法官都笑了。高塔姆勉强挤出一个笑容。

“我能问证人一两个问题来澄清一下吗？”她说。

我郑重地挥动手指，世上没有任何一个法庭，律师能让法官把想法闷在心里。

“证人先生，你做证说那些士兵穿着工作服。那是迷彩服吗？”

“是。”

“每个士兵都是一样，还是有差别？”

费尔科抬起头考虑了一会儿：“很可能一样。”

“在科索沃和波斯尼亚的那些年，你见过很多士兵身穿迷彩工作服吗？”

“很多。”

“你注意到过不同军队和不同军种的工作服有不同的迷彩图案和颜色吗？”

费尔科点点头。

“2004 年的那个夜晚，看到这些穿工作服的士兵时，你认出来他们属于哪个部门或者哪个军种吗？”

费尔科再一次悲哀地抬起手掌。“也许是南斯拉夫？”

“但是，这些年来，你注意到不同国家的工作服有时彼此相近吗？比如，你注意到南斯拉夫国民军的迷彩服与美国空军迷彩服相近吗？”

费尔科凝视了一会儿天花板，茫然地挥舞他的手。

“可是在黑暗中，你能看出这些士兵穿的是南斯拉夫制服还是美国制服吗？”

问题到达他那里时，费尔科摇摇头，做出一副苦相。

“不能。”他简单地说。

法官高塔姆点点头，一副洞悉一切的样子。“好了，腾•布姆先生，”她对我说，“如果你不介意的话，能顺着我的问题往下问吗？”

在我的笔记本上，古斯曾于十年前在巴尔干半岛工作时写道：“波斯尼亚那时没有美国空军。”奥利弗·卡亚特，她是我法学院的朋友，也是她雇佣我来国际刑事法庭工作，向我介绍过法官高塔姆的基本情况。高塔姆曾是驻巴勒斯坦的一位前联合国官员，从没真正地做过律师，据悉，她是国际刑事法庭内部小集团的一分子，为一个美国检察官负责这个案子感到不安。但是她影射我在包庇同胞，这太侮辱人了，并且毫无道理。她刚刚听到我费了好大的劲才确认费尔科不懂持枪者说的语言。

法官讯问期间我重新落座，又站起来时我花了一秒钟整了整我的长袍，准备问费尔科那时他是否在波斯尼亚陆地上见过哪怕一位美国空军。奥利弗谨慎地从后面将一张折叠便笺递到我面前，我在桌子下面打开。“别管她，”上面写道，“一个圈套。”

法庭的关注点已经集中在我身上了，我静静地站了会儿才明白这个“意图”。如果我问出那个问题，法官高塔姆，她必然拥有最后的发言权，会添加几句公开评论，谴责我为美国辩护。我略微颔首让奥利弗知道我懂了。国际刑事法庭表面看来像天鹅绒一般高雅，内里却变化莫测。

“没有要跟进的问题。”

“好，”法官说，“基于证人的回答，并且我的同事们也没有反对，我将要求他不再用‘游击队员’来形容这些人，而仅指称他们为‘士兵’。你也可以这样做吗，腾·布姆先生？”

她尽量和气地微笑，不过她的黑色眼睛闪出一道寒光。

同一时间，埃斯玛从桌子尽头她的椅子上站起来，再次靠向费尔科去解释法官的指示。我昨天晚上第一次见到埃斯玛，我们一起商议我能期待费尔科说些什么。有那么一刻，我要求她在法庭上减少与费尔科的交谈。如果他看上去只是一个有经验律师的代言人的话，他的证词将没什么价值。她有些讥讽地笑着让我消除疑虑，她不需要我来教她法庭的规则。她没有穿昨天那套名牌服装，而是一身简单的蓝色针织套衫，化淡妆，戴少许首饰。这一点证明了她很有头脑。

我再次转向费尔科。

“先生，你刚刚说，有尖叫声？”

“女人们在叫喊，为有陌生男人看到她们还没穿好衣服的样子，又哭又闹。孩子们哭了起来。男人们很生气。他们从屋子里冲出来，有的只穿着鞋和短裤，咒骂那些士兵。”

“你还记得巴鲁普拉的吉卜赛人对这些士兵说了什么吗？”

“女人们叫喊道：‘老天，我们要搬到哪里去？我们没有别的家。这里就是我们的家。我们不能搬。’一些士兵吼道：‘Poslusaj!’”

在古斯的帮助下，我让费尔科解释了这个词，意思是“照我们说的做”。

“在每一户人家，”费尔科接着说，“那些士兵只给吉卜赛人一分钟的时间收拾。然后两到三名士兵会托着突击步枪进去检查那个地方是否没人了。他们通常四处挥动着手电筒，拆掉房子。”

我问道：“好的，你听说过要把巴鲁普拉的居民迁回科索沃的计划吗？”

“我们刚来的时候，有这种消息。但是后来，就没有了。很多年没有了。”

“你想回到科索沃吗？”

“不想。”

“为什么？”

“因为阿尔巴尼亚人会杀掉吉卜赛人。他们已经尝试过了。这就是为什么我们要千辛万苦来到波斯尼亚，靠近美军基地。我们以为靠近美国人，我们会安全。”他停了一会儿，反省这一期望。

“你是指作为北大西洋公约组织维和行动的一部分，美军在图兹拉[1]附近建立的老鹰基地？”

一座太长的桥。等翻译传到他时，费尔科再次滑稽地凝视，扬起手掌，不知道说什么。

“美国士兵。北大西洋公约组织。我只知道这些。”

“好，士兵们让人们离开房间，居民们从许多地方聚集到一起后，发生了什么？”我问道。

“从下面开来了很多卡车。”

“多少辆卡车？”

“15 辆。”

“什么样的卡车？”

“运货物的，带有金属栏杆，罩上了帆布。”

“你能认出品牌吗？”

“南斯拉夫，我想。从驾驶室的形状来看。但是我不肯定，它们是军用卡车。”

“好，现在车来了，有其他不寻常的事情发生吗？”

“你是指射击？”

“有枪击吗，先生？”我停了下来。我差一点说出他的名字，“请向预审庭的法官们描述一下枪击的情况。”

随即，我转身面向法官席，第一次不加掩饰地审视法庭。观察法官通常是

---

[1] 波斯尼亚和黑塞哥维那东北部城镇。

秘密的行为，至少在美国，法官讨厌别人从他们的表情寻找蛛丝马迹。三位法官都很专注，他们占据了一张长桌，这张长桌只往上抬起了几级台阶，是法庭律师席上包豪斯建筑风格的黄色闭合式面板桌的加长版。法官高塔姆坐在中间。她右边是阿加塔·赫尔斯特罗姆，一个清瘦的近60岁的金发女人，她曾是瑞典民事法庭的法官。高塔姆左边是来自特立尼达岛[1]的尼古拉斯·古迪纳夫，他曾是当地最高法院的首席法官。他在不停地记笔记。

“他们挨家挨户叫人时，”费尔科说，“吉卜赛人争吵，他们会喊：‘我不搬。’尤其是女人。士兵们抓住他们，逼迫他们离开。如果他们抵抗，士兵们用来复枪的枪托和枪管戳他们。士兵们两次朝空中开枪以示警告。有一次，一个士兵开了枪，一个女人仍然一动不动。后来我听到她尖叫着冲出去：‘他拿枪烧我。枪口还热着，他就把它放在我身上。我留下了终身的伤痕。’我听到越来越多的尖叫和奔跑声。但是那些士兵，特别是在外圈的，他们留在原处——”译者在寻找合适词汇的过程中，再次出现了一阵停顿，“泰然自若。”她最后说道，估计跟费尔科实际上表达的意思相差100万英里。“他们拿着武器待在原地。但是在茅房附近，有个男人波尔多，他们去他家时，他拿着自己的突击步枪猛地冲了出来。”

“你知道波尔多为什么有突击步枪吗？”

“因为他有钱买。”费尔科说，这引起法庭上又一阵笑声。波斯尼亚，即使在2004年，也不是一个人手无寸铁能随意行动的地方。

“波尔多说话了吗？”

“哦，是的。他在喊：‘我们不去。你不能强迫我们，我们不去。’正在清理他房子的两个士兵倒在了地上。他们用波斯尼亚语叫道：‘Spusti！ Spusti!’”

译者不懂波斯尼亚语，陷入僵局，又是一阵沉默。古斯嘀咕道：“把它放下。”虽然他亲切友好，但会说塞尔维亚—克罗地亚语，就我看来，是古斯为这份工作带来的唯一明显的价值。

[1] 中美洲岛国特立尼达和多巴哥的主岛。

“他们是在用波斯尼亚语喊‘把它放下’吗？”

“对。”

“那么，他放下它了吗？”

“没，没有。他四处挥舞着那挺突击步枪。那名负责的士兵，拿着喇叭的那个，再次喊起来。”

“用什么语言？”

“波斯尼亚语。接着他数数，一、二、三，然后开火。砰砰砰。波尔多爆裂开来，鲜血飞溅，仿佛他被砍倒一般。他儿子从屋里跑了出来。士兵们再次喊道：‘Stani!’”

“退后。”古斯轻声说。

“士兵们一直让波尔多的儿子远离那具尸体和那把枪，但毕竟是他的父亲，波多尔的儿子往前走，从另一边传来枪炮声。两三枪后，他也倒下了。”

“波尔多的儿子多大了？”

“14，一个男孩，”费尔科再一次一脸忧伤地四处张望，“后来，波尔多的兄弟从屋里跑了出来。他尖叫着咒骂道：‘你们怎么能朝我的家人开枪？他们做了什么？’他又哭又闹。他从那两具尸体旁边捡起波尔多的突击步枪。两次枪击之后，貌似负责的那位士兵，杀死波尔多的那位跑过来，挥手下达命令。他推开枪击了波尔多儿子的那位士兵，命令其他士兵上前来抓住波尔多的兄弟。他们跟他搏斗了好一阵子，那位兄弟在尖声呼叫，不放开那把突击步枪。他们用来复枪的枪托打了他几次，但是最后一次，打到了另一位士兵而不是波尔多的兄弟，那位士兵倒下了。那时，指挥官命令士兵们后退，他对波尔多的兄弟说，就像对波尔多说的那样，如果在数到三之前他不放下那把突击步枪，他会被击毙。然而，波尔多的兄弟拿起了那把步枪，于是指挥官也朝他开了枪。只一枪射进体内，波尔多的兄弟就侧身倒了下去，弄出可怕的声响。”

“他们给他治疗了吗？”

“没有，他一直在呻吟。”

“波尔多的兄弟后来情况怎样？”

“他死了。事后我从茅房出来时，他仍然躺在泥泞地上的血泊之中。”

“那位指挥官对他的士兵喊的话你听得懂吗？”

“听不懂。不过那儿有很多人叫喊。吉卜赛人尖叫着要回家躲避起来。”

“枪声停息后，难民营是什么状态，你能描述一下吗？”

“安静。像在教堂。吉卜赛人走到卡车边，他们不再叫喊，他们不想被杀死。士兵们帮助他们上车，人们都离开房子后，卡车开走了。最后一枪后20分钟，营地就空无一人。”

“现在卡车开走了，开往哪个方向？”

“他们往西开，朝矿井开去。”

我有一张地形图，不过我怀疑费尔科是否看得懂。它描绘出靠着巴鲁普拉的山谷，之字形的碎石路延伸到一个挖空的大矿井。

“山谷中有个什么样的矿井？”

“他们说是煤矿，但由于战争关闭了。”

“哪种煤矿？带矿井的还是露天矿？”

“他们挖煤，扒拢泥土。那是褐煤。”

“村子离矿区有多远？”

“顺着路也许一公里。”

“好，卡车离开后，你还听到过喇叭声吗？”

“是的，我又听到了喇叭声，从山边传来回响。”

“说的是什么？”

“从卡车上下来，你们在洞穴里等待带你们去科索沃的大巴。我们现在去取你们的行李，它们会随卡车跟随你们。”

“关于‘洞穴’，你明白喇叭里指的是哪里吗？”

“洞穴。”费尔科说。

“什么洞穴？”

“他说的那个洞穴。”

我旁边，古斯捏住嘴以免笑出声来。

“吉卜赛人称矿山那里为洞穴吗？”

“是。”

“好，请再次看向你桌前的电脑屏幕，这将是 P76，阁下，这张照片与 2004 年 4 月洞穴的样子相差无几吗？”

这是埃斯玛找到的又一张照片，来自《纽约时报》。照片是 2002 年的 1 月从远处拍的。上面显示几十个人在严冬光着手捡煤，他们中好多人是戴着头巾的肥胖老年妇女，沿着巴鲁普拉下面的斜坡爬行。我们放大并裁剪了这张照片，以便更好地描述这一地形。显然，多年以前，在山腰发现了煤矿脉，重型设备挖出了一个纵深的长方形缺口。那就是洞穴。由于有一大块凸出来，这个地方看上去并不特别稳固，实际上，有波斯尼亚语的黄色标语警示诉人们不要进来。

“洞穴有多大？你能估计出它的大小吗？”

“几百米宽。”

“打进山里多深？”

“50 米。至少。”

“它大到足够让来自巴鲁普拉的所有人都站进去吗？”

“差不多。”

“好，从喇叭中你听到了别的话吗？”

“是的，最后，他开始重复，‘后退。挤进来。每个人都到洞里来。每个人，没有例外。我们需要清点人数，记下名字。我们会让你们一个个出去进行统计。留在原地，留在原地，你们只需要在这里待几分钟。”

“他们给出这些指示时，你在哪里？”

“卡车和吉卜赛人都离开后，我从茅房出来了。我儿子和我藏在一栋房子里面，从那里可以看向山谷。”

“你能看到洞穴吗？”

“看不太清。我能更清楚地看到卡车前灯。依靠车灯的光亮，我看见他们把吉卜赛人往后推。”

“那些车呢？”

“卡车？几分钟后，它们又开动了。我以为他们要开上来收集每个人的行李，就像喇叭里说的那样。我抱起我儿子，准备跑回茅房，但是我看见灯往另一个方向远去，去往谷底，接着穿越谷底到另一条路。”

“往西吗？”我问道。

他伸出手来指示方向。

“卡车开走后你听到过喇叭的声音吗？”

“是的，但是听起来似乎模糊得很。”

“喇叭里说什么？”

“一样。‘留在原地。留在原地。’”这一次费尔科用波斯尼亚语重复着这句话，“‘Ostanite na svojim mjestima。’”

“接下来你看到了什么？”

“接下来？”他等待着。头一次，费尔科的长脸上表情十分激动。他抓住鼻梁，再开始说话。“接下来，我看见洞穴上方的山上划过闪光，听见了爆炸声。六七声。我能听见那座山倒塌下来的声音。”未经要求，费尔科在头顶挥舞手臂，模仿那个声音，就像摩托车发出的隆隆声。“泥土和石头倾泻下来，几乎跟爆炸一样响，潮水一般，轰鸣持续了整整一分钟。”

“你相信这次爆炸引发了塌方吗？”

“是。”

“然后你做了什么？”

“我能做什么？我吓坏了，我抱住我儿子。我跟他藏在一块柏油帆布下面，以防士兵们回来。我等了大概半小时，突然四周变得十分安静，不时听见风响。在帆布下面，我能感觉到灰尘仍然在空中沉积。”

“那半小时后，你做了什么？”

“我让我儿子待在帆布下面。我跑进山谷里。”

“你是去洞穴吗？”

“当然。但是洞穴没有了。洞穴上面的山倒塌了。洞穴几乎全被填满，石头现在堵住了路。”

“你做了什么？”

“我能做什么？”他痛苦地摇了摇头，忍不住哭了起来，他在袖子上擦了擦鼻子和眼睛，“我叫着我老婆和孩子们的名字。我呼唤我兄弟和他的孩子们。我一直叫，爬上石头，边爬边叫，用力扒开石头。老天才知道有多久。但是没有用。我知道没有用。这辈子我可以一直刨这块石头，但我不能靠得更近。我知道真相。”

“什么真相，先生？”

“他们死了。我的老婆、我的孩子们，所有人，他们都死了。被活埋了。全部 400 人。”

虽然几乎所有人，法官、一排排的检察官、法庭职员、玻璃后面的旁观者、跟他们在一起的几位记者，都知道这个问题的答案是什么，但在听到这一事实后，还是出现了可怕的戏剧性场面。沉默笼罩了这个房间，仿佛有人伸出了警告的手指指向我们所有人，每个人似乎都陷入自己的世界，陷入邪恶加之于我们的恐惧和寂寞的火山口。

好了，你来了，随着时间一秒一秒地过去，我突然想到，现在你来了。

1 海牙

重新安置——2015 年 1 月 8 日

50 岁时，我决定重新开始自己的生活。这完全不是一个慎重的规划，但是在接下来的四年里，我离开家，离婚，辞职，最后离开了我的国家。

对于这些决定，几乎跟我亲近的每个人都表示忧虑或加以嘲笑。我姐姐认为我仍然没有从我父母相继过世的事件中恢复过来。我的律师合伙人认为我适应不了聚光灯之外的生活。我前妻将所有这些当作是中年疯狂的表现形式不予理会。我的儿子们则交相表示惊诧。正当他们似乎已经找到作为成人的立足点时，他们淡漠的父亲变得跟毛头小子一样反复无常，这让他们愤怒。我全不理会这些，因为我的人生撞上了磐石。尽管我很成功，回顾往昔，我却不能确认有一个时刻，从内心里让我觉得完全自在。

我背井离乡远去荷兰和国际刑事法庭并不是定好的出路，但它是谚语中所说的“关上一扇门时，打开了另一扇门”。实际上出现在我门口的是我法学院的朋友罗杰·克路威。

“布姆！”他尖叫着来握我的手，打开的纸板盒堵塞了我办公室的地板，他从纸板盒中间走了过来。三天来，我一直坐着，两腿间放着一个垃圾桶，它在很大程度上拖延我搬出去的行动。到 2015 年 1 月 1 日为止，我辞去了在德威特 - 罗伊斯特的合伙人职务，过去 14 年我一直在此工作，主管公司的白领刑事辩护工作。一个性格更为冷酷的人也许已经在几小时内收拾好，但是我发现自己几乎在碰触的每一样东西上停留——法律书籍，台式电脑小装饰品，儿子们不同年龄段的照片，15 年前担任美国联邦检察官、金德县联邦总检察官四年期间得到的几十块奖章、礼品笔和大块大块的水晶。情感和时间之力冲击着我，从记忆中回过神来，我透过窗户远眺，看三连城市群[1]的雪花形成的幕布和金德河的那条灰线，即便在全球变暖的情况下，这条河在又一个糟糕的冬天结了冰。

“他们说你不在这里干了？”罗杰说。

“不如说是在他们将我扫地出门前主动退休。”

“他们不是这样说的。你的儿子们好吗？”

“从他们告诉我的情况来看还好，皮特现在订婚了。”

“正如你期待的，”罗杰得体地问，“你的个人生活怎么样？”他问道，“仍然在享受离婚后的放荡？”

“我想我度过那个时期了。”我回答道，比起告诉他我从没过过这样的日子，这是一个更省事的回答。

30 多年前，罗杰和我在伊斯顿法学院相识。毕业后，罗杰进入驻外事务处，担任几个大使馆的法律官员。那一阵，我认为我知道他在做什么。接着他被派驻到许多热点地区，像巴尔干半岛、阿富汗和伊拉克，承担着不为人知的秘密任务。随着时间的推移，我理所当然地把他当间谍来看待，虽然我无法确认他为哪个机构工作。最近，传闻他回到了国务院，尽管也许是在使用外交掩护。他总是毫无预兆地出现在金德县，并且拥有一种不可思议的能力，知道我什么时候在县里，这不仅仅是运气那么简单。

“现在出什么事了？”他问道。

“天知道。我想给自己一年的盛夏，跟随太阳环游世界。游泳，徒步，每天健身，见老朋友，太阳落山时野餐，晚上阅读我一直想读的东西。”

“一个人？”

“开始是。也许路上我会见谁。我想孩子们会去旅行几次，如果目的地足够吸引人。我付钱。”

“想知道我怎么想的吗？”

[1] 被作为一个城市的三个邻近而关系密切的市镇。

"反正你会告诉我。"

"不出一个月你就会感到厌烦和孤独，像一个郁闷沮丧的荷兰人一样，纳闷他到底干了些什么。"

我耸耸肩，我相当确信情形会更好一些。

"此外，"罗杰说，"有一个对你来说大好的机会。过去几个小时你跟奥利弗聊过吗？"

奥利弗·卡亚特是我法学院的另一个同学。那时，他跟罗杰比较亲密，不过大约十年前他从蒙特利尔来到金德县，和我一同为一个加拿大的主管做辩护，这位主管在盗取其公司的财产上面表现出了惊人的想象力。我们输了官司，但是成为了非常好的朋友。最近，奥利弗去了荷兰，他一直说自己非常开心。

罗杰说："奥利弗说你这一个星期都没有回复他的信息。"

年底，我在公司的语音和电子邮件系统设定了自动回复，解释我辞职了，1 月 1 日生效，起码在第一周，不会经常查看信息，这意味着我根本不会查看。我认为最好完全停止使用。然而，罗杰在一旁观看，我转向身后的电脑，拨弄键盘，直到找到奥利弗从元旦以来发来的四封邮件。

"我的朋友，"上面写道，"请打电话来。我有一些事情跟你讨论，你听到会兴奋的。"

我再次转向罗杰。

"告诉我一下，罗。奥利弗到底在荷兰哪里工作？"

"海牙国际刑事法庭，那是永远的战争犯罪法庭。他在那里担任高级检察官，但是海琳想要他回家，"罗杰意味深长地停顿了一下，补充说道，"奥利弗认为你是替代他的合适人选。"

我犹豫了一下，问道："你的高见是我回去做一名检察官？"1997 年，出于纯粹的偶然，我被选为金德县的美国联邦检察官，大半是因为向白宫提供建议的资深参议员，没法在其他两位候选人中挑选，那两位都是重量级的政治人物，彼此恨透对方。那时候，我担任办公室的检察官近 12 年，包括作为第一助理、副手的两年。但是37岁，对要承担的那份责任来说，我仍然年轻了十岁。那几个月，每个早上我不得不尽力平息会把一切搞砸的恐惧。随着时间的推移，我渐渐体悟到，对出庭辩护律师来说，我可能拥有最好的工作——充满刺激、富有挑战性并且意义非常。然而，我告诉罗杰我没兴趣再去做检察官。那个希腊哲学家说得对，你不能两次踏入同一条河流。

“不，不，”他说，“这次不一样。他们对大规模的暴行提起公诉，比如种族灭绝、种族清洗，以及伤残、强暴战争酷刑之类的……”

“罗，对这类案子我一无所知。”

“哦，胡说。都是证人、案卷和法医鉴证，只不过规模更大一点。罪行很恐怖，但是证据就是证据。”

他移开一个盒子，猛地把自己扔在一把扶手椅上，精神振奋地看着我，一如他30年前的做证。他的裤子挂在腹部下面，头发是卷曲的白色马蹄形，几根令人尴尬的未弄整齐的毛发，从他光滑的头皮上直伸出来。他有社会上享有特权的那种中年人的样子，比如过去20年里，他每天穿着同样的套装，似乎在意外表是粗俗的事情。他的鞋，买的时候结实而昂贵，买来后就没有擦过。我怀疑他这样的领带不止两三条。这只是他每天早上穿的制服。他为一个团队效力，团队的面目不详。

“罗，为什么是你在我的办公室帮奥利弗说话？你对此有职业上的兴趣吗？”

“有一些，”他说，“那里有一起案子，美国政府不希望这宗案子在不合适的人手里终结。”

“什么样的案子？”

“你知道波斯尼亚在哪里吗？”他问。

“我待过的某个地方的东边。”

“在2004年，图兹拉外有一个难民营。全是吉卜赛人（Romas）。”

“吉卜赛人（Gypsies）？”

“如果我们没有歧视意思的话。”

“好的。一些吉卜赛人（Gypsies）。”我说。

“400 人。全被谋杀了。”

“一起？”

“他们是这么说的。”

“谁干的？”

罗杰往后退：“呃，难以理解的地方就在这里。”

“好吧。2004 年——现在波斯尼亚战争结束了吗？”

“哦，是的。结束好多年了。《代顿协议》于 1995 年终止了这场战争。九年后，塞尔维亚人、克罗地亚人和穆斯林，差不多停止了互相杀戮。北大西洋公约组织在那里落实这项协议，收缴了一大堆武器，还设法寻找海牙通缉的战犯。北约部队包括在图兹拉附近营地里的大约 1800 名美国士兵。”

“也就是说，靠近吉卜赛人。”

“非常接近。几英里。”

“一群美国小孩，他们在那里是为了维护和平，为什么要杀死 400 个吉卜赛人？”

“他们没有。用我的生命担保。”

“谁干的？”

“要知道，一次干掉 400 人，那必须得有强大的火力，因此够得上嫌疑的人并不多。很有可能是塞尔维亚非法军事组织，也有可能是流氓警察，有可能是有组织的犯罪，那时这些情况很多。也有一些剩余的伊斯兰极端分子，他们来到波斯尼亚，最初就是为了保护波斯尼亚穆斯林免受塞尔维亚人的伤害。”

“哦，听起来美国军方没什么可担心的。”

“等我慢慢说。现在这件事涉及了外交和政治领域。”

我反射性地呻吟了一声。政治和诉讼从来不能友好共存。

“国际刑事法庭，”罗杰说，“是依据大多数联合国成员国，包括美国，谈判达成的一项条约建立的。克林顿于2000年签署，但是布什方面讨厌这个主意，尤其是迪克·切尼[1]，据称他害怕因授权水刑而遭到起诉。因而布什在2002年宣布撤回签署《国际刑事法庭公约》。”

“能那么做吗？撤回签署？”

“你觉得那有关系吗？控制国会的共和党，通过了叫作‘美国服役人员保护法案’的决议，大致是说如果你要把我们的军队告上法庭，我们会他妈的入侵你的国家，带士兵们回家。”

“真的？”

“我想他们没有用‘他妈的’这个词。除此之外，这个总结十分准确。在西欧，他们叫它‘海牙入侵法案’。”

“你是说如果国际刑事法庭指控美国士兵，我们将与荷兰开战？”

“这么说吧，会有与我们最亲近盟国产生严重裂痕的风险。单单这个顾虑就让美国国务院和国防部的整个楼层心神不宁。”

“这就是这个案子11年之后仍然悬而未决的原因吗？因为像你这样的人一直努力阻挠？”

“首先，必须郑重声明，”罗杰说着，礼节性地一笑，“我反对‘阻挠’这个词。我们只是向一些机构表达了我们的看法。案件延迟跟我们没有关系。就连吉卜赛组织都好些年没有着手调查，因为唯一的那个幸存者一直躲在他的床下，吓得要尿裤子。坦白说，如果你问我，我并没有能够很好地阻挠这件烂事。几个星期前，国际刑事法庭的检察官办公室向法庭申请启动正式调查，主要是因为讨厌的吉卜赛激进主义分子一直强烈抗议，怎么400人被残杀而没有一个人调查这件事？”

“抱歉，罗，但他们的抗议听起来很合理。”

罗杰斜过肩，他并非真的不同意。从另一方面来说，这样他才有工作做。

“你说的‘吉卜赛激进主义分子’是什么意思？”我问。

“你对吉卜赛人了解多少？”他问道。

---

[1] 美国小布什政府时期的副总统。

我看向办公室天花板上发荧光的镶板，诚实地回答道：“近乎于无。”

“呃，这不是那种人人都想赢的比赛，但是就算考虑到亚美尼亚人的种族灭绝，库尔德人，当然还有犹太人，地球上也没有哪一群白人在1000年里像吉卜赛人这样，总是被打得屁滚尿流，”罗杰往前蹲坐，放低声音，“从根本上说，他们是欧洲的黑鬼，”他是指别人对待他们的方式，“他们在罗马尼亚做了400年的奴隶。你知道吗？”

“吉卜赛人吗？”

“他们从来没法安定下来，希特勒试图消灭他们，所以九万吉卜赛人逃离了科索沃，几年前萨科齐刚刚驱逐了几千人离开法国，从雅典到奥斯陆，每个人都对吉卜赛人恨之入骨。”

“他们是小偷，对吗？”

“你是说他们每个人？”

“不，只不过足够多到让别人恨他们。”

“已经足够。扒手、骗子、信用卡诈骗犯、拐卖儿童的团伙、偷车贼、假乞丐。吉卜赛车队穿越城镇后，许多东西就不见了。那都是老故事了。另外，他们很少找到工作或上学，我不知道还能发生别的什么。”

“好的，”我说，“我为吉卜赛人感到遗憾，但我仍然没看到在这场戏剧中有一个主角是给我的。”

“我马上要说到了，”他回答道，“国际刑事法庭对美国的态度是矛盾的，他们讨厌我们不加入协议，但长远来看法庭需要我们。像他们这样的工作，缺乏了地球上最强大国家的支持，根本没有办法处于安全的境地。因此，他们不愿意把我们惹恼到无法挽救的地步，这意味着有很多“秘密沟通”之类的事情。”

“‘秘密沟通’是指奥利弗和你？”

“这是说我们是各个大佬之间的信差。不过，经过几个星期的讨论，所有人似乎都认为最后的选择是由一位美国高级检察官来主导国际刑事法庭的调查。”

“就像特别检察官吗？”

“有点像，但是没有那样的正式头衔。必须是合适的人，不是个胆小鬼，是他们和我们都尊敬的某个人。对我们来说，那意味着他是一个有素质的人，当国会的那帮蠢蛋因为国际刑事法庭上的调查，想要挑起世界危机时，这个担当重任的人的声誉要能镇得住场面。”

“那是我？”我说着，打心眼里表示怀疑，“一个生来就得穿着防弹衣的人？”

“在华盛顿你还有不少在路边列队欢迎的粉丝，布姆。”

即使是奉承，也夸张了。我跟司法部部长在她先前担任司法部副部长期间处得不错，也拥有一个来自肯塔基的大学朋友，现在是共和党参议员。

“罗，报纸上报道过这个案子吗？”

“没有，主要的报纸还不了解这件事情，博客世界有几则短文。吉卜赛拥护者试图激起点事，但是大屠杀是旧消息了，到目前为止，你说不出一个坏人的名字，因此它不会成为新闻报道的好材料。对我们来说一切还好。”

“这场调查要持续多长时间？”

他甩手表示他说不好，不过承认这种事情通常进展缓慢。

“因为这个原因，”他说，“那儿的案子就像公交车，人们上上下下。一旦你腻了，你就可以离开。”

我用手指划过唇边，思考起来。

“等等，”罗杰说，“我甚至还没有向你推销荷兰。我认为你会爱上寻根这件事。你从来没有真正在荷兰待过，对吗？”

“是，”我说，“我家人不想回去。”我还没有告诉罗杰有关我身世的复杂故事。可现在，不是说这些时候。

我坐回我的大皮椅，尽量像律师一样，考量各个方面并且仔细观察罗杰。我们关系的竞争性意味着他不会完全透露他在忙些什么。但是作为一个有几十年交情的朋友，他知道我会觉得这份工作有意思。即使我宣告从这儿退休，我也不会与法律终结关系。我不认为律师与资本主义可以和谐共存，但我仍然喜欢律师们做的事情，并且立刻为做一桩海外买卖这个主意所吸引。

“瞧，罗。我们忽视了一个事实，你在推销一份你无权决定的工作。奥利弗和他的同僚肯定会支持他们自己，可显然你想用你的一个朋友取代另一个的位置。我甚至不会给海牙打电话，除非你亲自给我说你确实会去做这件事情，不管后果如何。”

罗杰再次身体前倾，让我看他温柔的眼睛，眼袋周围布满了衰老和悲伤。

“不管耶稣把他们扔向哪里。”他说。

海牙——2015 年 3 月 2 日

我与奥利弗一天通两三次电话，多次通话后，一月底，我接受了国际刑事法庭正式的工作邀请。我还需要一个月来料理金德县的事情——出租我的公寓，储存我的东西，征得我的儿子们威廉和皮特（Willem and Piet）的同意。埃伦和我给我们的儿子取了荷兰名字，以为这会激励我的父母给孩子们讲讲他们的传承。这一希望落空了，我的孩子们上一年级时就开始叫他们自己威尔和皮特（Will and Pete）。现在两个孩子似乎都为我将要离开感到不安，这让我心里很沮丧。过去几年来，由于结束婚姻这件事情，我的儿子们耗尽了他们的愤怒。每隔两三周他们与我一同进餐，但他们表现得仿佛这是一种被强迫的活动。

3 月 1 日，星期天，我登上了前往阿姆斯特丹市的史基浦国际机场的夜间航班。我比原定的日期提前了几天，因为预审庭突然安排检察官办公室那个星期晚些时候出具费尔科的证词。在史基浦，我找到了连接荷兰主要城市的城际蓝黄高速列车。一小时后，我坐在海牙中心广场，体会着荷兰生活的晨间节奏，尽量用咖啡和可以充作日光的事物来克服时差。

身处荷兰，我便开始理解为什么他们的杰出画家，比如伦勃朗和弗美尔，如此为光与影着迷。这里的冬天比金德县更昏暗，我以前常形容自己宛如生活在一个大锅盖下。我到达的这一天，碎布般的阴暗天空狂风怒吼。

尽管天气不好，我觉得作为气度不凡的老年贵妇城镇，海牙带着欢乐的国际主义氛围。在老城区，坚固的棕色砖块建筑，带陡峭的石板屋顶和装饰明亮的窗户，有几百年的历史，制造出一种近似羊毛的厚重感觉。穿过开阔的广场，在始终存在的自行车那边，我看见了一座旧宫殿，骑士楼，它尖尖的角楼像女巫的帽子，让人隐隐觉得像是迪士尼乐园。我推着小提箱走了一个街区，在一座桥上停下来观看滑冰者，他们在下面的运河上嗖嗖地飞驰而过，无畏地在冰上挑战，厚围巾在他们身后飞扬，尽管气温略高于 4 摄氏度。我马上就喜欢上了这个地方。

最后，我搭乘出租车到了国际刑事法庭安置访客的连锁酒店，拥挤的大堂似乎想用头顶的石灰和淡紫强光灯达到活泼的效果。楼上，在一个比高端冷藏室还小的房间里，我打电话给奥利弗再次确认我们在法庭会面的事宜，然后打开我的箱子，抖开我的衣服。

一段日子后我了解到，荷兰人的显著特点之一是喜欢骄傲地坚持其他人或许认为古怪的事情。在一个跟马里兰州差不多大小的国家，两个城市共享首都的传统职能。阿姆斯特丹从法律上扮演这一角色，但是海牙长期以来一直是政府所在地。不过阿姆斯特丹是知名的商业中心，而海牙贩卖的基本是理想主义。大约 150 个不同的国际实体坐落于此，包括联合国和欧盟的许多机构以及众多国际非政府组织——禁止化学武器组织、非洲犹太人散居政策中心这类高尚的机构。这个城市也是 100 多个大使馆和领事馆的所在地。因此，也许海牙城区 100 万居民中，多达 1/8 的人是外国人。几乎到处都将英语作为第二语言。

随着时间的推移，海牙作为独特的国际中心的地位造就了一个全新的增长型行业——为了全球正义。九个不同的独立国际法庭在这里运营。仅举个例子：国际法院，就是各个国家起诉彼此的地方。新增加的刑事法庭，是近几十年由联合国成立的，用来起诉不同战争——柬埔寨、黎巴嫩、塞拉利昂、卢旺达中的种种暴行。我到达时，所有这些法庭，即便那些只有几十年历史的，仍然致力于诉讼，为不情愿歇业的政府机构默哀。

从许多指标来看，最成功的专设刑事法庭是前南斯拉夫国际特别法庭，它对塞尔维亚、克罗地亚、穆斯林和科索沃的160位领导提出了指控，这些人在巴尔干战争中犯下了大屠杀等暴行。虽然南斯拉夫法庭仍然在处理待审案件，但在2004年时它不再受理新案件。2002年开设的国际刑事法庭，无论是工作人员——包括法官、律师和行政官员——还是工作流程，成为前南斯拉夫国际特别法庭实际意义上的庞大继承者。

到20世纪90年代晚期，海牙特别刑事法庭的激增让联合国认识到一个悲哀的事实：种族灭绝和战时罪行不会终止。拟订国际条约来建立一个永久的战争罪行法庭即国际刑事法庭的谈判开始了。然而随着这些谈话的进行，越来越多的世界强国意识到听任他国控制的刑事处罚是有风险的。不止美国，还有俄罗斯、中国、以色列、印度、巴基斯坦、朝鲜，以及大部分的阿拉伯国家拒绝加入。欧洲、南美洲和非洲的签约国国家，全都为美国和其他国家的退出感到深深的懊恼。

一小时后，我到达国际刑事法庭监狱般的入口处。在两栋连在一起的白色高楼下端，安检口三面为十英尺的铁门隔绝，用锁链加固，上端有五根拉紧的带刺铁丝。

最后，奥利弗现身了，他身穿衬衫，打着领结，不过没有穿夹克衫。没有海琳经常在身边盯着他，他起码长了30磅。他俊美的身形如今显得臃肿，上腹部看来像藏在衬衣下面的球。但他温暖、果断的态度一如既往。一看见我，他像个男孩一样容光焕发，我一穿过旋转门，他就紧紧地抱住我。

他领我上楼来到那间简陋的办公室，这里过几天将成为我的办公室。我们坐在靠门的一张小桌旁，聊我们的孩子，以及开始这份工作之前我如何从金德县离开。

“有时会让你灰心丧气，”他说，“我不会说假话唬你。你知道那句话吗，‘权力越大，责任越大’？在国际刑事法庭，你责任巨大，却没有权力。你在调查地球上最严重的罪行，却没什么职权可以强迫证人对你说话或者交出文件，甚至受害者也是如此。”他坐回他舒适的办公椅，手放在围着裸露头顶的斑白头发后面。“我必须对你说，如果我来做决定，我宁愿不往前推进这桩吉卜赛人的案子。”

“现在跟我说说。”我笑着说。实际上在电话里，奥利弗不止一次说过这桩案子会是“一个挑战”。

“一个问题，”奥利弗说，“你肯定明白，我们说的这件事情发生在 11 年前。这些调查——他们在这里称它们为‘情势’，十分微妙——在最好的情况下，就像在寻找回声。你指控一位将军，在审讯中，他假装是位修女：‘示范一下‘射击’这句命令，或者‘烧毁’，或者‘强奸’。’现在，记忆已经陈旧，记录也没有了，你难以解决案子中的证据问题。”

“但最大的障碍将是美国军方。《美国服役人员保护法案》禁止美国协助开展国际刑事法庭的调查，即使是指控别人。鉴于美国军队管理这片发生了大屠杀的区域，你就拿不到大量重要证据。”

“那么为什么这儿的当权派决意继续向前推进？”

他神秘地笑了笑，手背以世故的法国方式在空中越变越小。

“检察官和副手觉得没有义务向我解释，”他说，“但是这儿的很多人认为不进行调查会让美国更加不妥协。同时，我相信你已经注意到这个法庭控告的 36 位被告来自哪里。”

我留意到了。在 13 年的历史中，法庭裁决的每一个案子都起源于非洲——比如刚果、肯尼亚、象牙海岸、利比亚。没能进行一桩以控告白人告终的调查有可能激化非洲大陆对国际刑事法庭的愤恨。

“但是，”奥利弗说着竖起一根手指，“也有积极的一面。”他向前坐，合上他短而粗的双手，似乎这一事实需要一些正式手续。“我认为这是我从事律师职业以来做的最好的工作，甚至比我当皇家检察官的那些年还好。如果我能让海琳离开蒙特利尔来陪我，我会再待上十年。”

“好在哪儿？使命所在？”

“没错，总的使命是高贵的。对大部分有记载的历史而言，战争中的胜利者甚至从来没有假装公正。他们只是处决战败者。然而除此之外，这里有重大的利害关系，你绝不会像我们在私人的诉讼中经常感受到的那样，怀疑你劳动的价值。你负责给 400 个灵魂伸张正义。你离开的时候，站在法院门前，数一数路过的行人，直到 400。这要花一会儿时间。你的工作重要，为了完成这份工作能借助的工具又有限，这将需要你非凡的想象力。你要鼓舞你自己。”他的描绘让他咯咯直笑，接着他拍了拍桌子。

“但是现在，”他说，“工作开始了。”他递过来两页指令，那是法院上周颁布的，要求费尔科过几天在预审庭前做证。

在美国，大陪审团要监督检察官的调查工作。在国际刑事法庭，预审庭的法官充当了这个角色。在法官室同意之前，检察官办公室不能对一个潜在的证人进行正面质问。在那之前，一个案子唯一的信息来自第三方，比如报纸或人权机构收集的。

过去几周，我阅读了国际刑事法院规约、法院的所有规章，以及其绝大多数判决。一个事实现在引人注目：预审庭在对检察官办公室调查申请作出鉴定前，要求有现场证人。

“没错，”奥利弗说，“但是我们都应承认这样是正当的。这就是为什么我们请你早些过来。在我们的案件中，一般有上百个受害者。在这个案件中，只有一位幸存者。法院想要确认他真的愿意做证——他做证时会言之成理。没必要招致争议，如果证明他头脑不正常的话。”

这一点我接受，但是在没有提前跟证人 1 号交谈的情况下，欧洲法庭需要我提供他的证词，这个做法让我感到不太舒服，我只能依赖先前的少数说明。

“你会想见见这位律师，埃斯玛·斯扎尼，”奥利弗说，“她来自欧洲吉卜赛人联盟，也是她第一个找到了这位证人先生。她打算也出席。”他在桌上乱翻一通，最后递给我一张有她号码的便利贴。他举起一根手指表示警告。“她会让人放下戒心，非常聪明，非常可爱[1]，”他说着，微挑了下眉毛，像法国人那样，“但是一心一意为吉卜赛人的利益着想。”

做了一番总结后，他又一阵纵声大笑，接着又兴致高昂地讨论起我们午餐吃些什么。

开始工作——3月3—4日

星期二早上大部分时间我待在法院的行政办公室，接收手册并签署表格。尽管是一个相对新的机构，国际刑事法庭已经形成了顽固的官僚作风，虽然身处一个相当典型的西欧国家，文员们经常表现得如果一些文件没有履行必要的手续使其生效，历史就要停止一样。

最让人惊喜的是我的薪水——152,800欧元，各类生活费用也不得不随之调整。令人尴尬的是，我从没费心去问这个。我仍然将自己看作一个适度俭省的人，不过在不久前金钱不再成为我生活中的问题。十多年来，我在德威特－罗伊斯特每年赚100多万美元——通常更多——虽然我从未真正明白律师们做了些什么值这些钱。我离婚时，埃伦得到了我们存款的大部分，但是如此大方对我来说完全没问题，因为我父母留下了一大笔财产。几十年来，借由巧妙地选择股票，我父母默默积累了数百万美元财产，让我姐姐玛勒和我大为惊叹，到那时我们才意识到我父母极度保密的个性。

下午，奥利弗带我一间间办公室转悠，把我介绍给同事们，包括检察官巴杜·丹夸，来自加纳的前法官；森口明美，留着爆炸头的副手，她似乎不怎么说话。

[1]“非常可爱”这句原文为法语。

星期三用来做第二天审讯的准备工作，我没什么可准备的。我重新阅读了检察官办公室递交给法院的申请书，概述了证人 1 号预期的证词，还有办公室的内部档案：由所谓的情势分析员编辑的，不过是 2004 年波斯尼亚的政治局势，以及在波斯尼亚和科索沃处于困境时吉卜赛人社区的历史等。

下午晚些时候，我终于能够跟埃斯玛·斯扎尼会面了。从奥利弗那里拿到她伦敦的手机号码后，我就给她打了电话。结果她当时在纽约审理一起案件，要到星期三早上才能赶到海牙。她早就允诺这一天的大部分时间跟费尔科一起，不过同意下午 4 点后在她的酒店见我。

明黄色的德印第酒店十分雅致。卡雷拉大理石方柱，连同深色木头和厚织锦，在大堂十分显眼，埃斯玛几分钟后就奔了出来。她径直来到我面前。

“比尔·腾·布姆？你跟你在网上的照片简直一模一样。”网上有不计其数我当检察官时期的照片。她有力地握了下我的手。“抱歉。你等很久了吗？你的证人不太安宁。他第一次靠近一架飞机。”

她没有停止移动，挥手让我到她后面的电梯。她有浓重的牛津、剑桥口音，就像 BBC 上了年纪的新闻播音员，标准的上层阶级。

“事情我都安排好了，”她说，“我们可以开始工作，你需要时我就订餐。我的胃口落后我们几个时区，可令人遗憾的是，我知道它会赶上来。”

在埃斯玛的套房，她脱掉大衣，把我的大衣也拿走放好。我欣赏着这个房间，老实说，也欣赏着她。我听奥利弗说过她非常漂亮，但我在网上查找她时，没看到什么照片。她本人相貌出众，不是封面女郎的美貌，但是很好看，别有风情。一头烫过的黑色秀发衬着一张南亚的深色方脸，超大五官，肥厚的嘴唇、鹰钩鼻、猫似的颧骨，还有给人深刻印象的黑色大眼睛。她身着名贵套装，身材匀称，尽管有一点胖。她在屋子里四处走动时，大尺寸的首饰叮当作响。

埃斯玛请我喝东西，我拒绝了，由于长途旅行她仍有些迷糊，叫了咖啡，马上就被送来了。她给我们两人倒了咖啡，我们在化妆室小圆椅子上坐了下来，旁边是玻璃台面的小圆桌，埃斯玛把她的文件都堆在了那里。

我花了一点时间寒暄，问了问她在伦敦的办公室——英国人说“chambers”。结果，正如我预料到的，我认识那儿的另一个律师，乔治·兰德鲁夫，他的声音大得可以把墙上的照片震下来，我说他说话温柔时，我们两人都大笑起来。这之后，我才放下心来询问证人 1 号和他会说什么样的证词。

“费尔科？”这是我第一次听到他的真名，这在情势分析员的文件里被涂掉了，“他是一个简单的人。”

“仍然害怕吗？”

“我相信我可以让他平静下来。”在法庭受害者和见证者小组成员的陪同下，埃斯玛带费尔科参观了审判室，对他解释了有关法官、律师的一些基本原则。“你会发现他已经准备好做证人，”她告诉我，“我跟他一起非常仔细地重复了一遍他之前的叙述。他明白他应该听你的问题，并尽量直接回答。要知道，吉卜赛人不喜欢把自己的信息透露给外人，我猜你会得到简洁的回答。”

“能第一个见到他，你怎么做到的？”

“通过坚韧不拔的努力。自从进入大学，我就热心于吉卜赛人组织。当然，为了自我利益。”

“你是吉卜赛人？”

“在英格兰北部的一个大篷车长大，”那意味着她履行了英国人所谓的知识阶层的权力，并且在学校获得今天的上流社会口音，“在 2007 年，我加入了欧洲吉卜赛人联盟委员理事会。那时，巴黎有传言说几年前波斯尼亚发生过屠杀吉卜赛人的事件，我动身前往图兹拉去寻找，看能找到什么。人们听说了几百人在一个煤矿被活埋的故事，但是似乎没人知道更多内幕。甚至不知道它是否是真实的。

“最后，我去了一个吉卜赛人的村子，有人告诉我巴鲁普拉唯一的一位幸存者待在附近。就这样，我得到了费尔科的手机号，但是他太害怕而不敢说话。一年里，我每月给他打一个电话。我几乎要放弃了，于是决定去科索沃，巴鲁普拉的居民就是从那里过来的。我的想法是通过亲戚证明来自巴鲁普拉的通信在 2004 年 4 月突然中断，从而间接证明屠杀劣行。不过费尔科最后决定见我，我免去了此次旅行。”

接下来的一个小时，我拼命地在便笺簿上记录，埃斯玛逐字逐句地给我读了自2008年来她与费尔科多次的谈话记录。这么多年过去，他在一些小细节上自相矛盾——卡车出现的时间、他怎么发现他的儿子，等等。对证人来说，这种出入很正常。如果他们每次讲的故事完全一模一样，那么通常是别人教的，或者他们在撒谎。

述说的中途，埃斯玛甩掉她的高跟凉鞋，倒进旁边的沙发，腿搁在鲜红色的垫子上。她说她在飞机上睡不着，到现在差不多40小时没睡了。

埃斯玛的套间，跟酒店的其他套间一样，有鲜红的马毛家具、红木框大镜子，窗前悬挂法国刺绣窗帘，这是一间没有间隔的大房间，可以看到对面她的床。

与此同时，我浏览了她提供给法庭、用来支持费尔科故事的其他文件。利用照片和联合国难民报告，她证实了2004年4月在图兹拉郊区存在一个400人的吉卜赛人难民营。当地警察、地方官员和附近给巴鲁普拉的孩子们受洗并埋葬死者的两位东正教神父，这些人的书面陈述证明了吉卜赛人的突然消失。照片表明了2004年4月难民营南面煤矿的地貌变化，她从两个不同的地震台拿到了报告，记录了4月27日晚间出现了一次地层扰动。最后，来自附近镇上的一位居民维察·多尼亚宣誓说，紧跟着爆炸之后，一个卡车车队从煤矿驶离。虽然花了11年才了解到这些，但进行调查的必要性似乎无可争议。

我在阅读这份材料时，埃斯玛说她饿了。她叫了客房服务，并且用很长的时间，问我想要什么。我要了鱼。

“你做的这些工作让人钦佩。”埃斯玛回来时我对她说。正如许多科学家精心地进行实验设计，优秀的律师在收集证据时也需要相当的创造力。

“你这么说真贴心，”她回答说，“这些东西并没有引起权威人士的关注，也没有展开进一步的调查。”她描述了走过的坎坷历程。南斯拉夫特别法庭最后断定这起案子超过了他们的审判时限。波斯尼亚的检察官们直到2013年都在掺和这件事，但是显然害怕引起美国的反感，让其四分五裂的国家形势更加糟糕。波斯尼亚和黑塞哥维那政府将这桩案件提交国际刑事法庭处理，授权法庭与波黑的每个法律机构一起行动。尽管如此，案卷在国际刑事法庭仍然遭到搁置，直到埃斯玛威胁进行示威。

“不过我并不感到惊奇，”她说，“比尔，真相是在这片大陆，极少有人为吉卜赛人操心。最有文化修养、思想最为进步、最宽容的人都会不自觉地对‘肮脏的吉卜赛人’作些评论。”

我问她如何解释对吉卜赛人如此根深蒂固的偏见。这个问题明显刺激到了她，她蓦地坐直。

“我不会告诉你，比尔，吉卜赛人并没有做什么事引来这些偏见。‘吉卜赛人’代表民族。因此，”她竖起一根光洁的手指指向我，“一个无足轻重的人，既使有偷盗、欺骗甚至使用暴力等不当行为，也不需要这个群体为此道歉。我认为这种偏见是不可原谅的。”

“但是，”她说，“自从吉卜赛人最初从印度进入希腊，我们跟你们生活超过 1000 年。世世代代，对于‘吉卜赛人’（‘Gitanos’‘Celo’‘Tziganes’[1]），欧洲人对我们有 1000 种叫法，对此我们都毫不在意。最让你们大为光火的是，我们全然固执地坚持依据我们的价值观念来生活，而不是你们的。作为一个孩子，比尔，没有人教过我看时间，我从没见过一个吉卜赛人戴表。我们准备停当的时候就出发，这似乎是一件小事，但是如果想要上学或保住一份工作就不行了。我们中有几百万人努力取得了学位，但主要是在美国。在欧洲比较少。”

她提到美国吉卜赛人，这突然唤起了我关于补锅匠的一段童年记忆。我在基瓦尼街长大，补锅匠推着手推车在那条街上穿行，用一种迷人的曲调大声唱着难以理解的音节。他带着用一个踏板带动的砂轮，我有时站在旁边看他磨我母亲的刀时飞溅的火花。他身穿皱巴的花呢大衣，戴一顶乡绅帽，肤

[1] 吉卜赛人按照他们在欧洲固定流动区形成的先后分成了几个居民集团。在巴尔干和中欧的叫卡尔德拉什人（Kalderash），占全部欧洲和北美吉卜赛人的大多数；流动在伊比利半岛、北非和法国南部的叫吉塔诺人（Gitanos）；在法国阿尔萨斯和德国的叫马努什人（Manush）；Tzigane 指匈牙利的吉卜赛人。

色是暗淡的黄铜色，就像我母亲曾让他擦亮的蜡烛台。但是他知道他该站在哪里，他连门口都不靠近。邻里的妇女们一手抱着她们的孩子，另一手把她们的餐具或锅递给他。

“这种对保持不同的信奉，是从非吉卜赛人冷酷的迫害中得来的，奴役、鞭笞、加污名、组织逮捕和处以死刑，禁止我们去城镇，禁止我们离开小村落。对我们罪恶的指控，譬如我们是肮脏的，而一个吉卜赛人的家里通常一尘不染。我们偷小孩，而残酷的事实是吉卜赛人常常被迫送掉他们的子女；指控吉卜赛女人们是妓女，而实际上我们珍视贞洁。”

有人敲门，穿着盘花纽扣长大衣的侍者推着一辆餐车来了。我殷勤地掏出信用卡来付账，但是埃斯玛示意我收回，这让我感到些许宽慰，因为我在国际刑事法庭的训练还没有到费用报销的地步。

侍者拉长餐车的两边后形成一张桌子，揭去饭菜的盖子，拔掉葡萄酒的瓶塞，我还没来得及拒绝，就给我们每人倒上了一杯。埃斯玛给我点的鱼很美味，我感谢了她。

“哦，没错，这是一个可爱的地方。”她给面包卷涂上黄油，津津有味地吃着。她没有拘束，狼吞虎咽地吃着她的食物，冲我摇晃着她的酒杯，让我再为她斟满。“告诉我，比尔。你有什么样的故事？”我将我的简历读了一遍，但是她摊开手背。

“不，比尔。为什么一个成功的美国律师背井离乡，来到海牙？我叫‘比尔’可以吗？”“叫我‘布姆’更好。自从我上初中以来，我很少听到‘比尔’这个称呼。”那些在六七年级开始叫我布姆的伙伴们是有意挖苦我。我是一个安静的孩子，不过埃斯玛对我的绰号皱起鼻子。

“我会继续叫你‘比尔’，如果你不介意的话。你为什么来这里？”我告诉她我刚刚想要了解自己，想在50岁时重新开始。

“无所不知的网络说你离婚了。”她说。

“四年多。”我回答道。

“那是血腥的还是温和的？”

“最后是温和的。”

“她同意了？”

“一开始没有。我搬出来六个月后，她一与她高中的男朋友重新联系起来，离婚判决就来得很快了。”

“那么没有其他女人？”

“没有。只是厌倦了。”

“你们结婚多长时间？”现在我们聊到了私人生活领域，埃斯玛的黑色眼睛显得十分锐利。

“我离开时我们结婚将近25年。”

“即将到来的周年纪念是原因吗？”

“没有这个意识。我的小儿子要大学毕业了。我们共同创建了这个家庭，做得相当好，我认为多半归功于埃伦，但似乎以后没什么可期待的。”

“因为，比尔，”她问道，有些调皮地笑了笑，“你有很多风流韵事？”

我耸了耸肩问。

她又继续问：“你介意我问你的这些私人事情吗？”

“你只问不答似乎有点单方面。”

“没错，不过我的故事要么说一整个晚上，要么用几句话就能总结。没有丈夫没有孩子，一大批爱人，没有在进行中的。这是不是更好？”

对此，我又耸了耸肩。

“我见过很多好人，”我说，“但是没人坚信我们能够从一而终。”

“你想要从一而终？”

“我的婚姻结束时我似乎是这么想的：跟另一个人在一起也许更好。不过这很复杂。当你人到中年，发现很多人为了某种原因过着独身生活。当然，包括我。”

“我也是，”她说，“虽然我认为我很容易变得厌倦。我打赌，现在女人们一直在给你打电话？”

我再次耸耸肩。“一个突然离异的成功中年男人，有点像一个为足球队送饮用水的男孩，他发现将他变成舞会国王的魔法。”

埃斯玛显然对美国文化了解很多，她听懂了这个笑话。可是对社会地位的突然提升，我着实表示疑惑，诚然，50 岁时容貌不再那么重要，因为每个人都被岁月摧残。我仍然拥有很多略带金黄色的头发，身材健壮，高大健康。高中和大学时我就知道我不怎么吸引漂亮的女孩子。在伊斯顿法学院的最后一年，埃伦，一个在配对次序上显然远高于我的人——更聪明，从各方面来说都很可爱，是校队跑步选手——愿意跟我约会，黏着我，让我惊讶无比。我始终觉得她为自己发现了其他女孩错过的东西而感到自豪兴奋，那就是：虽然我偶尔拘谨，但是一个有趣的聪明人。

埃斯玛最终似乎觉察到话题的转变给我带来的不适，去了会儿洗手间。出来后，她就到了床边。她停下来，一下子倒在床上，手臂摊开。

“我实在是筋疲力尽。”她说。

我表示道歉。

“我自己的过失，”她说，“第三杯酒我本不该喝的。”

我收拾起文件，问她是否跟费尔科的儿子谈过。她谈过，但是对那些事情那个年轻人什么都不记得，那时他才三岁。

“你第一次去图兹拉时，谁为这次屠杀负责？”我一边问道，一边拉上我公文包的拉链，“当地有些什么说法吗？”

“不过是一些毫无根据的猜想，塞尔维亚人，美国人。”

“有没有提到有组织的犯罪？”

“有一两次。据说巴鲁普拉的几个吉卜赛人参与了一个盗车团伙，当地恶棍这件事感到不满。”

“极端分子呢？”

她仍然俯卧着，用手扶住额头思考，说没人提及圣战分子。

“美国人或者塞尔维亚非法军事组织可能杀害了 400 人，可是动机又是什么呢？”我问道。

她没腔没调地哼着，试图去回忆。

“总是有人推测美国人在 2004 年初试图抓捕拉扎·卡耶维奇未遂，于是屠杀吉卜赛人进行报复。你知道他是谁吗？”

“当然。波斯尼亚塞族的前领导人。”

“作为一个训练有素的律师，卡耶维奇有与希特勒一样的才能，至高无尚的自尊就是国家脸面，他的夸夸其谈就是人民长期受压抑的愤怒之声。但是，把卡耶维奇与吉卜赛人的谋杀联系起来，有一点像随意的攀咬。”我这样对埃斯玛说，她起劲地点头。

“卡耶维奇和他的亲信使美军在波斯尼亚的整个时期遭受了唯一的战争死亡。这是欧洲的一个古老传统，一旦发生一些可怕的事情，那么就是吉卜赛人的过错。当然，费尔科从没提起过卡耶维奇。”

她用一只手肘支撑起自己，来回答我最后的一些问题，不过现在再次倒在床上。

“比尔，你必须原谅我，如果你听见我又说了一句话，我应该是在说梦话。我们还没有熟到那个地步。”

我笑着感谢她请我吃午餐，并且保证回请她。我们说好明天审讯后再一起吃饭。

到了屋外，我异常愉快，漫步去搭乘“斯宾特”，这辆车将把我送到我酒店所在的街区。那条街名叫兰格福尔豪特，是一条宽阔的林荫道，有一个长满高大树木的中心广场，路两边是庄严的住宅。根据大门旁边的黄铜大标牌来看，很多住宅现在改建成了大使馆和领事馆。工作日晚上十点的海牙十分安静，几对情侣在猛烈的海风中偎依着大步向前，孤零零的骑自行车的人戴着绒线帽被风吹得摇摇晃晃，勉强不撞到行人。

离开埃斯玛，很像从充满阳光灿烂的赤道归来，我的皮肤在荫凉处仍然有麻刺感。她非常聪明，坦诚得毫不设防，我发现有些女人的吸引力会因聪慧和飞扬的自信而放大，她就是其中一个。她独一无二，全然做自己，也许这要归功于她的出身。我在冷风中耸起双肩，放声大笑。那个星期，我第一次确信自己来到海牙是对的。

「证词」

Ⅱ 推动

指令

国际刑事法庭

原文：英语

序号：ICC-04/15

日期：2015 年 3 月 9 日

预审庭Ⅳ

审理：首席法官若伊塔·高塔姆，法官尼古拉斯·古迪纳夫，法官阿加塔·赫尔斯特罗姆

波斯尼亚和黑塞哥维那共和国的形势

公开文件

决策依据《罗马规约》第 15 条的调查授权

国际刑事法庭预审庭Ⅳ，委派审理有关波斯尼亚和黑塞哥维那共和国形势的案子，发布现在的决定，依据《罗马规约》15 条 4 则，有关“要求依据第 15 条请求调查授权”（“检察官的请求”）的条例，这一请求于 2014 年 11 月 14 日由检察官提交。

充分考虑到检察官的请求，以及证人 1 号证词，预审庭做出如下裁决：

在检察官的请求中阐述的时间和地区范围内，继续进行有关该形势的调查，这有合理的依据。

随后会有完整的意见。

这一简明的裁决背离了法庭常规做法，在常规裁决中，前 50 页连你好和再见都不会说，随后有几百个脚注以及错综复杂法律探讨的长篇大论稍后发布，但是这则简短裁决的观点承认了这起案子——虽然它已经过去了太多时间，它等同于对检察官办公室和我向前推进此案的一份指示。

这说不上是意料之外的成功。不论高塔姆法官对让一个美国人负责有多少意见，毫无疑问她将允许调查继续下去。然而，赢了就是赢了。一整天都有检察官办公室的新同事过来向我表示祝贺，我在巴杜的办公室接受了短暂的会见，也得到了他的赞扬。

我的调查员古斯，借此邀请我在下班后出去喝一杯。他是一位前比利时警官，起初来海牙为南斯拉夫特别法庭工作。像很多其他人一样，他最近从特别法庭迁移到了国际刑事法庭，我到来后的第二天，我的案子就分给他了，因为他学过一些塞尔维亚—克罗地亚语，对于处理波斯尼亚的文件和证人有利的。

作为一位检察官，我很快明白我只能依靠我的调查员水平，他们是警察或联邦探员，他们发现可靠证据的能力，决定了我的案子能否成功，而不是我在法庭上的表现。可古斯似乎完全指望不上。他跟我差不多年纪，高高的，有啤酒肚，面颊布满血丝，浓密的金黄色头发竖起，就像一只刺猬的皮毛。他蓄着褪成灰色的整齐山羊胡，由于见惯了联邦调查局探员的风格，我认为他这样有一点不职业。事实上，就在费尔科做证的前一天，我第一次去他办公室介绍自己时，他紧贴着电脑，在点击视频自娱自乐。我在美国联邦检察官办公室那些年教会我舒适的政府工作通常会磨灭雄心，古斯给我的第一印象似乎是在等着提前退休，他聪明、友善，但完全没有生气。

那天下午五点左右，我们穿过法院前面的宽阔大道，漫步去福尔堡的一家雅致小酒吧。走了差不多两个街区，从有豪华大楼和超速行驶小车的熟悉的西方都市街区到老荷兰街区，那里有蜿蜒的鹅卵石街道、厚实的砖块建筑，店面带有保护的遮篷。

我们谈论着下面的计划，一致认为需要去波斯尼亚的犯罪现场。不过在国际刑事法庭的规定下，国际刑事法庭的外交部门需要给波斯尼亚人 30 天的时间来改变他们要自己展开调查的主意。目前，我们只能先计划一下。

“首先，”古斯说，“我们需要看一下费尔科给波尔多和他的家人挖的坟。看看可不可以给骨骸做法医检验。”

考虑到古斯的名字和我先前对他背景的一些了解，我本以为我们见面时他会有佛拉芒语[1]口音，古斯说的却是澳大利亚英语。他说他是在澳大利亚长大的,他父亲在那里管理一个比利时咖啡进口商在澳大利亚的业务。在悉尼，人们称他格斯，他 19 岁时回比利时上的大学。

“从洞穴中挖掘尸体呢？”我问道。

这个主意显然让古斯不安。

“那需要重型设备，老兄，需要很多人在碎石中翻找。如果我们打算花掉好几万欧元，司法常务官会发脾气的。我们首先必须百分百确定费尔科说的是对的。”

我们把其他调查想法记了下来，我问古斯，对于 2004 年 4 月卡耶维奇的事件他知道些什么，因为那个时期古斯经常去波斯尼亚。

“这是那时的头条新闻，”他说，“一群美国人挨了枪子。我记得,死了四个。北大西洋公约组织的每个国家都为此抓狂，但是没听过关于吉卜赛人的只言片语。”

我们喝完第一杯啤酒后，古斯问我对海牙和国际刑事法庭的印象。

“到目前为止，还不错，”我说，“除了我的酒店房间，那里简直像个棺材。”古斯刚来时也待在同样的地方，对于那段记忆，他做了鬼脸，似乎那给他留下拔牙般的痛苦。我问他长时间以来海牙是如何折腾他的。

---

[1] 比利时北部的荷兰语。

“大部分时间里我是喜欢它的，”他蹲下来低声说，“我还以为我不需要跟你说荷兰的事。”

美国人总是对“腾·布姆”这个名字困惑不解。大部分人认为我是印第安人。（我从没有勇气问参议员选我为美国联邦检察官是否出于同样的错误印象。）但是“腾·布姆”像许多欧洲人的姓，仅仅指代一个地方。它在荷兰语中意指“树边”，就像英语中的阿特沃特[1]或者斯通豪斯[2]。

“我的父母都出生在这里，”我告诉古斯，“但他们彻底美国化了。他们从不说荷兰语，从没回来过。他们连风车都不喜欢。”

古斯开怀大笑，我很高兴他有幽默感。

“荷兰够好，”他说，“让每个人释放自我，你可以从女人们在商店橱窗展示自我看出来。但是他们却又坚守自我，从不妥协，荷兰人只对荷兰人释放自我。”他握紧双拳。“走路的时候看看窗户。没有窗帘。人们没有东西需要隐藏。人们也不隐瞒他们的想法。如果我偶然碰到一个长时间没见的邻居，我会马上往另一个方向走，因为这个家伙会对我说：‘天哪，你的胡子变得这么白！’仿佛我自己没有镜子。Baise-moi l'ail[3]!”古斯说。法语是比利时的另一种语言。我可怜的高中知识残余让我推敲出了这个短语的意思：“我的天啦。”一旦理解了这句话的含义，我大笑起来。

“总之，”古斯说，“对我来说这里不错，可观的薪水、舒适的小公寓，没那么多时间让我在家里跟老婆互相咆哮。她留在了布鲁塞尔。”他从他的啤酒杯向上看，酒精让他的脸泛红，加重了与他直立的金发的对比度。他的表情难以琢磨，似乎他也不知道他与妻子的生活状况是什么样子。

我开始喜欢上古斯。作为一个酒友，他的优势显而易见，虽然我从他身上还没看出一个调查员的特质。跟我意料的一样，我从酒吧的高脚凳下来拿起公文包时，他还没有准备离开。我谢谢他请我喝酒，自个儿走了。

[1] 原文为 Atwater，指水边。
[2] 原文为 Stonehouse，指石屋。
[3] 法语。

第二天下午，我给埃斯玛打了电话，跟她说了法院的指令。这个周末，我不自觉地想起她，昨天拿起电话时我心头奇怪地颤动，让我有些犹豫。虽然联系很少，我们已经有了一种奇怪的亲密感。

尽管我承诺回请她吃饭，审讯结束后我们却没有聚餐。那天早上去法庭的路上，我向副检察官明美提起：前一天晚上在酒店，埃斯玛向我介绍了基本情况。明美，一个小个子中年女人，一头夹杂着白发的僵硬黑头发，言语不多，但她恶狠狠地瞪了我一眼，我将之看作谴责。反思后，我明白了她的意思。虽然我与埃斯玛最初的会面纯为公事，但是如果我经常与受害者的主要辩护人私下吃饭的话，未来的被告人会随意地质疑我的客观。与其审讯后在律师更衣室埃斯玛解释，不如就用有其他安排这种站不住脚的借口推托了。

“那么下次。”她高兴地回答。离开之前她在我的左右脸颊礼节性地快速亲吻了一下。

现在我提出给她伦敦的办公室发一份指令的复印件，但她说发一封邮件就够了。她询问接下来的调查措施。

“他不会愿意的，”我解释说我们想要费尔科让我们看看波尔多在巴鲁普拉的坟墓时，埃斯玛回答说，“我告诉他一旦做证，他很长一段时间都不会再听见这件事情。而且让他回巴鲁普拉会给他带来痛苦。”

“他的证词没有多大价值，埃斯玛，如果我们不能证实它的话。”

“我会劝劝他，”她回答说，“关于具体的安排我们保持联系。”她准备挂电话，这时又轻声补充说：“什么时候风可以把你吹到伦敦或者纽约，比尔？我没忘记你还欠我一顿饭。”

说完，她挂了电话，留下我盯着听筒。单身了快五年，我不再完全无视一个女人有意谈恋爱或是对我感兴趣的信号。但我仍然不愿意相信埃斯玛会这样做。她拥有让人着迷的美貌和高雅的气质，完全超出了我的范围，她更像是亿万富翁或参议员怀里那些明艳动人的女伴，或者有地位的男人的伴侣。事实上埃斯玛非常自信，看上去与我并不是同一类人。把听筒搁回叉托支架上，我实在有点窘迫，想到职业问题是我们之间的一个障碍时，我感到释然。

安顿下来——3月11日—4月8日

2004年4月10日，在北约指挥下的美国军队没能抓到拉扎·卡耶维奇，接下来的几天我一直在阅读约11年前这场袭击的相关资料。2004年初是美国军队在波斯尼亚最后的日子，因为小布什总统在伊拉克部署了更多的新兵。事实上，当时北约盟军最高司令，雷顿·梅里威尔将军，如果他不选择这里就会去领导巴格达的联军，离开欧洲，成为一个有名望的人。

至于卡耶维奇，现在人人都认为他是波斯尼亚屠杀的原动力。与他英雄的自我认知一致，他是一个有威严的人物，魁梧、仪表堂堂，头发黑到极致，头发上的宽条纹显得气度不凡，那或许是理发师的杰作。包裹着从额头到视线高度的头巾，这是过去的摇滚歌手行头，他频繁地遭到议论，但不管他发表多么激烈的种族迫害的演讲，一直保留这身行头，完全不受干扰。

1992年，卡耶维奇站在波斯尼亚国会面前威胁，如果波斯尼亚投票从南斯拉夫独立的话，就屠杀波斯尼亚穆斯林，他最终这样做了。接下来的三年，卡耶维奇竭尽全力履行他的恶毒承诺。南斯拉夫国家军队和塞尔维亚非法军事组织，联合流浪的恶棍团伙，炮轰射击、强奸放火、在没有塞尔维亚人居住的所有地方布雷。最后，在斯雷布雷尼察大屠杀中［1］，被捕的8000名穆斯林男人和男孩在卡耶维奇的命令下被立即处死。《代顿协议》之后，1996年，他在南斯拉夫法庭受到指控。从那时起，他一直在逃，成为欧洲的头号通缉犯。

2004年3月底，美国陆军情报部门得到消息说卡耶维奇和他的二十几个保卫人员在多博伊一个毁坏的地区避难，由于种族清洗，那里成为了图兹拉附近的一个塞尔维亚使馆区。他几乎藏在美国的眼皮底下。

根据我读到的报告，卡耶维奇在一个秘密关系网的支持下穿越塞尔维亚

［1］斯雷布雷尼察大屠杀：发生在1995年，国际法庭将这次屠杀确定为种族灭绝。

和波斯尼亚，就像几十年前美国的“三K党”那样。他由前阿尔坎老虎军团护卫,他们最为唾弃和害怕塞尔维亚游击战士。为了给卡耶维奇提供生活所需，老虎军团逐步形成一个走私汽油、毒品和性奴的犯罪团伙，据说，也为俄罗斯歹徒执行有偿暗杀行动。

对雷顿·梅里威尔将军来说，捕获卡耶维奇本来应该标志着在波斯尼亚的北约维和行动最后的成功。他们对这次行动进行了精心策划，并且召集了剩下的国家特种部队士兵——他们是让难民忧惧的先头部队。

4月10日，一个周边部队包围了卡耶维奇藏身的废弃住宅，与此同时，两个特别行动小组从不同的门进入一层。他们进去了不到几秒钟，至少两枚火箭推进榴弹从上面爆炸，点燃了房屋。特种部队士兵逃离时，等在附近屋顶上的狙击手朝他们开了火。

塞尔维亚的伏击让四个美国士兵死亡，八个人受伤。没人真正看见他们，据推测，卡耶维奇和他的阿尔坎护卫乘坐从美国军队偷来的两辆卡车中的一辆，从现场快速逃离。

这几个人的死亡,是在波斯尼亚超过八年的时间里,美国唯一的战争死亡，给梅里威尔的任期画上了一个阴郁的句号，上了祖国的头版新闻。在关于此次事件也许最重要的引述中，一个美国军士对着网络镜头咆哮道:“我们来这里不是为了这些 ×× 的人而死的。”

三天后，我读完了网上能找到的有关卡耶维奇逃跑的每一篇文章和博客帖子，我还寻求了法庭研究馆员的帮助。有关枪战的所有文章中，没有人提到过“吉卜赛人”或者巴鲁普拉。

第二个星期的周二，古斯拿着一张纸来到我的办公室。几天前，我接收了奥利弗的空间，虽然我仍然在努力适应它的沉闷无趣。没什么家具——圆头的台式电脑红木操作台，连着一套薄板组成的白色储藏柜。荷兰人不喜欢在公共空间展示私人物品，米色墙壁上除了一张奥利弗贴在角落的塞拉利昂的彩色地图以外，什么都没有，而我扔了这张地图，就像对单调劣质物品的反抗。这里与我在德威特－罗伊斯特的仰慕之墙相去甚远，那面墙上有不同的总统与我握手的照片、我最著名审讯的法庭素描，以及镶着昂贵皮革相框的很多重要文件——学位证、律师证和我的美国联邦检察官专利特许证。

“我在南斯拉夫特别法庭认识一个女人，”古斯说，“一位辩护律师，说她和丈夫有一间屋子可以出租几个月。”闲暇时，我一直在网上查看公寓，但是大多数需要租赁多年。短期租赁能让我在熟谙海牙期间，在做出一个更长期的承诺之前，逃离那间被幽禁的僧侣般的单人牢房。

下班后，古斯陪同我坐在列车的后面去往城中心。走了一小段路后，我们找到了那栋房子，它的入口处塞满了锁在暖气管上的自行车。

这栋两层楼的公寓整洁无尘，摆着几件较旧的现代艺术作品，一看就是继承来的。我的准女房东名叫娜拉旺达·洛根，出生在印尼，不过大半辈子住在海牙。她像只鸟一样瘦小，留着乌亮的刘海，戴着大眼镜，圆圆的黑镜框似乎盖住了她半个脸。据她透露在纽约大学拿到法学硕士学位的时间，我估计她现在三四十岁，虽然她秀丽的外表让人误以为她更年轻。

她的丈夫，卢，是她在法学院认识的一个美国人。最近，他任职的国际救援组织将他派往曼哈顿担任临时职务，时长不会超过六个月。但是纽约使人眩晕的租金超过了洛根的经济能力，于是他们决定出租一间空闲卧室。那间卧室在楼上，按美国的标准来说很小，尽管跟我在旅店的房间相比算宽敞。它有荷兰典型的大窗户，因为荷兰人向往阳光，屋子里还带一个小盥洗室，这是多年前他们将储藏室改造出来给一个老亲戚用的。

洛根太太说她早出晚归，厨房基本归我用，因为她从来不做饭。这种相对私密的空间马上吸引了我。除此之外，位置不错，离有着高档商店和精致咖啡馆的弗雷德大街只有几个街区。我深知自己，如果不能踉跄地走出门去寻找乐子，我永远不会离开公寓。

古斯告诉了我租金，一个月550欧元，这很便宜，我马上说好，第二天晚上就搬了进来。

星期一，3月23日，有消息说波斯尼亚再次确定将这起案子递交国际刑事法庭。过了 11 年（少一个月），关于巴鲁普拉大屠杀的刑事调查可以开始了。

我并不惊讶，罗杰他知道一切，那天晚些时候给我打了电话。

“我听说你赢得了审讯。”

“宣告胜利有点难，罗，对方没有人。”

“无所谓。现在你在展开调查，你愿意来哥伦比亚特区跟雷顿·梅里威尔谈谈吗？”

“梅里威尔将军？”

“他想跟你进行一对一的交谈。”

“关于这件案子？”

“难道关于喂养矮种马？当然关于你的案子。他也一直在阅读相关材料。”法庭的指令在美国引起了关于巴鲁普拉的最初关注，《纽约时报》不起眼的位置有一篇小文章。这篇文章提到这起屠杀发生在美国军队控制的一个区域。我能理解为什么这会引起北约当时最高司令官的注意。“将军想要你听听他的看法，”罗杰说，“告诉你他知道的事情，对于这些你几乎算得上一无所知。”

我差一点问罗杰，梅里威尔将军为什么要参与进来，但那无异是将送上门的东西拒之门外，挂上电话后，我坐在桌前试图回答这个问题。我不怀疑罗杰是我的朋友——读法学院期间我母亲给他烧了无数顿饭，他飞了 14 个小时来参加她的葬礼。在我决定离开埃伦后，他比其他人更关心我。但是他像很多人一样，也许包括我，赞同“竞争中不讲友谊”的立场。在壁球场，这么多年来，罗杰几乎让我残废，从我身上碾过去，以每小时 80 英里的速度把壁球打到我的屁股上，并且——通常他在后面时——总会用力挥动手臂用他的球拍打我。要沉浸在游戏中，要遵守游戏规则，他会说。

我努力去弄清现在的游戏。罗杰是美国的一位公务员。因此，不管雷顿·梅里威尔会说些什么，都是为了美国的利益，当然，他也为了免除美国军队的追责。

我穿过过道去找古斯。

“好一个免罪。”古斯说，我认为这句话的意思是他跟我一样对梅里威尔感到诧异。古斯的英语基本上还保存完好，似乎他仍然 19 岁，就像离开澳大利亚时的一样。

国际刑事法庭的议定书要求追责领导，而不是普通工作人员，因为后者可以声称他们只是服从命令。也就是说，如果美国士兵屠杀了几百个吉卜赛人，梅里威尔将军将会是我们的头号目标。因此，他要与我谈话的请求违背了每一个刑事律师的从业准则，包括我。如果能够告诉他的话，那就是，闭上嘴。监狱满是宣扬自己无辜、谴责谎言让他们蹲监狱的家伙。

“我们不能拒绝。”古斯说。美国法律禁止美国军队协助调查，但是很难禁止私人谈话。“但是，”他补充说，“这会让老头非常紧张。”

他指的是巴杜检察官，也是法院院长。担任首席执行官的法官是由成员国选出来的，也就是说巴杜会尽量避免激起内讧的争吵。在我掌握的“情势”中，预审庭的指令准许“调查在检察官办公室申请书的‘地域范围’内”继续，当然没提到美国。事实上，鉴于《美国服役人员保护法案》，在美国的领土上开展国际刑事法庭的调查很可能是非法的。

我给罗杰回电话说了这些看法，但是不到 24 小时，他已经提议梅里威尔和我在华盛顿哥伦比亚特区的波斯尼亚和黑塞哥维那大使馆的一个会议室见面，根据国际法条，那是有主权的波斯尼亚领土。波斯尼亚人，跟许多其他人一样敬畏梅里威尔，绝不会拒绝如此简单的请求。

随后，我安排与巴杜和明美会面，希望得到他们的许可。我们坐在巴杜办公室的一张白色会议桌旁，旁边是一排大落地窗。巴杜坐在上首，明美选择角落里，拿着一个拍纸簿。她黝黑的脸似乎总是印着悲伤，明美在法院时，老开着门，不管我来得多早或走得多晚，她总是在她面前的那叠文件上疯狂地涂写。虽然她是我的主管，但我们很少交谈，因为她吝于言辞，而且难以沟通。她说日本式的英语，是从她们的大学学来的，很像是一种方言。虽然明美的办公室离我仅两门之隔，我跟她几乎事事通过邮件沟通。

巴杜由于大不相同的原因，同样神秘莫测。他身材魁梧、和蔼可亲，70多岁，强壮，秃顶，是国际法方面的知名权威。他说一口漂亮、悦耳的英语，他的超然范儿显得镇静而有魅力，对于他讲究礼仪的工作性质，这显然很适合，他接待过很多国家的外交代表。然而除了亲切的闲扯，他说的事情几乎都不切中要害。他擅长庄重点头和会心轻笑，他的下属说话时，他总是隔一阵就庄重点头或会心轻笑。但他很少对问题或提议做出直接回应。我解释了与梅里威尔见面的后果，巴杜听后只是不断重复“极不寻常，极不寻常”，轻笑两声，没有别的了。

在国际刑事法庭，大家普遍认为检察官办公室的重大决定实际上都是明美做出的。譬如，别人告诉我是她最终摆平调查巴鲁普拉事件的层层顽固阻力。可是她不大情愿我会见梅里威尔。她同意在波斯尼亚大使馆与将军进行交谈严格来说是合法的，但是她说国际刑事法庭的花费每年由联合国进行审计，没法支付去美国的调查的费用。

通常来说，钱是决定性的因素。不过几个星期以来，我的前律师合伙人一直絮叨不休，要我回三连城讨论金德县炼油企业的一桩私定价格的刑事调查案件，这家企业几十年来在这个国家收取了最高的价格。这要花上几天，可我以前的客户说他们非常高兴为我购买飞机上最好的座位。我解释说我可以安排这次美国之行，不用国际刑事法庭花钱时，明美没有办法拒绝，只能应允。

我准备回家，家里还有事等着我。我宣布将搬去海牙后不久，我的小儿子皮特和他的女朋友布兰迪告诉我他们订婚了。埃伦和我努力安排与布兰迪父母举行一个庆祝晚宴，但是我离开时罗森贝格夫妇还在佛罗里达过冬。现在我给前妻打电话看我们能否在星期六晚上，4 月 11 日碰个头，这个时间可行。与此同时，罗杰说梅里威尔可以在 4 月 10 日下午三点见我，就在我到达杜勒斯机场的几小时后。

最后一步是让埃斯玛告知费尔科我们要在巴鲁普拉见他，我可以从美国去那里。这期间她给我打过好多次电话，表面上是探听我们有没有从波斯尼亚方面得到什么消息。在她开庭日结束时，我们终止了通话，由于与纽约的时差，海牙已是深夜。一旦我们处理完公事，埃斯玛必然用有关我孩子的问题或者她自己的故事延长通话。

我尤其喜欢听她跟四个姊妹在一辆房车里长大的逸事。她形容她父亲是个诈骗老人钱财的骗子，一个殴打妻子和孩子的畜生。她对父亲的报复是不管他们在哪里扎营，她都去上学。对吉卜赛女孩来说，青春期后是禁止与陌生人交往的，上大学时，她父亲将她驱逐出了吉卜赛族。她说她不在乎。

尽管埃斯玛如此有趣，但与她交往使我面临的风险显而易见。我将我们的通话尽量限制在五分钟内。这次我采用了邮件，可几分钟后我的手机就响了。

“费尔科会带你们去看那个坟墓，但是他要求我去那里陪他。”她说。

我没想到她会去，心神不宁地沉默了一会儿。

“真的没必要。”我说，尽管我意识到她完全有理由去那里，如果那是费尔科想要的。

“比尔，”她说，“我怀疑没有我的帮助，你见不到费尔科。他不太会塞尔维亚—克罗地亚语，我可以做吉卜赛语翻译。”

我接受了她的决定，花了一秒钟解释我将从美国到巴鲁普拉。为了满足她惯常的好奇心，我粗略说明了我的计划。

“你和前妻可以自在地坐在同一张桌子前吗？”

“完全可以。现在我们不再为彼此的幸福负责，我们相处融洽。实际上星期六晚上我要跟埃伦和她的丈夫待在一起。”

“我的天。”埃斯玛说道。说实话，这件事情也让我感到矛盾。“你可以在图兹拉告诉我更多。下周四见。蓝灯酒店？”古斯说这家酒店以明显的优势成为我在图兹拉最好的选择。

结束通话后，我坐在新办公室。一个难以接受的事实袭来，这一事实在我跟埃斯玛的通话后更明显：我很寂寞。更糟糕的是，快 55 岁了，从本质上来说，我的生活依然不稳定。我对最近几个月的选择并不后悔，但是对我的未来以及我自身来说，我下了一个大赌注。静坐在这里，我感受得到如果事情不如人意我将陷入的凄凉境地。

梅里威尔——4 月 10 日

波斯尼亚和黑塞哥维那大使馆占据了一座未来派艺术家的平面大楼，邻近 21 街和 E 街西北，离美国国务院不远。附近的雾谷，是这个城市比较安静的地方，那里 18、19 世纪的建筑现在用作大使馆、博物馆和酒店，以及高档住宅，周围是树木茂盛的街道。

约莫下午三点时我到了约定地点，推着我的行李，因为我直接从杜勒斯机场过来。屋内，面色铁青的波斯尼亚保安拿我当一个潜在的恐怖分子对待——跟对待其他访客一样，我确信。走过金属探测器后，他们扣押了我的行李，搜查了我的公文包。没说一声道歉，他们就拿走了我的手机和拍纸簿，还有两支钢笔，这些在探访期间不能使用。罗杰告诉我会面期间不能做笔记。

这么多年来，律师这个工作让我与众多所谓的重要人物有过对质——金德县的天主教大主教、不计其数的执行总裁，以及就我担任美国联邦检察官而考问我的参议院司法委员会。然而离我的会谈还有几分钟时，我发现自己异常地紧张起来。

雷顿·梅里威尔将军最近获得了特别的公众形象，被称作“偶像”。他是他那个时代获得勋章最多的士兵，曾短暂——但是郑重地——被推选为美国总统候选人。说到这里，不得不提他也成了拥有权力和成就就沉迷美色的美国男人，名誉因此受到极大影响。

在我成长的过程中，一个受人欢迎的军官是巴顿，他勇气非凡，敢与上帝争锋，而他能极大地鼓舞士兵的勇气，让士兵出乎意料的勇猛。就我而言，我几乎没有与美国军队接触的直接经验，在我那个时代，我所处的社会阶层，不操心保家卫国，就像500多个国会成员投票批准入侵伊拉克时，而我们战争开始时只送了一个孩子去参加战斗。但是随着时间的推移，我形成了一种清楚的认识，升到军队最高层的男女是比巴顿更为微妙的人物。

当然，雷顿·梅里威尔似乎就是如此。他代表他家的第四代进入西点军校，以班上第二名的成绩毕业，之后作为步兵军官和伞兵参加进一步的训练。多年来，梅里威尔在五角大楼、战场和学术任务之间来回调动，他在陆军战争学院教战术，也在麻省理工学院待了几个学期，完成博弈论的博士学位。

他的战略思想并不复杂，常被人们引用："只在绝对必要时以压倒性的力量投入战斗。"他的战场记录十分耀眼：格林纳达、巴拿马、海地。在"沙漠风暴"[1]期间，他是施瓦茨科夫上将的参谋长，策划了在持续不断的空袭后的100小时地面行动。

所有这些将他引向了巴尔干，他是波斯尼亚北约维和美军的第一位指挥官。在维和使命完成后，他得到重新委派，在科索沃对塞尔维亚人进行管理，随着那个国家和波斯尼亚的和解，他又回归，担任北约部队的最高司令官。最后，2004年，在他的朋友科林·鲍威尔的推荐下，他被派去伊拉克领导中央司令部。在压制"基地"组织行动上他成功过，因为只需要对抗内部叛乱。18个月后他请求解除职务，据报道他确信短期内没法造就一个民主的伊位克。据称，他向总统建议兵力加倍，就像在波斯尼亚一样，完全制服并解除众多反叛者的武装，然后撤离。

一回到美国，梅里威尔就请假去完成他的博士学位，他对战争感到担心的报道得到广泛传播。2007年初，几个著名的民主党人提名他为2008年大选的总统候选人，直到梅里威尔宣布他不会离开军队。三年后，2010年，总统奥巴马任命雷顿·梅里威尔担任下一届参谋长联席会议的主席。

通知发出的48小时内，《华盛顿邮报》和《纽约时报》均对梅里威尔在

[1] 指1990年以美国为首的多国部队针对伊拉克侵占科威特而发动的军事进攻。

北约与他的副官的长期暧昧关系做了头版报道，这很有可能是布什的支持者泄露出来的消息，他们渴望报复。这段关系开始时，陆军上尉杰米·圣约翰年龄是将军的一半，未婚，是杰出的西点毕业生，是梅里威尔同学的女儿。不论这位年轻的女人给梅里威尔提供了什么，那都是他不愿意抛弃的东西。他带她去了伊拉克，但是这段关系在那里坍塌了。她要求调职，他阻挠未成，不断给她发邮件，内容也变得越来越凄苦下流。最终，她与一位年龄相仿的军官订婚，他发出一系列可笑的威胁——大部分是在深夜写的，无疑受了太多酒精的影响——声称他会结束她的军旅生涯，除非她回到他身边。

这段恋爱已经过去四年，他所引发的余波，现在依旧成为新闻，这期间，梅里威尔好几次写信向现在的陆军少校圣约翰表示道歉。然而，故事传开的那个星期,他从部队辞职,结婚40年的妻子把他从麦克莱恩市的家里赶了出来，两个女儿公开唾弃他。他现在是远程通信公司的执行总裁，这是一家高科技公司，为各种作战系统制造电子元件，处于军事合约的巨大灰色世界，产生了数十亿美元的收入，且很少为公众所知。

在我的婚姻日渐衰微的日子里，梅里威尔垮台了，这比比尔·克林顿、所罗门·瓦赫特尔、艾略特·斯皮策等近几十年来也遭到这种羞辱的其他几百个有身份的人更吸引我。他们全是傻瓜，再次证明这些男人不过是被疯狂牵制的普通人。但是对我来说有一个更深的谜团：为什么这些男人觉得欲望比他们一生为之奋斗的东西更值得依恋？作为一个群体，他们的行为表明，大体上，有些东西持续影响着我们：得到一切的巨大成功仍然不够弥补曾经失去的那些重要东西。也许全人类都是这样，而有权力的男人只不过拥有追寻诱惑的能力。或许这一现象反映了这个事实：大权在握的家伙们的欲望是永远无法满足的。

每种情况大概都有自己的答案，对这些男人来说，被抓到是他们没有料到的。不过梅里威尔得到了朋友们数不胜数的担保，他们坚持这些事情肯定是第一次发生。但是在他最后给陆军少校圣约翰那些绝望的邮件里，梅里威尔承诺抛弃他的妻子，放弃他的军旅生涯。梅里威尔的故事对我来说最引人注目，不是因为他强烈渴望生活中缺少的东西，而是他似乎觉得他已经找到了生活的意义。

我走近会议室，透过门上的玻璃嵌板，看见等待的雷顿·梅里威尔。他的一切都无可挑剔，可是却心不在焉，双腿交叉看向旁边，明亮的牛津鞋在他狭长的裤子折缝下面懒洋洋地抖动，那一刻他显得尤为孤独。我进门时，他站起身，伸出手。他比电视上看起来要小一点，瘦一些，五官的轮廓分明，白发修剪得很利落，仍然长到可以梳理。对一个他这样年纪的人来说——68 岁，依据网上的说法——他的脸颊仍然出奇地红润，或许是酒后余韵。他的手苍白但也许经过了精心护理，对一个士兵来说，他似乎出乎意料地讲究。

我们站着聊了聊罗杰。梅里威尔将军告诉我他们好几次在同一个地方供职，我们对罗杰紧张的性格交换了几句无关痛痒的评论。梅里威尔模仿了一下罗杰竭尽全力做事情时皱紧整个脸的样子，这让我大笑出声。接着将军示意我坐下来，我们坐在长会议桌的同一边。

“我能告诉你什么，腾·布姆先生？”他略微笑了笑，故意问得含混不清。

“很多事情，我相信，将军，不过首先我们需要做一些准备。”

“你要告诉我，我有权利请一位律师？”

“是的。”

“正如你预料的，腾·布姆先生，我的律师们劝我不要跟你交谈。”如今梅里威尔有与律师打交道的丰富经验，因为他的风流韵事暴露，这导致了国会调查和大陪审团的简单调查，不过调查没进展，所谓的受害者坚持说她从没拿他的威胁当真。我意识到他先前的条件——单独见面，不得发表，没有笔记——应来自律师的建议，这些举措实际上预防了别人以后用他的话来攻击他。

“我们都知道我并没有面临多么切实的危险，腾·布姆先生。如果国际刑事法庭企图指控我，我们的政府会竭尽所能来救我。”

“啊，是的，”我笑道，“《海牙入侵法案》。”

梅里威尔将军也绷着嘴笑了。我们彼此相对，坐在两把紧挨着的高背老板椅上，椅子上装着罕见的华丽蓝皮革面子。18 张这种椅子围着实木桌子，桌子浅粉色的质地映射着透过大窗户的四月的阳光。镶板也是实木的，这个房间有两层高，三个花哨的吊灯高高悬挂在桌子上方。在远处，波斯尼亚和黑塞哥维那的蓝色旗帜带着黄色三角形和白色星星，还有星条旗，立在一台大屏幕电视两边的旗杆上。这台电视大概是在重大电视电话会议时使用的，也用来观看国内足球联赛的卫星直播。

“腾·布姆先生，要知道，我不想出师不利，但你在这里做的事情恰恰是军队害怕国际刑事法庭做的。签订国际刑事法庭条约的其他国家拒绝豁免维和部队的免起诉权，比如我们在巴尔干的那些部队。”

鉴于那个时期他在北约的职务，显然梅里威尔说的是他第一手的信息。

“将军，你怎么能够豁免犯下反人道罪行的人？英国、法国和德国在波斯尼亚都有维和部队，并且他们加入了国际刑事法庭。”

“英国、法国和德国不像我们国家一样是被攻击对象，腾·布姆先生。在代顿，这些政府同意我们的军队只能在美国法律下被起诉。显然，国际刑事法庭并不认为自己受这一约定的约束。”

“国际刑事法庭从没有签署那条协议，将军。不过你的看法很有道理。”这一赞扬让他大吃一惊，他微微挑了挑眉。我问道:“你知道军队对这起所谓的屠杀做过调查吗？”

梅里威尔踌躇了一会儿才回答。

“我在部队时没有。至于之后的情况，我就不知道了。但是无论如何不会有人告诉你结果的，腾·布姆先生。”

“这不是我问这个问题的目的。国际刑事法庭的工作方法是，只有所涉及的国家不能或不去做时，才授权国际刑事法庭去调查犯罪。正如你刚刚指出来的，美国军方保留起诉其士兵的权利。美国海军执法署对此进行过彻底调查，所以，如果你们对外公开调查结果就能阻止国际刑事法庭接触到这个案子。我不明白你们为什么不这样做。”

“腾·布姆先生，没有依据时，美国军方不会让任何国际机构去调查我们的军队，或者透露相关的结果。说服美国人民允许我们的军队斡旋海外，不告诉父母他们的子女将在千里之外遭受另一法庭的训诫，并且调查程序与我们自己的完全不同，这已经够难了。”

“各处的审判都是一样的，将军。无缘无故地将400个男人、女人和孩子关在一个煤矿里，在任何地方都是犯罪，我怀疑你真的将起诉那样的暴行视作‘训诫’。”

尽管我们争论，但是我们的谈话是愉快的，甚至是有趣的，伴随不时的机敏微笑。我们都知道讲证据，一个军人和一个出庭律师都喜欢以这种对话来了解事实，这并不让人惊奇。但是我对梅里威尔最后的挑战招致了一个更忧郁的表情。

“我当然不是这样，腾·布姆先生。越南美莱村大屠杀内幕解密时，我刚被授予军官头衔，这一内幕一直警示我：战争就是地狱。虽然这是一个有利可图的产业，但没人愿意提起，战争中的士兵都非常害怕，为生存而战，战争总展现出人类不好的一面。如果事情真是那样的话，也没有任何借口杀害400个手无寸铁的人。更何况事实上这些没有发生。”

将军放低下巴，冷冷地看了我一眼。他灰色眼睛透出强硬，我从一开始就注意到了，现在眼神更强了。我们开始讨论实质问题。

“基于什么，将军，你有如此的自信？”

“上个星期，我跟那个时期在波斯尼亚的每个高级军官都谈过。他们告诉我这个指控没有丝毫的真实性。”

“如果你是我，将军，我相信你会说你宁愿自己跟这些军官谈。”

“如果我是你，腾·布姆先生，我会认为跟最高司令官交谈感觉很好，尤其美国法律禁止这么做时。”

我沉默了，他这么说有道理。然而，他进一步加深了我对他为什么在这里的好奇心。

“恕我冒犯，将军，基于你看到的或别人告诉你的，你是说你对巴鲁普拉的屠杀一无所知？”

“那正是我的意思。屠杀是捏造的。”

“哪一部分是编的——有屠杀发生还是美国军队与之有关？”

“当然是后者。对于指控——如果我理解得没错——一支载重汽车队和十几个士兵在我们的操纵下穿过一个地区，然后炸掉一处煤矿，在这个过程中消灭了 400 个人。除非作为司令官的我完全是个废物，不然不可能发生了这件事，却没有一个美国兵注意到并报告上级。”

人们说初次见面就能信任彼此是毫无道理的——这可以问问第二次约会的人——但我喜欢梅里威尔将军，主要是因为在事实面前他显示出的纪律性。他的举止表明他既不自欺，也不会就自己知道的情况撒谎。

“将军，村子的所有人在 2004 年 4 月一下子全消失了，这是无可争议的。”

“腾·布姆先生，那不是第一次吉卜赛人表现得像吉卜赛人，他们迁移了。”

“你刚刚说过，不可能有 400 人穿过几个美国营地的圈子，而我们的士兵却对此不知情，也不汇报。”

“我针对的是外国的军事行动和爆炸，腾·布姆先生。另一方面，平民的大动静是常见的。2004 年在波斯尼亚，没有什么工作机会，食物严重短缺。人们出去搜寻食物和煤，收集废铁，狩猎，更不用说几千难民仍然在重返家园。几百人在路上走也许吸引不了那么多注意力。”

“可是，将军，巴鲁普拉的吉卜赛人缺少去往别处的设备，除了步行。这些吉卜赛人多半住在塑料薄膜下面。”

“腾·布姆先生，我记得他们中有几个是偷车贼。”

“要运送 400 人，将军，你得偷许多许多辆车，那会给波斯尼亚警方带来很大问题。更不用说事实上自从 11 年前，在这个世界上就没人再见过这些人或得到过这些人的消息。”

梅里威尔往后靠，端详我。我把他的沉默当作一种认可，就像一秒前我的沉默，在这一点上我的论据更有说服力。

“最后，先生，”我说，“你所有这些推理与我将要提起的事实相悖：我有一个证人，将军，他住在巴鲁普拉，他说那里人都被关在那个洞穴里。”

“我知道。”

“你读过他的证词吗？”

“我碰巧读过。罗杰寄了一份给我。”在法庭，我从没听说有人要证言笔录，这表明罗杰的机构从网上复制了直播。无须惊讶，罗杰从一开始就清楚他们在跟踪这件案子。

“老实说，腾·布姆先生，看在上帝的分上，对于那女巫法官的做法，我不能理解为什么你没有尖叫。波斯尼亚的土地上只有为数不多的美国空军，而且他们已经离开很多年了。”

我解释说我认为高塔姆法官的把戏是让我丢脸，而不是针对美国。丢不丢人当然不是我想要反复听到的事情，但我想要让将军也窘迫一下，希望他也会这样做。从他专注的表情来看，作为一个博弈论家，我的推理让他觉得有道理。

“不过先不考虑这位法官，将军，你是在告诉我证人的证词没给你留下印象吗？”

“你要原谅我在政治上的疏忽，不过我跟你分享一下我满世界跑得来的一个教训：吉卜赛人说谎，腾·布姆先生，对他们来说那算不上说谎。他们没有文字记载的历史，他们总是重新改写过去来适应每一时刻的需要。此外，他们跟我们打交道是在自我防护。说谎让他们跟世上的大多数人保持一定距离。”

“我不想跟您在社会人类学上争吵，将军，那不是我的领域。我下个星期去巴鲁普拉，但是到目前为止，这个男人的证词似乎得到了充分的证实，”我花了些时间来描述埃斯玛收集的照片、书面陈述和地震报告，“将军，这些证据支持该地发生了屠杀的事实。正如你之前承认的，很难相信发生一次爆炸或非法军事组织行动，而没有美国士兵知晓。没有任何美国士兵向上级汇报，这一原因可能是他们也参与其中。”

我意识到，一旦梅里威尔承认他手下的人可能知道巴鲁普拉的屠杀事件，他就印证了为什么他的律师们让他不要跟我交谈。他们在法庭上说的一些论据，帮另一方证明了太多事实。

我拿将军自己的话来攻击他让他感到受挫。他站起身去拿桌子中间的一个银色玻璃瓶。他给我们两人倒了水，在重新落座之前调整了裤腿。

“你对巴尔干战争了解多少，腾·布姆先生？”

我告诉他实情，我最近的阅读让我惊奇地发现关于那段时间的事情我了解得好少。

“你不是唯一一个理解不了事件的人，”将军答道，“在欧洲的盟国，我们最初仅仅将波斯尼亚战争视为从 14 世纪土耳其人进入这片区域就一直持续的种族对抗。但是在波斯尼亚，塞尔维亚人加之于穆斯林的种种暴行不亚于种族灭绝，与纳粹消灭犹太人的行动一样，是有意为之，虽然感谢老天，只发生在很小范围，但手段更残暴。两万波斯尼亚妇女遭到了性侵，只是让她们怀上塞尔维亚孩子。在塞尔维亚人控制的 500 个集中营（囚犯人数是克罗地亚人和穆斯林联合起来的十倍）的营地，有组织地让囚犯挨饿，工作到死，更不用说实施数以百计的大屠杀。

“所有这些，腾·布姆先生，就发生在离达豪[1]不到 600 英里的地方，在同一个大陆，同一个世纪，尽管我们都发誓说‘再也不会发生这类事件’。可怕的是，正如我们逐渐发现在发生什么——即使你的朋友罗杰不断启动警报——美国最终才看到真相，做出回应，制止残暴的行为。波斯尼亚是北约参与的第一个真正的军事行动，获得了惊人的成功。

“我们分隔了三个敌对的种族。重要的是，我们拿走他们互相杀戮的工具。南斯拉夫分裂时，马歇尔·铁托建立了欧洲第三大军队。我们起获了 85 万件武器，武器大部分来自非法军事组织、伊斯兰极端分子和治安会会员，虽然他们十分不情愿地交出武器，但是我们做到了，也没有任何人因此丧命。我

[1] 德国巴伐利亚州城市，纳粹集中营所在地。

们还逮捕了 29 个战犯，其中大部分是塞尔维亚人，也有几个海牙通缉的克罗地亚人、穆斯林和科索沃人。

“回顾过去，只有两件事情让我后悔。最大的遗憾是发生‘9·11’，显然我们本应该将我们在穆斯林世界对波斯尼亚人和阿尔巴尼亚人的拯救大肆宣扬。”

“然而，对我这样的人来说，我们的人生坚守一个信念：武力也是和平的手段。我们在巴尔干发挥着重要作用。”

梅里威尔带着热情缓慢柔和地说道。我没有疑虑地听着，这既是出于礼貌，也是因为相信我迟早会懂得他的意思。

“将军，你不是那种需要别人鼓励的人，尤其不需要我的鼓励。我希望我能知道你暗示的是什么。”

“我在试图告诉你，你在调查中承担着风险，腾·布姆先生。”

“不久之前 400 人的死亡给了我风险意识，将军。我知道你说的不是这个：因为几千人得救了，几百个吉卜赛人被杀害没关系。”

“我当然不是这个意思。但是你的调查有后果要承担，尤其这些指控受到更多关注的话，我希望你记住这一点。即便这错误的指控让某些人说我们不该浪费纳税人的钱，应该待在家里，让这个世界自生自灭。这让全球很多人得意——俄罗斯人、中国人、委内瑞拉人、‘伊斯兰国’人、伊朗人和许多类型的极端分子——他们会很高兴我们不在国外部署力量。”

“我现在就可以告诉你，将军，我希望我永远不会有这种想法。”

梅里威尔显然往后缩了缩。

“将军，我在海牙的工作，与我 15 年前在金德县的工作一样：调查罪行，当有证据证明严重触犯法律时起诉。我曾起诉了我们的天主教主教，因为他劫掠教堂保险箱来供养一个他抚养的孩子。”

“我记得这个案子。”梅里威尔说。

“我们在提起诉讼之前，一个教皇特使在金德县现身，告诉我我的行为会让成千上万的人失去信仰。我会把我对他说的话也对你说一遍，‘你最不想让我做的事情跟你抢饭碗’。特使负责照料信徒，罗杰和你这样的人会为美国的外交和军事政策担心。我只是一个名字好听的乔·弗莱蒂[1]。”

这一比拟让梅里威尔露出一丝微笑，他甩了甩头表示不同意。我们的讨论又一次陷入停顿，他分心玩了一会儿掌上电脑。我问他是否需要休息更长的时间，但他已经准备好继续，喝了第二杯水。

“将军，你说你有两个重大遗憾。我想另一个是没能抓到拉扎·卡耶维奇？”

提到卡耶维奇这个名字就让梅里威尔皱眉，这是他表现出来的最为强烈的情绪。

“那男人是个恶魔，”梅里威尔说，“要是给他机会，他杀的人会像斯大林、希特勒和波尔布特一样多。他从来不是一个政治领袖——只是一个没有良知的施虐狂、恶棍，自我意识超过朱庇特[2]。”

“我相信你为在多博伊逮捕他时发生的伤亡感到心痛。”

“作为一个战地司令官，腾·布姆先生，最难的部分，总是面对人身的伤亡，尤其你自己的士兵。我们在波斯尼亚八年，没有一个士兵在战斗中死亡。得知四个士兵死亡、八个士兵受伤，其中三个重伤，而恶毒如卡耶维奇这样的人却逍遥法外，这成为我军旅生涯中最悲伤的时刻之一。”

“他是怎么逃过你的军队的？我想是情报上的失误。”

“‘失误’这个词太重了。在逮捕犯人方面，即使是勤勉的努力也不总能成功。根据那个时候的报道，我们严重低估他们全副武装的程度。一个月前我们刚刚让卡耶维奇漏网，为了乔装逃跑，他们几乎扔掉了所有的武器。”

“但他们似乎知道你们到达的确切时间。”

“似乎如此。”

“他们是从哪里得到这个消息的呢？”

“如果我知道，腾·布姆先生，我也无权告诉你。不过，我可以向你保证，我们没有重复之前的错误，”在我读过的文章中，我惊讶地看到报道说法国破

[1] 美国电视剧《警网》（Dragnet）中一位实事求是的警探。
[2] 是罗马神话中统治诸神、主宰一切的主神。

坏了逮捕卡耶维奇的初期行动，以为这会把塞尔维亚人推向俄罗斯人，“我们在多博伊逮捕卡耶维奇的行动计划大概是我在蒙斯时期保守最严的秘密。”他说。蒙斯指的是比利时的一个城市，盟军司令部的所在地。换句话说，法国人被逐出盟军了。

“关于卡耶维奇如何得知消息，你的最佳猜测是什么？”

“只是猜测？出了点事泄露了我们的计划。我们尽量尊重波斯尼亚地方当局，有穆斯林领袖不想让卡耶维奇被抓，害怕这会再次引起骚乱。当然他在每个警察部队有间谍。我能告诉你的是，腾·布姆先生，我们不遗余力地调查过这件事情。没有一个在波斯尼亚服役的美国人不为多博伊的伤亡深感沮丧。”

“沮丧到杀掉400个吉卜赛人？”

梅里威尔再一次后退，细眉毛再次挑起。他沉默不语，我继续说道：“在图兹拉有一个广为流传的故事，说巴鲁普拉的屠杀与没能抓住卡耶维奇有关。”

梅里威尔摇了摇头，回答道：“腾·布姆先生，谈话又一次涉及了情报信息，我不方便透露。”

通过盘问，我不断设下诱饵。诱饵的一个关键就是不变换表达地持续在同一个地方绕来绕去。梅里威尔最后的回答表明有些关于吉卜赛人的角色有待说明。

“呃，我苦苦思索过这件事，将军，吉卜赛人做了什么事情与卡耶维奇的突袭有关，这让他们全被杀掉。一个明显的可能是他们以某种方式帮助了美国人。”

梅里威尔犹豫了更长时间，这让我更确定我发现了些什么。最后，他咧嘴一笑：“让我看看，腾·布姆先生，这个问题巧妙设计了多少圈套？首先，我告诉过你我不相信有屠杀。我也说过对情报我不能发表评论。”

“如果真的发生了屠杀，将军，我并不是强迫你泄露保密细节，但是你第一个怀疑的是卡耶维奇和他的追随者吗？”

他仔细地考虑起来，嘴巴打结。

“依据他的性格，当然，出于报复杀害几百人对卡耶维奇算不了什么。但是在 2004 年 4 月的最后两周，我们在图兹拉区域对卡耶维奇进行了彻底的搜查，他回去报复似乎显得鲁莽。”

“或者说显得极为自大。”

沉默片刻之后，梅里威尔把头一低，承认了这一点。我知道他没法说更多，但是他的行为持续表明我的思路是对的。

整个谈话中，我没有看罗杰让我带的一页笔记。现在我将手伸进我的背心口袋，确保我没忘记什么东西。

在试图搞清罗杰为什么安排这次会面的过程中，最后我意识到它明显给美国提供了一个好处。在结束调查，检察官办公室向国际刑事法庭提交所需的公开报告时，我们不能再说美国军方坚实地阻碍我们。如果那是他们想要的，促进与军方的更多合作也能说得通了。

“我对那一点不抱希望，腾・布姆先生。”

“可是如果那跟你说美国没有参与一样重要，美国被排除的唯一方法就是找到其他的行凶者，或者我们找到可以证明你们的军队无罪的军方证据。”

“要证明问题不存在不是很难吗，腾・布姆先生？”

“我不是军事专家，但是像运材汽车和值勤表等都可以使这件事更为清楚。如果军方文件显示没有部队行动记录，那会对证明无罪十分有效。但事实上，军方甚至不愿意公开说明所有这些记录，这让我困惑。感觉他们不去查，是因为他们不想看那里是什么。这意味着你的部队一直无法逃脱嫌疑。”

梅里威尔的灰色眼睛像两个铅笔头，在他思考时，看向他的腿部。

“知道了，腾・布姆先生，但是这些事情已不在我的控制范围内了。你还有其他问题吗？”

他站起身，我跟着他。将军提议一起出去。

华盛顿特区的樱花盛开，整个城市展示着她的柔美。在潮汐湖畔，樱花树像一圈粉色的光环。附近有几株樱花也盛开了，粉色的小花瓣迎着一阵阵微风，即使我们讨论着暴行和武力，这些精美的东西仍然闪耀在这个世界，提升我们生活的品质和感受。

我把行李拖在身后，将军问我是否要去机场。我给他说因为不确定会谈要多长时间，所以我计划在华盛顿过夜，明天一早再去金德县。

“今晚你有什么计划，方便回答吗？”

“我准备去酒店写下我记得的我们的谈话，睡觉前给海牙打几个电话。”

“如果你不介意的话，我可以请你吃晚餐。九点前来，我明天一早要坐早班飞机。”

“谢谢您的好意。”我说。

“不完全是。一天结束后，我总是一个人用餐。很多朋友跟我会面，一起吃午餐，不过那些太太们不太喜欢跟我一起吃晚餐，”他轻松地笑了笑，有点略带苦涩的幽默，“此外，我喜欢律师，腾·布姆先生。”

“这话我倒不常听到，将军。”

“我祖父是军事上诉法院的审判长，他是一个很有名望的人。也许是他的影响，我保留律师的思维方式，部分是因为这与一个士兵看待问题的方式不同。你们通过推理分析维护核心原则，而我们最关心的是结果。我保证，”他补充说，“我们走出波斯尼亚大使馆时，我们的谈话就结束了，正如法律所要求的。你放心，我不会让晚餐隆重到构成贿赂。”

我笑了：“不，将军，那位吉卜赛律师上个月已经为我的晚餐买单了。”

“是斯扎尼女士吗？她是叫这个名字吧？显然你欠我一顿饭。我知道我没那位女士那么有吸引力。”

“她非常有魅力，我同意你的看法，将军。而且十分聪明，很坚定，”说到埃斯玛，我感到一阵熟悉的激动，“她是一个五项全能型球员[1]，如果你知道这个词的话。”

他第一次笑出声来。

[1] 指棒球运动中，具有力量、跑垒技术及速度、守备力、传球和打击能力的理想型球员。

“我当然知道。我热爱棒球，这么说来，我们的谈话不会陷入窘境，我们可以谈谈这一季棒球的前景。有饮食方面的禁忌吗？”

“我只吃没有生命的东西，与屠宰过的东西划定界限。此外，我是吃光光俱乐部的终身会员。”

他再次笑道：“七点？”离开前，他给了我地址。

进餐

将军的家在白色水门大厦，他在六层楼的公寓门口迎接我。梅里威尔脱掉了他的夹克，但仍然穿着白色衬衫，打着领带，左手拿着喝了一半的威士忌。

梅里威尔把我的西服外套挂起来时，我听见从厨房传来叮叮当当的声音。我的第一个念头就是他跟别人住在一起，但是我马上想起他说自己一个人吃饭。一个仆人随即出现了，一个穿着白色大衣的小个子亚洲男人，问我要不要喝点什么。将军介绍说他是保罗，并解释他的哥哥是一位海军陆战队军官，在保罗年轻时把他从西贡[1]救了出来。

“他现在有四个孩子，”梅里威尔说，“最小的刚从伊斯顿法学院毕业。你就是在那里遇见罗杰的，不是吗？”将军的手仍然充满深情地搭在保罗的肩头，“我们有一个伟大的国家，腾·布姆先生。”他说。

我对美国沙文主义有一种本能的怀疑，不过离开美国一个半月，加深了我对我们国家的喜爱，将军的评论让我的情感一阵涌动。这个国家做了很多大事，比其他任何国家做得都好。

保罗拿着我的喝的回来了，把第二杯给将军，接着梅里威尔带我参观了

[1] 越南胡志明市的旧称。

公寓。里面装饰品很少，房子的亮点是长窗外的波托马克河和纪念碑。真正的宝藏是他的书房，这个房间的精确次序让我惊诧，因为我都没法让一个跟我的公文包一样小的空间组织有序。梅里威尔收藏了一些军队纪念物——他曾服役部队的徽章、他历经的军衔——一墙的签名照，比较起来，我曾引以为豪的那些办公室签名照弱爆了。雷顿·梅里威尔差不多见过他那个时期华盛顿每一位当权人物。他与从里根开始的每一位总统合过影，通常还有在位的国防部长、白宫和参议院军事委员会的领袖，很多照片中都有科林·鲍威尔。这些全是十寸照片，占满了一面墙，从天花板均匀排列放到地面，除了右下角的一个空白处。

“那是谁？”我指道。他打开最上层的抽屉，拿出一张他与艾力士·罗斯握手的签名照片，这位扬基队的明星由于使用多种兴奋剂被停赛一年。

“我刚刚重新获得这张照片，比尔。我们现在抛开了职业身份，叫你‘比尔’可以吗？”

“我对‘布姆’反应更快。”

“‘梅里’。”他说着，拍拍他的衬衣。我怀疑他的绰号跟我一样来自青春期的讽刺精神。很多年前，他或许要更为快乐。

他说：“律师只需要18个月的谈判就能得到我书房里的一些东西。你也离婚了，这是罗杰告诉我的。”

我马上明白他邀请我共进晚餐的真实动机——漫长婚姻之后的分手并不是偶然现象，但是他加入了一个少数派，支持者有限。

“保罗刚刚重新布置了所有的照片，我们明天可以把罗德里格斯先生挂起来。”

我笑了，因为我误解了。“我还以为你把它拿下来了。”

“根本不，这是个住在玻璃房子的人，”将军说，“我难以想象这个城市有多少我的照片从墙上被拿下来，布姆。”

他勉强笑道，替换掉那张照片，但转过身来时，他的表情茫然，沉默了一会儿，盯着墙上的空白处。出乎意料地，我完全感知到了将军强烈的羞愧感，远比我感受到的辛酸。雷顿·梅里威尔，就像赤裸着沿宾夕法尼亚大道在嘲笑的人群面前游行。虽然主要的正统报纸没有发表他给前任情妇的伤心邮件，但是着迷于这类事情的网站过分渲染，翻出了信件中每一个字——愤怒的、烦忧的、哀求的，甚至色情的。他忍受着大量内心的隐秘——大部分人从不分享的东西，被大量地展示给整个世界，他的名字将永远与这件事联系在一起。

保罗宣布开饭了，这让我省去很多安慰的话。一碗蟹汤的热气在老旧的红木桌上升腾。

将军原来是一位讲故事的高手。正如他承诺的，我们谈论棒球。梅里有很多故事，借由他与众多球队老板和总经理的关系，他得到了很多爆料。这些轶事有趣，更多的时候鼓舞人心，运动员们以不寻常的谦虚和慷慨回应他们的巨大成功。梅里威尔对统计资料的记忆让人吃惊，今年他对扬基队有很高的期望。作为一个来自金德县的猎人队终身球迷，我对此完全没有期望。

保罗撤掉餐盘后，将军示意我回到他的书房，他让我握住他的苏格兰鼻烟，他踩上红木书房凳子，去触碰储藏橱的上方。他拿着两个带银边的大皮箱爬了下来。他在桌上打开两个皮箱，里面收藏着引人注目的签名棒球。在每一个丝绒衬里的方格里，球被精确地转动到显示跨越赤道线的签名，签名来自从拿破仑·拉乔伊以来的伟大棒球手们，拿破仑·拉乔伊在 19 世纪末时成为明星。他有迪马霍纳斯·瓦格纳签名的球，我还是一个孩子时就知道他的球坛生涯数据，还有破纪录的击球员，比如泰·柯布和罗杰斯·霍恩斯比。梅里威尔的第二个箱子完全献给了 20 世纪扬基队的明星——鲁斯、格里克、吉奥、曼托、狄克利、雷吉·杰克逊、戴夫·温菲尔、基特和阿莱克斯·罗德里格斯。

我赞叹了好几秒，将军从一个抽屉里取出一双白色棒球手套。他戴上一只，用它拿出格里克签名的球。梅里把另一只手套给我，然后递给我这只棒球。卢·格里克，患有肌萎缩性脊髓侧索硬化症，在退休时他说自己是“世上最幸运的男人”。显然，他是士兵会钦佩的那种人。

“我去过世界的大多数地方，住在临时营房里，”梅里威尔说，“那里除了我的制服，什么也没有。我非常想念这些东西。当然，我仍然没有得到我最想要的。”

“那是什么？”

“我孩子们的照片，它们在我家中的书房里。弗洛伦斯声称它们不属于我。”他摇摇头，为如今吞没他人生的苦涩浪潮感到惊奇。

我解释说埃伦和我在相对平和的状态下离婚。

“不过，我受够了，”我说，“五年的离婚诉讼比酷刑还可怕。”

我的同情出自真心，虽然给梅里威尔夫人写一份简要的诉讼摘要并不难。她占有房子和家庭 40 年，梅里则在外面成就伟大，虽然夫妇间通常会经历妥协和容忍。夫人还算拥有相对美满的婚姻，有一天她拿起早间报纸，发现她丈夫与另一个女人获得了某种未有过的高潮，这个女人比他们的一个女儿还小，更糟糕的是，他最后还恳求这个女人回心转意，甘愿抛弃原配，他提到原配时总是用粗俗的词语。最让人痛苦的是他外遇事发后，将他与妻子共度的时间看作是腻烦的受罪，让他受到限制，就像是对他短暂狂喜的某种诗意惩罚。

“这个案子看不到尽头吗？”我问。

“我想要协商解决。没有人——我妻子，我的女儿们，或者我——想要上法庭给媒体提供另一片场地，但是我在失去希望。我生平第一次赚了大钱，只要弗洛伦斯拒绝协商，她就能得到一半，”他向上看，带着那种我们在大使馆谈话接近尾声时才出现的滑稽笑容，“人们讨厌律师是有原因的，布姆。”

“当然，”他补充道，“任何问题都需要解决，我女儿们似乎觉得有必要站在她们妈妈一边。我的一个外孙女去年出生了，我还没见到，”他喝了太多，说这话时并没有完全保持隐忍，灰色的眼睛往南漂移，“但我在圣诞节时收到了照片，因此我觉得还有希望。”我欣赏了下他桌子正中间的一张一头黄发的漂亮的小肉团的相片。

“你现在的生活呢？”我问道，“约会情况如何？”

“哦，”梅里威尔说，“这类事情没有了。我的律师认为这只会火上浇油，因为这将必然成为一个公众事件。话说回来，我也不确定我准备好迎接新感情了。”

“五年后，梅里，你或许就准备好了。”

“十年，真的，”一时间我不太明白，接着我意识到他指的是陆军少校圣约翰，“肯定有我不想面对的妥协。”一阵令人震惊的情感爆发，在酒精的作用下，他的脸颤动起来，他没有看向我，我明白这个老男人仍然心碎难忍。梅里凝视着他的酒杯。

“我曾谨守道德地生活，”他说，“但我再没资格站在道德的一方。我希望事后能说我再也不会这样做。给其他人带去的痛苦让我崩溃。但现在我更清楚自己的情况。这些让我重新感到生活的意义，”最后他向上看，“这让人震惊吧？”

“当然不，”我说，虽然我对此并不赞同，“我在试图给这一切下结论，梅里。”

“你的结论是什么？”

“我怀疑我的感受对你没什么用。”

“别找借口，”他说，“似乎有什么事情让你如此感慨。”

我又思考了一秒钟。

“我的话有点不合时宜，很有可能是错的，”我说，“但是你似乎让人任意来惩罚你，包括你自己，似乎这样会弥补你曾出轨的事实。我觉得是时候向前看了，从中吸取教训。我不知道我要去哪儿，但往前走，让我感觉比站着不动的那些年好多了。”

很可能，我是第1000个跟雷顿·梅里威尔说这番话的人。但这并不意味着他听从了之前999个人的话。他盯着我，似乎我是天使之音。

“谢谢你。”最后他说。已经过了九点，我叫了一辆车，从他的衣帽间拿下夹克，我们一同站在门口。

“很高兴跟你见面，布姆。希望以后还有机会见面。”

“我也一样，梅里。”

当然，人生中总能遇见你很喜欢的人，可是，我们从此再也没能见面。

这只有一次的缘分是众多小悲剧中的一个。我们两人似乎都在思考这一事实。

“希望你调查顺利，布姆。真的，我不知道你会发现什么。但我肯定有些东西你不会发现。”他打开门，伸出手，我回握住。让我惊奇的是，梅里威尔握了好一会儿。

“你刚才说，军队记录可以免除我们的责任。有一个问题你或许没有考虑到：对于你想看的文件的监控，布姆，这中间比你认识到的更复杂。我们的军队在北约指挥下采取行动，因此有一些是北约的文件，另外一些复制后放在北约的档案里。如果我是你，我会仔细看看《北约驻军地位协议》，并且关注里面协助调查犯罪的条款。”

他一说完这些，我就知道对于文件的调取我有新路子了。除了美国，北约的所有国家都签署了《国际刑事法庭公约》，这意味着他们有义务配合来自法庭的文件索取要求。

我平静地看了他一分钟，然后说谢谢。

「证词」

Ⅲ 波斯尼亚

阿提拉——4 月 11—15 日

我在金德县的周末，正如我预料到的，气氛十分紧张。回家后让我意识到我对海牙的陌生感多么顽强，在海牙，从清醒到睡觉，我十分清楚每一个词、每一个手势的多层含义，这即使我无法全然理解。认识到这种截然不同的差异，离开我生活的三连城市群让我一直感觉有些不平衡。

星期六，我的小儿子皮特——他能变魔术般地弄到任何体育赛事的票，给他自己、他哥哥和我买了猎人队首场主场比赛的位置。我假装欣喜若狂，但 20 年前我就放弃了参加开幕日，因为金德县几乎从来没有合适打棒球的天气。如我所料，气温不到 4 摄氏度，忍受了五轮发球后，我们转移到了附近的一个酒馆，在那里我们轮流取笑对方，通常是二对一，经常是两个男孩取笑我。

在海牙，我分别在星期二和星期四早上与我的儿子们通话，那时美国中西部的一天已经结束了。他们听上去不错，但是现在他们活生生地出现在面前更让我振奋。

星期六与罗森贝格家的晚餐很成功，有充满热情的祝酒词和几乎不间断的笑声。皮特和布兰迪从高中就在一起了，经过四位家长这么多年的考察后，我们都认同很久前就看到的那一点：他们是将爱情进行的一对。

后来，我跟我前妻和她丈夫霍华德回家了。霍华德是位工程师，作为原始专利渔翁，他由于某种难以解释的原因，变得富有。我跟前任配偶相处有点像拥有另一个兄弟姐妹，他熟知你的一切，并且对你有难以忘怀的情感。另一方面，想起再次和一个兄弟姐妹生活在同一屋檐下，大部分人会尖叫着逃离，即使只是在这里度过一个晚上也让我忐忑不安。我接受了，因为埃伦，以她惯常的直接方式，提出了一个不可反驳的理由："星期六晚上 11 点你还能跑到谁家去？儿子们没有空间。"

我确信埃伦想要炫耀她在福勒湖大厦光辉的新生活，房子是霍华德和他的第一任妻子建造的，那个女人六年多前死于癌症。但是他们对我的停留平静而友善。我享受着他们舒适的客房，星期天早上去了市中心，开始了与我前合伙人和客户们的工作。两天来，听完石油公司高层寻找的各种让人怀疑的借口，我很高兴能离开。

星期三黄昏我到达波斯尼亚。从金德县，我坐了 9 个小时的飞机到达伊斯坦布尔，在航站楼做了短暂停留，那里看着时尚，但是拥挤闷塞，就像一个棺材。在萨拉热窝，我进入的地方不比美国的一个地区机场大，带着知更鸟的标志，宣告欢迎来到萨拉热窝。

接受海牙这份工作之前，波斯尼亚对我来说——几乎跟大部分美国人一样，总是显得遥远。让人困惑，并且几乎与自己不相干。对于使用频繁的西里尔字母，我无法理解。塞尔维亚—克罗地亚语与我熟知的西方语言没有相似之处。对伊斯兰教和塞尔维亚东正教，我的了解几近于无。我来到这里，做好了领略不一样东西的准备，这一期望很快就被满足了。

为了我们明天的巴鲁普拉之行，古斯那天早上经由澳大利亚飞到了图兹拉，他承诺派一辆车来接我。我没有看到穿深色西装的司机拿着有我名字的告示牌，但是突然听到有人在叫我，挥手的人不仅我不认识，并且他的外貌形态奇特得难以辨认。

我看到的这个人：四肢修长瘦弱，大概五英尺九英寸，一头松软的棕色头发，穿着过大的旧牛仔裤，腰间系着带子，搭一件起码 20 年的圆领风衣对着我纵情大笑，这似乎是我们分离多年后的再次见面。长时间旅行和不熟悉的一切，让我感觉灵魂出窍，但是我的大脑像旧光盘驱动器一样旋转，急切地想要理解一个基本问题，那就是，他的性别。我立马想到《周六夜现场》的一个素描人物帕特，他出现了好几季，很多人固执而徒劳地想要确定帕特到底是男孩还是女孩。

“阿提拉·杜比。”一只结实的手向我伸过来。阿提拉是个男人的名字，但是这个声音微弱，听起来像个女人。夹克敞开着，但是那件蓝色的系扣领衬衫太松，看不出下面是不是有干瘦的乳房。“梅里说你在路上，于是我告诉来接你的伙计待在家里，我自己从图兹拉快速赶来。”

阿提拉的种族也不明确。脸上多雀斑的人很多年前被称为“黑白混血儿”。但是阿提拉的眼睛是暗绿色的，连鼻子也有着非洲人的宽度。“美国人”是我在他/她说出第一句话后，确认的唯一身份细节。

阿提拉抓过我的手提箱，推着它往前走，挥手让我跟随他/她穿过小停车场。阿提拉走路忽快忽慢，膝盖外翻，架着胳膊肘，竖起肩膀。最终，他——那是我的最佳猜测——打开一辆奥迪 A8 的门，把我的行李扔到后备箱。

“那么，”阿提拉在驾驶座上，开车绕了一圈，倒退出去，说，“你在想，我遇到的是个什么玩意，是吗？”阿提拉瞟了我一眼，然后转头继续开车，“别费心辩解，这种屁事我每天都经历。你就是这样想的，对吗？”

“对。”我说，我意识到没有别的答案。

“我是一个女人，好吗？跟一个女人结了婚，想穿什么就穿什么。但是上一次我穿裙子时，13 岁。我从三岁时就跟男孩们一起玩，好吗？”说这些时，阿提拉一直笑，仿佛这是调戏她的和善笑话。

“是的，”她说，“我叫阿提拉。实际上叫埃泰尔卡，不过英语中最接近的就是阿提拉。我妈妈是匈牙利人，爸爸是美国职业军人，军士长，出生在亚拉巴马。是的，我是一个他妈的大怪物。现在这个问题解决了，好吗？”

“好的。”我回答道，笑了起来。由于时差而产生的头晕，我没法判断我是否应该为阿提拉的坦率而发笑。“你是说梅里威尔将军让你来的？”

“不，我跟梅里谈过，但是你那个伙计订了车，斯旺[1]？”

“应该叫古斯吧？”

[1] 原文为 Swan，英语中指“天鹅”，而 Goos 与 goose（鹅）发音相近。

“古斯，妈的。我出租各种交通工具——卡车、半履带式车辆、豪华高级轿车，反正是它们中的一种。”

我们进入萨拉热窝市区，满眼是铁托时代的公寓楼，混凝土砖墙像高层监狱，立在装饰着耀眼的上海风格灯火的当代玻璃建筑旁边。这座城市不再是 20 年前被炮弹毁得破烂不堪的样子，但是重建大楼大概比从创伤中恢复容易得多。

“你怎么认识梅里的？”我问道。

“在我服役的约一半时间里，他都是我的高级指挥官。我是军士长阿提拉·杜比，”她说着，将拇指指向胸骨，“美国军队撤退了。20 年来，我胸上有一排勋章。‘沙漠风暴’期间我在梅里下面服役，他来波斯尼亚时带上了我。我是这儿军需部门的高级非战斗军士。不过军需部门更可怕，军队里总是出现那些狗屎事。高级军官们全在弗吉尼亚签订合同，安排未来的需求。但是你急需要一张厕纸来擦屁股时，最好给我打电话。

“2000 年，我服役期满。但是在美国，老兄你知道的，15 年前——同性恋？人们不知道拿我怎么办。几年后我最终回到这里清理科络戴伊，你知道这是什么吗？”

我给予否定回答。阿提拉花了一秒钟，看向汽车挡风玻璃外面，点了点头。

“这么说吧，”她说，“从许多方面来看，梅里都是一个伟大的战地指挥官，他最重要的一点是不怕变通，他利用私人国防承包商来承担非战斗功能。这是一支志愿军，因而你需要俭省地使用士兵。为什么在你的士兵可以佩枪出去，却让他们在伙房帮厨？科络戴伊是这儿的承包商，我当时是陆军联络官，确保他们做了应该做的一切。

“但是战后的波斯尼亚不正常，很多科络戴伊雇员沦为性奴，12–15 岁的女孩，她们被迫从事性交易。媒体听到了一些风声，当时梅里在北约美国中央司令部。他几乎要把他们的执行总裁掐死，之后他亲自给我打电话，说：‘我需要让这些蠢货付你多少钱才能让你回来这里，主持一切？’

“除了射击，我们在基地做了一切能做的事情。主持餐饮工作，经营公共汽车，洗衣服，提供卡车并开卡车，储存缴获的武器，处理所有的垃圾，记账，我们就像舞台后面的工作人员，而士兵们就是演员。”

阿提拉绕道上了公路来向我展示市立图书馆，那是建于奥匈帝国时期的一栋非凡建筑。石墙上浅橙色和红褐色的条纹交替，摩尔圆房顶和一列装饰性的雉堞城墙引人注目。据阿提拉说，这些都是从瓦砾中修复的。

“为什么你仍然待在这里？”我问道，“你的妻子呢？”

“不。我在这里遇见我妻子的，但她在美国更快乐。我得回家看她，了不起吧？我为什么还在这里，因为美国军队雇佣了几千个波斯尼亚平民，要求他们说英语，无违章记录，有保密合格证。最让人满意的是，他们大多数是穆斯林，这意味着他们懂得伊斯兰教国家的规则。美国撤离后，我设立了一个跟职业介绍所差不多的机构。我给波斯尼亚工人提供遍及中东的美国军事援助工作——伊拉克、阿富汗、科威特、沙特。我的伙计们挣了不少钱，我也是。他们工作一年回来，跟他们的妻子亲热，买个房子或一辆车，再接受另一个任务。我的在职人员名单上一度有 4000 人，现在仍然超过 1500。与此同时，我买下对科络戴伊再没有任何用处的所有波斯尼亚车辆，把它们租出去。就像我说的，我很富有，老兄。”

“你跟梅里威尔将军保持联系？”

“尽力。梅里绝不是那种不知道他的军士名字的将军。两个星期前他给我打了一个电话，说了下有关这次屠杀的谣言，当时他在考虑是否要跟你交谈。我今天打电话向他询问事情进展，他说我们应该帮助你。这是我需要知道的一切。我来跟你说说雷顿・梅里威尔，我愿意为这个浑蛋牺牲自己的生命。你觉得在美国军队有多少将军会看着一个穿异性服装的同性恋混血儿，说‘那是他妈的一个聪明兵，我要让她回来’？我在波斯尼亚生活得像个国王，我在家里他妈的大楼里有个妻子，这一切归功于梅里。他说要我帮助你，我就来了。”

我又笑了，感谢阿提拉，她似乎把这一切当成值得炫耀的经历。对于一个未解开的谜语，她或许能给我一个坦诚的回答。

“为什么梅里威尔想要帮你的忙？你明白吗？”

“呃，他没有解释，但我有点明白他的意思。要知道，昨天，上到美国总统下到平民都膜拜你，说你是自艾森豪威尔以来最伟大的军事指挥官，然后突然头条新闻指责你是狗娘养的浑蛋，连小巷都不欢迎你。那时候试试告诉自己你不在乎人们对你的看法。梅里——这是我的想法——梅里非常在乎他指挥官的名声。没错，他的阴茎被卡在了绞肉机里，他走路时得到的是人人的嘲笑而不是敬礼，但他想的是，历史站在我这边。最后，历史记住的不是他跟谁做爱，而是他如何领导军队。但是如果故事流传北约的第一次作战行动就把 400 人活埋在一个煤矿里，历史就不是这样了。那样的话，他就是他妈的彻头彻尾的失败者。”

阿提拉对梅里威尔的推测似乎相当有说服力，虽然进行历史救赎的渴望也能很轻易地让将军去撒谎。但假设阿提拉是对的，这让梅里威尔几个晚上之前跟我说的话更加不同凡响——那就是关于杰米·圣约翰，他愿意从头再来一次。

我问阿提拉是否认识这位少校。

“杰米？当然。你认识梅里威尔，你就认识她。她就是他的跟屁虫，漂亮，身材好，不是选美皇后，着实是个好兵，总是对我很尊敬。她是一个真正的人。梅里威尔和她，老兄，他们好上了。你得有‘救生颚’才能把他从她身边拉开，他表现得像是以前从没爱过一样。对他来说这是好事，不用到死前还遗憾，是吧？”

没错。“救生颚”从不需要用在我身上，至少我记忆中没有。我怀疑就这方面来讲我比较幸运。

“你饿了没？”阿提拉问道，“在我们赶到图兹拉以前没有营业的店。这是个很好的城市，但不是曼哈顿。”

我们在路边的一个地方停了下来，阿提拉认出来这里卖卷烤肉（Cevapi），它像美国人的汉堡包一样，占据波斯尼亚人饮食排行榜前列。它里面有味道很浓的羊肉臊子和牛肉，外面包了一个皮塔饼，这样成为一个烤肉包，加洋葱和调味汁。我很喜欢吃卷烤肉，但讨厌餐厅里的蹲厕。没有什么像卫生器具能这样提醒你，你已经不在堪萨斯了。

我们回到车中时，夜幕降临。我只能看见黑暗中的波斯尼亚轮廓，它很像科罗拉多，山上有冷杉树和小木屋，尖顶落满了雪。我尽力克服睡意，因为到图兹拉后我还需要与古斯待一会儿。为了保持清醒，我想让阿提拉一直说话，对阿拉提来说，说话是一个长项。

"你刚刚提到了我在调查的'谣言'。"

"那不是隐私，那就是胡说八道。"

"什么？"

"美国人与杀戮吉卜赛人有关。"

"吉卜赛人被屠杀这件事情呢？你相信发生了这样的事情吗？"

"呃，他们就像被冲走的大便。要知道，我有几千名本地雇员，听过各种各样的故事。伙计们一发现巴鲁普拉是座幽灵镇，就有谣传卡耶维奇找了些老战犯来活埋那些吉卜赛人。那伙人——老虎兵团——他们会把自己的奶奶封进洞穴里，只要卡耶维奇这么吩咐。"

"你是什么时候听到这些传闻的？"

"该死的，我不确定。这件事大概是什么时候发生的，2004年春天，夏末，也许秋天？"

"为什么卡耶维奇要杀死400个吉卜赛人？"

阿提拉从方向盘后面瞥了我一眼，带着真诚的笑容。

"你是在问人们怎么说的，对吧？我获得的保密合格证对我来说非常重要。失去它，我就得回肯塔基铲马粪。我从工作中得知的东西，虽然不多，但我不能告诉你。"

"理解，只需要告诉我你从当地人那里听来的话。"

"他们说是吉卜赛人告诉了美国军队卡耶维奇在哪里的。"

我只稍微想了想，这样我的问题不会超过询问空间。不过很明显，梅里威尔在绕圈子。

“吉卜赛人怎么知道的？”

“正如我刚才说过的，如果我知道并且我告诉了你，我得给你下一个卷烤肉下毒，”她露齿而笑，“不过你不是有一个他妈的秘密见证人据说当时在场吗？问问他。”

问题是费尔科——至少依据埃斯玛的说法——对吉卜赛人与卡耶维奇之间的牵连毫不知情。

“卡耶维奇，”我说，“他真的会为了报复杀害 400 人，包括女人和孩子？”

阿提拉只是哼了一声。

“这家伙现在已经在逃 15 年了。你觉得那只是因为他找到了合适的伪装装备吗？如果他走进萨拉热窝市区的一家超市，每个人都会转而面向墙壁，表现得比盯着耶和华看还糟糕。杀害 400 人，实际上相当于张贴一张广告牌，上面写着：说话就死。”

我对阿提拉说：“梅里威尔将军认为不可能发生屠杀，而美国士兵没人知道这件事。”

阿提拉吐了吐舌头表示回应。

“将军们，”她说，“我是说，包括这位将军在内，他们有时会喝自己的尿，还以为那是柠檬水。”

我不禁笑了起来。

“不过在 2004 年 4 月，”我问道，“你在美军基地工作，如果我没理解错的话？”

“该死的每一天。”

“那时——不是在夏天，而是在春天——你从没听到美国人谈论吉卜赛人从巴鲁普拉消失的事情吗？”

“记忆中没有，”我花了一秒钟思考，阿提拉再次从方向盘前瞥过来，“你不相信我？”

“呃，阿提拉，这件事很蹊跷。没有关于午夜巴鲁普拉发生大爆炸的争论。四个美国营地就在几英里之内，很难想明白为什么没有美军听到或询问这件事。”

“我并没有说没人听到，我要告诉你的是在老鹰基地附近的爆炸没什么好谈的。波斯尼亚是地球上地雷布得最多的地方。塞尔维亚人这么做是为了不让穆斯林人回到他们的村子。这基本上起到了作用。我是说，想想一种悲惨的景象：这些衣衫褴褛的穷人几年后回到他们的家，一家人跪在地上，每隔三英寸就用铅笔戳一下，小心得就像他妈的小蚂蚁。要知道，他们搬回来时，有人踏上他们漏掉的一平方英寸，就会让这个房子消失，家里一半的人就没有了腿。直到现在，如果没人告诉你哪里是安全的，你都不敢走。你最好也留点儿心。”她的目光从路边飘向我，确保我领会了这个警告。

“地雷阵还不是全部，”阿提拉补充说，“你知道这里的主要产业是什么吗？”

我告诉她我不知道。

“采矿,挖石头挖煤和盐。‘图兹拉’在土耳其语里意指‘盐’。2004 年时，他们试图重新经营这些矿产，这意味着人们会一直轰炸这些山坡。”

“在半夜？”

“半夜是做这件事最安全的时间。人人在屋子里面，可以躲避碎片。听到从煤矿方向传来的爆炸声后，我唯一会做的事就是捂住我的头。”

“秋天，你最终听说巴鲁普拉的吉卜赛人都不见了时，你是怎么想的？”

“要听真话？我当时想的是，别让门撞到屁股。这些人就是麻烦，想到他们只能让人倒味。”

“如果卡耶维奇杀掉 400 人，可以吗？”

“当然不行。不过和吉卜赛人在一起，你永远不知道要相信什么。唯一确信的是，不管他们告诉你什么都是不对的。”

我黯然地看了阿提拉一眼：“但是据你所知，没有来自北约的人调查这起谣传的屠杀事件？”

“那不再是我们的工作。波斯尼亚人回来管辖了。”

这跟埃斯玛说的一样：400 个死去的吉卜赛人只是少了 400 个问题。

“此外，你需要了解波斯尼亚，布姆。这是人间地狱。即使在 2004 年，每天都会发现可怕的东西——时不时有集体墓穴或骨头冲上河岸。我知道我谈论吉卜赛人像什么样子，”她说，“因此我总是让人无缘无故记恨？那就是他妈的我的自传。不过在 2004 年，我和他们一起在巴鲁普拉。我是说，他们 1999 年 6 月最初来这里时，我就在附近。你知道这个事吗？”

我读过报道。跟科索沃的成千上万的其他吉卜赛人一样，这里的吉卜赛人被赶离家园，通常是被阿尔巴尼亚人，拿他们当作塞尔维亚的同盟，因为他们信奉塞尔维亚东正教。这个特殊的群体被安置在科索沃一个叫作米特罗维察镇的难民营，就在北约的轰炸迫使塞尔维亚人撤退之后。不过几天，阿尔巴尼亚军队穿过那里的主要大桥，包围了难民营，并且将其付之一炬。幸亏美国大使介入，拯救了吉卜赛人，接着他们祈求联合国将他们迁移到波斯尼亚的美军基地附近，但讽刺的是他们以为在那儿最安全。不知怎么，联合国的卡车把吉卜赛难民运到一个废弃的美军设施处——基岩营，之后美国司令官批准他们重新安置。

阿提拉说：“前一天，基岩营还是空空的，满是杂草和垃圾，第二天这些脏兮兮的吉卜赛人搭起了他们破旧的帐篷城市。那就是‘巴鲁普拉’在吉卜赛语中的意思——‘基岩’。议员们过来，告诉蓝帽子们——你知道的，联合国那些家伙——他们从哪儿来，就送回哪儿去，仿佛这对联合国有效似的。这些白痴或许仍然在开车四处转悠寻找回科索沃的路。”

阿提拉说：“这些人叫你心痛。从一个国家跑出来，在另一个国家像泥土一样活着，尤其那些孩子，他们都有黑色的大眼睛。”

“那时梅里是这里的指挥官，我仍在服役，做军需官，他喜欢说：‘阿提拉，看看你能为这些可怜的家伙做些什么。’于是我去了科络戴伊，帮他们找工作。要知道，80% 的波斯尼亚人没有工作。但是这些吉卜赛混账东西真的要饿死了。你认为他们会去工作吗？早上八点的班，他们在中午才飘然而去，告诉你他们不喜欢铺路或者洗车。”

“别问我有什么毛病。我肯定有一颗比脑袋还大的心脏，我从美国国内回来负责科络戴伊，看到这些家伙在巴鲁普拉仍然过得如此悲惨，我决定再试一次。吉卜赛人认为他们了解汽车就跟他们了解马儿一样。于是我跟一对夫妇说，你们不想清洗卡车，开卡车怎么样？他们很喜欢。但他们出现时总是带着几个孩子，我不能说这不是我想要的。那家伙每天早上带着他 13 岁和 10 岁的孩子，而不是送他们去上学，每次我转过身去，他就让孩子开半履带车。那样还不够，这些王八蛋开始偷设备。你让一个吉卜赛人早上开着卡车出去，那就是你最后一次见到他们了，他们、卡车和里面的一切东西全部会消失。最后我实在是受够了，把他们都开除了。只有老天知道他妈的我们损失了数百万美元。”

我们在山中上上下下，呼啸着穿过田野，未消融的雪地微弱地反射着星光，经过小村子时我们放慢速度，那里有一个路边小餐厅，有着巴伐利亚的风格，陡峭摇晃的屋顶和刷着白粉的墙边。

“对了，”阿提拉说，“我想让你了解一下，至今有一些很不错的吉卜赛人为我工作，全都聪明至极。也许这就是吉卜赛人这一种族延续这么长时间的原因，他们太他妈聪明了。不过我雇佣的那些人都上过学，他们戴表，也说英语。但是在巴鲁普拉的那些人？他们不想离开保留地，如果你明白我的意思。”

这是我听到的最后一段话。我靠在冰冷的车窗上睡着了。

蓝灯

在图兹拉，阿提拉把我摇醒。“到了。”她说。

沿着一条最初给马车建造的狭窄曲折的街道往里走，我可以看到旅馆的标志，上面写着“蓝灯精品酒店”。阿提拉拿着我的行李走在前面。这个夜晚很凉爽，4摄氏度，这稍微消除了我的疲劳。角落里有一个小商店，看上去是个便利店，一些穿着贴身皮夹克的年轻人在门口转悠，彼此挥舞香烟，并且像年轻人那样跳摇摆舞。路上没有其他车。图兹拉当地安静的氛围证明了霍布斯多么错误：人的自然状态是平静的。

阿提拉匆忙地进入酒店大厅，很快和前台的年轻男女用波斯尼亚语嬉笑起来。

“他们说我是这里的国王，”阿提拉告诉我，“我帮你拿行李，你应该感到很荣幸。”她给我她的名片，告诉我如果需要什么就给她打电话。

阿提拉离开后，我察觉到我右边有人向我打手势。我身后，有一片摆着咖啡桌和黑色皮扶手椅的休息区。看到古斯拿着啤酒杯朝我示意，我并不惊讶。一拿到我的钥匙，我就一头倒在他身边。椅子有华盛顿特区大使馆家具的那种闪光和柔软。皮的，我摸了摸，是波斯尼亚的东西。

“欢迎。”古斯说。

“我在另一个星球上。”我告诉他。无力和时差让我半个身体留在金德县。

“要酒吗？”古斯问。

一个接待员过来给我倒了杯苏格兰威士忌，像梅里威尔用沉默致谢一样，我如此回应了接待员，我脑子里一直盘旋着梅里威尔的话。接待员同时给古斯倒了另一杯啤酒，已经熟悉了他的套路。

“谁是你的司机？”古斯问。

听到阿提拉的名字时，他大笑出声。

“我想要雇几个家伙明天帮帮忙，”古斯说，“人人都说‘给阿提拉打电话’，一整天都在找他。”

“实际上就是她。”

古斯盯着前门，阿提拉就是从那扇门离开的。

“真的？”他问。

“她说是你让她去接我的，顺便说一句。”

“真的？我记得不是。我叫了一个出租车去接你。”

“我想出租车归她所有。”

“告诉你一件事，老兄，”古斯说，“我们不会让她当翻译。那儿的那些年轻人会这样说她：‘你以为你是这儿的王，现在却提着那个男人的行李。’自降身价去接你，你应该感到荣幸。”古斯补充说。

蓝灯，舒适而不花哨，空间紧致，装饰着深红木镶边和白色薄板。摆着几张白色桌子的早餐区就在古斯身后。有角的前桌上面，一台大屏幕电视展示着波斯尼亚风景——山中的林间空地、萨拉热窝的大清真寺和图兹拉附近的一座旧罗马城堡。我们身边一堵墙上的小电视屏幕上也同步播放着。

周末我给古斯发过邮件，提到了通过北约去拿美军档案的想法。离开海牙前，他找出了梅里提到过的《北约驻军地位协议》。现在古斯对着手机读给我听。

“‘接收及发送国家应相互协助进行所有必需的犯罪调查’等，‘包括提供证据’等。”

“那很好，”我告诉他，“我们可以以波斯尼亚的名义要求拿到这些文件。”

古斯点头：“当然，你们律师会有自己的一套方法，这些话都不是他们想说的。也许十年前我们离这些文件更近。不过你的想法不错，布姆。”

“这不是我的主意。”我说。考虑到法律问题，关于我跟梅里威尔的会见，写在纸上的东西我要很小心。我告诉古斯找北约帮忙的主意来自将军时，他挺直了腰。

“我从他那里知道的另一件有用的事，”我告诉古斯，“他并不否认巴鲁普拉的吉卜赛人帮助了美军逮捕卡耶维奇。阿提拉说当地传闻是吉卜赛人告诉美军卡耶维奇的位置，但是我很难理解这一切。”

“为什么？”

“呃，在飞机上我重读了多博伊与卡耶维奇那摊子烂事的相关文件。我难以想象一群衣衫褴褛的吉卜赛人会比北约情报部门更了解拉扎·卡耶维奇的情况。”

“我相信那就是他们称呼我们调查员的原因，布姆。”古斯笑着说。

跟我一样，对于梅里威尔给予的帮助，古斯也感到困惑。我分享了阿提拉的理论，在个人名誉蒙羞后，雷顿·梅里威尔现在有重大理由澄清自己和他的士兵，远离美国媒体带来的困扰。古斯对梅里威尔的风流韵事一无所知，我概括地讲了这个故事，还告诉他我与梅里威尔进过晚餐，我描述这是他的邀请，让我可以对他中年离婚的困苦表示同情。之前关于我自己婚姻的终结我没怎么跟古斯说过，我说完后，他盯着他的啤酒杯看了好一会儿。

“我永远不能指望离婚，”他说，“看不出来离婚怎么会让事情变好些。”

他一口喝掉剩下的半杯啤酒，抬起一只手示意接待员再次加满。古斯坐在这里喝得够久，得到了他自己的谈话势头。

“这就是事实，老兄，”他说，“地球上有70亿人，每天起床看到身边是同样的人，长时间后，人人都会感到厌倦，就看你怎么应对了。”

我理解这种双方产生对婚姻听天由命的态度。埃伦和我没能勉强接受厌倦的情绪，反而使得一种毫不留情的、令人难以忍受的怨恨产生了。

“我的朋友说啤酒是比女人更好的陪伴，”古斯说，“他们会总在那里。你清楚知道喝过一瓶酒和五瓶酒后，感觉会有不同，后面的感觉总是比开始时更好。”

这个洞见让他可疑地笑了，这时门口出现一阵骚动。埃斯玛·斯扎尼，后面跟着拿着两个大手提箱的司机，来到接待处。她给司机付了费用，一个年轻的接待员叫着她的名字跟她致意，欢迎她回来并且走过来帮她拿包。埃斯玛没有因为旅途而随意着装，她的巴宝莉雨衣上的衣领冻得卷了起来，一条紫色毛皮围巾在她的胸部时髦地对折起来。她的裙子很短，炫耀着她穿着明亮高跟靴子的腿。

一看见我，她露出热情的微笑，马上走了过来。

“比尔！”她送出一个欧陆风格的吻，我再次把她介绍给古斯。他花了一会儿工夫给我们俩简单说明明天一早的安排。

“我们喝酒吗？”埃斯玛问道，一根戴着好几个金戒指的手指向我们的酒杯，上次我没发现她戴戒指。

我解释说威士忌让我近乎晕眩，我准备撤退了。

“好主意，”她说，“老实说，我也非常疲倦。我跟你一起上楼。”古斯一如往常，说他要留下来再喝一杯，他瞥了我一眼，对于这迅速的一瞥，我不知如何解读。

我的房间是欧洲人所说的一楼，对美国人来说是二楼。欧洲大陆的节能行为让我们为自己的挥霍感到尴尬，头顶的荧光灯由节能动态探测器控制，我们上台阶时，它们突然亮了，给我们光明，让我们到达通向我房间的走廊。我们站在那里，又谈了会儿公事，我让埃斯玛再次询问费尔科，巴鲁普拉的人怎么可能知道拉扎·卡耶维奇的藏身之处的。我正准备离开时，她向我投来有意味的一瞥。

“我必须说，比尔，我非常高兴见到你。你一直在我心里。”

“见到你我也很高兴，埃斯玛。”

她略微偏了偏漆黑的脸，用微微鼓起的眼睛看了我一眼，她的眼睛在暗淡阴影的衬托下显得很大，再微微一笑。对于这种交流，我的一位高中老师大约会这么说：别取笑取笑者。

尽管我有点恐慌，我只等了一秒，就认为那个时刻到来了。

“埃斯玛，我跟我们见面那天晚上的你一样疲倦，却不像缺乏睡眠的你有这么好精神。我很可能说话不着边际，如果是这样，我道歉。但我 20 岁时，有个非常悲伤的事实让我难以接受，我发现一个女人极其有吸引力时，别的男人会有同样的看法。这么说的意思是说，你不需要听我重复你已经听过 1000 次的话。”

她大笑起来，露出迷人的完美牙齿。

“有些事情从来不会变得陈腐，比尔。”她回答说。

我也笑了。

“不过这里什么都不能发生，埃斯玛。”我用右手刮擦我们之间的空气。

“你已经对我着迷了？”她问道。

“不是那样，埃斯玛。你是委托人的律师。作为这个案子的检察官，我应该客观评价这个委托人的诉求。”

“费尔科不是我的委托人。别人指定我协助他进行一场听证会，现在已经结束了。”

“如果他不是你的委托人，埃斯玛，那你还有什么理由在这里？此外，你再利用法律上的技术细则也不会影响事件真相被揭露。你是一个很好的律师，不会不明白我的意思。”

和以前一样，这个恭维取悦了她，哪怕很短暂。

“我不确定我这样看，比尔。我跟你一样意识到职业的操守。但我觉得我们可以互相帮助。”

“但不是现在，埃斯玛。我们在这件案子中的角色难免牵连到我们彼此的关系。”

那是雷顿·梅里威尔、比尔·克林顿，或者几百个其他男人亲身示范过的自我欺骗行为，人们嘲弄他们的理由是：利用人民所赋予的短暂权力，去追求那些诱人的美色。

但是埃斯玛微微摇了摇头。

“我的结论不一样，比尔。没错，职业影响个人，但这也没什么错。我误解你了吗？你放弃了舒适的生活，不惜离家万里，把精力用在了沉冤昭雪上，这对我来说很有吸引力。那种坚定的信念是比拥有权力更稀有的品质。”

她说话时，灯再次闪烁。阴影中，我突然闻到了她浓重的香水味，充满甜味和诱惑，迄今为止这些都只被我当作她强烈感性存在的重要部分。

我知道埃斯玛智力超群，跟她争论我占不了上风。我不得不亮出王牌。

“我不能，埃斯玛。”我说。我说这些是出于坚持原则，但是话一出口，我惊奇地感受到我自己的弱势。我再次意识到在某种程度上我害怕埃斯玛。

一两秒钟后，从酒店上面的楼层传来砰的关门声，引发回响。

“很好，比尔，我不能把我的想法强加在你身上，”在微弱的灯光下，她盯着我看了一会儿，走过来亲我的脸，就像她在楼下一样，这次更慢一些，“但我能预见将来，你会改变主意。”

“预见？”这个词把我逗乐了，“你会算命吗，埃斯玛，就像坐在马车里的吉卜赛女人？”

“我有特异功能，”她说，“大多数吉卜赛女人都有。别笑，这是事实。”

我点点头，并没有表示异议。

“我当然了解人脑，”她说，“我知道你的心思——你不愿意说出来的话，甚至你的需求。”她十分严肃，没有一丝讽刺，并且带着某种权威。“我预见到你会改变心意。”亲我的脸时，她把手放在我的胳膊上，现在拿开了。

“也许，埃斯玛。可悲伤的是，那或许在遥远的未来。”

她转过身，突然发出的动静让荧光灯再次亮了起来。在令人不快的光亮里，她殷勤地摆了摆手，走开了。

我把箱子拖进房间。门在我后面稳稳地关上了。独自一人，畏畏缩缩的，我感到无比的孤独，于是打开箱子寻找我睡觉所需的几样东西。

我总是无意识地哼唱，自己习惯性地哼着小曲，总是要过好久才认出是什么曲子。现在，我把成堆的衣服放进抽屉，轻吹着一首心灵民谣，那是几年前皮特介绍给我的。它的名字来自副歌的第一行。我心里“嗒嗒”地默数节奏，直到想起歌曲名称，它是“别让我做错事”。

巴鲁普拉——4 月 16 日

早上九点，我们到达巴鲁普拉的黄色岩石处。乘坐大篷车离开时，一排波斯尼亚警车一直等在酒店外面，他们给我们带路。肥胖的矮个上校热情地表示，波斯尼亚政府会竭尽所能地协助国际刑事法庭。

“啊哈，‘协助我们’。”我们一关上小福特的门，古斯就说道。

“他们还会做什么？”

“他们在监视我们，老兄。这还是一个派系中又分派系的国家。这里有三个国家政府，每个警察都会向别人汇报，”古斯有点断然地换挡，指着我，“对律师来说，最好甩掉他们。费尔科不会在警察面前现身。”埃斯玛向我表达过同样的意思。任何一个波斯尼亚警察的忠诚都值得怀疑。

警察现在似乎是从小路出城。我们从住宅区街道驶入山中，这让我想起洛杉矶西部的峡谷。到处都能见到有钱人。在图兹拉，这里似乎是他们的聚集地。我们行驶在乡村道路里，透过开始长叶的树木依稀可以看到下面美丽的城市风光。20分钟后，我们到达仍然点缀着雪花的平原，快速穿过农场和刷着白漆的小房子，那可能是童话里的糖果屋。

《代顿协议》后，在图兹拉南部的这片高地，美国建立了六个营地的基地。可以预料到的是，美国的军事设施立在两块区域的分界线上，一边由穆斯林和克罗地亚人控制，另一边是成为了塞族共和国自治区塞尔维亚的波斯尼亚人的领土。在科曼切营地的空军基地划入了前南斯拉夫军队的米格着陆带，多年后成为了图兹拉的平民机场，一周的几个早上会有两个商业航空公司的航班到达此地。

在科曼切的正东，山的另一边，基岩营地建在两个相邻露天煤矿的荒地上。褐黑色的熔渣在风吹日晒下变成像全谷物芥末的颜色，堆得高高的，成为一块突出的岩石，俯瞰着远处的图兹拉山谷和正下方的煤矿。这是军事制高点，可以组织地面攻击，这是自中世纪以来的军队所重视的。

警车领我们到曾经的营地，转入一条多岩石的泥土路，四周是旧铁丝网，经过一个旧篮球场，上面的杂草让沥青裂开来。我从车里出来。这里就是巴鲁普拉。

在吉卜赛人消失的11年间，这个地方变成了垃圾场，算是一种解脱。在灰色大石头之间，大部分区域覆盖着像是建筑垃圾的东西：切碎的石膏板碎片，耐寒的碎石之间是肮脏的瓶子、喷雾罐，当然还有无所不在和牢不可破的明亮塑料袋，它们在未来的几个世纪将飘过空旷的区域，在下一个千年诅咒我们。

除了古斯、我和警察，队伍里还有一辆小车，里面是古斯从阿提拉的公司雇佣的三位工人。埃斯玛由她昨晚的司机陪伴，最后才来。她穿得仍然像个淑女，对这个地形的唯一让步是穿了一双平跟靴。

我们一停下来，所有警官都从车里出来，站在车前。古斯说得没错，他们是来监视我们的。

我走近上校。几分钟后，我让他认识到国际刑事法庭和波斯尼亚政府之间的协议要求我们独立工作。即使这样，埃斯玛坚持说费尔科也不愿意在三名工人面前交谈，我们最后将他们派到最近的维察唐雅镇去弄杯咖啡来，咖啡似乎在波斯尼亚最偏远的山顶都能弄到。这时，埃斯玛才拿出她的手机来召唤费尔科，她给他打过电话，他现在在附近等候。

约莫十分钟后，他出现了，开着一辆红色的破车，也许是 20 世纪 90 年代的欧宝，前面的挡泥板上有个生锈的洞，一扇门上还有一行强力胶带。费尔科从红车里出来，在这片荒凉地带的衬托下，他似乎比我记忆中更高更瘦一些，尤其在埃斯玛身边。埃斯玛没有穿高跟鞋，显得很矮。埃斯玛抓住他的胳膊肘，似乎在护送一个囚犯。费尔科穿着格子裤子，以及做证那天穿的背心，戴着帽子，敞开的冬大衣下面是一件大领橘色衬衣。古斯走上前去欢迎他，但是费尔科仍然用夸张的手势跟埃斯玛交谈。古斯，穿着紫色防风夹克，停了下来，有点恼怒地回头看我。

最后，费尔科准备好重温他的故事了，我们四人踏过巴鲁普拉的石头和沼泽地。深入营地，他给我们看他房子的地点，再穿过村子到达户外厕所，那是蒙面袭击者到达时他的藏身之处。不知为何，我想象它是木结构的，但剩下的只是煤渣砌块墙，意味着这是唯一仍然立着的建筑，尽管屋顶和门已经消失了十多年。他接着指出波尔多，以及他的儿子和兄弟被杀死的地方。

之后，费尔科领我们到了村子后面，这里可以俯瞰整个村子，他就在那里目睹他的家人和他认识的所有人被毁灭。煤矿在我们下面剧烈跌落，我们所在的高地下降几百英尺。我不喜欢太高，这种下降让我感到危险，即使我在欣赏着附近青山的壮美风景，河道上游波光粼粼像一顶白色的帽子。他指向下面碎石路上的之字形路，风拍打着他的阔腿裤。大概四分之一英里下面，黑煤和浅色石头组成的斜坡横在原来是洞穴的地方，现在是一个秘密的坟地。费尔科严肃地凝视着，只摇了一下头。

我们徒步回到村子原来的地点。费尔科指给我们目睹屠杀之后他儿子和他的隐藏地。最后，他再次缓慢地领我们往路上走，到达一个洼地，他说他把三个被枪杀的男人埋在了那里。他用白色石头建了石冢来标记这个地方。它被路人或玩耍的孩童踢翻了，但是几块石头仍然堆在那里，他确认就是那个地方。

古斯弯腰查看那里的一块石头，把它握在手里。他十分严肃地看了费尔科一眼。

"把三具尸体拖过来要走很远的路。"他说。

埃斯玛一翻译完，费尔科在地上跺了一下穿着跑鞋的脚来坚持他的观点。

"他同意，"埃斯玛说，"但是找到一个足够松软、可以挖掘的地方不容易。"

费尔科后退了几步，朝送他来的红车走去。

"尸体有多深？"古斯问。

埃斯玛和费尔科交流了一下。

"他说他只挖到足够让尸体免于被动物吃掉的深度。不到两英尺，可能更浅。经历了十年的风霜，也许不到一英尺就可以碰到骨头。"

费尔科微弱地举起一只手，转过背去。埃斯玛走到他身边。

我悄悄挨到古斯旁边。

"他刚来时你听到了一些不中听的话。"

"啊，是的，"他听从于记忆，"他们在用吉卜赛语叽叽喳喳说话，但是他用了一两个塞尔维亚—克罗地亚词进行强调——Ste obecali。'你答应过的。'一直说这句。'我想要你言而有信。'最好她没有额外付他钱，布姆，他的证词如果是买来的就一文不值。"

我答应过后跟埃斯玛说说这件事情。费尔科一走，古斯给挖掘者打电话叫他们回来。他在打电话时，我突然想起另一个问题。

“我们不能就这样挖这片地，我们可以吗，古斯？我们难道不需要一个人类遗体识别专家来做这件事吗？”

他半转过身，让他的手机免受风的干扰，他缓慢地转回我的方向，薄唇微微张开。

“老兄，”最后他说，“我就是人类遗体识别专家。”古斯通常很随和，这个早上不知为何越来越烦躁，现在他显得对我厌烦透顶。

我想挑明：没人告诉过我。那是真的，但我们两个似乎都意识到一种更深刻的侮辱：没有足够把他当回事，提前弄清楚他的身份。

他转过身等待他的工作人员。

费尔科带我们来的小山谷，还留有几处雪，尘垢把它们装点成了格子状。它们旁边，一些鼓舞人心的绿枝从土里冒了出来。古斯的工作人员拿着铁铲和装着其他工具的帆布包来了。他拉开一个包的拉链，穿上白色的连裤工作服，戴上手术帽和塑料手套，然后蹲在低点，研究着这个地方，似乎它包含着某种超自然的东西。他推开松土，捧起一把污垢，把它放在可密封的塑料袋里。

我问他这样做的目的是什么。

“这样我们可以检查底土和表层土的混合物。”他仍然不高兴，毫无掩饰地嘟囔道。他低头从背包里取出一个小摄像机，递给我。

“别闲着，记录一下挖掘过程，这样没人会说我们编造证据。”

我花了一会儿时间来掌握如何操作，但是古斯马上就着手工作了。他拿着一根三英尺长、带尖头的不锈钢丁字铁，举过头顶，然后突然刺入地里。他要求拿一把皮尺来确定探测深度，在一个线圈小笔记本上做记号。接着他打手势要另一个工具，和第一个一样长，但是底部有一个两瓣唇状物。他把它扭转进地里取出另一个土壤样本，用一根像中国外卖餐馆的那种简单木筷把它撬起来。他什么也没对我说，除了大声叫唤摄像机来录下它们。

最后，他让工人们把四块蓝色大柏油帆布在洼地四面铺开。他给每个工人一把小园艺铲，教他们怎样浅挖，挖掘的东西放在帆布上。古斯用他的筷子在他们发现的东西中搅动。

我沉默了整整 20 分钟，等我最终问他在找什么时，等了好一会儿，他才回答。

“首先是子弹碎片，”他说，“它们腐烂时会从尸体里溜出来。如果我们有所发现，就需要做弹道学分析。”

用这些小工具，他费力地进行挖掘，但是最后，又过了一刻钟，古斯突然抬起他戴手套的手，打开前额松紧带上的灯。他用一套新筷子疏松土地，再用一把小刷子仔细地清扫，直到我能看到一个伞菌颜色的淡褐色土块。我意识到他在挖掘一根髋骨。

这些残骸，我只看了一眼，就比我预料到的更强烈地影响到我。律师——所有的律师——生活在概念和语词的土地上，很少涉及现实。我当检察官的那些年里，看着被法官宣判、被警察戴上手铐的被告，这景象让我悲痛。那时我才似乎完全了解我的努力不仅在于维护正义的抽象概念，更具体的是，长期囚禁一个人。

古斯让大部分的骨盆和腿骨上端露了出来，这时阿提拉的 A8 从路上颠簸过来，扬起一阵尘土。我很欣慰找到一个理由离开墓地，把摄像机交给一位临时工。

埃斯玛，她也站在远处，朝我走了过来。

“找到什么了吗？”

我点点头。

“我见不得血和骨头。”她说。

“我也是。”我说。

她笑了，挽住我的胳膊，一起朝阿提拉走去。我做了介绍。

“著名的阿提拉。”埃斯玛说。她的司机，像图兹拉一半的工作人员一样，也受雇于阿提拉。

“他们说我是傻瓜，”她回答说，“如果你问我的话。”

“正相反，他们很喜欢你。”

阿提拉笑容满面。人们常常躲着她，称赞无疑让她受用。过了一分钟，阿提拉用她微微内八字的脚，以异常笔直的身姿，漫步到墓地与古斯商讨，只为了确认他得到了所需的帮助。她一走，我突然想到我能做点有用的事，那还能让我离开墓地。

“埃斯玛，你不是说过最初是在一个吉卜赛人的村子听说费尔科的吗？”

“没错。我有时回来。”

“远吗？”

“莉吉？我不确定。”

考虑到吉卜赛人社区的封闭性，我认为我们有可能在那里找到有关巴鲁普拉的最佳信息。阿提拉回来后，说这里离那个镇不超过20分钟的路程，并且提出开车带我们过去。

我回到古斯身边。他已经摸索到了第二根骨骼，这时他用一个上好的硬质合金针，弄松第一组腿骨上的土，检查它们是否有外伤的痕迹。

听我说了足够长时间，他才同意这个计划。我转过身，古斯在我身后说：“我不是故意把气撒在你身上，布姆。”他在为自己表示歉意。

“没有，”我回答说，“全是我的错。我本该知道的。”他点点头，显然这个答案令他满意。

我回到埃斯玛和阿提拉身边时，发现埃斯玛正打发她的司机离开，跟阿提拉和我一起走。所有的吉卜赛人都是她的族人，她对他们有一种专有的亲切。莉吉的人们认识埃斯玛。即使这样，我也不愿意她在场，因为我们去那里的一个主要原因是确认费尔科的证词。我把她拉到一边对她解释。

“你会说吉卜赛语吗？”她回答说，“那些人大多不会说其他语言。”

她抓到我的弱点了。我又跟古斯商量，他仔细考虑后认为至少在一次探究真相的拜访中，她对我们利大于弊。过后我们总能跟我们自己的译员再来一次。

莉吉

埃斯玛想下车去给莉吉的孩子们买些小东西，阿提拉载我们回到图兹拉。“他们穷得要死，”她说，“礼物也会让非吉卜赛人更受欢迎。”

这期间，阿提拉陪我走了几个街区，到了公路上方的一座钢桥，指给我看当地的奇景，潘诺尼亚湖。20 世纪末，几百年来为了生产盐，人们对图兹拉地下的咸水过量开采，这使市中心区域开始下沉。食盐生产停止了，但是战争过后，先前存储地下水的水成了一个游憩区，形成了一个咸水湖网络，现在是有着碎石海滨的内海，夏天引来众多人群。

回到中央广场时，埃斯玛拿着两个鼓鼓的塑料袋等着我们。我们从镇上出发，经过图兹拉的企业群，看到空中的烟囱像欢呼人群的手臂，沙漏形状的烟囱，有好几层高，飘荡着蒸汽。

很快我们往上走了。这是有青山的可爱国家。干草堆里，成卷的青贮饲料躺在田地上,看起来像巨大的陀螺。埃斯玛,比我矮多了,主动提出坐在后座。她向前探身听阿提拉说话，我们飞驰穿过之字形路时，她把强壮的手臂放在我肩上来支撑自己。

“盐矿。”阿提拉说着指向右边，那里白色的大储油罐在一个小山顶上若隐若现。黄色和绿色的两根狭窄管道，与路平行。

又过了 20 分钟，我们由一条黄色的泥路进入吉卜赛镇莉吉。我们还没到第一个房子时，一个小男孩认出了埃斯玛，她先前慷慨的赠予显然给他们留下了深刻的印象。他发出一声愉悦的叫喊，于是十几个小孩朝我们跑来，阿提拉没法开得更远。这些孩子十分弱小，在街上玩得一身灰尘，穿着不合身的褪色旧衣服，但是脸色不错，兴致也高，除了一个脸上有一道伤口的男孩。男孩们穿着短裤和各种各样的鞋，大部分是塑料凉鞋和维可牢的跑鞋，没人穿袜子。

埃斯玛从车上下来，笑着看孩子们在她身边跳来跳去。她询问每一个孩子的家庭情况，她按提前估计出的需求分发礼物。阿提拉摇下车窗，用波斯尼亚语跟孩子们聊天。

“他们说什么？”我问。

“你能指望他们说什么？‘给我们钱。’他们在讨价还价，只要一凯姆。”她说，指的是波斯尼亚货币，相当于半欧，意思是说孩子们要 50 分。阿提拉把她所有的零钱都拿了出来。带伤的男孩坚持说他可以接受一张纸币。

现在是星期四，刚过中午，埃斯玛回到车里后，我问：“为什么这些孩子不上学去？”

她笑了。“问问他们，看你能不能两次得到同样的答案，虽然有些人不会说波斯尼亚语。在欧洲，人们悲叹吉卜赛人不把他们的孩子们送到学校，但是当局很少努力用我们自己的语言教学，或者对我们的传统表示尊敬。青春期后，吉卜赛的信仰要求学生按性别分离开来，这是非吉卜赛人不能满足的。由于这个原因，就连一些受教育的孩子们也只读到中学一年级，11 岁或 12 岁。”

阿提拉一停好车，我就从车上下来观察这个镇子。这条路穿过两座小山，山上坐落着不到 30 栋房子，几乎所有房子的院子都堆满垃圾。小山似的垃圾里有生锈的旧车部件，堆在淤积起来的垃圾旁边，没有鞋带的旧鞋、废弃的电器、弹簧床面、用过的盆、一块块的建筑材料——因为它们未来的可用性而被保存了下来。至于那些房屋，有几个看起来相当结实，是用煤渣砖和石灰做地基、建房屋框架，有些房屋的墙体还未完成。那些大房子旁边，停放着几辆新型汽车，三四个房子上面安装着天线。但是莉吉大部分的房子很小，由石头或者混凝土砖建成，屋顶用废弃的波纹钢板重叠覆盖在上面。

过了几分钟，几个人从他们的房子里试探地走出来几步，偷偷盯着我们。最后，一个声音响起，唱道：“Ays-Ma。”再没有别的了，居民开始往前涌。几秒钟内，人群包围了我们，她们全是女人，体格魁梧，穿着长裙子，戴着五颜六色的头巾，包住花白的头发和紫铜色的脸。她们显然对埃斯玛感到好奇，由于先前相识，她们纷纷触摸她的衣服，尤其围在她脖子上的饰有流苏的淡紫色羊毛围巾。埃斯玛丝毫不介意，笑着感谢女人们的夸赞，然后转向我。

“吉卜赛女人，”她说，“她们想知道我有几个孩子，也想知道你们为什么会来。”

“请告诉他们，”我说，“我来这里是想了解住在巴鲁普拉镇的吉卜赛人的情况。”

这个问题，一翻译过去，就激起了她们恸哭尖叫声和夸张的手势，埃斯玛尽她所能转达她们的意思，还有阿提拉，因为她们是用吉卜赛语和波斯尼亚语回答的。很快莉吉的女人们自己争论起来。

“那个女人说他们不见了，”埃斯玛说，“这位女士表示同意，并说是军队谋杀了他们，把他们的尸体扔进了河里。”

“请问问是哪个军队。”

“波斯尼亚军队。美国人撤退后，波斯尼亚人想从营地拿回这块地。”

这个回答让一个年纪大些的女人很恼火。

“她说穆斯林不会杀吉卜赛人，因为吉卜赛人为这个国家而战。但是另一个人说巴鲁普拉的吉卜赛人信仰东正教，对穆斯林来说这跟塞尔维亚人没区别。这两个女人，”埃斯玛指明道，“嘲笑其他人，说美国人杀害了巴鲁普拉的吉卜赛人，因为他们认为吉卜赛人帮助卡耶维奇杀害了他们的士兵。”

我想要具体了解吉卜赛人为卡耶维奇做了什么，但是那些女人自己都很困惑。

我转向圆圈另一边的阿提拉寻求更多的翻译。

“大部分人，”阿提拉解释说，“说是卡耶维奇派来的阿尔坎老虎军团，虽然那位女士认为巴鲁普拉的人只是回科索沃了。”

这个说法我从没听过，阿提拉露齿而笑。

“11 年里没人听说他们任何一个人的消息，手机、电话也没有？这里的人全是废物，”阿提拉说，“没人真的有线索。她们是吉卜赛人。她们回答你是因为她们喜欢讲故事。”

我以为埃斯玛会生气，但她反而跟阿提拉一起笑。这时，年纪最大的那位女士，身体结实却驼背，有一种明显的力量，那或许是纯粹的坚韧，她叫嚷起来，边走边挥手。

“对了，男人们在哪里？”我问阿提拉和埃斯玛，“出去工作了？”

“有一些，”阿提拉说，“我雇佣了一些，送他们去沙特阿拉伯了，如果我记得没错的话，他们总是在波斯尼亚的黑市，交换和出售的走私东西，这是吉卜赛人擅长的。有一些人在镇上诈骗，大部分出去捡铁。”

“有几个在监狱，”埃斯玛说，跟之前一样好说教，“在欧洲，吉卜赛人是被关押最多的人群。”

我把目光放在阿提拉身上，“‘捡铁’是什么意思？”

“收集废金属，”她说，比如，“钢、铝，他们出售给经销商，什么都能当废品——旧弹簧床垫、罐子、任何垃圾。那是巴鲁普拉的大多数人做的事情。”

几分钟后，一个又矮又胖的男人冲破妇女圈介绍自己。他会说一些英语。

“我是这里的镇长托瓦尔。”托瓦尔缺了三颗上门牙，身高大约五英尺四英寸，巨大的肚子上系着一根白色的宽带子。他油腻的头发从光秃秃的头顶向下溢出，看上去像有人倒了一碗汤在他头上。他伸过手来时，看得到手指上有三枚大金戒指。但他看到埃斯玛时，他的注意力就不在我身上了。他倒吸了口气，弯身鞠躬，吻了她的手。

“那位漂亮的女士！”

埃斯玛笑出声来。

“吉卜赛男人总是求欢心切。”她告诉我。

走到旁边接电话的阿提拉回来时，连埃斯玛都没那么受托瓦尔的关注了。她和托瓦尔用波斯尼亚语热情地打了招呼，这期间不停地互相拍打肩膀。

“托瓦尔以前在科曼切营地工作，”阿提拉告诉我们，“他管理洗衣店。”

我对托瓦尔解释我们来这里询问有关巴鲁普拉的吉卜赛人的情况。他后退了一步，皱起脸庞，似乎闻到了不好的气味。

“没有 baxt。”埃斯玛说这个词指的是好运。

“为什么？”

“他们现在是鬼魂了，”一旦托瓦尔转为吉卜赛语，埃斯玛就翻译，“打扰他们不好。”

我问发生了什么，但是托瓦尔挥舞手掌，似乎这件事情理解起来过于复杂。他坚持带我们逛一逛镇子。由于不到两个街区长，我似乎没有理由拒绝。第一站是他的房子，他在路上指了指。

“非常大。”他说，果然这是这里最大的，有两个天线接收器。托瓦尔在战争期间被强征入波斯尼亚军队，后来从政府得到一笔款项来建造房屋。第二层用白色的木制栏杆隔开，把手是古典风格的，顶上托瓦尔粘了一排塑料天鹅造型，在20世纪50年代佛罗里达的草坪上或许见过的那种。此外，也许为了妥善保管，一个成年黑斑羚的前半个身体放在第二层的地板上，离鸟儿们不远。

托瓦尔带我们从那里下到一条水流湍急的美丽溪流边。这是镇上淡水的源头，没有管道。最后，我们回到托瓦尔的家，他要请我们喝咖啡。埃斯玛点点头暗示我们接受，我们在外面寒冷的野餐桌旁就座。托瓦尔太太拿着一个冒着热气、装着黑炭般液体的塑料水罐出现了，埃斯玛教我们怎么以吉卜赛人的方式喝茶，不让杯子碰到嘴唇。

最后，我把谈话直接引回巴鲁普拉。

“住在那里的吉卜赛人死了吗？”我问托瓦尔。

“不然，他们能去哪里？”

“为什么？因为什么原因？”

“他们是吉卜赛人，”他用波斯尼亚和吉卜赛语重复这句话，埃斯玛和阿提拉轮流把他说的话翻译成英语，托瓦尔不时加一两句，“非吉卜赛人杀害吉卜赛人什么时候需要理由？但这是一件不幸的事。不好的事情发生时，不要沉浸其中。”托瓦尔为他自己的智慧有力地点头。

我说：“我们刚来时跟我们交谈的一个女人说美国人认为巴鲁普拉的吉卜赛人帮助了卡耶维奇。”

托瓦尔摆动着他奇怪的发型，然后蹲下来，低声说：“从来没有，吉卜赛人都鄙视卡耶维奇。塞尔维亚人抓到几个穆斯林时，会再找一两个吉卜赛人。

塞尔维亚人会拿着枪命令吉卜赛人挖两个洞，一个大的，一个小的。接着塞尔维亚人把他们全部射杀，包括吉卜赛人。”

“为什么挖两个洞？”我问。

“吉卜赛人不够格埋进第一个洞。”托瓦尔说。埃斯玛瞥了我一眼，确保我完全领会到这种偏见。

我告诉托瓦尔有人说巴鲁普拉的吉卜赛人被歹徒杀害了，是因为吉卜赛人跟他们在偷车上有竞争关系。

“呃，是的，”托瓦尔说，前后晃动他的头，“他们捡金属，要知道，一辆汽车主要是由钢铁做的。我听说巴鲁普拉有几个人偷车，但是暴徒犯不着杀吉卜赛人。他们完全可以让警察去逮捕他们。他们跟警察是一伙的。”托瓦尔把食指放在大拇指下面摩擦。

阿提拉的手机隔几分钟就嗡嗡响，她走开去接另一个电话，趁她不在，我问托瓦尔是否认识费尔科，阿提拉在场时我没有提他的名字。

“哦，是的，”托瓦尔说，“但我们只碰过一次面。这个人在这里，谁记得为什么？大概为了某种生意。我是镇长，代我向他问好。他告诉我们他来自巴鲁普拉，是游击队员事件后唯一存活的人。第二年这位时髦女士来了，问了很多关于巴鲁普拉的问题。我告诉她这是件不幸的事，但她想要这个家伙的手机号。一个男人没法拒绝一个如此美丽的女士的请求，不是吗？”

埃斯玛指向托瓦尔，提示我留心。我们三个都笑了。

等待阿提拉的时间，我们又跟托瓦尔待了约十分钟，他告诉我们最近他卖手机的生意遇到了麻烦。

走回车边的路上，我看见了早些时候从女人圈里走开的那位老妇人。她在外面用一根长棍搅动一个旧木桶，我请求埃斯玛帮助我跟她交谈。

那位女士看上去有点像美洲的印第安人。她头巾下面的白头发梳成了辫子，两颗大门牙都断了，有图案的长裙子擦到了地面，但是她的脚，布满老茧，显得灰白，穿着人字拖，尽管天气寒冷。

我有一封波斯尼亚政府的介绍信，我从上衣口袋里拿出来，但是这位女士把它推开。

“她不识字，”埃斯玛平静地说，“你会发现极少有女人识字。”

埃斯玛尽她最大努力解释有关国际刑事法庭的情况，但是那个女人，从没去过远离莉吉的地方，对此似乎不感兴趣。她是那种天生喜欢争论的老太太，阿提拉一回来，这个老太太指着埃斯玛直接问了她一句话。阿提拉咯咯笑，一开始还不愿意翻译出来。

“她说她宁愿跟我说波斯尼亚语，”阿提拉最后解释说，“那一位——听她说吉卜赛语伤我的耳朵。”

埃斯玛十分幽默地化解了这个抱怨。

“吉卜赛人有100万种方言，”她说，“当然，所有吉卜赛人相信只有他们自己的语言是正统的。”

原来这位老女人在为自己和她未结婚的成年孙子洗衣服，将衣服搅在一起，水雾从桶中升起。埃斯玛说洗衣服会花去这个女人大半天的工夫，还要去溪边取水，把水加热，洗上两次。因为如果女人的衣服和男人的衣服相接触，会带来霉运。

老妇人继续在冒气的桶边劳作，阿提拉则把她的闲聊翻译出来。她后面的房子，她跟她的孙子住在那里，至多15英尺长、15英尺宽，用土和木棍做的。

我问她的邻居们有关巴鲁普拉的说法为什么会激怒她。

“他们不知道在说什么，这个村子里没人知情。那儿的赛菲——她妹妹嫁给了巴鲁普拉的男人——问问她，她本该知道，但她也一无所知。”那位老妇人用她凸出的关节炎手指向隔壁，一个清瘦的年轻女人背对着我们洗衣服，背着个孩子。

我们往那个方向走，但是老妇人叫我们回来。诋毁她的邻居无知后，这位老妇人还有自己的一套理论。

“他们会回来的，那些人。就是这样。”

我问她谁这么说过，她用棍子敲着桶内壁，很明显她宁愿拿棍子敲我。

阿提拉说：“她说没人需要通知她。她是个老女人，知道很多事情。”

我看着埃斯玛："吉卜赛女人？"

"非常强大，"她回答说，"我告诉过你。"

"问问，拜托，"我对阿提拉说，"巴鲁普拉的人现在在哪儿等着回来。"

阿提拉在翻译她的答案之前，再次痛快地笑起来。

"她说听说律师们都很聪明，但肯定不包括你，如果你指望一个老女人知道的比你更多的话。"

我们走到隔壁的年轻女人赛菲家。她不在那里了，不过我们过来时，她来到门口，腼腆地笑起来。她仍然背着孩子，光脚站在门槛上。我在托瓦尔家注意到人们在屋内不穿鞋子。赛菲身后的屋内干干净净，摆放着一个锻制橱柜，墙上挂着一块旧毛毯，天花板弯曲，有几个水渍，也许很快将会让天花板塌陷。赛菲身穿豹纹裤，一件运动衫，上面写着我不懂的德文字母，除了"gesundheit"（祝你健康）。她的黑头发耷拉在脸上，她的眼睛，很罕见的，是醒目的翠绿色。她骨骼清瘦，非常漂亮，除了笑的时候，露出嘴巴里面可怕的绿色混浊。那个孩子，一个大约九个月大的小女孩，急切地看着我们，我们伸出手指时，她来抓。

我再次从上衣口袋里拿出那封信，赛菲笑了，并没有费心假装去看。跟隔壁一样，她更愿意让阿提拉做翻译。

赛菲说她妹妹嫁给了来自巴鲁普拉的一个男孩。在赛菲的祖母去世之后，她的父母离开莉吉之前，她跟父母去那里拜访过两次。

"有其他来自莉吉的人嫁给了巴鲁普拉的人吗？"

"只有我妹妹。其他人不会。"

"因为他们信东正教？"

我的问题让她感到好笑。"因为他们太穷了。他们一无所有。"

埃斯玛插话解释说在传统的社区，吉卜赛人信仰非吉卜赛人的宗教很大程度上是为了自保，这样牧师或伊玛目[1]会在葬礼和出生仪式上帮忙。他们

[1] 清真寺内率领穆斯林做礼拜的人。

真正的信仰，埃斯玛描述说，听起来像某种唯灵论，常常涉及先祖的灵魂。

“我妹妹的右手不好使，”赛菲说，“萎缩了。我父母很高兴她结婚了。普拉多有兔唇，他们刚好是一对。”她有点讽刺地笑着说。我在这里看见的大约50个人中，近亲婚配的后果很明显：外斜视、兔唇，但同时，尤其是孩子们，有着让人心惊的美丽。随着时间的推移，不良的饮食和其他困苦会淡化这种美丽。

“你妹妹现在在哪里？”我说。

“他们离开巴鲁普拉了。所有人。”

“他们去哪儿了？”

“人们说他们被杀了。”

“你这样认为吗？”

“我想不是，”她说，但是摇摇头表示她的希望渺茫，“如果天意如此。”她补充说。

她说结婚后，她妹妹每隔几个月就用一台借来的手机给她父母或她打电话。印度有个传统，吉卜赛人在出埃及后仍然保持了1000年，即新媳妇成为她夫家的一部分，服从她的婆婆，开始从她的原生家庭分离。

“一开始，”赛菲说，“我们没有接到她的电话时，我们试了试她有手机的一个朋友的号码，但是没有应答。整个冬天没有收到任何消息后，我父亲说我们应该去看她。我们借了一辆车，但他们不在那里。没有人在那里，整个村子没有了。我父亲去了维察唐雅的警局，他们表现得好像认为巴鲁普拉有人住过是件疯狂的事，”赛菲停顿了一会儿，看着地面来保持平静，“那让我父亲确信卡耶维奇把他们全杀掉了。”

“为什么是卡耶维奇？”

“那个春天，我最后一次跟我妹妹交谈，她说有个士兵去那里警告他们卡耶维奇要杀掉住在巴鲁普拉的男人。”

“杀死一个男人，还是很多男人？”

“很多男人。”

“为什么？”

“他认为他们跟美国人交谈过。但是我妹妹说不用担心普拉多，这不关他的事，他跟这件事情没有关系。”

“你妹妹有没有说镇上谁跟美国人说过话，或者他们说了什么之类的事情？”

赛菲不知道别的事情，但这是我在莉吉听到的第一件类似证据的事情。这是某种程度上的道听途说，但是赛菲叙述了一个具体的事件，如果真的发生过屠杀，这将充分地说明是谁策划的。

我问赛菲我是否可以拿出手机录音，但她说如果她丈夫知道她提到卡耶维奇会很生气。

“但是你和你父母相信卡耶维奇的士兵杀死了巴鲁普拉的所有人？”我问。

“我？我这么认为，我的父亲也是。我的母亲不相信。几年前她做了一个梦，梦中我妹妹叫她。因此她心存希望。”赛菲的眼睛现在积满泪水。

我们走之前，埃斯玛取下她的紫色围巾，系在了婴儿身上，围巾在这里是十分奢华的东西。我们道别时，赛菲从门槛向前跨了一步，在刚透出云层的强烈阳光下眯眼看我。

“你要去找杀死他们的凶手？”她问。

“我会努力。”

“他们应该得到惩罚，”她对我说，“就算是吉卜赛人，也不该被那样对待。”

仍然是个吉卜赛人

“你们饿了吗？”我们离开莉吉，阿提拉问道，“几英里后，有一个很酷的地方。”

已经过了四点，早饭后，我们都没再吃过东西。阿提拉在山坡路边大旅馆门口停了下来，那里一连串乡村建筑像观光牧场，放大的A型构架，有着摇晃的屋顶和用旧货车车轮装饰的香柏木边。为了提高旅店对游客的吸引力，最底层沿用了100年前的波斯尼亚生活特色。一个牲畜棚里，一个穿着背心、戴土耳其毡帽的蜡人在整理一袋种子。

二楼是一个看来很高档的露天松木餐厅。穿着正式背心、系着蝴蝶领结的侍者带我们到窗边的桌子，从那里可以俯瞰100英尺下的一条可爱的山林小溪，听得到浪漫的、急流的汩汩声。

不出所料，阿提拉出手阔绰。她点了一瓶斯洛文尼亚的白葡萄酒，虽然她其实不喝酒。她的关注点在一大盘开胃菜,那是味淡的波斯尼亚奶酪和肉干，当地的佳肴，辅之以一种不寻常的黑面包，用十几层薄叶子装饰，有点像卷心饼的面包皮。我们休息时，阿提拉没有表示歉意就抽起烟来，埃斯玛喝了几杯，说她只敢在欧洲大陆放纵。

埃斯玛离开了一下,阿提拉刚点了开胃菜。她一走,阿提拉偷偷地向前移。她大大咧咧的性格让我已经习惯忽视她奇怪的外表，球似的扭结的棕色头发，不平滑的多雀斑的脸，方正的奇怪纤细肩膀，她苍白干瘦的胳膊从昨天她接我时穿的同样的短袖衬衫中伸出来。

“你怎么想，布姆？”阿提拉问道，“像是卡耶维奇，对吗？”

“也许。我还很难得出结论，阿提拉。”

“如果你问我，”阿提拉说，“有个家伙派一个人报信，说他要杀掉你们这群傻瓜，然后，这群傻瓜一两周后全死了，我就得到了一个头号嫌犯。不是吗？”

“是的。但这不是唯一的可能性。你怎么理解那个女士认为波斯尼亚杀掉吉卜赛人是因为他们想要拿回营地？”

“她跟其他人一样在胡说八道——所有人，除了最后那个姑娘。美军已经撤退了，营地归政府所有。如果波斯尼亚人想要赶吉卜赛人走，他们只需要把推土机开进去，没必要杀人。”

我抿了一口酒，想着我该怎样进入下一个话题。我一整天都在想要跟阿提拉单独相处一下。

“我还没想宣布美军无可怀疑。”

正如我预料的，阿提拉做了个鬼脸：“你怎么得出这个结论的？”

“呃，托瓦尔确认了我听说了好几个星期的事情，在巴鲁普拉的几个家伙是偷车贼。事实上，你昨天跟我说过你解雇了你的吉卜赛人司机，他们和你的几辆卡车一起消失了。我记得没错吧？”

“太对了。”阿提拉用她整个上半部分身体表示赞同。

昨天晚上，凌晨三点左右我醒了，对与时差作斗争的我来说不稀罕。我发现我的心因为在睡梦中重现走廊上与埃斯玛见面的场景而收紧。我记起了她搭在我胳膊上时她红色的指甲，但是梦境以不安和遗憾而告终。虽然我总是一起来，就是记不起来我为什么感到遗憾。最后，当我安下心来开始打瞌睡，我的心思又回到我们的案子。就在那时，半睡半醒中，我找到了一种联系，自从我跟古斯坐在酒吧里，这件事就一直在我脑海中萦回。

“现在，”我对阿提拉说，“你告诉我北约在波斯尼亚用的所有卡车都是你的，也就是科络戴伊的，对吗？”

“基本上是，工作车辆要得到运输公司的命令，但它们都是从我的物资里出去的。”

“好的，”我说，“在飞机上，我重新阅读了企图在多博伊逮捕卡耶维奇的文件。大部分媒体报道说卡耶维奇是乘坐从美国军队偷来的卡车逃跑的。我第一次看见时，我以为那意味着卡耶维奇和他的老虎军团用短路点火的方式发动了特种部队的汽车。但是美军的整个伏击行动是精心策划的，不像是临时逃脱。于是我意识到——实际上在午夜时——卡耶维奇就已经拥有这些卡车。”

我现在抓住了阿提拉的全部注意力。她未修整的细眉毛向下垂。

“这就是说，”我说，“卡耶维奇离开时乘坐的车是从你和科络戴伊处偷来的，对吗？”

阿提拉说话前，嘴唇紧缩。

“我告诉过你，布姆。我喜欢你，但是我不能弄丢我的保密合格证。”

“这些卡车的归属问题不是秘密，阿提拉。它们需要得到确认，这样波斯尼亚警方可以寻找它们。”

她耸了耸肩。

“事情就是这样，”我说，“来自巴鲁普拉的吉卜赛人从你那里偷走了这些卡车并卖给了卡耶维奇。对吗？”

阿提拉低头看着桌子。她抬起头时，伸手去拿另一根香烟。

“布姆，你总是话这么多吗？”她问道，火焰在她的打火机上升腾。

“偶尔。”

“我？”阿提拉说，“我一辈子都是话痨。我总是信口开河，他妈的你说这些有什么目的？布姆，我真的不知道答案。我只不过刚好被卷进这些事情里。”

我不想为她怀旧的追悔转移注意力。

我说：“那就是吉卜赛人知道卡耶维奇和他的手下藏身何处的原因。这就是为什么他们可以将他的方位告诉美国军队情报机构。”

“我不想对你说谎，布姆。但是对我说的话我必须保持十二分的谨慎。”

“好的，也许你想回应这个问题，阿提拉。如果吉卜赛人告诉我卡耶维奇的藏身之处，我去了那里，遭到了埋伏，我会抓狂，也许疯狂地展开杀戮，尤其当我意识到他逃跑的车是他们卖给他的。这对我来说就像被人欺骗了。”

阿提拉果断地摇了摇头。

“事情不是这样的。”

“那是怎样？”

“我不能把自己搞砸了。我要是对一个像你这么聪明的人随便乱说，一件事会引发另一件事。我不能再说了。唯一要注意的事情是，你听见那位女士告诉你卡耶维奇发誓说他要杀掉这些吉卜赛人。”

阿提拉放在木桌上的手机，又开始嗡嗡响，振动得很厉害，像是会从窗子里飞出去。她啪地一拍手机，仿佛它会跑走，然后接听了。我敢打赌阿提拉接听电话是为了避免回答更多的问题，但是手机就在我的面前，我能听见一个声音在另一端讲塞尔维亚—克罗地亚语。

“妈的，”阿提拉打完电话后，她站起身来说，“真想骂人。我得找五个说普什图语[1]的家伙在明天到达喀布尔。问题是，布姆，说普什图语的人在阿富汗工作。在阿富汗工作的人宁愿被操也不愿意回去。这得花我不少工夫，可能要整晚打电话。”

她握了握我的手，说一小时内她会派一个司机来这里，我们吃完后，司机会带埃斯玛和我回图兹拉。她走了五步，又绕回来，俯在桌子上，她的小眼睛和粗糙的皮肤接近我，她的声音放低。

“告诉埃斯玛见到她我很高兴。不过小心点儿，哥们儿，这小妞实在是太狡猾了。永远别忘记：她仍然是个吉卜赛人。”她快速挥了挥手，走了。

几分钟后，堆满了一个不锈钢大浅盘的烤羊肉和蔬菜上来了，就在埃斯玛回来前几秒钟。我解释了阿提拉的离开，我们都对她惊叹不已，埃斯玛似乎完全被她迷住了。我这时才注意到，阿提拉在这里时，埃斯玛坐在我对面，现在她坐在我旁边，近得可以碰到手肘。

“那么，布姆，今天你有收获吗？”

“我需要思考。”我说，仍然不愿意与她分享有关调查的想法。我问起莉吉，知道她对吉卜赛人的热情可以转移她的注意力。

“比尔，对于吉卜赛人的难题是，如何将你们的社会开放给这些吉卜赛人，比如我，我们希望融入进去，而不要把你们的价值观强加给我们。”

“没有接受教育，吉卜赛孩子们怎么能做出那样的选择？”

“学校教育的价值对我们的很多族人来说并不明显，”埃斯玛说，“在吉卜赛语里，没有与‘读’或‘写’对应的词汇。有很棒的吉卜赛音乐，但是没有文学。每次我祖母看见我拿着本书，她会忧虑。‘So keres？’她会问我，‘你

[1] 阿富汗官方语言，也用于巴基斯坦北部地区。

在干什么？’对我的族人来说，知识是在社会交际中借由交谈获得的。”

“一个口头传统？”

她笑了笑，吉卜赛人这种难以解释的方式让她感到有意思。

“是的，但不是像印第安长者那样把传奇故事向一群群年轻的听众重复。比尔，吉卜赛人是没有历史的民族，没有对过去的共识。我告诉我的祖母我们并不是来自埃及，她拒绝相信这一事实，‘吉卜赛’这个名字就建立在这个常见的误解上。对我们来说，没有创造天地的流行神话，没有七天七夜。伴我长大的吉卜赛男人是凶猛的职业拳击手，但是却从没有过一支吉卜赛军队，因为我们没有想要征服、捍卫甚至是返回的土地。

“与地球上其他任何民族不同，我们的身份认同感不是在过去无数次的伤害中形成的。我们不讲述我们作为奴隶的那些世纪的故事，不像非裔美国人或是犹太人。吉卜赛人擅长遗忘，你问起托瓦尔有关巴鲁普拉的事情时，可以明显感受到这一点。我们活在现在，对西方人来说，我们跟火星人一样陌生。”

埃斯玛再一次露出大大的微笑，满是她对维护这份精神遗产的愉悦和骄傲。

“对你的影响是什么，埃斯玛？你有没有感觉被夹在两个世界之中？”

“算不上，我做出了我的选择。对吉卜赛人来说，比如我们在莉吉看到的那位老妇人，我根本不是一个吉卜赛人。那就是她不想跟我说吉卜赛语的原因。”

“你的家人呢？你妈妈比你爸爸更能接受你吗？”

“我妈妈不在了，得了癌症，都是这些香烟。她为我上学跟我爸吵架，但我总觉得那更像为了反对他，而不是因为她看到了我接受学校教育的巨大价值。我快 15 岁时，我母亲跟我谈论起婚姻，她已经跟另一个家庭谈过了。那个男孩，叫鲍里斯，似乎非常喜欢我，但我并不喜欢他，于是鲍里斯绑架并强奸了我。在英国吉卜赛人中间，这种事情没有什么不寻常，对他们来说发生关系通常相当于一次求婚。跟我发生关系后，鲍里斯可以宣称我们私自结为夫妇。但是他为床单上没有血感到恼火，他的家庭当然不承认他向我求婚，我父亲被激怒了。”

“但那是对我的解放。人们普遍认为我不适宜结婚，于是我可以继续上学，并且进了大学。”

“牛津？”

“剑桥，凯斯学院。”

“从没结婚？”

“是的。我太独立了，比尔。心情不好的时候我仍然想要孩子，但我并不总想成为一个母亲。”

我们边说话边吃，食物很棒，没有盛大的炫耀，但是端上来时美味又好看，盘子中间有一片烤洋葱，泡椒像鹿角一样竖起。无聊之中，我们开始喝第二瓶酒。

吃完饭后的油酥点心，我叫服务员开账单，才发现阿提拉已经结了。埃斯玛笑了，马上指出我仍然欠她一顿饭。

屋外，阿提拉承诺的豪华轿车在等着我们，那是一辆旧南斯拉夫坦克汽车。埃斯玛和我溜进后座，我们前往图兹拉，在渐暗的天色中，蜿蜒深入山中。埃斯玛，喝得比我多，变得沉默，眼皮沉重，最后完全进入睡眠状态，她这样我一点儿也不惊讶，她的头甩了回来，每呼吸一下就发出轻微的嘶嘶声。一个突然的急转弯让她倒向我，把脸靠在我的肩上，这让我百感交集，无法自拔。虽然我警示了自己，但是她精致的五官和强健的形象，让她的性感像通电的电流，她靠得很近的温热肉体、她在我颈间的呼吸、空气中她浓重的香水味让我在去镇上的路途上阴茎勃起。

我们一碰到图兹拉的鹅卵石街道，埃斯玛就醒来了，她摇摇头，摆脱她的困倦。她找到了她的手机，但是只用吉卜赛语说了一会儿话。

“我必须跟费尔科会面，”我们在蓝灯前停下来时她说，“我告诉过他我今晚会找点时间跟他讨论一些事情。”

我记起来问她有关古斯无意中听来的话。

“古斯说费尔科坚持让你给他你承诺的东西。请原谅，虽然我不应该跟你说这些，但如果你为他的证词付他酬劳，那么他的证词是没有用的。”

听到这里，她笑了。

“你不需要跟我说这些。我们有关钱的唯一谈话是几年前我对他说，在遥远的未来他或许可以收到来自国际刑事法庭的补偿，如果真有判决的话。此后他就没有说起这件事。他同意做证后，我承诺费尔科的是你们会尽可能地保证他的安全。他有这个权利要求这一承诺得到兑现，是吧？”

我点点头，对这个回应表示满意。

她说：“我还没有机会催问他有关卡耶维奇的事情，但我现在要开始处理，回头向你汇报。”

埃斯玛和我一样听到了赛菲的话。那个年轻女人很难让人怀疑，这意味着一切会显得非常奇怪，如果费尔科——或者住在巴鲁普拉的其他人——没有听说过卡耶维奇的威胁。

她把手机放回大包，一只脚踩在街上，再次面对我。

“谢谢你让我睡了一会儿，比尔，”她说，“在你旁边我感到很舒服。”她没再说话，但久久地看着我，不加掩饰地表示亲密，然后走开。

踏上酒店门口的鹅卵石，我仍在回味，脑子里突然浮现出雷顿·梅里威尔的身影。

懊悔

进入大厅，我看见了古斯。他在休息室，拿着啤酒杯，正如我预料的，在跟两个中年英国女人聊天，两个都是短发的金发女人，她们看上去喜欢和他在一起。我跟辛迪和弗洛都握了手，我示意古斯去早餐室的尽头时，她们显得很失望。古斯的杯子空了，我从他手中拿了过来。

“今晚我请客，古斯。”

我又拿回一杯啤酒给他，给自己要了泡泡水。我跟埃斯玛喝了够多的酒。

“抱歉没有留意你的背景材料，古斯。”

“是，博士学位，故作高雅，也许比我认为的更值得骄傲。”

我问了那个很显然的问题——他怎么成了一名警察。

“呃，要知道，我是典型的懒散孩子，”他说，“但我在学校表现很好。于是我一直待在学校。我喜欢人类学，我差不多要读到头时，发现我实际上更热衷警察事务——老实说，也许是由于我遇到了很多专业警察。不是说我很鲁莽——‘莽汉’，你会说。只不过因为一些碰撞，跟我的伙伴们一天天堕落下去，在局子里过了一夜。但是我认为一个好军官能让人感觉大不一样。安特卫普的一个顾问说：‘哦，学了法医人类学，你可以去警察机关工作。’

“我就是这样做的。要知道，比利时是一个秩序井然的地方，一年连 200 起谋杀案都没有，没有多少尸体要挖掘。人生的标准途径是找个漂亮姑娘，成为一个合法的有教养人士。但是南斯拉夫特别法庭建立时，我认为，有了一个充分发挥我技能的地方。”

“关于巴鲁普拉的坟墓，你的技能告诉你什么？”

“把这些骨头装进了袋子里，如果你是这个意思的话。”

“它们看上去怎么样？”

“看上去是对的。三个男人，有两个比最后那个年纪大。”

“你能看出性别和年龄？”

“依据臀围和骨盆的骨骼组成，还有骨密度，用显微镜观察后我会更确定。”

“你在寻找的子弹呢？”我问道。

“找到了两三颗。回去后我们会做发射特性分析。”

“那里有好的罪证化验室吗？”

“荷兰法医研究所是一流的。”

“好的。我们查看骨头，我们查看子弹，接下来呢？”

“嗯，我们要集思广益，找我们北约的朋友们索取文件，假设你能征得巴杜和明美的同意。我愿意跟一位地质学家再回到这里。与南特的一位教授一起工作，她很不错。是齐齐科夫夫人，也是个教授。我想知道她能否告诉我们洞穴的崩塌是多久的事情，我还想让她像库克船长那样在波尔多和他们的坟墓那里探探险。”古斯说波斯尼亚警察结束工作后回来了，他们渴望邀功，很高兴地围在他发掘及做了录像记录的区域旁边。他们答应会密切注意。

“我对这周边的地层了解不够，”我问古斯他想要齐齐科夫教授在坟墓检查什么时，他说，“如果是在十年前掩埋的，这似乎非常软。在我看来，那里像是表土和底土的混合。但要知道，那不是我的 specialité （专长）。”他说，用的是法语词。

“可是混合的泥土有什么潜在意义？”

“也许意味着有人最近常挖掘那个坟墓。”

“盗墓者？”

“有可能。很有可能是好奇的本地人，也有可能是孩子们，也可能是某个人出于好奇想要看看我们会找到什么。”

“你怀疑是费尔科？”

“我觉得他有点狡猾，但那不是我首先想到的。”

“在他说的地方找到了尸骸，古斯。”

他点点头，认可我的意见，问起我的莉吉之行。跟我一样，赛菲的话让他惊讶。不过当我说出关于卡耶维奇逃走时坐的卡车的推论，以及吉卜赛人的信息让美国人遭遇了伏击，美国人怀疑他们被出卖了这些时，古斯头一次对我表示钦佩。

“阿提拉不想坦白有关卡车的事情，”我说，“我想她是在为美国军队打掩护。她明白我的暗示，但是她与梅里威尔是同一立场，坚持说美国人绝不会这么做。”

“说到这里，”古斯说，“我 1997 年去波斯尼亚时遇到的那些美国孩子，他们胜人一筹。那些俄罗斯人、土耳其人，有时你怀疑他们是从哪个监狱招来的兵。他们用食物来换取女孩的身体。但是美国人纪律严明，训练有素，会跟当地孩子踢足球，玩摇滚乐，分发糖果。很难想象他们会参与一场大屠杀。”

“从众心理是一件有趣的事情。”我回答道。我检举过十几个男女——企业高管、商品交易商和政府官员，他们大部分的行为无可指摘，后来却受贿、伪造记录或欺骗他们的顾客，他们被逮捕后，所有人都说出那个同样的陈腐借口：别人都这么做。我跟古斯分享了个让我记忆犹新的例子，那是我高中足球队的一个朋友罗克尼·惠特尔，我在担任美国联邦检察官期间，他遭到起诉。很多年来，罗克尼收受小额回扣，以维持与他共事的 60 位其他管道检查员的关系，他们全都收了比他多得多的钱。几十年后，我申请回避审判此案后，作为品德证人在他的宣判中做证。

“但是这还是有一个限度的，布姆，对吧？为了口袋里的几美元，或者保住你的工作，这又不是大屠杀。你说了你的故事，我要告诉你一个我的故事。我整天都在想这件事，这足够让我后悔回到这里。”

讲故事前，他喝光了杯子中的酒，我再次向接待员挥手，他又拿来一杯。

“她是南斯拉夫特别法庭我的一位证人，”沉默良久后，古斯说，“这个女人名叫阿巴赛·门苏尔，是个穆斯林。她住在萨拉热窝的河对面，突然变成了塞尔维亚这边的人。于是游击队员闯进她家。就在几天前，她丈夫在几个街区外的前线被杀——和塞尔维亚人在一起，过一会儿不用我说你就会知道怎么回事。他们当着她孩子们的面强奸了她——整个分队人。完事后，他们又强奸她 11 岁的女儿。为了追求刺激，他们又抓住三个月大的婴儿，布姆，把那孩子放进烤箱，启动后，持枪对着他们所有人。那边婴儿尖叫不止，这边士兵强奸 11 岁的孩子。最终哭声停止了，他们把那个可怜的小东西拿出来，笑着把他递给那位母亲，告诉这个穆斯林女人：‘烤猪就是这样子的。’

“上帝爱她，布姆，阿巴赛来到海牙，给出证据，指控当时负责的队长。布姆，我是个铁石心肠的人，我见过恶，我知道人们会坏成什么样子，但我坐在审判室，眼泪不停从脸颊往下淌。那位队长，那个男人——如果你能称他是个人，那个男人，感谢上帝，要烂在监狱里。但是当然，有 11 个人跟他一起，我们甚至没有试图去逮捕他们。这些家伙，在《代顿协议》后，肯定回家，还有了自己的孩子。布姆，他们抱这些孩子时，他们是怎么想的，会不会想为什么没人朝自己的脑门打一枪？

“不论从众或者不从众，布姆，我想有些人都不会做这些事。我能够说明，我不会这样。你的朋友罗克尼也不会，我希望。也许当时在这里服役的那些美国孩子也不会，他们得到过好的教育，没有听亲戚说‘伊斯兰教是怪物’的胡话。”

我喝完了苏打水。讲了这个故事之后，没有什么可说，我静坐着等他喝完啤酒。他明天一早去比利时过周末，我们同意下周一在海牙展开调查。接着我上楼去处理这两天积累的邮件，希望工作能够帮助我摆脱古斯描述的恐怖故事。那种强度的恶像一颗死星，能吸走生命的所有光芒。

我在电脑前忙活了快半小时，听到有人轻轻地敲门。我以为古斯忘了说什么事，我开门时却发现埃斯玛站在门口。她似乎重新化过妆，梳理了她鸟巢般的头发，我再次为她出众的容貌感到惊叹，可她一副处理公事的表情。

“能占用你几秒钟吗，比尔？”

我让开一点来欢迎她进来，让她坐我的写字椅，我坐在床上。我问是否要从小冰箱里给她拿点喝的，里面有啤酒和水，但她拒绝了。

“我不会待太久，”她说，“费尔科的一些事情，你或许想知道，”她告诉他赛菲所说的卡耶维奇威胁他们的事情，“他表现得好像现在才记起来，但他同意这个说法的确传遍整个营地。对他的隐瞒我不高兴，他能看出这一点，但他声称他从没把 4 月 27 日晚上发生的事跟卡耶维奇联系起来，因为游击队员说的不是塞尔维亚语。”

“这让你信服吗？”

“我觉得有可能但是可能性不高，我怀疑他怕提起卡耶维奇的名字。”

这样说来合情合理。费尔科不是第一个出于恐惧而不愿意说出事实的人。他或许给埃斯玛留下了错误印象，他在证词和之前提交给国际刑事法庭的报告上没有说谎。不过，我仍然感到不安。如果费尔科试图漏掉卡耶维奇，他或许也更改了其他细节，那可能近乎做伪证。

“我们需要再问问他，埃斯玛。”

“我明白。可是我能建议再等等吗？看你的调查指向哪里，以及你可能问的其他问题。他现在不大情愿，一直让我保证以后的事跟他无关了。我们没必要让他产生逆反心理，完全拒绝配合。”

总的说来，我认为她的建议很好。

“谢谢你告知我们。”我说。

她点点头，站起身。她又看了我很久，欲言又止，像在仔细考虑什么，突然又坐了下来，这次坐在床上，我的身边。

“你需要等等再跟费尔科交谈的另一个原因，我刚对他解释了，我将不再是他与国际刑事法庭的代表。如果你想再见到他，受害者和见证者小组可以给他打电话，如果有需要，可以安排另外的律师。我现在与这个案子没有一点关系了。”

她看着我，我推测着她话中的含义。她用大眼睛直视着我，像凝视一挺端平的步枪——如果一挺步枪可以表达渴望的话。

“是因为我的缘故吗？”我问道。

“哦，比尔，”她可爱地笑着说，“我宁愿这是我的缘故。”她用两根手指，抓住戴了一整天的领带，轻声说：“比尔，你知道吉卜赛语里欲望这个词直译是什么吗？是‘我吃你’，而不是‘我想你’，‘我吃你’或者可以更为诗意地表达为，‘我要狼吞虎咽地把你吃个精光’。”

她缓缓地靠过来亲我，不是用啃食或者试探的方式，而是把她整个人交付给我。她的身体和柔软的乳房紧贴着我，这令人激动。我意识她进入这个房间的时候，我就大致知道会发生什么事情，不管我有什么借口。我确信她能感觉到我的心在扑腾，就像在陆地上的一条绝望的鱼。

“听从自己，比尔，”她小声说，“你永远不会完全了解你自己，除非你活在当下，没有了顾忌，只有享受。”

我的领带仍然在她的手指间，她把我拉向她，我再一次触碰到她的整个身体，进入我生命的下半场。青年和中年堆积的“总有一天”成为了一批收藏品，一个愿望清单照亮了幻想与生活的诸多限制之间，残忍但并非蓄意。“总有一天我要学习水肺潜水。”“总有一天我要去不丹旅行。”“总有一天我要辞掉工作，开始干木工。”“总有一天我要清理……我的办公室……我的壁橱、车库、储藏室，我母亲去世后我没有看过的箱子。”“总有一天我要学习用蝇钓鱼。”“总有一天我要再去弹钢琴。”“总有一天我要住在托斯卡纳。”“总有一天我要住在托斯卡纳，读贝克特和欧文·高夫曼的作品。”

过了54年，那堆“总有一天”变得巨大如山——还有，我必然会意识到没有一件事真的会发生。我活得很好，明白到这一点，我并不会觉得苦楚。但此刻，“总有一天”突然成真时，你怎能拒绝？

“有一天我会跟一个女人在一起，她踏进门来就让整个房间震颤。”在多少个房间，凝视了多少次门口，这一完全不可能的期许闪过我的脑海，这个愿望如此虚妄，于是我只能礼貌地转过头去？

也许梅里威尔想要告诉我的——他和很多被欲望的潮水拖下去的同类都认为，在某一个年纪，最苦涩的情感是懊悔。

证词

Ⅳ 以供备案

记录——4 月 16—23 日

生活教会了我一个冷酷的事实，长久渴望的梦想一旦得到现实的检验，很少能够达到预期的想象。但在埃斯玛的床上却从来没有这样过。

尽管色情网站和网上的帖子生动地记录了肉体的种种欢娱，没人真正知道其他人在这些时刻的内在体验，但是我跟埃斯玛在一起体验到的极大生理愉悦对我来说是新鲜的。不管那是吉卜赛魔法，还是因为我克制了所有顾虑，跨越了我仍然应该遵守的职业界限，某一瞬间的感觉触到了生活的内在，那里感知能力十分强烈，让世界的其他地方变得遥远，而生活成为一种纯粹的兴奋。

从第一次开始，每次约会都是新奇的，她被扔到了我房间里一把漂亮皮椅的扶手边。从来没有木条或边界，只有异想天开的念头和灵感。通常，埃斯玛不停地讲述，用最世俗和挑逗的词——“哦是的，看那个大东西。哦是的，我要摸它，你喜欢那样吧，是的，你知道你有多喜欢那样，那么做会让你高兴，是的，那让你非常高兴”——现在她话音低落，带着她自我满足的低声指示。“那里，慢一点，拜托。拜托。捏。用力。更用力。”

相比埃斯玛给我介绍芭蕾动作和方法，她在如何放纵和满足欲望上给我提供了一个榜样。她极其自由地呼喊，玩乐般地震荡，用惊人的频率摇动着她的身体。她把床变成了美味的汤汁，还经常索要更多，提醒我有关性的另一个独特真相：你能看见大峡谷，为其壮丽而欢欣鼓舞，让你愿意把它从愿望清单上删去。但每个人都想要下一次的性高潮。

一丝不挂的埃斯玛给人灵感，即便在我们的时代，人们不喜欢她这种丰满的身材。我们第一次互相脱去衣服，就在她的胸罩要滑下去的时候，她突然从床上拿起她的真丝连衣裙盖在身上。

“你喜欢大乳房吗，比尔？”

“喜欢。”我说。

“准备好进天堂吧。”她回答说。

看见埃斯玛惹人爱怜地靠近我总能激起我的情欲，她很快带我超越我本来以为中年人会有的身体限制。不过她的吸引力不只是肉体的。很多年前，我曾为一位脱衣舞演员做代理，她以洛塔·卢斯特的艺名工作，20 多年都没申报联邦所得税。斯特拉（她的真名）的外表没有什么不寻常，可是 20 多年来她一直需求旺盛。她声称，这跟自信有关。“一个相信她遇见的每个人都渴望与她做爱的女孩总是对的。”埃斯玛每次都让我感觉她在赠予我礼物，跟炼金术秘密一样珍贵的礼物。

古斯从图兹拉回了比利时，埃斯玛和我在蓝灯又待了两晚，在星期天早上离开。头两天，我一丝不挂，也在品味那种自由。星期五，埃斯玛先饿了，跑出去到街对面卖卷烤肉的地方给我们两人带回了三明治。等她的时候，我一动不动躺在床上，享受片刻的独处，静静思考。我的整个身体仍然像一个力场，电压中心是我的阴茎，我被一种强烈的干渴控制，那似乎是做爱次数太多的后遗症。可我不想动。我为如此彻底的放纵感到喜悦，虽然波斯尼亚死者的灵魂、强奸、酷热和暴行似乎在某个地方不快地舞蹈。

星期天下午晚些时候，我到达海牙。走进公寓时，有个小提箱在起居室中央，我无意间看见了标签上卢·洛根的名字。我想起我的女房东说过在我国外旅行时间，她丈夫要来，他们要用他们的房子。我去冰箱拿水，听见头顶传来持续的碰撞声。我过了一会才意识到那是他们的床头板在敲击墙面。又站了一会儿，我可以听出娜拉旺达·洛根的低声哀叫。我又听了一会儿，为他们和我感到好笑。我本来打算出去吃一顿长长的晚餐，给他们留些空间，但是埃斯玛让我精疲力竭。我躺下来小睡了一会，第二天早上快五点时才醒来。

我与女房东的接触如她所预料的一样少，部分是因为公寓的建筑设计，下层包含一个小厨房和一个大小刚刚好的客厅和餐厅。从那里，上三个台阶可以到唯一的浴室。从那个平台离开，有两个单独的向上的楼梯，分别通向两个卧室。

星期二和星期四，我起来给我的儿子们打清晨六点的电话，我会走到厨房煮咖啡，洛根夫人会在客厅，扭曲着身体做瑜伽。她一身黑，穿着紧身的瑜伽裤和宽松的上衣，衣服非常小但是特别修身，也意外地优雅。周末，她早下班时，会跑步。她进来时汗水淋漓，呼吸急促，穿另一身全黑的衣服，另加一顶绒线帽和一双手套。我经常在客厅阅读，她只轻声说一句“你好”便一阵风似的飘过。我提过一次我自己也曾跑步，直到几个月前胫骨疼痛让我不再跑步，但我只得到她一个礼貌的点头作为回应，她继续往楼梯走。总的说来，她的社会情感有点偏离中心，这大约就是古斯提前对我说过的情况。

那个周一，从波斯尼亚回来，我下楼来到厨房，洛根夫人穿着她的瑜伽服，盯着电水壶，她在进行早上的例行程序前会喝点茶。她丈夫的行李不见了。

我以为她会跟我一样，醒来时脸色发红，一脸振奋，但她心不在焉。她客气地跟我打招呼：“欢迎回来。旅途不错吧？”但她处在早间的抑郁中，很多人的一天都是那样开始的，她沉默地开始她的锻炼。

我早早地来到办公室，为积压的文书工作做准备。到下午，古斯和我各坐在我书桌的一边，准备我们给北约的文档请求。我们感觉法律细节将会是对抗国际刑事法庭，避免争论的最好武器。

古斯在南斯拉夫特别法庭的经历让他知道什么主意是可行的，他草拟了自己的清单。

“军队并不是真的为了战争才存在的，”他告诉我，“他们在那里是为了创造纪录。所以这一切都将会记录下来。”

他查阅的第一件物品是值勤表，以及军队的相关记录，比如用膳报告。我理解他的逻辑——休假的一大群人也许是我们的“游击士兵”，他们闲暇时穿奇装异服。但考虑到根本的障碍，我认为那并不能让我们的案情有大的进展。

“根据美国的法律，我们不能采访这些人中的任何一个，古斯，假设他们现在在家里。”

“耶！”他说，用的是夸张的澳大利亚版“是的”，“但我们可以查看脸书、视频网站和推特，布姆。我查看有关老鹰基地的帖子有一段时间了。实际上，对我们来说，相当多，不怎么有意思。但是老兄，我们有时可以搜寻之前军人的名字，从这里尝试寻找一些问题的答案。法律没有禁止这么做，你有时不能相信这些年轻人在网络透露出来的东西，因为这些东西不会让你得到什么。”

我现在才理解为什么从我们认识的第一天古斯就盯在电脑前。

他草拟的清单上的第二项请求是卡车记录和燃油库记录。我明白我们想要看看是否有重型车辆在午夜离开基地，但是我不清楚为什么他还要查阅技术细节报告及备件申请书。

“在黑暗煤矿区域开车四处转，布姆，一个卡车司机很容易弄坏车轴或损坏车轮。”

接下来，他列出了来自营地医院和医务室的当日记录。

400 个人被胁迫上车，不可能没有一个人出拳反抗士兵，或者会有一个老太婆拿指甲抓某人的脸，也许有几个士兵在爆炸后被飞来的石头砸中。”

我同意。费尔科说过他们试图制服波尔多的弟弟时，有个士兵被来复枪枪托打中了。

鉴于我对军队有限的了解，第四件物品是我从没想到过的：空中监视记录。

“北约到处有飞机，布姆，还有侦察卫星，以确保任何一方都没有军事行动。他们从外太空得到的信息令人恐惧。”

古斯有很多极好的点子。在武装上，美国军队显然配有蓝色 GPS 应答器，用来发送信号，阻止误伤事件。我们决定申请查阅可以显示美国军队在 2004 年 4 月 27 日在巴鲁普拉或附近的所有 GPS 记录。北约情报机构很可能也记录了在那片区域使用的所有手机号和 IP 地址。

下面，古斯又单独列出一行，写着：“照片。”

“照片？”我问道。

“每日的照片是队列的快照。通过队形，可以看出谁缺席了，也许受伤了。那时快接近美军驻扎的尾声。为了记录友谊的地久天长，相机也许全天拍摄。”

我惊讶地缓缓点头。古斯了不起。

他最后的建议是寻求北约在多博伊逮捕卡耶维奇的所有文件，从美国陆军情报机构的情报到作战计划，以及事后的调查报告：弹道结果、调查员的总结，甚至验尸报告。这是他和我一开始没有取得一致的项目。一方面，如果陆军情报机构像我在 FBI 打过交道的情报部门，他们就不会公布任何信息，甚至害怕十年之后它会泄露技术或信息来源。另一方面，如果我们要进入谈判的话，申请这些东西让我们站在较为宽容的立场。我们真正需要的是美国如何得知卡耶维奇的行踪和是否遭到陷害的记录，以及有关吉卜赛人从阿提拉处偷取的卡车的信息。

古斯和我的会面结束后，我的手机响了。埃斯玛给我发了一条短信：在伦敦开会，感觉你最后一点黏稠的东西从我身上滑出去了。

我坐在那里，面红耳赤，自从少年时期以后我还从来没经历过这种状况。

从梅里威尔提出找北约要记录的主意开始，我就知道我的老板——巴杜和明美——也许是比美军更大的障碍。在法庭上，谨慎是一种生存之道。国际刑事法庭压抑的官僚作风，与我之前工作过的检察官办公室自由放纵的氛围如此不同，只有一点聊可安慰——你做的一切很重要。没有永久的支持者，法庭杜绝不可避免争端的方法是维持强硬的程序规则，有人一直要求我按照马术线路那样一板一眼地来追捕坏人。这周剩下的日子，我的时间花在与检察官办公室三个部门（调查、检察和协调）的头儿就文件索取开会。没人质疑我的法律分析。来自波斯尼亚的参考文件，带有蜡印和蓝黄丝带，给了法院让波黑的政府获得申请记录文件的权力。但是我的同事们仍然老大不情愿，特别因为这一策略明显是在规避美国法律。我发现协调部门的人——他们基本上是外交官——尤为令人恼火。他们是规则的崇拜者，只要我们能避免任何慌乱，似乎法院再也不检举任何人，他们才真正开怀。

跟部门领导和协调员最后的会议在巴杜的办公室召开。我自始至终盯着这位老人。巴杜以他得体的方式咯咯发笑、点头、哼哼，没有表现出他在某种程度上知晓所谈的事情。我意识到巴杜一无所知的态度让他隔绝了法庭外的所有人，以及法庭内想要影响他的所有人。会议快结束时，巴杜以漂亮的口音说道："我有一个老友，高恩勋爵，他是英国驻北约的大使。我会考虑问问他。"我最初的反应是恐慌，害怕巴杜会把事情搞砸，但过了一秒我认识到这或许是一步妙棋。如果北约其他国家的领导人——英国、法国、德国，他们全是国际刑事法庭成员——预先承认了我们申请文件的合法性，美国人将难以表示拒绝。

不到一天，高恩大使就鼓励巴杜往前推进。目前北约的最高司令官是另一个英国人，以其他士兵的标准来看，这个人可以说是国际刑事法庭的支持者，他表示他不会挡路。在给北约发出正式的文件申请之前，巴杜十分谨慎，预先得到了全体检察官办公室执行委员会的支持。我们都明白这有可能引起美国方面爆炸性的反应。

从波斯尼亚回来后，我渐渐习惯一种常规。我不给威尔和皮特打电话的早上，我会晚一个小时醒来，慢慢喝着咖啡，读网络版《纽约时报》。过后，我常给姐姐玛勒打电话，聊些我们这辈子共同经历过的事情。她在波士顿，此时应该是凌晨两点，她坐在床上回邮件，从当天的报纸中剪下文章寄给她的孩子们，并且为她的读书俱乐部阅读最新的小说。灯亮着，她的丈夫杰里米，一位矫形外科医生，在她旁边酣睡。

八点半前，我来到办公室，会比多数人早，然后五点半下班。我在公寓附近的一家餐馆吃饭，继续在我运到海牙的那堆书中穿行。现在，我在重读约翰·福尔斯的《魔术家》。

我们申请的文件最终寄给北约总部比利时的那天，我提早离开了办公室。这是我在海牙见到的第一个晴天。冬季阴沉的天空突然变蓝，一阵南风让空气变得醇和。一个星期以来，我在蓝灯酒店获得的新活力刺激了我对锻炼的渴望,最近几个月我几乎没有锻炼。我的女房东给了我一辆她丈夫的旧自行车，那是锁在门前一批车中的一辆，我现在想骑一骑，可我仍然不了解这个城市，由于方位感差，我害怕迷失在没有手机信号的盲区。

我进门时，娜拉旺达也早到家了，或许也是受了天气的鼓舞，她在客厅伸展身体准备去跑步，将脚放在沙发背上做运动准备。这是我第一次见她穿短裤，考虑到我们保守的生活方式，我感觉我似乎不适合此时突然进入，打扰到了她。

我赶紧往楼梯那走，又恢复镇定，兜圈子回转。

“我可以跟你走一会儿吗？”我问道，“我只想看看你的路线，保证不会耽搁你。但我想恢复跑步。”

她考虑着，仿佛我在提议砍掉一半的租金，最后她露出一丝微笑，点了点头。

我打算尽可能地在她旁边跑，再走回来。我们最初的步伐断断续续的，在靠近公寓的拥挤小路上躲闪。但她很快带我上了一条更快的路，来到兰格福尔豪特树木茂盛的广场，经过像防空洞般气势宏伟的美国大使馆，最后进入海牙的大公园，海牙森林。

基于迄今为止的经验，我想她不会多说话，但我礼貌地问起她丈夫的那次逗留。

“很好，”她回答道，考虑到撞击床的力度，她这样说似乎有点轻描淡写，“刘易斯一直在说他有多爱纽约，回到那里有多么棒。”她的英语准确，只是偶尔有点不自然，带有荷兰口音——舌尖颤音 r、长音 o 和颚音 g——加上一点爪哇[1]的升调。

“你呢？”我问道，“你爱纽约吗？”

“去参观？非常有趣。去居住？太难了。那里不适合我，我习惯了海牙。”

[1] 爪哇人是印度尼西亚爪哇岛上最大的族群。爪哇人是穆斯林，然而恪守伊斯兰教戒律的人相当少。

我们很快陷入对话的僵局,不过过了一会儿,她问了几个有关我的旅途的问题。她的步伐现在快多了，我发现每说一个词都费力，但我洋洋洒洒地回答，希望可以与她进行一次真诚的交流。我谈起我的儿子，还有波黑，提供了一些简短的旅行见闻，没有涉及调查细节。

波斯尼亚是我第一次去穆斯林占大多数的国家，穆斯林在图兹拉周边奉行的习俗之随意让我印象深刻。举个例子，叫拜楼[1]哀号出的宣礼一天五次，但是大部分妇女不戴头巾，每个餐馆的菜单上都有酒。看上去宗教是一件私人的事情。

“这就是伴我长大的伊斯兰教，”娜拉旺达说，“我是现代主义教徒。我母亲在我小的时候裹住头去清真寺，每周都去，但她总是提醒我《古兰经》中的那句诗，说真主建构了很多信条。”

我发表有关波斯尼亚的伊斯兰教看法时，从没想过娜拉旺达是穆斯林。她能看出我有点不知所措，让我不必道歉。

“这些年我更像是一个背教的穆斯林。自从刘易斯和我结婚后，我没有去过清真寺，也没有斋戒。”

“这是你们两个协商好的吗？”

“不，不。事情就这样发生了。实际上，那时，刘易斯和我说过如果我们有孩子，我们将让他们传承这个传统。”

“后来变了？”我问。

她跑了好几步，思考我的问题。

“我真的不知道，”她说，“现在,刘易斯和我不那么亲近,我们要不了孩子,我们甚至不住在同一个地方。”

考虑到她古怪的行为方式，我不确定她是有点恼火还是完全就事论事，但我可以感觉到我的肺快爆炸了了。我挥手让她继续，许诺下次我们再一起跑时表现更好一点。

---

[1] 一般是指宣礼塔，是清真寺常有的建筑，用以召唤信众礼拜。

莱顿——4 月 24—26 日

我每天晚上都跟埃斯玛讲话——不寻常的露骨谈话，因为她说的一些事情，我几乎倒抽一口气，然后不自觉地色眯眯傻笑。她预定下个星期从伦敦回纽约，我们商量好了，她先绕道来荷兰跟我一起过周末。我担心别人看到我们在一起，虽然埃斯玛解除了这个案子的正式职务，但作为所谓的受害人的热心辩护人，她依然是有利害关系的一方。埃斯玛觉得我很荒谬，但我们同意去莱顿，从海牙过去 50 分钟，我订了运河边一家漂亮的精品酒店。

星期五下午三点半左右，我乘坐城际列车到达那里，天气晴好，我边走边领略着莱顿的美丽，莱顿有点布鲁日[1]的感觉，没有俗艳的装饰。历经几个世纪的带陡峭瓦屋顶的砖砌建筑包围着运河网和铁桥。市中心挤满了年轻人，全是已经开始过周末的大学学生。过了几分钟，我认出了我在网上看到过的酒店的绿条纹凉棚。

在逼仄的接待处，我把护照递给戴眼镜的中年老板。他会留存护照一两个小时——这是欧洲大陆的惯例，用来填写欧盟所需的表格。他已经完成了埃斯玛的英国护照所需的手续，把它递给我——深红色封面上有个烫金的王冠、狮子和独角兽的古怪图像。想到埃斯玛也在此地，我感到腰带下方骇人的激动。

在我们的房间，我发现她睡着了，帆布窗帘拉上了，她的眼睛上方盖着睡眠眼罩，不过有足够的光可以看见她。她踢掉了一半的被子，露出匀称的大腿，她身体的其他部分被谨慎地盖住，她就像一幅古画。她的脸在床边，一只裸露的胳膊垂下来。她的嘴巴嚅动着，说出几句含混不清的梦话，她的身体轻轻抽动。

我麻利地脱掉衣服，抓住羽绒被，缓缓地将被子从她的身躯上移开，一

[1] 位于比利时西北部的文化名城、旅游胜地，保存着大量数世纪前的哥特式建筑。

英寸一英寸地，有点像表演脱衣舞，眼巴巴地期待着一切。这影像对我有一种可预见的影响，我最终拿起变硬的阴茎，触碰她的脸和嘴，慢慢地推开她的眼罩。熟睡中，她先挥了挥手，然后，眼睛都没睁开，温柔地抓住我，引导我进入她的嘴巴里。

星期六早上我醒来时，我的手缠着她的手，我低头看她手上那几个奇怪的戒指，戒指全在她左手的中指上，在图兹拉时我就注意到了。我盯着看，这时她醒了。

“其中一个是婚戒吗？”我问道，我指的是一款纯金戒指。

“那个？”她笑着坐了起来，“别担心。那是我的问题，不是你的问题。”

“这么说是什么意思，埃斯玛？”

她甩了甩她的黑发，去了浴室。回来后，她说：“你为你有对手担心吗，比尔？”

“埃斯玛，看到你的每个男人，都是我的对手。”

这话让她高兴。她轻柔地走向床边，钻入被子里后，她轻声说：“我跟你在一起，让我展示给你看。”

事后，我们穿着浴袍坐在外面。我们的房间很小，但是堆满了古董，让埃斯玛称心的是，外面有一个露台，盆栽植物已经开花了。我把两把铁椅子拉在一起，握住她的手，我们俯瞰着屋顶和毗连的运河。有一秒钟，她表现得心不在焉。

“享受现在，比尔。让它持久，别担心以后要发生的事。”

“什么让你觉得我很忧虑？”

她有些责备地回过头来。我不确定是否因为我怀疑她的吉卜赛魔法，或只是因为不坦诚而受到责备。

“这是你的天性，”她说得对，“不过以后的事情我也说不好。”

“你是指生活？”

“这也是生活，最好的生活。”她偷偷把手放在我的浴袍下面，“别爱上我，比尔。”

埃斯玛对我的性格评价很到位，我已经在思考我的感受。当然让人上瘾的欲望、深情和由于满足而带来的激情控制住了我。但是我们之间还有一种联系，我知道。从我们在一起的第一瞬间，我就感觉到埃斯玛热情的天性和迅速增长的智慧，填补了我内心的渴望。但这是不是爱？我不确定我对这个词是什么看法。但不管那是什么，我的情欲比这几十年里感觉到的都焕发。

“你为什么这么说？”我问道，“因为你名花有主？”我想到了那枚结婚戒指。

“不，”她说，“我害怕我会让你失望，比尔。”

“因为？”

“因为到最后我总会这样。”她又成为了那个埃斯玛，一本正经并且严肃紧张。

我试着开玩笑。“我现在要离开吗？”我问道。

正如我预料的，这句话改变了她的心情。她恢复她性感的凝视和充满感染力的淡然微笑。她松开浴袍的带子，我们坐在日光下，看得到很多房子的屋顶。

“如果你愿意的话。”她回答说。

星期六晚上，埃斯玛和我第一次经历了不愉快。埃伦想要我同意在皮特结婚前来一次晚宴彩排，那需要在晚上 11 点和午夜之间进行三场简短谈话。前一个周末就在埃斯玛和我在蓝灯安顿下来时，我跟前妻就这一话题通过电话。

“你跟你的前妻很奇怪。你跟她讲话比跟你的孩子还多。”

我解释说埃伦在工作日没有时间讨论这些方案，她要上班。但是埃斯玛黝黑的脸面无表情，只是噘起嘴。我想要重复她昨天对我说的在吃醋的话，但是我知道埃斯玛永远不会让她的情感屈服于逻辑。

“你回家时跟她在一起，”埃斯玛说，“这也很奇怪。你们时不时有性生活吗？”

我笑出声来：“埃斯玛，这些谈话你听到了，只是一些家事，你不用担心我前妻。”

“有些男人永远不能放弃他们的婚姻，对于这种情况我不了解了。”

“呃，你的反应有点过了。埃伦和我只不过在策划我们儿子的婚礼，幸好我们都可以从中得到乐趣。”

为了调节她的情绪，我建议我们出去喝一杯。一个小丑在离我们酒店一个街区的路灯下表演，这让我们的情绪轻松起来。

星期天早上，我们都想再呼吸一些新鲜空气，于是在高地教堂附近转悠，公园般的中央隔离带旁边，狭窄的砖砌街道两边都是时髦的商店。

“看那里，”埃斯玛说，我们刚从一家古董店出来，她在里面看了几个日本象牙坠子，她说她喜欢收集动物形象制品，“你的名字在灯光牌上。”

她指向100英尺高处的雅致珠宝店，正面是橡木的，“腾·布姆”烫金字体显现在商店的窗户之上。右下角，招牌上写着“创立于1875”。

这景象让我一动不动。

“我还以为是你把那个名字弄上去的。”埃斯玛说。

我最后说：“我忘了他们曾在莱顿待过。”

“谁？”

“我的父母。我很肯定我父亲在那个店工作过，”我告诉她，“那是在‘二战’期间。”

“他做什么？”

“他是一个钟表匠。”

但那并不是最重要的细节，接下来在运河旁边闲逛的一个小时里，我跟埃斯玛分享了大部分的故事。这家醒目地刻着我们名字的店，让我说出父母的故事，通常我把它们埋藏在心里来平息我的不适。

我40岁生日那天，我父母请我独自去看他们。像许多已婚人士一样，去探望父母时，我很少不带上埃伦或我们的儿子，他们是缓冲器。孩童时期，我总是搞不懂为什么我的双亲让我恼火，他们在方方面面上温和而友善。但是随着年纪渐长，我意识到他们身上有一种强烈的桎梏感，让玛勒和我感觉我们被禁止进入他们实际生活的内室。作为一个成年人，我宁愿不跟他们单独相处，也不愿意再次经历被排除在外的感觉。

然而，我在生日那天独自去看他们了，我相当肯定他们有一样祖传遗物要给我，那是他们从荷兰带来的为数不多的几样东西中的一样，也许是想要给埃伦首饰。我知道我姐姐得到了自 1870 年就在这个家的一条钻石项链，就在两年前她满 40 岁的时候。我满 21 岁时，我父亲用他的一块表做了件礼物送给我。

总的说来，我期待过个不错的 40 岁生日。我进入中年安稳时期，青春期的痛苦被远远抛在身后，我都回想不起来那是什么感觉。我是家乡的美国联邦检察官，这是比我曾想象能得到的更高更受敬重的职位。我的两个儿子不是喧嚷的青少年，我喜爱他们，他们对他们的父母也很满意。甚至我的婚姻看上去也不错。我知道，我内心厌倦了埃伦，为此她责怪我，但她是个有趣的、有能力的女人，她跟我一样爱我们的儿子，至少在那时候，这个共同点似乎已经足够支持婚姻。

我父母的房子是金德县的一幢朴素平房，那是他们在 20 世纪 50 年代买的，虽然他们最终是在内科急救专家行进中的担架床上永远离开的。我母亲在门口拥抱我，祝我生日快乐。我父亲，一位老派克制人物，握了握我的手。他们领我去起居室，那是我姐姐和我长大后在很大程度上被禁止出入的地方。他们在印花沙发上就座，就像舞台指导预先给他们指定了一样。我父亲苍白长脸上表情很镇静，我母亲紧挨着坐在他旁边，她胖胖的手放在肥大的腿上，盯着他，显然在等待某种开始的信号。两年前，他们跟玛勒已经来过一次了，但即使如此，重新来一遍对他们来说仍是一场噩梦，他们要再次置他们与一个孩子的关系于危险境地。

“我们决定告诉你一些事情。”我母亲说。那显然是她要完成的部分，艰难的话由我父亲来说。

“我们是犹太人。”他说。

当然，我父母说的最重要的事情，与宗教或遗产无关。他们告诉我他们对我姐姐和我撒谎了。回想起来，我总为我的回应感到骄傲。没别的，我哭了起来，自从 13 岁时我的狗在我面前被辗死之后，我再也没有崩溃过。

开车回家的路上我给姐姐打了电话，我一说出她的名字，她就知道出了什么事。

“他们告诉你了，”她说，“我真高兴。我一直警告他们这个秘密我保守不了多久。”

“他妈的。”我回答道。

对玛勒来说，不论这出戏剧事件包含着什么，实际上的可调整的可能性极小。她嫁给了杰里米，那是一个不错的家伙，恰好是犹太人，她在马萨诸塞州列克星敦犹太人社区养大她的三个孩子。玛勒过着那种自足的郊区生活——孩子、城郊俱乐部朋友、尽心尽力的慈善行动——埃伦认为这是一种早发的病态，这些年来我或多或少同意这个观点。我的婚姻在又一个十年后结束时，我才突然领悟到我姐姐是幸福的，比很多中年人都幸福多了，包括我。现在玛勒理解了我的震惊和愤怒，但是这个消息显然没有强烈地扰乱到她。

我回到家，听完我的话后，埃伦五味杂陈，最后却只能报以微笑。“哦，我的上帝，”她说，“多么有趣。要知道，我爱他们俩，你知道，但是总有什么不太对。我跟你说过多少次，‘你的父母有点奇怪。’”她又想了一秒，补充说，“他们必须把这件事告诉我们的儿子。”那时他们分别是 14 岁和 12 岁。我不记得埃伦问过我多少次这个消息如何影响了我。

虽然这也许是心理学家指称的认知失调，我持久的反应是我很高兴自己是犹太人。我跟很多犹太人朋友一起长大，对他们强烈的民族自尊心有些嫉妒，与我父母对荷兰事物的淡漠形成对比，我现在更能理解他们。

另外，我并不想常常谈论这一发现。我没有去保守这个秘密，我不认为失去我作为真正白人的身份令人羞耻，艰难的部分是对我父母的行为做出解释。

八年后，他们接连过世之时，我已经经历了很多阶段，但是我最终给了他们无罪推定。与个人身份的核心要素分离是一种相当大的牺牲。

至于战争中发生了什么，玛勒在我母亲生命的最后几个月中从她那里得到了更多内幕信息，我父亲去世之后，我忠实的姐姐常回镇上，睡在临终母亲旁边的折叠床上。

我父亲的家族，那时叫作贝格曼（Bergmann）家族，出了很多杰出的制表匠，他们在 19 世纪 70 年代离开法兰克福，来到鹿特丹，回避席卷德国的反犹太主义的一次周期浪潮。我父亲的叔叔们在 19 世纪 90 年代加入了他们，当时在德国国会大厦提出了要限制犹太公民权利的几项提案，这几项提案几十年后在希特勒掌权时最终立法了。1933 年，那些事情发生时，20 多个表亲来到鹿特丹，加入了超过一半的德国犹太人的大流散，这些犹太人在接下来的几年都离开了。不幸的是，纳粹分子并没有放过贝格曼表亲们，在 1940 年搜索了整个荷兰，实施他们的种族法律。说德语的亲戚是我父亲家庭的特殊负担，因为他们蹩脚的荷兰语让人们很轻易地认出他们是犹太人。我父亲知道迟早整个家族——现在称为“伯格曼”（Bergman），略去了一个“n”，从而听起来更像荷兰语——将被逮捕，送去集中营。

1942 年 7 月，莱顿的阿尔特和梅普·腾·布姆开车在一场猛烈的暴风中行驶时，一棵树倒在了他们的车上，他们死了。腾·布姆家族是荷兰抵抗运动的领袖，在一段时间里通过各种方式隐藏了几千个犹太人。阿尔特和梅普幸存的亲戚认为应立刻封锁他们死亡的消息，让一对犹太夫妇使用他们的身份，对他们来说这是再适合不过的吊唁了。腾·布姆家是钟表商，他们的店里需要一名技术熟练的制表匠。得知这一消息时，我父母抛下了他们的生活——以及十几个注定要遭到厄运的亲戚。他们于众目睽睽中躲在莱顿，明白当地的几百位居民永远不会出卖他们。

战争的尾声令人难挨。我母亲是家中唯一的孩子，她父母在 40 多岁时就去世了，她想要回到鹿特丹去他们社区寻求可能的残余物。我父亲显然认为最好忘记一切，考虑到他家人几乎完全遭到逮捕和歼灭的事实。他让她相信对他们——以及更重要的——对他们的孩子来说，最安全的就是继续充当阿尔特和梅普，而不是找回曾经的身份，在其中，犹太人以及几个其他长期的失败者，已经发黑了。

战争中，隐藏我父母的荷兰邻居为我父亲的态度感到困惑，甚至有点持批评的态度。他们甘冒生命危险，因为我父母是犹太人，而不是因为他们是容易改变信仰的人。因此对于新阿尔特和梅普，最好的选择是申请移居国外。1950 年，由于美国需要熟练的手艺人，我的父母获得了签证。

现在，埃斯玛和我在叫作贝斯滕广场的一把混凝土长椅上坐了下来。一座老式的风车，带白色的帆布船帆，在几百英尺开外旋转，砖石建筑被一个奇怪的喷泉弄湿了，十几股微小的水流从掩埋起来的管子里直往上喷。几个黄发孩子在嬉戏，天气和煦得宛若春天。他们用小手去碰水，水花四溅，他们的父母规劝他们，把自己的衣服湿透后，他们兴奋地尖叫着跑开。

“我对这个故事比你以为的更熟悉，”埃斯玛说，“有成千上万的吉卜赛人，尤其在美国的浅肤色吉卜赛人，他们没有留恋自己的吉卜赛人生活，融入了美国人中。”

我盯着她，纳闷为什么我这么被天生没有多少同情心的女人吸引。如果我再去做心理治疗，我先要咨询这个问题。

我们开始往酒店走。

“战争是可怕的，”埃斯玛说，“对每个人做出可怕的事情。”这似乎是更让人安慰的回应，我拿起她习惯放在我胳膊上的手。“上一次我就是这样死去的，”埃斯玛说，“在‘一战’期间。”

我停了下来：“你在用委婉的说法？”

她黑色的眼睛显出责怪的神色：“完全不是。我当时是一位土耳其士兵，来自一个小镇的穷苦二等兵，还不满 18 岁。我因肩伤感染而死。”

我并没想象中那样为这一宣言感到心烦，也许因为我一直在我父母的两种生活中挣扎，又或者因为我已经接受了埃斯玛可能令人失望的警告，意味着她性格中有很多重要的方面我还不知道。发现这些信仰比找出埃斯玛有咬指甲的习惯更复杂，这长久来看也许不是一个好兆头。但是在短期内，我愿意宽容一些，这是我在图兹拉让她进入我的房间后开始踏入新征程的一部分。此外，我意识到这是了解重大未知信息的机会。

“死亡可怕吗？”我问她。

“没那么可怕，孤独，寒冷，但我很高兴超越痛苦。我不喜欢距离感，我几乎马上意识到那是暂时的。”

“我明白了。”

我发现自己以一种平和、有点屈从的心态接受这一切——我的父母、埃斯玛、人类的不信任，对我来说，很可能前面有更多要探寻的东西。我们再一次回到酒店和感官的世界，然后我陪她走到车站。

实验室——4 月 29 日

第二周的星期三，古斯从罪证化验室给我打电话，有几个结果已经出来了，他说，如果我到现场会更容易理解。

“我要查看骨头吗？”我问道。

“恐怕是的。”

我嘟囔了几声，主要是为了引起注意。

天气更为暖和了，我开始骑卢·洛根的旧自行车去工作，现在我可以骑 40 分钟到偏远的勇堡社区。我已经习惯了当地小孩子们看到我的头盔时的指指点点和吃惊的眼神。荷兰在神经外科方面保持着世界领先水平，人们对防护帽嗤之以鼻。

我没费什么工夫就找到了巨大的荷兰法医研究所，那是立在长满青草的山腰上的黑色方块玻璃建筑，有点像头盔。这是一个庞大的公司，拥有差不多600名在职专业人员。一进去，我就感受到进入一个白色的世界。古斯带着我穿过走廊，透过实验室的窗户可以看到实验室大褂、显微镜镜片和混杂的机器。

我问我们去哪里。

“按次序做这个有点难，”古斯说，“我们在五个不同的实验室有结果——DNA、病理、微侵入、弹道特性和指纹。”

“什么是微侵入？”

“一会儿你就明白了。他们这里有一个特别的显微镜，用来在赛车的发动机组寻找断裂痕迹，”对于优先去哪个实验室，古斯有些迟疑，“我们从你最喜欢的开始。”他说的时候用的是澳大利亚发音，因而最后一个音节读得很准。

在冷飕飕的法医病理实验室，我们戴上浴帽和手术服。古斯带我来到一张不锈钢桌子旁，上面摊开着三具比较完整的骨骼，波尔多、他的儿子和他的兄弟，如果费尔科值得相信的话。这里有特别的钨丝灯胆，让实验室视觉清晰，似乎胜过白昼。

“好了，”古斯说，“记住我们想要达成的目标。”

“我希望，能够达成两个目标：第一，证实费尔科的证词；第二，找出谁杀害了这些人。”

从古斯点头的缓慢速度，我觉得在这场测试中我得的分数不比C好，我漏掉了一些次要问题，特别是这些骨头的年龄以及死亡原因。

“病理学你熟悉多少，布姆？不要嘟嘟囔囔急促地说话，如果没有需要的话。”

“尽管说吧，古斯。我的整个职业生涯都是个白领。我处理的罪行大多是贪婪，而不是暴力。我没在这种地方待过多长时间。”作为一个检察官，我曾去过一次病理实验室，那次持枪暴徒杀了一个年轻男人，政府需要为他做证。这个案子的执法官想让我看看我们的人遭到了怎样的对待。我进实验室的经历并不多。

古斯从他的罩袍下面取出一个激光棒，指给我看骨盆上可以辨明死者性别和年龄的点。在实验室，自从古斯读研以来，他领域内巧妙的科学装置让他感到刺激而疑惑。DNA 证实这些遗骸是三个男人的，对骨盆、腿和牙齿损失的统计分析（包括古斯所说的“血管插管术”），可以近乎肯定地判定男人的年纪。法医的结果与古斯借由肉眼而做出的最初判断接近。两个男人 40 多——大约 40 和 45——第三个是约莫 15 岁的少年。

古斯在触摸骸骨时戴上了塑胶手套。现在骨头发出柔软的光泽，这是古斯使用的防止进一步降解的一层保护性塑料的结果。他将一个头骨的上端向我倾斜。

“关于这个伙计，发现什么没？”有一个洞，几乎浑圆，穿过他的前额中心，还有洞旁边细微的破裂网痕。在后面，有一个因射击产生的更大的洞。

“子弹？”

“是的，律师，我的专家意见是这个可怜的家伙头部中枪，并且是在相当近的距离下中枪。”他把他的指示棒推进眼窝，我可以看见光穿过前面的弹孔，“我们在表面打孔了，小块骨头不见了，外骨板下斜。”

“这里有一个更大的洞，”他指着同样的骸骨上的两根肋骨，“我相当肯定他是长距离中弹的。子弹飞得越远越颤动，所产生的洞越大。”

他强调了一下对其他两具骸骨的检查。那具“年轻的”，古斯这么说，先是手上中枪，接着是胸部，那里的小射入口表明子弹粉碎了。第三组骨头——显然是那位失血过多的兄弟——没有弹孔，子弹应该穿透了软组织和器官。

“相关连的最后一件事，”古斯倾侧身打开中间骸骨的颌骨，“我看见这三个人都缺一些牙齿，连那个年轻的家伙也缺。这样说来这些家伙没怎么做过牙齿护理。”

“意思是说他们很穷？”

“或者不喜欢牙医。不过我们假定他们很穷。”

“像巴鲁普拉的人们？”

“地球上的大部分人，不过巴鲁普拉也是。”

他把那个头骨扔回桌子上，发出沉闷的响声。

“这里弄完了。”他说着拿下他的帽子。

我们沿着过道走到一个楼梯井。古斯经过时，跟穿实验室大褂的几个人打了招呼。我怀疑一个博士在这些地方会比普通警察得到更多的尊重。到二楼，我们进入一扇门内，门上标着工具痕迹和微量分析侵袭创伤实验室。

“这是有特别显微镜的地方吗？”

“那叫作无限聚焦显微镜。”我看见里面的第一样东西是个巨大的测光台，用来展示X光照片和其他载物玻璃片。头顶上的通风孔垂下来，输送不需要的蒸汽。一块长骨头，我注意到这是第一块骸骨缺失的，夹在了不起的显微镜下。

“这里是我的皇家领地，”古斯开心地举起他的双手，“埋藏学，主要是研究身体的降解。不进行防腐处理的话，一具尸体大约在六个星期就能制成骨骼标本。因此试图估计骨头在地里5年或是500年需要留意其他因素。骨头的腐烂比肉慢得多，但它们确实会腐烂。要知道，这个案子棘手的事情是，在图兹拉附近的地里有很多盐，那会更快地降解骨面，这意味着遗骸比原本更老，于是我们的显微镜就要介入了。一旦我们锯开骨头，内部就会显示出与地面接触无关的腐烂。总之，我觉得这些在地里的出入至多十年，荷兰法医研究所的戈伯博士——这个领域的权威，他也赞同。”

我花了一会儿来思考迄今为止古斯告诉我的事情。

“总的说来，我得说费尔科做得相当好。”我们从图兹拉回来后的周一，我跟古斯说了费尔科突然回想起卡耶维奇的威胁。古斯跟我一样反应很大，这本身不是大问题，但是那意味着我们要更加小心地调查费尔科的故事。因此，实验室结果似乎证实了他的说法，这一事实让人振奋。

“迄今为止，一切顺利，”古斯说，“但是马上要遇上点困难了。我们来谈谈DNA分析，我们的第一个困扰就出现在那里，我能从电脑上把报告调出来。”他敲着键盘。

我在DNA方面比病理学更精通，因为那个科学可以证明整个宇宙的犯罪行为的内情。比如，你可以从一张银行本票弄脏的手印上提取DNA，这碰巧是我一个不幸的客户，他通过支付大学学费账单贿赂了一个县区的官员。

“现在，埋起来的骨头上的DNA有点棘手，因为土壤里总有小昆虫一点点地咬这些骨头，留下它们自己的DNA。”他更深入地描述了减少土壤污染的提取方法，我便透彻地理解了。骨头的内部与表面样本的比较有助于隔离微生物的影响。

“我们进行了Y-STR检验（法医学对精子的一种DNA检测手段）和线粒体DNA分析。”古斯说。

“线粒体是母亲那里遗传来的，不那么容易污染吧？”我问。

“你说得对，布姆。遗传自母亲的线粒体确定这些男人超过70%的基因组与印度雅利安人相符。”

“如果他们是吉卜赛人，正符合期待，对吗？”

“那是这里的专家说的。现在，Y-STR检验复杂得多。好消息是三个表现出了共同的Y染色体，如果他们真的是父亲、儿子和叔叔，那正是期待中的结果。因为我们的污染问题，即便得到那个结果也相当混乱。”即便是在实验室环境中，典型的污染问题让你在检验时没有方法表明DNA的来源。它可能是来自尸体的血液、骨头或皮肤，或者从一位调查员身上剥落的一个头皮屑。

“布姆，即便我们隔离了微生物影响，表面的骨晶细胞表明了比来自内部的骨晶更多的人类污染。如果这些骨头在土里十年了，不应该出现这种情况，除非在掘尸时太不仔细了。

“因此结果与我在巴鲁普拉告诉你的事情密切相关，在坟墓下面发现了表土？齐齐科夫教授，我们的地质学家，证明了这一点。因此，布姆，出乎我们意料的是有别的人最近在那个地方挖过。很有可能处理了这些骨头。”

“这意味着什么？”

“让我带你去最后的地方。”

他做了个手势，我们走了几步到弹道实验室。透过后面的一扇窗户，我能看到两个穿白色防护服的人准备朝一辆车门开枪。我们进入时，古斯去看一位技术员，现在拿出一个信封来，倒出两个东西，一个是大约两英寸长的完整子弹，另一个是内部发光的压扁的碎片。悦目的光芒，像抛光的珠宝，这些可以置另一个人于死地，让我想起我母亲的肿瘤医生给我看的她的极美的癌细胞玻璃片。

“我要留意的第一件事，”古斯说，“我们在病理实验室察看的推测的枪伤与这些枪弹是协调的。它们是我们叫作南斯拉夫 M67 弹药的残余，这个是扎斯塔瓦的特征，全金属外壳，尖锐的整发弹，7.62 毫米乘以 39 毫米。这是铁托元帅给人类做出的永久贡献，为卡拉什尼科夫式的步枪创造了子弹，它打中人体时，会留下更大的伤口。”

“但我们对这里的结果有些不太好了。”古斯来到一台电脑前，把一系列这些部件照片拉到近处，放到差不多四倍大，让肉眼可见。这些照片显示了子弹上的坑坑洼洼，那是试图让子弹旋转的枪管留下的。“第一，从膛线可以看出这些子弹是由两挺不同的扎斯塔瓦射出的。但这是完整的子弹，”古斯拿起最前面的那张，“这是成问题的。这里的男女没法将我们在病理实验室看到的骸骨上的枪伤，与这种口径的子弹留在身体里的力道相匹配。如果我们从坟墓里得到它，它应该是在身体里。如果这颗子弹打中了骨头，它会显示出一些压缩。如果它只是穿过了肉，考虑到费尔科所说的游击队员的位置，它应该已经离开了身体，不可能跟遗骸埋在一起。明白了吗？”

我明白，不过古斯和我都知道，每个案子有反常现象，专家们觉得不可理解的事情，可以借由一种普遍法则来解释：总会发生糟糕的事。在弹道学世界，最著名的案子是所谓的刺杀肯尼迪的“神奇子弹”理论，一发子弹似乎打中了州长康纳利，接着转向，打中了肯尼迪总统身上好几处地方。我把这件事告诉古斯，但他摇摇头。

“还有更多，老兄。让我们去看看指纹印。”

在我们讨论的法医学中，我最熟悉指纹。我不是专家，但我精通螺纹、脊状纹路等专业点的行话。这间实验室不像我们已经待过的一些地方那么引人注目——只有显微镜和带巨大显示屏的电脑，覆盖着黑色金属片来减少强光。尽管如此，古斯说，这是地球上最先进的指纹实验室之一。通过对全世界 20 年记录的亿万指纹进行计算机分析，荷兰法医研究所可以将统计概率与脊线纹理联系起来，也就是说他们可以判断出一个给定的特性在人口中出现的频率，正如长期以来利用 DNA 特性所完成的。由于最近有关指纹是否真的是每个人独一无二的标志的学理争议，荷兰法医研究所的技术似乎注定要逐渐成为新的判定标准。但是旧的方法，其中用某种超强力胶水显出指纹细节，对现在来说已经够好。

“他们发现了两个好指纹,每颗子弹上一个。令人苦恼的是它来自同一手指。”

他等着我理解这个问题的重要性。弹道特性已经确认复原的子弹是由两个不同的武器射出的，同一个人不大可能会扛着两把来复枪。可那似乎是唯一合理的解释。

“这是来自完整的子弹的指印。”经过了一分钟的摆弄，古斯从他旁边的巨大电脑屏幕上调出了图像。那是标准熏蒸负像，但是它以黄色表现出来，背景是靛蓝的。古斯推近这张照片，让子弹上指纹的部分清晰起来。“注意到什么了吗？”

我没有。那是一个完好的指印。

古斯用了他的激光棒的后端。“看这里？”

我现在明白了。指纹延伸到了壳下。这意味着子弹射出后有人处理过。

“也许是孩子们在旁边玩耍？”

“我觉得不大可能，布姆。事实是，这个坟址被人拨弄过。谈论 DNA 污染时，我们已经在说有人处理过那些骨头，考虑到子弹上的指纹和完整的子弹，这与我们在这些遗骸中看到的伤口不匹配，这些子弹可能是有人埋进去的——而这并不是周边游荡的年轻人偶然为之。有人在拿我们开涮，布姆。做这件事的人把东西取出来，也把东西扔进去。但有人在愚弄我们的证据，布姆。这是关键。”

这不是一个令人愉快的消息。

“他们想误导我们？”我问道。

“放置子弹，我想不出别的理由了，但也许有别的可能。”

我沉默地考虑着一切。

“下一步，”古斯说，“涉及齐齐科夫教授。我要把每一块骸骨的一部分寄给她，她可以对骨头吸引的矿物质和来自坟墓的土壤样品进行匹配。她需要进行化学分析之后再完成对波斯尼亚的现场勘探。”

“去洞穴看看呢？”

“到时她也会去，”坚忍的古斯用他一贯水汪汪的眼睛盯着我看了一会儿，“这里的事情够奇怪了，你或许想要一起去。”

我哼了一声。我没想这么快回波斯尼亚，尤其不想得到坏消息。

会面——4 月 27 日—5 月 10 日

于是我们进入了又一个等待期，不仅等待北约回复我们的文件申请，也等待协调部门更新波黑政府的资格证书，以便我们可以带着那位法国地质学家回去。我们的调查进展过于缓慢，进入调查最后阶段的两个其他案子要求我在其中担任监督的角色，两个都有可能导致指控，一个在苏丹，一个在刚果。由于进度缓慢，我把午餐当作了解我的同事们，包括几位对我好奇的法官的机会。

一周有好几次晚上，我跟埃斯玛讲话，她似乎湮没在了纽约，两次推迟预期返回欧洲的行程。她的色情短信仍然让我兴奋而尴尬，我在办公桌前对照证人证言，或者与协调部门的同事们开会讨论最近与布鲁塞尔方面的交流时，她的短信不期而至：“晚上，我入睡之前，听到你弄出的声响，你最终屈从于享乐而发出的固执的小声呻吟和嘶叫。”

我们的第一次外出之后，娜拉旺达接受了我这个跑步同伴。像我一样，她似乎也在经历工作中一段休养生息的时光，大多数的晚上我们在五点半或六点时一起出发。三四次后，我勉强能跟上她，虽然很累。我鼓励她别让我拖她的后腿，她说我没有，不过我对此表示怀疑。她是个出色的跑者，有最好长跑运动员的体格和完美的步态，她的手臂动作和脖子角度近乎完美地与她最高效率的跨步协调。对比起来，我的每一步都很费力，但是我享受这种挑战，很高兴一个脆弱的中年身体，尤其我的膝盖和后背，没有向我发出抱怨，不管第二天早上我的肌肉是否开始尖叫。

这成为我们的惯例，结束后，我们会停下来吃点东西，因为跑步必然让我饥饿。娜拉旺达是那种在食物当前才发现她的胃口的人，那时她吃得总比我多。通常，我们在房子附近的一家小餐馆停下来，我们坐在外面，身上仍然流淌的汗水不会冒犯任何人。我们一般每人喝一杯啤酒和一大瓶水，常坐在固定的地方，那里很快成为我最喜欢的地方，带着荷兰的特色，是一个卖鲜鱼的快餐店。在玻璃柜台后面，欧洲多种多样的鱼用蜡笔画展示出来——鳀鱼、熏鲭鱼、虾、贻贝、鱿鱼，诸多的鱼片如剑鱼片、生鱼片，还有很多种鲱鱼。外面的一个"新鲱鱼"的标志让我们进入门内，这是娜拉坚持要我尝一尝的当地特色美食。鲱鱼，剔去骨并且取出内脏，搭配洋葱碎一起吃，不用银餐具，只用手抓住尾巴。我的父亲超级喜欢鲱鱼，虽然他从没解释说这是荷兰人的一种习惯，现在这个味道让我想起我的童年，当时刺激性的味道是一种挑战。如今，我发现我能一次吃掉四五条鲱鱼。

至于我的女房东，慢慢了解她后我喜欢她在旁边。娜拉比较沉默，其实是因为她不知道该说什么。她的评论不可避免地有点奇怪，经常表现出超越她胆怯个性的直率。

她父母都是印度尼西亚人。她父亲是一名工程师，在壳牌工作，职位做到很高，被派到荷兰，娜拉就是在这里长大的。一开始她学习艺术，但是她母亲那边的亲戚卷入了 20 世纪 60 年代中期的印度尼西亚动乱，动乱中苏哈托和军队杀害了超过 50 万的疑似共产主义拥护者，还监禁了 100 万人，包括她母亲的所有兄弟。她母亲对那个时期的伤心描述最终导致娜拉转学法律，攻读硕士学位，最后在南斯拉夫特别法庭任职。不过，她承认去纽约大学读研有别的心思。

“我留在学校，我的母亲就不能把我嫁出去，”有一天晚上我们在外面的一张不锈钢桌旁时她说，摘掉了沉重的黑眼镜，娜拉显得更轻松、更漂亮，“她允许我完成学业，遇见刘易斯时我非常高兴，因为妈妈已经在雅加达帮我物色好了人选。”

“对于刘易斯，你父母是什么反应？”

“哦，正如你可以想象得到的，在传统的爪哇家庭会激起什么样的风浪。我母亲紧握她的手，说这就是为了让她的孩子安全，离开印度尼西亚而导致的后果。当然，她说得没错：我喜爱阿姆斯特丹和海牙胜过雅加达，那真的只是我的祖父母生活的地方——在那里我吃饭时喝啤酒总是感觉不对。”娜拉俏皮而讽刺地一笑，伸手去拿她的酒杯，嘴唇紧闭，脸颊圆润，对于她这种情况，我最近见到的频率越来越高。

5 月 3 日下午，国际刑事法庭收到了来自北约的正式回应。他们要求美国提供我们寻求的大部分文件，而美国国防部援引《美国服役人员保护法案》，拒绝了。

我跟明美和巴杜见了几次面来讨论我们的下一步的计划。

依据法律，美国的回应是没有说服力的。通常，在有法律冲突的情形下，国家间的协议胜过国内法规，意思是说北大西洋公约组织下的美国的契约高于《服役人员保护法案》。不过北约领导层对与美国方面交锋的态度尚不明朗。

“高恩一直在说做出某种让步。”经过几天的法律研究，我汇报时，巴杜告诉我。

这让我不满。让步意味着美国可以交付没有破坏性的文件，这种文件足够让布鲁塞尔保全颜面。国际刑事法庭没有权力命令北约，波斯尼亚也不行，我们是以波斯尼亚的名义在行动，因为我们都不是北约的成员。我们提起诉讼的唯一方法是代表波斯尼亚人民向国际法院起诉，那是国家互相控告的地方。这注定会耗费很多年，估计美国会给波黑施压，让其撤诉。

经过几次讨论后，检察官办公室的领导们认为我应该给国际刑事法庭成员的北约各个国家送一封长信，解释美国这种立场的谬误以及捍卫国际法准则的重要性。巴杜同意亲自给这些国家驻海牙的大使递交这份文件，希望给美国更多的外交压力，虽然没人对美国改变立场抱有特别乐观的态度。

5 月份的第二个星期，这个计划在实施中，娜拉去伦敦见卢，他被他的NGO 机构派到那里几天。我本想跟她一起去那里，因为埃斯玛有希望从纽约回来。她不确定她的安排，周五晚上大约八点，埃斯玛打电话来说她在去肯尼迪国际机场的路上，会直接飞来找我，星期六早上六点到史基浦。我答应见她。

我们在莱顿的酒店被订满了，我联系的其他几个酒店也满了。埃斯玛星期天晚上要回伦敦，我认为我们可以大胆地待在我的住处，这样的安排让埃斯玛更喜欢。我仍然顾及礼仪，但是分开两个星期后，我不想花太多时间在外面。

埃斯玛和一个拿着一大堆手提箱的勤杂工，六点刚过就在国际抵达处的出口出现了。她懒洋洋地走近我，落入我的怀抱。

“我非常想念你。”她低声说。

也许荷兰更安全或更宿命，埃斯玛在史基浦仍有行李寄存，她的包放在那里，只随身携带一个小件手提行李。

“我不需要太多。”她轻率地说。一如往常，我试图分析我对埃斯玛的感情，看见她，她的香味、她的感觉仍然令人激动。没错，她非比常人，但仍然有些特别的事情在上演。最好的性是一场团体性运动，埃斯玛和我在一起就是全明星阵容。我们之间的一种信任、诺言和连接超越了简单的理解。

“纽约的究竟是什么诉讼？”我们坐上回海牙的火车时，我问她。

“离婚诉讼，”她说，“如果你一定要知道的话。一方完全疯了，那位丈夫忙于确认通奸和非人道虐待而不同意无过失离婚。这是一个难堪可怕的案子。”

“你的委托人呢？”

“实际上，我非常喜欢她。出生于伊朗家庭，随伊朗国王被放逐。她嫁给了另一个波斯人，比她大 30 岁，但是他们慢慢把对方逼疯。这就像在电视上看一个自然节目，两只动物的尖牙刺向对方的喉咙，没有一方愿意松开，谁先死谁输。很多年前我在伦敦见到她，她硬将我卷入这个案子。她最后会得到一大笔钱，人人都知道，但她丈夫不想让她轻易得到。”

我们到达公寓时，埃斯玛查看了整个公寓，包括娜拉的卧室，尽管我反对议她进入。

“那里基本没有她丈夫生活的痕迹，”埃斯玛说着走下楼梯，“只有幸福夫妻的照片，或多或少是作秀。”

“那就是荷兰人，永远不外露感情。”

“你说过她是印度尼西亚人。”

“是的，但她是在这里长大的，更像荷兰人。他上次在这里时，他们似乎度过了一段很不错的时光。”我跟她说了敲击的事。

“哦，不错，”埃斯玛说，“我们可以效仿他们。”她拉住我的手，领我到我的房间。埃斯玛从她的小包里拿出一个U形的东西，紫色，三英寸长。那是乳液，我触碰时比我想象中重。我怀疑地挑起眉毛。

“我让你失望过吗？”埃斯玛说着，眼睛鼓起。

关于我跟埃伦的性生活，我没有抱怨过。虽然有点平淡，但是对已经50多岁的一对夫妻来说，我们似乎比很多朋友好多了，他们把自愿的性行为视为一种娱乐活动，像消遣性毒品和网球单打。我们分开后，我很轻易就在网上发现我没有经历过的很多东西，有一些没有吸引力，在其他情况下，我很好奇这么多人感到满足的是什么。不过在我遇见埃斯玛后，我的探究上升了好几个量级。

星期六，我们过得没日没夜的，在我们长久寻欢作乐后，埃斯玛打了会儿瞌睡。她咕哝了几句，话没说完就睡着了。我早上四点多起床去接她，自己也打起盹来，但是11点前我又醒了，带着我的笔记本电脑溜到起居室，在那里工作了几个小时，直到埃斯玛调皮地在门口探头探脑。我给她煮了咖啡，然后我们在沙发上做爱，我还担心弄脏家具。

之后，我跑到我买鱼的地方觅食，回来的路上买了几瓶葡萄酒。晚上晚些时候我们又躺在楼上时，埃斯玛问起调查的情况。我告诉她从波斯尼亚回来后，我们得到了一些实验室报告。

“有问题吗？”她问。

我用一个含糊的手势打发掉那个问题，没有暗示任何真正的忧虑。

“接下来是什么？”

我回答说我们在等待这个案子重大的突破口，美国军队记录的出示。

“那只能由美军提供。”

“我真的不能说，埃斯玛。”

“为什么？”

“这是涉密信息。国际刑事法庭是一个非常正式的场所，一切都是保密的，总是有规定。”

“如果你严格遵守那些规定，我们就不会躺在这里了。”

她说得没错，即使我不喜欢听她故意这么说。另外，文件申请中涉及的法规不是秘密。我解释了那些观念，没有明确说我们按照那些行事。

“美国断然拒绝了北约？”

“北约不会向我汇报，不过他们的确给我这种印象。”

“没人可以命令美国人。这就是问题所在吗？”

“我们可以在国际法院提起诉讼，不过波斯尼亚人估计不会同意。就算他们同意，也需要花四五年的时间才能拿到那些美军记录。”

“没有别的选择？”

“我想不出还有别的。”

她拿肘部支撑起自己，令人宽慰地笑道：“要知道，在这种情况下媒体会非常有效。”

“巴杜和明美会大发脾气的。泄密不是他们的风格，我得竭尽全力让他们去做这件事。”

“不需要得到泄密的许可，比尔。你只需要装作不知情就可以。”

作为美国联邦检察官，对于泄密这一块我对下属的要求非常严格。联邦刑事诉讼法规禁止披露大陪审团的任何事情，因此我不喜欢这个主意，即检察官要通过打破法律来执行法律，不管它多有效。我以为国际刑事法庭对检察官的行为规范是一样的，虽然事实上我还没费心去看一看。我答应她我会展开研究，但这只是为了让我们换个话题。

三点左右，那天我第四次达到高潮——至于埃斯玛，没有办法记录，因为她常达到高点——后来她蹑手蹑脚地走下楼梯去卫生间。我懒洋洋地躺着，心中狂喜，为自己感到惊奇，不禁想到梅里威尔声明他或许会再来一次，突然我惊呆了。我听见前门砰地关上的声音。娜拉应该星期天晚上才会回来，从现在开始起码还有 16 个小时，我告诉自己那个声音肯定来自后面的公寓。但我仍然仔细聆听，我听到高跟鞋踩在起居室木地板上独特的咔嚓声时，开始在我的小房间里拼命寻找浴袍，冲下去时我仍然在拉扯衣服。

就在下面，洗手间门口发生了戏剧性的一幕。埃斯玛，一丝不挂，用双手作掩饰，一只手在她的乳房间晃荡，另一只手盖住女性三角区。娜拉和她面面相觑，震惊而毫不畏缩。我还有几步就下楼时，埃斯玛让她的胳膊垂下来，似乎向同性发出挑衅。

愚蠢如我，猛冲到她们中间进行介绍。埃斯玛对娜拉旺达笑，娜拉穿着一件真丝连衣裙、袜子和高跟鞋，一句话也没有说。我从洗手间拿出一个浴巾给埃斯玛，她不理我，转过头缓缓上楼，看上去状态不错。

“我不知道你有客人。”娜拉最后勉强说道。

“你走的时候我也不知道。她今天早上不期而至，如果我事先知道，我会告诉你的。”

“当然。”

“你说过明天晚上才回来，”我看着我的表，“或者今天，我猜。”

“是的。我的计划突然有变。”

“我应该给你打个电话的。抱歉。”

“别瞎说。你住在这里，我应该向你道歉，我说过我不在家的。”

我们沮丧地看着对方，过了一会儿娜拉拿起她身后的红色小衣箱，踏上她那边的楼梯。

埃斯玛，仍然赤裸，靠在我床上的枕头上，我进屋时，她淡淡一笑。她似乎对自己刚刚的表现十分满意。

“你还好吧？”我问。

“当然。”

“你对她说了什么？”

埃斯玛缓缓摇头：“什么也没说，我们都没说话，我们对彼此的身份心知肚明，没必要介绍。”

考虑到在礼节上的顾忌，我没有跟娜拉说过我在跟埃斯玛见面，不过我想埃斯玛指的是这个环境让彼此很快了解对方的位置：情人，女房东。

“她跟她丈夫打了一架？”埃斯玛问道。

“她没说。”

“一个凌晨三点到家的女人？一个你说喜欢十点前睡觉的女人？她突然离开伦敦。比尔，真的。我常常为你对女人们的了解这么少感到吃惊，”她笑道，“过来躺下。让我小睡一会儿，在我必须离开之前也撞击一下床柱。”

交易——5 月 15—28 日

五天后，星期五早上，我站在厨房里边喝咖啡边在网上看《纽约时报》。重要的消息在屏幕上显现时，我意识到我了解的生活和价值观念在背离自己的意愿，我的视线变得模糊，心也慢慢抽紧。

那页左下角的一篇文章如下：

军队阻挠国际刑事法庭和北约对吉卜赛人大屠杀的调查

美国拒绝遵从北大西洋公约（北约）对美军记录申请查阅的请求，美军记录是国际刑事法庭对2004年在波斯尼亚据称400个吉卜赛人遭到屠杀的事件进行调查所求的一部分。当时在这片区域担任北约维和任务的美军是本案潜在的嫌疑人。

美国不是国际刑事法庭的成员，美国法律禁止美军在法庭的调查中给予协助，但是法律专家说美国的北约协议义务似乎需要美国将记录交给北约。美国拒绝这么做，据传闻，他们强烈抗议北约递交该组织里自己的档案记录。

这种情况据说已经造成了北约在比利时的跨国中央指挥部内部严肃紧张的气氛，以及国际刑事法庭相当大的恐慌，它没有其他正规的方式来强制美国遵从。

3月份，大屠杀的一位幸存者在位于荷兰海牙的国际刑事法庭做证人。据他说，2004年4月，在一个美军基地附近的巴鲁普拉难民营的400个吉卜赛人，被一群戴着面具的士兵用枪逼着上了卡车，被活埋在一个煤矿的矿井里。证人没办法确定那些士兵的军事归属关系，但说他们讲的不是当地军队和非法军事组织的语言——塞尔维亚—克罗地亚语。

据称大屠杀发生在逮捕流亡者、波斯尼亚塞族领袖——拉扎·卡耶维奇的一次失败行动后的几个星期，这次行动导致四个美国兵阵亡、八个受伤。依据北约方面的消息，巴鲁普拉的吉卜赛人提供了卡耶维奇的军队所用的一些装备。

文章的第二部分引用了一位军法团的前任将军和两位法学教授的话，他们都被问到军队是否能拒绝提供这些记录，考虑到《美国服役人员保护法案》和北约的协议、《代顿协议》《北约驻军地位协议》的冲突指令，前任将军说这是一个“封闭的问题，不过军队或许不会获胜”，而两位法学教授认为条约义务显然占上风，尤其对于并不储存在美国的记录。

这篇文章我读了好几遍。它声称基于多种来源，但很显然在北约的某位人士，抓住这个机会来对美国表示不敬。但是里面有关国际刑事法庭的细节——如何回应美国的拒绝造成的恐慌——给我一种恶心的感觉，不知道这位记者是从哪里得到的消息。

我正在思考时手机响了，来电号码被屏蔽了，这不是一个令人鼓舞的信号。

“呃，难道你是个愚蠢的混账东西？”那是罗杰。根据我的估计，现在华盛顿特区午夜刚过，这意味着《纽约时报》一个小时前发布时，警报已经在美国拉响。罗杰让他的同事们确信我是一个正直的人，一贯照章办事。

“不是我，罗。”

“当然不是，”他说，“你太聪明，不会这样做，布姆。是那个你当作女朋友的荡妇。”几个词发出回响：“荡妇”，当然，尤其“女朋友”。为什么我没有费心去思考是否有中央情报局跟着我？或者他们在盯的是埃斯玛？

罗杰在一小时内做了很多工作，他得到了一些帮助。《纽约时报》没人透露出埃斯玛的名字，但是他用花言巧语哄了某个人很久——也许三四个人——于是他可以推断出一个答案。对于他严厉的语气，我作出了一个诉讼律师的回应：不愿意承认任何事情。

“再读读那篇文章，”我说，“对在布鲁塞尔的北约发生的事情我没什么线索，你去叫醒别的人。”

“你他妈的，别跟我玩这一套，你知道是这一切怎么运转的。一个人说话，另外一个人泄露出去，然后他们用他们的方式编造故事。可是这个一切开始于吉卜赛性感美女，我已经弄清了。我知道她是怎么操作的。我相信整个激进主义分子网络就是用来泄密的——人权监察站和国际特赦组织[1]，还有

[1] 总部设在英国伦敦的一个国际性组织，声称专事“调查各国政府侵犯人权的行为”及“争取释放因政治、宗教原因而被关押者”。

各种各样的左派众议员，他们讨厌对军队假装表示尊敬。不过现在让我告诉你：你不会成功的。我没想到你这么卑鄙，布姆。”

辩护律师习惯的一件事是早晚要跟亲密的朋友来一场恶战。我担任美国联邦检察官时，无数个前同事愤怒地来到我办公室门口，对我关于他们委托人的裁决愤愤不平，那是我工作的一部分。

“停止这种盛气凌人的语气，罗杰。不是我做的。比起你给我带来的改变，这不算什么。你送我到这里来，只告诉了我你知道信息的 1%。你真的以为我会省掉针对美军的所有证据吗？”

他停顿了一秒：“你为什么这么说？”

“罗，你不是在让我打破对调查信息保密的规则吧？”

“去你妈的。”

“我问你一点事情。这是你第一次听说巴鲁普拉的吉卜赛人给卡耶维奇提供了一些装备，而他用这些装备杀死了四个兵？”

他沉默了。

“罗，有人跟你说过吉卜赛人其实设计诬陷了美国人吗？”

“别扯淡了。”罗杰说着，挂了电话。

我接着给埃斯玛打电话。

“你胆子真大，”一叫到她的声音我就说道，“还哄我说你为了我不再参与这件案子？”

“比尔？”她问道。我显然吵醒她了。

“你利用了我的信任和我们的卧室。”

我能听见她喘气的声音，我试探她对此的反应。假设她在睡觉，她还没有阅读过那篇文章，因此尚不知道写出来的东西是什么。

“我做了你想做但又不能做的事情。”她最后说。

我挂断了电话。

我脚蹬自行车去上班，感觉像是去断头台。唯一积极的一点是我发现我真的不想失去这份工作，尤其不想蒙受耻辱。

我在我的白色小办公室待了不到十分钟，古斯走了进来，关上了门。他抿着嘴，尽量保持不笑。看得出来他很高兴，只是有点憔悴。我明白海牙的星期四是喝酒的夜晚。

“我得说真是杰作，布姆，”他说，“聪明。”

“也许是，古斯，不过不是我做的。”

“当然不是你。”他马上回答道。

“别胡说八道。这也许是我的过错，但这不是我想要采取的动作。”

他的头前后摆动。他适应了法庭的世界,那里你没什么可利用的正式权力。在我审核苏丹案子的过程中，探员用伪造的泄露信息查出了证人，从报纸购买信息说一个知情人在跟我们合作，但这条策略得到了上层的认可。

“呃，尽管如此，我觉得这个是可行的。”古斯说。

“如果我能保住我的工作。”

“保住你的工作？老兄，你还不知道这个地方是怎么行事的。”

不到一个小时，我被召去与检察官办公室的执行委员会开会。我们围坐在巴杜办公室大窗子旁的角桌。人聚齐后，这位老人似乎正在读那篇网络文章的打印版，我们就座后他放了下来。

“你们知道这是怎么回事吗？”巴杜问道。

奥克塔维亚·邦福茨，一位祖母模样的前外交官，今天代表协调部门，在我回答之前说道：“这里到处都是高塔姆的DNA，我查看了档案，这个记者在高塔姆得到任命时写了一篇她的报道。看看这冷酷的描述，这就是反对美国的证据。”

巴杜严肃地点点头。讨论继续，我了解到巴杜感觉有必要建议法庭庭长—— 一位担任国际刑事法庭行政长官的法官，谈谈对北约的文件申请。法庭庭长，反过来，有可能已经通知了法庭执行委员会的另两位法官。高塔姆法官就是一位。此外，现在我思考起奥克塔维亚的评论，费尔科证词的简短提要确实听起来像高塔姆的风格。正如罗杰所说，泄密有一个潮流效应：一旦故事传了出去，每个人都想用自己的方式讲述。

明美，戴着滑稽的头套和沉重的眼镜，弯下腰凑近那页纸。一如往常，她将注意力放在细节上。

“这些吉卜赛人给卡耶维奇提供了装备，什么装备？”

我解释了我们目前所知的卡车，美国人和卡耶维奇在枪战之后都有报复彼此的动机。在桌子周围，我的同事们做出赞许的手势，深感好奇并且有点为我们的发现感到佩服。披露这一切的方式让我愁眉顿展，真想拥抱这里的每一个人。

我们讨论了一会儿美国对这篇文章可能做出的回应。他们似乎没有好的解决办法，除了对这个世界嗤之以鼻，这大概没什么价值，从全球视角来看这不过是一件小事。

巴杜把他的大手放在面前的报纸上，发出粗犷的笑声。

“我得说，”他说，“这一次很有效。”

我们休会时，我怀疑，假如来一个不记名投票，房间里起码一半的人会认为是巴杜泄露了信息。

自从星期六跟埃斯玛的事件后，我没有见过娜拉旺达，我意识到她在有意回避。星期五我下班回来时，她穿着黑色的莱卡服装，戴着一顶用来抵挡下午的猛烈海风的针织绒线帽。她把一只脚放在沙发背上。每次我看见娜拉准备好去锻炼，她就像变了一个人。今天，她的头发完全被盖住了，遮住了她圆圆的红棕色的脸，她像一个尼姑。一看到我，她便看向地板。

她半转过身，用特别不自在时会采取的极其僵硬的语气问道：“要我等你吗？”

“拜托。”我换了衣服，一分钟就回来了。在这个间隙，她戴上了她的手套。

“娜拉，我需要再次向你道歉。”

“哦，不，”她有力地摇了摇头，但仍然尴尬得不能面对我，“这是你的家，你在这里想做什么就做什么。要不是我心不在焉，我应该给你打个电话。”

我们可以这样自责好久。我举起双手表示我们打平了，我开始舒展身体。

“她就是那个吉卜赛律师？”娜拉问道，“你说出她的名字时，我想起我在网上读到的有关你的案子的文章。”

我挺直身体。这句话里包含了很多信息：首先，我很惊讶娜拉对我好奇到去费心做研究；其次，更一针见血的是，她理解埃斯玛在我这个案子中的角色。

“你觉得你应该告发我吗？”

娜拉的嘴巴张开：“因为性交？”

娜拉的用词总是让人感到好笑，但这一次我没法忍住放声大笑。

“因为与本案有牵连的一个人性交。”

娜拉摇摇头，表示她不懂我的意思。

“我完全不明白你们法庭的规则，但是在我们的法庭规则中她现在没有官方的角色。此外，你不完全理解海牙，很多人离家很长时间后，总是有风流韵事。你会为这里人们对这种事的淡漠感到惊讶。”

我不知道其他人犯规是否有助于消除我的罪恶感，不过我认为她这么说是善意的，同时我也注意到娜拉天生就该当一位辩护律师。

“她非常健美，”娜拉说，“身材令人赞叹，”这次她微微讽刺地露齿一笑，“她使你着迷？”

“当然。无法逃脱，我很恼她——也很恼我自己。”

“性对男人来说很有影响力，”她说，“还有决断。我想一个有经验和自信的女人非常性感，是吗？”

“是的。”我回答。

她的表情有点不快。“我结婚时是处女，这是对我妈妈来说，我不能违反的誓言。当然现在我很后悔。”她的眼睛再次看向地板。过了一会儿，她平静下来，说我们可以跑步去了。

娜拉有关她处女的谈论并不完全令人震惊，因为对她会说的话我没有什么明确的期待。然而，我们出发时，她为自己的性史感到后悔还是让我有些震动。

跑步时，我很高兴我仿效她，戴上了帽子和手套。今天来自北海的风像冰锥一样，不过，我们保持良好的节奏在公园里跑了近一个小时。后来，鉴于天气原因，我们在广场里一家小餐馆找到了一个位置。

“伦敦怎么样？”我问道。

“呃，显然不是很好，要不然我不会一天就到家的话。”她回答说。我不知道她是否为我装聋作哑而恼火，还是纯粹因为那段记忆而恼怒，但我带着歉意做了解释，我不知道她会早回，认为这或许是因为卢的计划有变。这个说法让她苦笑了一下。

“嗯，从某种程度上来说，他的计划改变了。刘易斯让我去纽约找一份工作。”

“啊。”我没有再说什么。

“我们在结婚之前就讨论过这个问题。现在他表现得好像所有那些讨论都不算数。”

“我相信他说那些的时候是真心实意的，但离开家很难，”我说，“我喜欢海牙，可是要一辈子待在这里我需要认真考虑。”

“他认真思考过了，”她说，“此外，在美国我怎么找工作？律师的就业市场不太好，我喜欢我在这里的工作。如果他们抓获卡耶维奇，总有一天他们会抓到。我会作为一位高级法律顾问加入他的答辩团，做他的私人律师，博齐克已经问过我。”

“我不指望他们能抓到卡耶维奇，娜拉。他逃了有15年了？”

“当然，我的意思是说我在国际刑事法庭要承担越来越多的责任，我喜欢这样的生活。”我自己的婚姻失败了，因而我对婚姻并没有什么发言权，但她显然只是在寻求某种安慰。

“人们在异地也可以维持婚姻。”

“中间隔着大洋？我们都不想分居。”

“那你们可以以五年为期进行交替——五年在纽约，五年在这里。我知道有些夫妻就是这么干的。”

她不快地转动她的头。娜拉通常坚忍克制，但现在快要落泪了。尽管我们的谈话直接，但仍有一些话题不能提起，这很有可能让她痛苦，尤其是孩子的问题。

“并不仅是地理的问题，”她说，“而是他认为只能由他做决定。刘易斯总是非常自大，他威胁我。”

娜拉一贯说她的丈夫褊狭保守。我有个印象，他们结婚时，她觉得他的褊狭与自己的缄默很相配，但是那份婚约，以及他们两地分隔的情感空间，让她困扰。

对于不时感到自己的伴侣难以接触的问题，我表示同情。在某些方面，娜拉谈论的婚姻状况，与我在同一个阶段的婚姻状态很相近，假设我也像她一样坦率诚实的话。从长远看，洛根夫妇的关系或许前景并不妙，但如果有人这么跟我说的话，我应该会目瞪口呆，觉得这个论断很无礼。也许，像埃伦和我一样，娜拉和卢会有孩子，孩子带来的满足感能修补他们之间的缺口。

“婚姻不易，娜拉，正如丘吉尔对民主的评论。它不是一个好东西，但没有比它更好的东西，至少对大部分人是这样。”

谈话继续，她比平常多喝了一杯啤酒，我们走回家时，她同志般地拍了一下我的背。

“你是我的好朋友，布姆，非常感谢。”

有关美国国防部和北约之间发生冲突的报道继续贯穿接下来的那个星期。波斯尼亚是北约参与的第一场真正的作战行动，很多我以为早就解决的问题第一次得到裁决。事实表明，北约稳定部队的大部分记录——就像北约所知的波斯尼亚行动——是电子复印版，放在比利时的北约档案棺。我觉得这是法律想要解决难题的极愚蠢的方式，档案的实际位置是法律分析关键的部分，因为《美国服役人员保护法案》只在美国境内实行。

政治争夺战也全速前进。白宫和国务院采取了不同于国防部的调子，原因在于这篇报道并非专给美国人看的。网上将之比拟为“一个新美莱事件”，

40 多年前，美军在美莱村杀害了 500 个越南村民，对当时的新晋军官梅里威尔来说，他说那是他所处时代的标志性事件。在十秒钟的国际广播新闻里，这些报道被认为是美军不让同盟国知道的答案。记者出于职业偏见鄙视官僚主义对事实的掩盖，说会夸大事实。巴杜和古斯是对的：结果很好。媒体的报道甚至催促波斯尼亚人民行动起来，他们赞成我们再回去一趟，现在就要看齐齐科夫教授是否方便了。

埃斯玛一天给我打好几次电话，但我拒绝接听。最后，她肯定借了别人的手机。

“我可以亲自去见你，讨论一下这件事吗？”她问。

她的策略显而易见。把我弄进一个房间，让小脑袋支配我的大脑袋。

“这不是一个好主意，埃斯玛。吃一堑，长一智。”

“哦，求你了，比尔。别他妈的这么做作。我判断失误，我以为你会欣喜若狂。”

“埃斯玛，显然原则对你没像对我那么重要。”

“比尔，别表现出高人一等的样子。在电话上讨论这件事情不方便，我下个星期可以去海牙。”

“别来，埃斯玛。你是在浪费你的时间。”

我挂上了电话，虽然有点痛苦。我不想心甘情愿接受一切结束的事实，即便埃斯玛给我的生活添加了振奋的元素。

星期五，我们在广场谈话后的一个星期，娜拉宣布她请了几天假，准备去纽约。

“这听起来是个不错的主意。”我告诉她。

“我还不确定，”她回答说，“刘易斯很擅长用不同的词来表达同样的意思，他很少改变主意。”

“那么试着改变一下你的主意。尽己所能，只有这样你永远不会后悔。”

离开时她踮起脚，飞快地给了我一个单手拥抱。

“好的，笨蛋，事情会这样的。”周三下午三点左右，我的手机响时我在国际刑事法庭我的办公室里。

“再会，罗。”

“如果我做主，我会让你走开。有关这些记录的整个事情下周就会被忘掉了。”

我选择不回应。

“这些记录，”他说，“所有记录，将会提供给北约最高司令官审核。”

我停顿了一秒：“雷顿·梅里威尔？”

罗清了清嗓子：“我想是的。”

“好的，那么最高司令官，不管他是谁，得到了记录。然后呢？”

“如果他同意，他可以在美国的土地上见你。如果他给你任何记录，那是他的选择，即使那明显违反了《美国服役人员保护法案》。”

我不懂他的意思：“梅里和我会共用一间牢房？”

“那项法律里没有刑法规定，大律师。正如你已经知道的，梅里威尔赞成公开所有这些记录。但是如果将来有任何美国人去检举的话，他们可以声称出示这些记录违反了《保护法案》，因而在任何法庭上这些都不是有效证据。”

这是一个聪明的计划，目的在于减少由于这些文件让美国士兵遭到检举的风险。我告诉罗杰我需要试探这个建议是否受人欢迎。

“你最好现在就确定，事情不会变得更好了。在这个提议失效之前你有 24 小时，到那时候将军们会对国会施加影响。如果你接受国务院、北约和国际刑事法庭分别发布自己的声明，说明这件事已经解决了，不用再说什么了。”

巴杜和明美，跟我意见一致，觉得这是桩不错的交易，假设梅里威尔将文件和盘托出的话。由于是他建议先去北约的，这似乎尽可放心。

我给罗回了电话，讨论了几处细微差别，然后同意了。

“成交。”我告诉他。

“让记录显示我恨弄出来的这些破事。”罗杰说。

“那么记下来。”

第二天梅里威尔打来了电话。

“我们又要见面了。”他说。

“那是我的荣幸。我们要回到大使馆吗？”

“不，不。为了确保《美国服役人员保护法案》不遭到侵犯，我们必须在美国的本土上见面。不过这周媒体又对我感兴趣了,我们可以在你家见面吗？”

“在金德县？”我想要告诉他我在那里没有家了，但我马上想到埃伦会多么热心地准备好客房，为了一件在《纽约时报》头版提到的事情。就连最勇敢的记者也不大可能跟随梅里威尔去三城。

如我所料，梅里威尔的名字让埃伦兴奋，即使我抱歉说对我们见面的原因我没法解释太多。对照了日历后，我们都同意梅里和我下周一在埃伦和霍华德家见面。使事情难办的是，那位法国地质学家说她这几个月里只有下个星期有空。于是我订好计划再次在几个大陆间来回，先去美国，再去波斯尼亚见教授和古斯。

证词

Ⅴ 困扰

本垒打——5月30日—6月1日

星期六下午两点我到达金德县。长途飞行之后，我一打开手机，就收到来自埃斯玛的一连串消息——很多错过未接来电、一封伤心的邮件和两条短信。我们上一次简短的谈话后，我一直拒绝接听她的电话，沉默似乎在逼她走极端。最近的一条短信是这样的：比尔，我想要亲自跟你说，但是你必须知道我尽力了，我认为我爱上你了，我不能就这样放手，现在说这些太晚了，我必须见你，让一切恢复正常。

这听起来像是来自20世纪30年代的电影的对话，字面背后似乎全是埃斯玛的一厢情愿。埃斯玛“爱”我，只是因为我不爱她，不管她对待这个话题多么认真。总有一天，当我结束给地球带去国际正义的工作后，我要去研究一下自我形象与爱之间的关系。

我从机场去了好朋友的家，准备在那里过夜。萨尼·克朗斯基，现在是一位美国联邦法官，差不多跟我同时开始在美国联邦检察官办公室工作。她的第二次婚姻很幸福，嫁给了迈克尔·威斯曼，一位专栏作家，一个讨人喜欢的聪明人，我们都有一种幽默感。星期六晚上他们准备了烧烤来招待我，还邀请了我的几个老朋友，包括桑迪·斯特恩，人人都喜欢的辩护律师，他住在癌症缓解期的平行世界，他承认，他从来不能确定他真的在这里。

星期天，早上五点，我离开威斯曼家，去跟威尔和皮特钓鱼。白色鲈鱼在金德河里游动，在下游，船只抛锚停泊得很近，可以借助船头横跨海岸。但是孩子们和我有一个秘密的地点，那里刚好在一个公园绿地下面，需要修剪，我们有点搞破坏般到达那里。我们穿着防水胶靴，在靠近海岸的地方钓鱼。

晚春的早上明亮又温暖，那里有很多鱼，鱼儿们被另一个家庭的把戏吸引而来，那是鱼饵上一点红色的纱线。

我为儿子们感到骄傲，两人都成为了宽容、有爱、勤勉的人，虽然我总是有点恐惧，当我注意到一个孩子或两个孩子身上混合了他们母亲或我的缺点——埃伦的评头论足、我偶尔的孤高。我信奉一句有关家庭的谚语：孩子们会占据提供的空间。威尔继承了我认真的态度，在一家纽约公司的三城办公室进步很快，他在那里担任货币汇兑事务的法律代理。29岁，他找到了一个舒服的法律职业，几乎保证会永远提供生活来源。

相比之下，皮特是一个喜欢忧思的男孩，我们更为他操心。中学里有毒品，大学里有学术压力。在那个时期他显露出了对计算机的强烈兴趣，开发了三个不同的应用程序，它们都被大公司购买了。可在皮特巨大的成功面前，威尔似乎有点受到了冒犯，虽然他老是开玩笑说他为不用供养弟弟而感到轻松。

有两个儿子，这让我离开他们母亲的时候经历了一段艰难的时光。我明白对一位家长感到吃惊和失望是什么感受；我理解我的儿子们失去了他们一贯可以回来的家。不过我十足确信他们的感情才是唯一要在乎的事情。过了一年，我宣布了一条规则，在每次谈话中他们必须问："你好吗，爸爸？"不论他们是否真的在意我的回应。

现在一切过去了。我搬到海牙，皮特即将结婚。站在离海岸几英尺远的浅滩，我们三个独立的成年人，已经接受我们这种持久的联系。

钓完鱼，我们边吃午餐边在体育酒吧看猎人队比赛，然后威尔开车带我去福勒湖，他答应留下来吃晚餐。埃伦和霍华德的家看上去让人惊叹，一个装饰者展示技艺的样板，巨大的两层楼窗户可以俯瞰湖面。威尔回镇上后，埃伦、霍华德和我在他们的厨房又喝了一杯，讨论我们的儿子。《纽约时报》上的文章也激起了他们对我在国际刑事法庭工作的好奇心。我说了一点，并没有否认显然的事实，也就是我跟梅里威尔的会面与那起调查相关。

"我能见他吗？"埃伦问道，耸起肩膀，似乎她在躲避青春期的冲动。我殷勤地向她保证将军肯定会感谢他们的友好款待。我从一开始就知道梅里在很多人眼中是个不完美的天才，但对埃伦有极大的吸引力。

我们婚姻的终结可以拿现在病理学家用来形容人们老死而用的词汇：多脏器功能衰竭。但是在我看来真正的问题15年之前就出现了，当时埃伦成为了伊斯顿特别活动主任。我觉得对一个刚刚拿到MBA的人来说，选择这份工作很奇怪，因为这个职位让她经常与诺贝尔奖金获得者和世界的思想领袖先锋在一起，这正是埃伦私下渴望交往的人。跟朋友们在一起，她通常滔滔不绝地谈论思想家的生活，显然，那不是她跟我一起所过的生活。

我从不假装跟我的前妻一样聪颖。作为一个本科生，她被选入优等生荣誉协会[1]，我都不知道那个协会的名称怎么念。她一接受了大学的职位，就展现出一种要从智力上碾压我的强烈需求。我凭直觉知道我在做的什么事情激发了这一切（她嫁给霍华德时这一点无疑得到了证实，他是一个真正的工程师，从没觉得任何书比美国有线体育电视网更有趣）。我没有努力去搞清为什么我在疏远妻子，我开始私人执业，尽管我本该知道这样做会让事情变得更糟。开庭日、会面、宣誓做证和审讯，我突然一年至少有1/3的时间不在镇上。我荒谬地工作很长时间，但是埃伦没有看到这一点，因为为有钱的坏人辩护远不是崇高的事。新工作唯一的优点是——我赚了一大笔钱——实际上在她看来有损尊严。无情的事实是我厌烦埃伦，厌烦她到失去兴趣，最首要的便是她的评头论足让我每次走进屋里都要磨牙。当我承认我们失去了共度人生的兴趣时，我觉得我帮了我们两人大忙。在最后几年我们打造的友谊的秘密，埃伦现在愿意承认，不管带着多少讥讽，是我比她聪明得多。

埃伦在外面，经常为上班打扮，梅里的豪华轿车七点左右拐入他们的长车道。她穿着黑色的带珍珠紧身连衣裙，完美的妆容和高跟鞋，那种穿戴酷似商务正装，适合参加她频繁出入的鸡尾酒会。埃伦仍然苗条，总是有那种利落的金发女郎的表情，人们形容为“意气风发”。我从没想过这点，不过我

[1] Phi Beta Kappa，美国文理科大学生最著名的优等生联合会，是美国带有希腊字母的最古老的组织，1776年在弗吉尼亚州的威廉玛丽学院成立。成绩优异的学生可以在第三或第四年被选入该协会。

前妻大概比我约会过的很多女人更有肉体的吸引力，即使那些人年轻得多，虽然她从没有——或者想要追求——埃斯玛的激情。

“布姆！”梅里从轿车上出来。我们握了手，他拍了一下我的肩膀，露出一个热情的微笑。我不禁思忖我们的友情会让我前妻如何惊讶。在车道上，埃伦保持着一种有点追星族般的姿势，手举在空中，似乎害怕碰到什么东西。

梅里威尔从车后面拿出一个褪色的焦糖色公事包，我跟他一起走到埃伦身边，他感谢了她好几次。她试图谈论一个共同的朋友，霍华德在麻省理工学院的同学，现在在那里任教，但是对那个人梅里没什么可说的，她显然很失望，知道自己没什么选择，只能道别。我拥抱她向她告别，一再对她表示感谢。今晚，我要去肯尼迪机场坐飞机去波斯尼亚，与在巴鲁普拉的齐齐科夫教授和古斯会面。

梅里威尔看着她咔嗒咔嗒地走向车道。

“真是你的前妻？”

“真的。”

他惊奇地摇头。

“不会很久，”他说，“你相信她靠得住？”

“完全相信。”作为一个检察官和刑事辩护律师的妻子，埃伦为她保守秘密的能力感到骄傲，我们离婚后，她也从没有泄露任何消息，即使是县上知名人士的案件。

“你呢？”我问梅里，“跟你准前妻的事情有好转吗？”

“没有进展，”他疲惫地答道，“尽管如此，我好多了。”他看上去不错，显示出他的假日黑，也不再那么疲惫。他打手势示意去客房开始，因为两小时内他得回机场，“一如往常，这个世界在分崩离析。”他说。

客房小巧雅致，显然出自设计了主屋的同一个设计师之手。楼上是两间小卧室，每个带自己的浴室。楼下是通向漂亮厨房的开放空间，放置着浅红色的手工南美木制家具。窗户很大，来捕捉湖面令人震惊的光芒，挂着波浪般的绯红罗马帘，精确地拉到一半高。一张小餐桌将厨房和生活区隔开，梅里威尔和我在带铬合金扶手的布罗伊尔皮椅上坐了下来。

我准备了咖啡，拿出一篮松饼，这是埃伦不顾我的反对，早上让饮食服务公司送来的。我也预先买了一瓶苏格兰威士忌，若无其事地放在厨房柜台的远端，但梅里似乎从没往那边看。他把公事包放在拉到旁边的一把椅子上，那是律师们开始执业时习惯拿的那种绝妙的老旅行包，一个铰链的铜嘴可以比下面的夹层开得更大，还有一个皮搭扣，可以扣进另一边的锁里锁住包。

首先，我告诉他我没有授权或安排把消息泄露给《纽约时报》，不过他挥挥手表示不再谈。梅里威尔是解决国内政治战争以及卷入的国外政治战争的老手，似乎将泄露和否认都视为游戏的一部分。

我们转入正题，梅里威尔的语气中有了一种明显的变化，很快让我觉得惊奇的不是简单的有条不紊，而是严厉和庄严。他从这个案子里弄到了一捆大约三英寸厚的文件。

“我把我收到的东西带来了，”他说，“后面还有更多，不过你会对这里的文件感兴趣的。由于时间有限，我会给你经典荟萃版，你得自己去琢磨，现在你可以问我问题。什么都可以问。”

“有总的评论吗？”我问他。

梅里皱起眉头，嘴唇鼓起，这个表情让他的窄脸愈加沟壑纵横。

“总的来说，我既懊恼又吃惊，”他说，“仍然不相信。”

这种让步的态度很有吸引力，但我礼貌地等待。从那堆文件上面有光泽的边，我可以看出有很多十寸的照片。

“你要求官方照片的主意真是高明。”他说。

我告诉他那不是我的主意。

“从不忘把成就归功于下属，”他笑道，“很好，在老鹰基地他们拍摄一切，包括起床、撤退和熄灯的表现。这是 2004 年 4 月 27 日熄灯时的情况。”

那是一张一个号手在空荡的旗杆底座的闪光摄影照片。照片是彩色的，蓝色夜空下的人物显得引人注目，不过乍看之下，这张照片似乎显得平淡。

“看这里。”梅里威尔说。

在照片上方，远处有一排灯呈波浪形离开。

“护航？”

“看上去是。”

我更仔细地看，一两辆车后的红色尾灯很醒目，头灯在它们前面划出一道光亮。车辆——我得说卡车——在启程。我点了数目，最后几辆不过是模糊一团。

“差不多 20 辆？”

“差不多。”

“这张照片是什么时候拍的？”

“熄灯是在 22 点。”

费尔科说第一批人是在午夜前一点到达巴鲁普拉的。去村里的时间不会超过 10 或 15 分钟，即使那些天路上不好走。

“额外的一个半小时他们在做什么，有说法吗？”我问道。

“我很高兴来解释你看到的情况，布姆，但是我也得对思索后得出的结论保密。”

“呃，如果我说那足够换制服，排练一场即将发生的行动，有什么明显的理由表明我错了吗？”

他冷漠地摇摇头——没有指出我是对的，也没有说他不会加以评论——回到那堆文件那里。

“恐怕这里的东西最吸引你。”他从那叠文件里拉出几张照片。它们是黑白照片，显然被放大了很多倍。对我来说，起初就像在看超声波，只有线条、模糊的一团和黑点，虽然有个小长方形看上去比其他的更白。

“这是一张卫星照片。”梅里说。

“哇，”我说，“可以得到来自 100 英里的可辨认表格。”

“令人赞叹的技术。”

“当然。”

“你请求了 GPS 应答器的记录。如你所知，它们被我们的军队用旧了，即使在操作设备中也是标准配置，像卡车、坦克和飞机。他们在军事基地外时，卫星会跟踪应答器并拍下他们的位置。这里还有几张照片，但他们都聚焦在一辆卡车上。”

“与士兵们完全相反？”

“没错。”

“这么说士兵们取下了他们的应答器？”

“也许不是我们的士兵。”

“但是有人忽略了一辆卡车？”

“我不知道为什么有个应答器仍然在运转，但是在卫星 90 分钟后转下一圈时，没有照片。”

“显然疏忽得到了纠正。”我说。梅里拒绝回应。

除了自动发光的一辆卡车，其他东西在照片中显示为灰色的盒子，前面有白色凸块，这是头灯的投射。我凑近这张照片，能够看出线条分明的蚂蚁似的粒子。

“这些是人吗？”

“我的解释是这样。”

一旦我明白怎么识别形状，就可以看出有上百人。照片的顶端是一道黑色的线条——通向洞穴的山谷。

“这是被聚拢的巴鲁普拉居民？”

“再一次，我把最后的解释权留给你。”但他面有愠色，表情阴郁。

第一眼看到这张照片，我的心就跳得飞快。持怀疑态度的我，受过训练的专业人士，渴望找到确凿的证据来支持费尔科。我本该欢欣鼓舞，如果我没有认出这就是 400 人朝死亡进发的直观记录的话。一时间梅里和我一言不发，我跟他一样严肃。

虽然卫星只有几分钟在范围内，但起码有 100 张照片。最后一张显示了三辆卡车，显然满载，转向通往洞穴的曲折的泥路。

“我们请求的卡车记录显示的是什么？”

“那些，”梅里威尔说，“你得从我们的朋友阿提拉那里拿。我已经要求科络戴伊提供这些，阿提拉星期五打来电话向我保证说它们很快就来。显然有两个车辆调配场，一个军事行动用的，一个后勤用的。她想要知道是否两个调配场的记录都要，我说是的。”

“你知道车辆调配场用过南斯拉夫造的卡车吗？”我在思考费尔科在证词中说过的话。

“不确定。不过大多数美国造的前线装备都已经搬到了伊拉克。北约从各种参战军队没收了几千辆车，如果有些用作其他用途，也不让人惊讶。再说，阿提拉会知道的。”

“到目前为止她帮了很多忙。为此我必须感谢你。”

梅里断然地摇了摇头。“不是我。”他说。

“哦，她在萨拉热窝接我时说，你让她帮我们。”

梅里怀疑地微笑着往后倾。

“和阿提拉在一起，你一定要记住她的性格中有心血来潮的一面。我们见面后的那天早上她给我打了电话。她知道你在路上，问我是否知道你在找什么。我说你人很好，可以信赖，等等。我或许说过没有理由不帮你。你见过阿提拉，你应该明白，她想要知道每个人的事。”

我笑了：“她对你非常忠心。”

“对此我很感激。对我来说，她必不可少。你知道那句话吗，‘平民考虑战略，将军考虑后勤’？”

我从没听过这句话。

“嗯，这是深刻的真理，”梅里威尔说，“她真的是一个后勤天才。不论有多少运转的部件需要协调，她都做得到。她比我在陆军的任何军官都能干。我真诚地说过要送她去技术情报局，但她不感兴趣，女人们不参与战斗。事实是像阿提拉这么不寻常的人，作为一个军士不用更多监视。有她可以依赖，让我成为一个更好的指挥官。”

“她并不认为你的很多同侪友好。”

“也许不是。对军队来说，她的生活方式不常见，尤其在那个时期。但是当他们的生活成问题时，士兵们会非常讲究实际。对待任务，阿提拉是杰出的。”

“一个伟大的士兵？”

“非常优秀，”我不惊讶梅里谈起阿提拉比她谈起他要更冷静。对她来说，梅里威尔占据了导师和救星的理想化角色。对他来说，她是一台大机器上宝贵的螺丝钉，“她远离指挥官，能够独立地工作时，是杰出的。另外，她是一个荒谬的爱管闲事的人，拒绝接受需要知晓的局限。她在服从指挥上有所欠缺。对于她有异议的指示，你会得到非常独特的阐释。老实说，我很欣慰她成为一位平民雇员。我从她的能力中得到了好处，但没有电话或电报问我她现在到底在做什么。不过她会拿到你的卡车记录，我保证，并且能够回答你的问题。显然你要再回波斯尼亚。”

“消息传得好快。”作为准备，古斯联系了阿提拉来找工人。很明显，梅里威尔是从她那里得到消息的。

我把我们给北约的信拿出来放在面前的胡桃木小桌子上，在剩下的需求上打钩。

“值勤表，集体用膳人员报告，医务室？”

“请随意拿取。”梅里威尔把几百张纸推到我们身边。

“这是一天的？”

“实际上是两天。你要求的是 4 月 27 日和 4 月 28 日的文件。”

古斯正确地分析了军队和备案的类型。我开始翻阅时，注意到的第一件事是每个士兵的名字都被涂掉了。我确信我给梅里的表情不友好。

“我不记得同意拿经过删改的记录。”我说。

“我相信协商的结果是你会拿到最高司令官想要提供的任何东西。最高司令官不会用银盘子端出任何士兵的脑袋。如果有大屠杀——”

“没什么‘如果’，梅里，看这些照片。”

“如果情况就是如此——我对有其他解释保有乐观态度——会有一连串的命令。链条的顶端就是要承担责任的那方，不是陆军二等兵和遵从命令或许直到事实发生才意识到是什么的陆军一等兵。布姆，这就是你要明白的。”

“我们回到法庭后再说这个。”

“我们的位置不会变。”他回答说。

我毫不怀疑涂掉名字是国防部要求的。尽管我摆出了一副严苛的态度，我知道经过几个月在脸书、推特、领英和视频网站上的搜索，古斯列出了一份相当可观的老鹰基地人员名单。完整的值勤表会更好，但关键是找到一位愿意跟我们合作的之前的士兵。

我手中的记录是一大堆纷繁复杂的白纸黑字，一列列的名字和分队、武器和语言训练、任务和值勤日期。有些页面上标着战斗支援战役值勤人员表，早餐、午餐和晚餐的食堂签到表。也有几叠表模糊的名字旁边，显示着军官和士兵那天的分队和职责。我把注意力集中在那里。

看到军事情报二〇五旅第一营的记录时，我有了发现。对照查理分队的上尉报告，我把任务与休假栏对照。第二排的每个士兵，在第二天，4 月 28 日休假了。

我把它们凑在一起时，能看出梅里威尔不高兴。

“这是一次普通的情况吗——一整个排休假？”我问道。

“应该有原因。”梅里威尔说。

“将军，我说的是‘普通’。”我想要听起来不耐烦。

“对一整天来说，我不会认为普通。”

我又去看上尉的报告，用我钢笔上的金属扣数着这个排的成员。有 34 行上面的名字被涂掉了。费尔科说一些“游击队员”步行来到巴鲁普拉，剩下的在卡车里。这个数目似乎是对的。

“谁是这个分队的上尉、这个排的中尉？”

梅里威尔摇头，嘴巴闭着。

我做了个鬼脸。

“布姆，别贪心，”他有些愤怒地说，“相比一小时前，你已经得到了很多消息。”

我沉重地叹了口气,离开桌子,拿了些饮食服务公司放在冰箱的食物回来。梅里威尔和我都吃了小份的鸡肉沙拉,喝了一罐苏打水。同时,他锁上箱子的搭扣。

我问是否可以顺路搭他的车去机场。我比第一班飞机早了五个多小时,但是我到了纽约之后,需要从拉瓜迪亚机场转到肯尼迪机场,并不介意现在出发。到了肯尼迪机场,我会想办法连接网络,完成一些工作。我抓着我的小提箱,和梅里一起坐在一辆老式林肯轿车后面的皮椅上。在路上,我重新预订了早上10点去纽约拉瓜迪亚机场的航班。梅里威尔和我谈起了棒球和这个赛季的惊喜:目前为止罗德里格斯的表现很稳定。更让人难以置信的是,猎人队赢得了比赛。据我长期以来的经验,我努力克制着我的乐观。

"我可以回到正题,再问一件事吗?"离三城机场还有几分钟路程时,我说。

"你可以问。"

"告诉我,为什么我不应该相信巴鲁普拉的吉卜赛人被杀害是为了报复卡耶维奇策划让你的军队中了埋伏?"

"因为事情不是那样的。"

"解释一下。"

"关于保密资料我们不会再有一次谈话,是吧,布姆?"他告诉我他仍然在艰难地梳理有关逮捕卡耶维奇行动的相关文件,但是实际上没有文件会公开,害怕泄露仍然在使用的特种部队的技术。"不过我明确地告诉你,我甚至没有看到过表明吉卜赛人协力引诱我们的军队进入圈套的报告,老实说那个时期我也没听过这样的传闻。"

"你不会否认,将军,是吉卜赛人告知陆军情报机构卡耶维奇的下落。"

"我也不会确认,"他转过来面向我,"抱歉,布姆,听起来有点种族主义,但是陆军情报机构,还有我们的特种部队,不至于蠢到拿吉卜赛人的话当真或者完全信赖他们。假设吉卜赛人提供了信息,那需要好多天的侦察来加以证实。吉卜赛人在行动中没有担任任何类型的角色,也没有预先知道我们什么时候或者怎样去追捕卡耶维奇。即便吉卜赛人想要出卖我们,考虑到我们对他们那么好，这么做毫无道理，况且他们并没有掌握足够的信息。”

“可是正如我们讨论过的，将军，看来卡耶维奇意识到你们要来。”

“我同意。但不是因为吉卜赛人知道的信息。就像我解释过的，我们的军队不会在不通知塞族当局的情况下封锁多博伊的四个街区。我一直认为消息就是从那里泄露的。”

我担任美国联邦检察官时，我们精心策划了许多大型搜捕行动，几十个联邦探员穿着特种部队的衣服拿下大毒枭和黑帮老大。但是我们吃过一番苦头后，才明白跟金德县的警察打交道要谨慎。从来没听说有警察在黑帮或在一个毒贩的住处遭到突然袭击。我们直到大槌要撞门时才会给警方打电话寻求支援。特种部队要比我们更慎重。不论他们要告诉波斯尼亚军队或当地警方什么事情，都会很晚才传达，不会允许卡耶维奇精心设置圈套来迎接美国士兵。

“他肯定更早就知道，将军。”

“我同意，布姆，”梅里威尔说，“可如果那是对的，我们不清楚那是怎样发生的。”

“梅里，你的意思是军队方面没有任何理由对吉卜赛人生气？”

“你是基于什么理由认为他们生气？”

“基于你刚给我看的十几张照片，那些人被聚拢赶去死亡之地。”

梅里威尔收紧薄薄的嘴唇，脸色由于气恼而沉下来。这是我看见他最接近愤怒的时候，虽然我没法分辨他是否在因为我的不死心而不高兴，或为没能领会他翻查过的证据的含义而对自己生气。他也可能为他不能分享的其他思绪气恼。过了一会儿，他再一次坚决地甩了一下头。

“布姆，我已经尽我所能允许你在不受干扰的情况下调查这件事。正如你之前告诉我的，这是你的工作。我没有让我手下的任何人对我解释这些材料，但我永远不会不相信我手下的这些男女。”

在梅里威尔承认这次美国参与屠杀之前，我需要一位士兵的证词。在这之前，正如他刚刚认可的，他会假设有合理的解释。

我们到机场了。

我的航站楼跟梅里不一样，车先放我下来。将军从轿车里出来祝我顺利，站在人行道上时他扣好西服中间的纽扣。总的来说，他看上去更强壮，更健康，甚至如果可能的话，更挺拔，这让我印象深刻。尽管我们在查看北约的记录时，他显然不高兴，在其他情况下看上去则由于自信而情绪高涨，这是我第一次拜访他时所没有的，虽然我不确定没有那种悲伤的沉思氛围的话，我还是一样喜欢他。

我再次告诉他，他看上去状态多么好。

“哦，是的，”他说，“生活好多了，虽然更复杂了点，但这些改善我要感谢你。你的建议说到了点子上。”

“时机问题。我没说什么新东西。”

“你呢？”他问道，“罗杰认为你被斯扎尼女士无法抗拒的魅力迷住了。”

没必要否认这一点。

“哦，梅里，我明白一个人会多么深切地渴望去做傻事，”没有一种礼貌的方式来告诉他在这个过程中我多么频繁地想起他，“现在结束了。”

他端详着我，在春天的阳光下眯起眼睛。

“我想，布姆，如果那是你在衰弱的日子里仍会记得的东西，那么它就绝不算傻事，”梅里看着他的表，“未完待续。”他说着，回到车中。

我进入航站楼时还一直想着梅里最后那句话。他的私人洞见对我的影响比我们有关公事的来回更大。通过安检关卡后，我拨打埃斯玛纽约的手机，响第三下时她接了。我告诉她我在机场间奔波，会经过曼哈顿，我们可以在一点半见面喝个咖啡。

“我在法院，不过我会请求早点休息，”她说，“现在是高尔夫球季。法官很高兴下午放假。”她说她会待在卡莱尔。

“那附近有咖啡店吗？”

“哦，布姆。别那么迂腐。你不会留我在星巴克哭泣，是吗？”

她让我到达后找“贾汉巴尼公寓”。

对我来说美国没有一个地方比上东区更富裕，曼哈顿那么多的愤怒在那里得到压制，似乎在第六十街区某处设置了边防哨兵，在任何人进入之前核查纳税申报单。卡莱尔的门卫指引我去一个单独入口，那里接待员打来电话通知我。

埃斯玛打开门，扑到我身上。我把脸转向一边，但她仍然拥抱我很长时间。她穿着出庭时的衣服，故意克制自己，一件宽松的宝蓝色工作夹克，没有腰带。她没怎么化妆，灌木丛般的头发绾进了小圆髻里，让她看起来很古板，但是端庄的样子非常好看。

正如我预料的，我发现埃斯玛住在华丽的两居室公寓，装饰具有法式精致风格。镶嵌细工的古典家具，浓重的木头上有镀金装饰，一个带摇臂的灰色天鹅绒沙发，带橙色窗帘的一层半高的窗户。艺术作品是 19 世纪的蚀刻画和水彩画。

"什么样的律师不爱有钱的委托人？贾汉巴尼夫人允许我审判期间待在这里。"

她拿出了酒，我从水龙头接了一杯水，埃斯玛坐在天鹅绒沙发的另一边，与我保持一段距离。她问我去哪儿了，我只解释说我回金德县了。

"又跟你前妻在一起？"她的目光犀利。

"还有她的丈夫。"

"啊，比尔。要注意你没有看到的事。"

埃斯玛调整了一下自己，双手交叠，拘谨地放在她的腿上，咬住唇，为阐述做准备。

"我从哪里开始？"她说，"我犯了一个错误，一个可怕的错误。我以为你会高兴，那是我荒谬的错误判断，我坦率地承认。我保证，用我的整颗心发誓，再也不会发生这样的事。但因为这件事情结束我们的关系是更大的错误，比尔，我真的这么觉得。我们有独特的联系。"

"埃斯玛，我觉得自己受到了不公平的对待。我没法更清楚，你在为吉卜赛人做事，不是为我。"

“完全不是，”她的整个上身颤抖着，“完全不是。”

“埃斯玛，这是一开始我就担心的事情。角色会混淆。”

她坐着思量。

“那么你什么看法？如你所说，我利用你得到消息，然后调动起来帮助吉卜赛人？”

“我不会说得这么难听。”

“不过仍然显露了一点真相？”

“一点。”

“比尔，如果我跟你同床共枕就为了这个，我成什么人了？”

“玛塔·哈丽。”

“‘一个妓女’？比尔。我是独立不羁的人，我的身体从来不能用价格来衡量。你这么想太侮辱人了。”

“别把责任归结到我头上，弄得好像你是受害的一方，埃斯玛。你辜负了我的信任。”

“当然，”她急切地点点头，差不多在沙发上跳上跳下，“我明白你的感受。我解释过了。但我们以一种重要的方式在接触，比尔，你和我，一种深入的方式。你不必称它为爱，虽然在我看来，我相信就是那个词。但请不要因为我犯了一个愚蠢的错误而感到厌恶。”

正如她预料到的，在埃斯玛面前，我感觉到了她充分的威力，不仅是深沉的性感的吸引力，还有对我具有深深吸引力的强大智慧。有她在场，我总感觉生活以更快的速度度过。

“埃斯玛，看到报纸时，我意识到我一直以来就明白的一件事——我是个白痴。即便我接受你的说辞，以后再不会有‘错误’，正如你所说的，我们再不提起‘巴鲁普拉’和‘费尔科’，问题还是一样。它们使我在法庭的声誉受到损害。我躲开了一颗子弹，但我不会再冒这个险，我们必须结束这一切。”

她停了下来，看着她的手，再一次咬紧嘴唇，然后抬起来，尽量表现得勇敢。

“你心意已定？”

“是的。”

她凑近了些，抓住我的手。

“那么请跟我到床上来，最后一次。”

我考虑了一会儿：“为了什么？”

“为了再留下一次美好的记忆。你是说你并不享受它吗？”

“你更了解。”

“那么来吧，”她站起身，仍然握着我的手，“你没听说过临别前的做爱吗，比尔？来跟我亲热一场做告别。来吧，好好干，拜托。”

话说得这么明白，似乎没有理由拒绝。这是她请求的代价——没错，我听过这样的说法。卧室在螺旋楼梯上面。她住的那间有一张平台床，让我惊讶的是，天花板上有一面镜子。即便我在上面，我还是感觉我们被监视，不过跟埃斯玛一起，我找到一种方法来享受一切。

如果她认为我会感到强烈的后悔，意识到我失去了什么，她是对的。纵使这不是我们在一起最美好的时光，也够接近，其他的记忆纷纷在眼前呈现，在高潮时，我甚至闪过这样的一念，你疯了，这比任何事情更真实。是的，但它成为众多在达到高潮时消除的伟大真理之一。

事后，埃斯玛睡了。我起身穿好衣服。在起居室，我喝掉剩下的水。对面的红木断层架子上，在玻璃板上方强烈的灯光下，安放着十几个坠子，那是埃斯玛收集的日本象牙制品。我欣赏着复杂精细的几个坠子。然后我在手提箱里找到一个拍纸簿，写了一张便条。

抱歉先走了，不过上下班高峰期比较混乱，并且这样可能更好。会想你的。真的。

比尔

我没法标注出我跟埃斯玛这段关系精确的开始。感情的强度曾无可匹敌，但过程不是。自从我离婚以来，每当我认识一个女人两个月左右，百慕大神秘三角的力量似乎就开始施加影响。

在下去的电梯里，我再次想到她是一个多么与众不同的女人。我琢磨起一些细节时，我的心脏骤停。带镜子的天花板对一位仍在离婚诉讼当中的可敬女人来说有点过了，我突然想到小象牙制品的收藏。谁，不论多么古怪，会把价值数千美金的古董运到一个临时住处？更不用说只待一两个月？

我离开的这个地方，是埃斯玛的家。肯定是。不过当门打开进入寂静的大厅时，我又重新思考了一遍所有问题。我的怀疑毫无道理——她为什么要声称自己在别人的房子里？我意识到我不愿意相信她的话根植于我对她的不信任。很有可能那位委托人，贾汉巴尼夫人，激起了埃斯玛收集坠子的兴趣。

我多站了一会儿，研究大理石地板上的图案，消化我对这一切的过激反应。埃斯玛永远神秘莫测。对我来说，重要的是现在我不再想花心思去厘清她的事情。

再次埋葬——6 月 2 日

我飞往维也纳，转早班飞机到图兹拉，停在先前的科曼切营地原址。我期待见到阿提拉，但她派了一位司机来，司机在十点半左右把我送回巴鲁普拉。自从我们上次来访之后，春天已经来了。岩石上面阵阵大风，但是太阳明亮，是无须穿外衣的温度，略高于华氏 70 度，我已经开始把它看作 20 摄氏度。古斯在上面迎接我，他指向下面的老矿山，那位法国地质学家已经在工作了。

从她的名字看，我以为索非亚·齐齐科夫教授身形会像冰箱，可估量的乳房上罩着件花呢上装。但是在洞穴原址攀爬的她却是个健壮的 40 多岁的女人，黄铜色的卷发，穿着有拉链的婴儿蓝工作服。看见我跟古斯从矿山道路上下来时，她挥了挥手。

“嗨——”她叫道，在松动的岩石山腰跳跃，像孩子一样敏捷。我一握住她的手，她就从前面的口袋里拿出几个卵石给我看她最初的发现，每个棕色石头上都有黑色的边。

“火药？”我问道。

她的英语比我的法语好多了，不过有古斯在那里翻译，她坚持说她的母语。

“也许，”古斯说，“无疑是烧痕。她没怎么挖就找到了十几个这种石头，大部分在 300 米的半径范围。”

“意思是有一场爆炸？”

她点点头，古斯说荷兰法医研究所的弹道专家会确切地告诉我们，还可以确定是否有爆炸物附着在石头上。如果是这样，他们甚至可以识别出引爆的装置。我们没人知道美国手榴弹上的火药与南斯拉夫的是否区别得出。

“索非亚可以确定的是，爆炸不是最近发生的，”古斯说，“大部分碎片位于现在的表层材料下面几毫米。这里多风。没什么会在顶上停留很长时间。”

“有办法查出爆炸是多久前发生的吗？”

教授和古斯用法语来回交流了很久。岩石比人类持续的时间长得多，因此地质时间以亿万年计，而不是年。她只能确定瓦砾上的烧痕不到一个世纪，而且没有磨损，表明时间更短。

齐齐科夫女士移到边上，给我们看山的下滑线。古斯翻译，显然他在重复齐齐科夫话语的真正意思，但看起来他只是比我懂一点。

“褐煤——是她所称的‘第三系岩石’，它通常位于一个斜坡的 5—10 度处。这个洞穴就是这样形成的，煤下沉到包围它的白垩纪岩石下面。然而这里的斜坡，主要是由爆炸了的褐煤形成的，弯曲成 30 度，意味着我们看到的景观不是自然形成的。”

古斯说的时候，齐齐科夫女士伴之以手势，在空中挥舞双手说明爆炸和搁置的多种角度，在她的示范中，还将她的头放在双手上，像一个睡着的孩子。她的热情很有感染力。

教授带了两个研究生跟她一起。在她准备去墓地探查前，她想要他们帮助她拍照、做测量，用轻便的测量仪器，两人都有一个经纬仪和一个罗盘仪。她们忙活时，古斯和我回到上面。

在古斯租来的车后座，我给他看了梅里移交的文件。照片，尤其这些从空中拍摄的，自然吸引了古斯的注意力。来这里的飞机上，我仔细查看了来自基地医院的卡片式索引记录，发现第二天两名士兵寻求了医疗护理，一个被人咬了，第二个“疑似枪托引起的上颌骨折”。他们的名字和服役号码被涂掉了，不过他们的分队没有，两人都编入了205情报队，查理连，第二排，这个分队的所有人在2004年4月28日休假了。

“将军是怎么说的？”

“他基本上是否认。你之前见过古斯。他会说自己什么都不知道，他并不像白痴，但如果时候到了，他想要临终宗教仪式。他相信他的士兵。”

古斯琢磨着，一只手挠着他留着胡须的下巴。

“他知道的可能比他告诉你的更多。”古斯说。

“我想是的，在很多话题上，但那些照片似乎也让他大吃一惊。”

“必须说，”古斯说，“我非常惊讶他把这些材料移交过来。我以为他们看过后，就会让我们走开。”

“古斯，我想在他们知道这些记录上的内容之前他们就同意拿出来，别忘了很多记录在布鲁塞尔。”

又过了半小时，教授和她的学生们做好准备前往坟墓。由于古斯上个月挖掘过残骸，当地警察在那个地方站岗，今天只有一个警官看守。古斯往地里钉了钢板桩来压住横过洞口的塑料薄膜，警方用黄色胶带围上了。教授要求的第一件事就是把这一切移开。

移开后，她趴下来，头垂在沟边，戴上塑料手套后，她抓起一些土，让它们从她的指缝穿过。接着她用铅笔尖探测洞口的墙。

遗骸仍然躺在那里，齐齐科夫教授果断地摇了摇头，对古斯说：“这不是真实的。”我说法语说得足够多，明白那句话的意思。“怎么搞的？”我对古斯说话，不过他举起一只手听她说。他点点头，过了好久才再转到我这边。

“这是索非亚的看法。通常挖掘一个超过十年的坟墓，土壤里会有分层。但是我在这里发现的，送去给她做分析的是下层土和表层土的混合物，这让她觉得坟墓被挖掘过，就在近期。”

“你说得没错，古斯。”

他点点头：“你记得吧，我给了索非亚一些我们的骨骼遗骸让她检测。骨头腐烂时，来自周边土壤的一些微量元素会或多或少融入它们。她发现印入这些骨头中的是与这个坟墓的耐火黏土和砂岩完全不一样的一种矿物质。尤其镁和铁，你会发现含量很高，如果这些骸骨一直在这里的话。”

“你的意思是？”

“呃，布姆，我认为这在行业中叫作‘第二坟墓’。在南斯拉夫特别法庭我们见过很多这种例子，军队在我们到大片埋葬地之前尽量把它们消除。这里也一样，只是相反。我在这里挖到的是荷兰法医研究所的骨头，是从别处移来的。你记得我们奇怪的子弹和DNA污染吗？嗯，这就是解释。这个坟墓是有人搭建的，差不多就是为了应付我们。”

我努力理清思绪，过了一会儿，与他争辩起来。

“这三个男人有共同的Y染色体。这些骨头上的弹孔与扎斯塔瓦步枪匹配。我们刚刚一起看到了这些人被弄上卡车的视觉证据。”

“是。都对。但我们找到的这些骨头不是埋在这里的，布姆。就这么简单。记得吗，我当时质疑费尔科一路把三具尸体拖过来？底下有很多松动的褐煤。他本可以在尸体原来的地方，拿土盖住它们不让动物靠近，如果那就是他努力达成的目标的话。”

“那为什么它们在这里？”

“离路比较近，我猜。一旦他们把遗骸弄回来，他们不会想弄到岩石上去。不过这些骸骨埋在这里的时间并不长，因为这里的土壤还没有渗入骨头里。”

“费尔科在说谎？”我问古斯。

“老兄，根据他讲述的故事，他是唯一知道这些尸体埋在何处的人。除非埋葬他们，再把他们挖出来，移到别的地方十年，然后最近六个月里在这里再次重新埋葬这些骨头的人不是他。没错，他在说谎。”

“他妈的。”我说。我已经在仔细考虑这个案子可能的影响。这比没有向埃斯玛说明卡耶维奇发出的威胁严重得多。我数不清作为一位检察官的我参与过多少起审判，其中主要证人说了很多谎话，但是在关键点上有足够的证据支持，我们总能定罪。当一个人渣证人表现得像人渣时，陪审员很少茫然。但我收到警告，在国际刑事法庭，道德纯洁的氛围在法庭上盛行。我问古斯会有什么样的损失。

“唉”，他叹了口气，告诉我他在南斯拉夫特别法庭一个回忆起来依然痛苦的案子。花了九牛二虎之力后，他们获得了一位内部的证人，他曾在克罗地亚人管理的集中营里担任守卫。出于种种原因，这个男人写日记，这份书面记录错综复杂地得到了证实。

“即便那个浑蛋写下雨了，天气记录证实了他，但是战后，他成为了一个毒贩。我们不得不移交他用他 13 岁的女儿作为联络人来送可卡因的报告。法官们听说这些后，甚至不让他继续做证。跟我说实话，布姆，你记得《圣经》里圣母马利亚帮忙实行大屠杀的故事吗？”他准备回到教授身边，扭头问出最后一个问题。他咕哝着回答了自己的问题，“因为这些该死的法官似乎期待我们的证人是这样的。”

我坐在租来的车里，心烦意乱。古斯帮齐齐科夫忙活坟墓周边剩下的土壤采样工作。半小时后古斯回来了，我说：“找到费尔科，我需要知道他到底出了什么事。”

古斯看了我一眼，手在他的下巴上摩擦。他不赞成。费尔科是受保护的证人，根据国际刑事法庭的规定，探员不能直接联系他，那儿由受害者和见证者小组负责。

“我不想再浪费三个月，”我说，“跟受害者和见证者小组跳七重纱舞，只为了看看他们打电话时费尔科是否接听。我们去找他吧。”

“去哪里找，布姆？”

“我知道他住的地方离这里仅一个小时的距离，我们离开图兹拉时，埃斯玛曾叫过他，记得吗？”

“也许他只是暂时待在附近。”

这有可能，不过除了时间也没什么可损失的。我们去莉吉的那天，阿提拉跟我说过邻近有另一个吉卜赛人的镇子。我没法想象费尔科会选择住在远离吉卜赛人的地方。一个工人说这个镇子叫武村，在正东方向 40 公里左右，就是波斯尼亚塞族的领地——塞族共和国，临近德里纳河。从这里过去开车需要大约一小时。

古斯耸耸肩，对我说：“你是律师。”

我们乘坐租来的车出发了，又是一辆小福特，用手机 GPS 导航。时间是下午一点左右。主路惊人地通畅，我听说由于路面凹坑和塌方，冬天有时没法开车。春日的阳光照亮了高高的云朵，我们都放松下来。对我来说，规避法庭严格的规定让我们这次的行程感觉有点像中学时的玩乐。

到达河边后，我们向北拐。古斯顺利通过“之”字形的路，一个庞大的建筑突然浮现在我们面前。它出现得十分突然，像一座比例需要协调的魔幻城堡。这个建筑竖立在也许有 1000 英尺高的灰色岩石大山之上，乍看之下，似乎是用来控制河水的堡垒。我注意到屋顶的顶点是上端带东正教十字架的拜占庭式圆顶。

“搞什么？”我对古斯说。

“如果你手机上能接收数据，”古斯说，“在网上查查这座教堂。”

“这是一个隐修院，”经过几分钟的搜索后，我告诉古斯，“1566 年在奥斯曼帝国的许可下由赫拉布朗家族在一座旧教堂的废墟上建立的。”巨大的石墙内，这座隐修院几个世纪以来自成世界，带有酿酒厂、客人区、一个图书馆和一座神学院，像很多其他地方一样，它也是凄凉的宗教历史的残留物。1942 年，克罗地亚人发动袭击，折磨修道士，把他们扔进一个深坑里，让他们全都慢慢地死于感染和饥饿，而乌斯塔沙——克罗地亚的游击队员——烧毁了大部分建筑。隐修院重建后，在 1992 年南斯拉夫分裂时，再次被克罗地亚人付之一炬。这一次克罗地亚人不仅洗劫了宝库，还烧掉了所有书籍，包括 16 世纪和 17 世纪独一无二的手抄本。波斯尼亚战争之后隐修院再次建起，作为塞族对其坚定信仰的一种执拗证明。

“看一看？”我问古斯，反正现在到午餐时间了。

隐修院下面有一个小镇玛多维奇，镇子很小，卵石街道仅可以供马车通过，不过它不像我们经过的其他小地方那样灰尘覆盖、满目荒凉。这儿商业似乎很兴旺，供应修道士们不生产的物品。我们在最繁忙的餐厅里等桌位，发现玛多维奇也是一个区域的医疗中心。一座三层的医院立在长长的主路的另一头，穿着白色长大褂的护士和医生至少占了在吃饭的顾客的一半。

我们坐下来不久，三个穿着棕色长袍的人从路对面经过，那是东正教长袍。鸟窝似的胡子从他们的胸前垂下，几乎碰到他们挂在胸前祈祷绳上的木十字架。每个僧人拿着一个牧羊人的长曲柄杖，戴着同样奇异的圆筒状头饰，有点像无檐大礼帽。他们的步伐缓慢而一致，沉默地做着从医院回来的朝圣，他们大概在医院跟病人一起做完祷告。我偷偷地拍下照片和短片，想用邮件发给我的儿子们，他们上个星期暗示我道德堕落，因为我去了像波斯尼亚这么奇怪的地方，居然没有上传照片到脸书分享。我试图解释说一个刑事调查员通常不会用图像记录下自己做的事情，不管我会获得多少赞，不过为这个场景我愿意破个例。看到最近的一个僧人朝我看过来时，我放下手机。

我在波斯尼亚还没有吃到差的饭菜。吃完午餐后，我们在主街上随意漫步，拍了几张头顶上巨大的隐修院的照片。回到车边时接近两点半。

这时一个警官从我们后面出现了，他也许一直在等我们。无论如何，对我来说很显然，他在谴责古斯，警察坚称我们停车的位置不对。古斯还在跟他谈，我走了几步，没有看到可能有标志的任何东西。根据古斯的说法，对游客进行交通整顿在波斯尼亚是例行公事，我转过身，从钱包里找出十块多钱，我料想这应该够了。

那个警察很年轻，脸上还有粉刺，有可能他只是过于热切的新手，这种人在全世界的警察部队都很常见。他穿着警察的夏季制服：蓝裤子，白帽子，带肩章的白色上衣，一个包含手枪皮套的白色带子，他的手枪装配也为白色，让一切更显著。古斯显得适当的低声下气，为我们的无心之错道歉，但那个警察仍然表情严肃，盘问古斯一些不友好的问题。最后，古斯拿出了波斯尼亚政府的介绍信,这封信解释了我们是国际刑事法庭的密使。警察读了好几遍，似乎不相信，接着指示古斯用双手打开这封信，警察拿出他的旧蟾蜍外形的手机拍了一张照，之后走开了，没有要我的钱。

“你觉得这是怎么回事？”我们再次前往吉卜赛人的镇子武村时，我问古斯。

“不知道。我怀疑他要给什么人打电话确认这封信是真实的。”

“我还以为他想要钱。”

“我也是。一直等他来算计，正如他们一贯做的那样，他将怎样为我们缴纳罚款？这样我们才可以上路。”

武村就在那条路上不到 15 分钟的车程附近。我们到达镇郊时，古斯摇下车窗，问一个浅黑色皮肤的人，看外表是吉卜赛人，是否认识费尔科·林奇克。

那个男人用大笑来回应。他冲一座山挥手，据古斯的看法，是说我们不会错过。我们驶离时，他又喊了句别的话。

“‘小心狗’。”我要求古斯翻译时，他说。

“狗？”

“他说的是‘狗’。”

这说得通。如果费尔科生活在恐惧中，害怕血洗巴鲁普拉的人来报复，他会想要某种保护。

山的另一边就是镇子，看上去比莉吉更穷困。大部分的住房像跟我们交谈过的那位难相处的老妇人的简陋木屋，一两个房间，外部混杂——瓦楞金属或灰泥，不过多数是泥和细枝。我还看到至少有一家人挤在一个旧混凝土高架桥废弃的部分，还有几个人住在几棵树之间搭起的柏油帆布下面。唯一的例外是赫然耸立在武村的一栋房子，就像我们刚离开的隐修院一样充满戏剧性。它看上去有点像城堡，不仅宫殿般宏伟，还有纪念碑式的品味。有九个单独的塔楼，每个带一个阳台，大多数阳台都挂着洗好的衣物。即使隔着一段距离，我们也能看见拉毛粉饰的墙上画着风景，屋顶上悬挂着动物雕像，有狗也有青蛙，在镀金的栏杆顶上。

“镇长的房子？”古斯问道。

“Baro Rom。”我回答道，重复着埃斯玛用在托瓦尔身上的词。所谓的大人物，就是在一个宗族领导的地方站稳了脚跟。

在武村的窄路上，我们再次停下来问一位老妇人是否认识费尔科，她断然指向山上。

“那里，”古斯再次手握方向盘后说道，“是费尔科的家。”他指向那座小宫殿。

我愕然道：“不可能是同一个人。”

“我问的就是费尔科·林奇克，你听到了。她说我们必须是非常特别的人，因为他拿他们所有人当疯子，连招呼都不屑打。”

我们开上山，把车停在这座巨大的房子前面，却发现建造还未完工。电线从塔楼伸出，路边的明沟显露了一个没有实际连接的下水管。尽管这个房子宏伟，但似乎缺少室内管道设备。

周边由大约八英尺高的白色拉毛粉饰墙防护，顶端是用水泥浇注好的玻璃碎片。当中立着两扇同样高度的木门，门之间是一把铁门闩。凭一根棍子本可以轻易地安全进入，但没人敢，因为三只狗狂怒地冲向我们狂吠，露出它们粉红色的牙床和巨大的牙齿，缝隙间含着泡沫。它们都是同样的品种，有深色斑纹的灰色杜宾犬，不过脸很尖。

古斯朝四处看了看，突然举手示意我们先不要进去，随后他返回车中。回来时，他拿着小外卖盒，里面是他午餐剩下来的食物，他本来想当点心吃掉，还有他从路边捡的一个小树枝。从纸盒里，他取出三根卷肉饼拿到门边。三只狗突然安静了下来，互相抵撞，往这边嗅。

“准备行动。”他说，把我推到他后面，然后用树枝拨开门闩。他拉开门，把卷肉饼往路上扔出整整 50 英尺远。三只狗吠叫着跑向食物，他急忙把我拉进去，闩上门。

我们进入一个院子里。附近有一个火坑，旁边扔着一些有斑点的花岗岩花纹陶罐，前门口放着几块小地毯和一个床垫，让我觉得有一些住户睡在这里。门边一根拉直的线上系着个铃铛，古斯猛拉了一下。作为回应，我们听见另一边传来声响。

推开门的男人在某种程度上是费尔科。毋庸置疑，就是同一个人，有着同样坍塌的鼻子，吃惊地张开嘴巴时坏牙分明可见。但他衣着华丽，似乎要赴约会之夜，就像 20 世纪 90 年代流行的那样。他惹人注目地穿着一件大领的苹果绿和绿松石色衬衫，几乎开到了他的腰部，露出一条大金链，上面有一只斟酒侍者形状的表盘，盖住他的满是胸毛的胸部。他抬起手时，每个手指上都戴着一个粗金戒。

现在门敞开了，一个粗壮的女人在他后面张望，我马上认出来这是费尔科带到法庭的那张起皱的照片中的妻子，紧紧抓住她衬裙的是一个大约四岁的小男孩。在显露出来的开阔走廊的后面，我看见拉毛粉饰上画着一幅有篷卡车的画像，那是在黑天鹅绒上的颓废风格画作。

费尔科又上上下下打量了我们一会儿，用塞尔维亚—克罗地亚语对古斯说了句什么，砰地关上了门。

“他说我们不应该来这里。”古斯告诉我。

我们又按了好几次门铃。古斯用塞尔维亚—克罗地亚语大喊费尔科需要跟我们谈谈，最后，我们命令费尔科现在必须跟我们交谈，不然他将拿不到法庭有朝一日可能付给这个案子的补偿。随后，费尔科从门的另一边回应了一句，古斯马上翻译了出来。

“他说他叫了一位邻居来驱狗，如果我们现在不离开，他会让它们来咬我们。”

我们马上意识到这不是徒然的威胁。一个看上去像恶棍的家伙，未剃须，一头油腻的黑色头发，表情十分不友好地牵着狗来了，那些狗在用力蹬他固定在它们颈圈的皮带。他穿着一件黑色的皮夹克，在这种天气里是很怪的服装，我觉得他也许藏着把枪。

然而，那些狗对我们印象很好，卷肉饼似乎还没从它们的脑子里远离，只有一只在我们后退时吠了一会儿。

回到盐矿

“这么说费尔科是镇上最有钱的人？”我们再一次驾驶小福特上路后，我问古斯。我们都有点受伤害，渴望回到图兹拉仔细评估一下这一天遇到的事。

在路上，我们琢磨着费尔科这个人，主要是我在说。古斯的回应有限，回答一个词或者一声咕哝。他的心情主要由他换挡的强烈度来表现。

考虑到费尔科可以招来恶棍威胁我们，他显然是某个组织里有声望的人。毒品似乎是最可能的生意——那儿据说有很多冰毒，在波斯尼亚通常叫作冰。沉湎于种族的刻板印象，费尔科也可能是一帮偷孩子的人或乞丐，或者成年扒手的老板。不过有件事可以确定，过来怒视我们的人看起来不像是一个合法的商人。

认为费尔科是骗子理所当然，我仔细考虑这件事对调查的影响。为了保护他的身份，费尔科几乎没回答过其他所有证人的常规问题，比如“你住在哪里？”和“你以什么为生？”因而他在这些事情上没有说谎。但是布置坟墓并且宣誓声称他的妻子已经死了——假设我的视力没问题，她并没有——那么他的证词，毫无价值，即便是以最宽容的标准。

更让我失望的是我意识到我要给埃斯玛打电话。今天有关费尔科的发现对她来说应该是新闻，任何庭审律师如果允许一个委托人在宣誓后说谎，就是将她的整个职业生涯置于危险境地。但是埃斯玛是唯一一个可以再次让费尔科跟我们坐在一起，来看是否有其他解释可以帮助我们挽救调查的人。我们正在面对法律上的真正悲剧：杀害 400 人的凶手逍遥法外，因为唯一的证人捏造了许多古怪的谎话。

出镇后，我们把车停在一个有手机信号的地方来辨明方位。我们在一个有凹坑的路边，根据波斯尼亚的标准只有双车道那么宽。旁边的草长得很茂盛，对面是一片冷杉树。我刚把我的导航应用程序设为图兹拉，一辆车停在了我们后面，那是一辆白色的车，蓝色的条纹中间显示着“巡警”。从后视镜里，我看见两个警察从车上下来，一个敦实，一个瘦削。

我以为他们停下来是想确定我们需不需要帮助，但是古斯的看法不一样。

“哦，仁慈的耶稣，”古斯说，“不要再来一次。”

他摇下车窗，试着跟来到驾驶座一侧的胖警官交谈。同时，精瘦的那个警官缓步走到我的窗边，靠在车门上盯着我，确保我不逃跑。古斯再次拿出我们的法庭证明书，但那个警察朝我们摆了摆手，似乎这些文件让他更恼火。

“他说我们两个都要出去。”古斯说。

我们从车上下来，两个警察让我们靠在挡泥板上，搜查我们，拿走我们的手机、护照和钱包。

我以为他们或许要看一下这些文件，但是那个胖警察只是把它们放进他的后口袋里。他回到他们的车里，他的同伴盯着我们，手放在他的手枪上，手枪仍放在皮套里，但是白色的保护盖打开着。

“他说什么？”我问。

“他想知道我们在这里干什么。我告诉他我们来这里跟一位证人交谈，但是他说没有当地警方的允许，我们不能在塞族共和国这么做，他非常坚决。”

那个警察缓步回来，指着他们的车，告诉我们要跟他走一趟。

古斯拒绝了好几次，甚至提出我们驾驶租来的车跟着他们，但那个警察一直摇头。他笨重到仅从他的车边走个来回就让一行汗水从他的帽子下面滴下来。

“别动。”古斯说。我的手提箱在车后备箱里，让我十分不情愿抛弃这辆福特。古斯一直耐心地表示抗议，而那个胖警察继续指着他们的车，摇头示意，似乎他在指挥交通。最后那个瘦警察掏出他的枪，让古斯去对面的车。

我们坐进警车的后座，古斯说："老兄，这事完全不是这么回事。"

"这是费尔科的人吗？"

"要是我知道就好了。总不能说我在波斯尼亚这个区域交了很多朋友，也许有人知道我的名字，想要表示敬意，"他在自我嘲讽，"但看上去他们接到了命令。他们在决定把我们拉进来之前，我看见那个大块头的家伙在用无线电联系。"

"我们被捕了吗？"

古斯觉得好笑。

"布姆，你是我遇见的最不像律师的律师。我很欣赏你。但要知道，以什么名义又有什么要紧？我们在一辆不知道要去往哪里的警车里，这些警察根本就不在意我们的证明信。对我来说，这像是惹上了大麻烦，不论以什么名义。"

我们在路上的时间越长，我们就变得越忧虑。过了大约 20 分钟，古斯再次问我们要去哪里，那个精瘦结实的警察让他闭嘴。过了几分钟，古斯指向一个表明我们离图兹拉还有 20 公里的路标，这显然让他放下心来。我想，他是担心他们要带我们去塞尔维亚，因为在那里的很多地方，海牙国际法庭都遭到谩骂。

现在过了五点，在这个季节，太阳仍然离地平线有大约 2/3 的路程要走。意识到我们还剩下几小时的日光多少有点令人欣慰，因为想到跟这两个警察在黑暗中赶路似乎就能把人吓呆。我们继续在山中蜿蜒而行，古斯再次试图搞清楚我们正在去往何处。这一次，那个瘦些的家伙转过身，再一次拿出手枪，枪管没有对准我们。我们渐渐沉默下来。我可以从古斯苍白的表情看出古斯从忧虑转为了害怕，瘦警察第一次掏出随身武器时我曾是这种状态。

我们又行驶了一个多小时，直到突然停在一个路边的岔路口。那是一个观景点，可以俯瞰长满绿树的群山，其中在最暗处仍然有积雪。我想有个警察也许要小便，像我一样，但他们命令我们下车。

“别动。”古斯告诉我。他用塞尔维亚—克罗地亚语喋喋不休地讲起来，似乎他在要求马上被带到一个警察局。那个胖胖的警察从他旁边走开，那个精瘦的警察拿着拔出的手枪回来，打开古斯那侧的后门。他大概 30 岁，有一双死气沉沉的蓝眼睛，脸上留有坑坑洼洼的残余，这种皮肤病在战争年代没有得到治疗。根据我长期的经验，我把他视为喜欢这份工作的警察，因为这份工作让他可以对人凶暴。古斯大概也是这样想的，有点恼火，继续述说着。那个警察似乎在专心听，突然，没有任何预警地，他用枪管狠狠打向古斯的太阳穴，把他拉下车。那个胖警察随即打开我这侧的门把我拽出去，推向车的驾驶座那边，古斯就趴在那里，在路边的尘土中。血从他太阳穴的一个小伤口流出来，染红了他的手和地面。

看到这一幕时我尖叫起来。

“看在上帝分儿上，你们这些人怎么了？我们是合法探员，在你们政府的全权授权下工作。你竟然打他？你制造了一起外交事故，你们会被开除。你们不明白吗？”

那个精瘦的家伙拿着抢，示意我跪在古斯旁边。那个警察似乎懂一点英语，笑了笑，露出粗糙的黄牙。他说：“他妈的，你一无所知。”他拎起我的肩，往下甩，直到我趴下，他再次拿枪示意我看着泥土，像古斯那样。

“你怎么样？”我低声对古斯说。

“有一点晕，”他说，“30 秒发作一次，我一会儿就会倒下，假装他把我伤得很厉害。也许他会带我们去医院。”

正如他所说的，古斯立刻跳起来，抓住自己的头侧，痛苦地呻吟，然后面朝下躺在砾石上。那个精瘦的警察走过来，感受了一下他颈间的脉搏。我抬头看他时，他用摊开的手掌掴了我的后脑，向下指，然后漫不经心地走开了。相比他打古斯的方式，他对我的捶打算轻微了，但我的门牙碎了，我能感觉到挥之不去的疼痛。

过了半小时，我突然听见了一阵脚步声。我看见一双厚重的工作靴来到我前面。我胆怯地偷偷朝上看，看到了牛仔裤和来复枪枪筒。我抬起头，发现自己面对着一个穿防弹衣、戴盔式大绒帽的人。他端着一挺扎斯塔瓦，透过滑雪面具遮住的嘴发出嘲笑。

他用一根指头示意我站起来，然后走到古斯旁边。古斯仍然躺在那里，假装失去意识。出现在我面前的游击队员突然踢古斯的肋骨，以一个足球运动员踢一只前场球的速度。靴子可能是钢制鞋头，古斯大叫着从泥土上飞起，落在一边。他像胎儿一样蜷曲躺着，直到其他两人，也戴着面具，配备着扎斯塔瓦，用他们空闲的手抓住他的手肘把他抬起来。

第一个人在跟我后面的人说话，我转过去，看见戴着面具的第四个人，他拿步枪对着我们。警察和他们的车不见了，他们肯定是随惯性从路上滑下去的，因为我没有听到他们的引擎声。

让我站起来的那个男人现在说起塞尔维亚—克罗地亚语，我摇头表示我不懂。他向古斯重复这段话，古斯站着，无力地弯腰，显然在与他的疼痛做斗争。

“他让你把手放在背后。”古斯说。他的声音粗哑,我能看出来他说话都疼。

“我要这么做吗？”

“随你便，布姆。他们会打到你这么做为止。你以为我们还有机会反抗?我们空手，他们拿着突击步枪。”

古斯把手塞进腰后，我看见第四个人在古斯的手腕绑上了一个白色的塑胶带，把它拧紧。我之所以考虑反抗，主要是推断这将是我最后的机会，但是在过去的一个小时我了解到了从枪管传来的十足的恐惧。从来没有一把枪瞄准过我，我平息心中恐惧的方式似乎完全出于勉强保持合作和在同样的情形之下电影里人们说起的俏皮话。

绑好我们后，四个戴面具的男人和我们一起走到山顶，大约 100 米，那儿停着两辆塞尔维亚牌照的车。他们凶暴地把我们推进一辆车的后座，明显是头目的那位走向另一辆车。

我试图劝说自己不要恐慌，恐慌将令人不知所措。杀害来自国际刑事法庭的两位有资格证的探员将是不好的符咒。手机信号塔记录会提供我们被带走时大概的方位，与像波斯尼亚这样的一个附属国打交道，法庭后面的西方力量会实行问责，除非这些国家同意这么做。也许这就是梅里移交那些材料的原因？作为一个掩护？不，那太荒谬了。但我不明白为什么揭露一个像费尔科这样无关紧要的小人会招来杀身之祸，我们甚至不知道我们发现了什么。

“我觉得他们不会杀我们。”我对古斯说。

从他的太阳穴流下的血还没有完全止住，累积在他的衬衫前面，浸湿衣领。我们坐着，他被踢的那边的疼痛似乎并不见轻。作为对我的回应，他只是摇了摇头，与其说是同意，不如说是听到了我说的话。

过了几分钟，我轻声问古斯：“我们在哪里？”

“靠近图兹拉。”他用口型默示。

我不明白为什么要把我们带回之前的地方，除了带我们回酒店，纵然逻辑告诉我这不可能。他们想要表现得我们在回家的路上消失了吗？我脑中一直转着这些念头，把所有的事情归结起来表明我们是安全的，但再一想，又推断出我们深陷困境。

又过了半小时，我透过窗户看到古斯说我们靠近图兹拉时经过的同一个地标。我纳闷为什么我们在转圈，经过再三思考，似乎那些警察正在这么做。我想到答案时，又一阵冰冷的恐惧袭来。他们在等待天黑。

现在太阳在朝山后下降，最初的那点暗淡的粉红开始在天空显现。我尽量不去感伤或忧郁，但是忍不住思忖这会不会是我看到的最后的日落。这也许是一种错觉，但是莫名其妙地死去感觉非常糟糕。

地平线褪为紫色时，我们向新的方向出发。这个地区似乎有些熟悉，过了一会儿，我的希望升腾起来，我们终究要回到蓝灯酒店。这时我们一个急转弯进入山中，我知道等待我们的不是什么好结果。

大约十分钟后，我们离开铺设好的道路，上了一条泥土路，尘土像雾一般飞扬，映现在前灯里。我们穿过一扇门，但是这处地产，不管是什么，似乎树林茂密，撇开靠近路边的黄色和绿色管道，随着土地的轮廓起起落落。

“啊，老天。”古斯说。

“什么？”

“这是盐矿。”

这个词——或者说古斯痛苦的腔调，加剧了我的恐惧。有句老话说，回到盐矿就等于到了做苦工的地方。

“我们要前往一个矿井的底部吗？”

“不大可能，”古斯说，“如今他们用水开矿。”他简单地概述过程。钻井似乎是为了石油。浓密的盐类矿床造出了地下一个密封的洞穴，用泵通过绿色管道把淡水抽运进来，迫使充满了盐的水从黄色管道中出去。盐化的水存在巨大的白色罐子里，我们之前跟阿提拉一起开车经过时见过。人们再把盐水运到生产场所，在那里能够蒸发生产出著名的图兹拉盐。

我很惊讶古斯咕哝着解释时，前面的两个游击队员居然没有让他闭嘴。一开始我把它视为我们的处境完全无望的标志，他们并不在意我们在说什么，因为没有出路。接着我想到他们或许有另一个理由让我们说话。

“英语。”我轻声对古斯说，朝前座点头。其中一位也许英语流利，仅仅通过倾听就获得了知识。古斯有些苦笑地作为回应。我知道古斯对要发生的事情有更好的想法，我应该问问，不过我开始努力寻找一处平静的地方。

又过了一会儿，车停了下来。四个戴面具的持枪者跳了下来，猛地打开我们的车门。我们停在三个巨大的白色水罐旁边，每个至少有 100 英尺高。那些人端着步枪，指示我们走向最近的塔楼。我仍然不解何意，直到我们来到边上，一架窄梯搭到顶上。古斯看了一眼就倒在地上，我照做了。

先前踢过古斯的那个人又踢他。古斯的手被绑在身后，他没办法保护自己。那个人踢了他两次，第二次再次做出巨大的挥臂动作。古斯尖叫起来，呻吟不止。与此同时，那个头目示意我们跟其中一个人一起爬。跟我料想的一样，他说流利的英语，听起来像美国人。我想他甚至也许曾在金德县待过，那里有一个塞尔维亚大社区。我可以问问他是否知道鲁斯迪·赛比奇，一个塞族的法官，他可以算作我的朋友，这个想法让我觉得搞笑。

“如果你喜欢的话，我们可以把你打死，或者你可以爬上梯子，死得像个男人。”

第二次挨踢后，古斯仰躺着，应付他的痛苦。能说话时，他声音很低。

“我受够了，布姆。但你自便好了，哪一种我都没意见。”

他翻身，在一个游击队员的帮助下挣扎着站了起来。我想了想，效法他，但他们抓我的手肘时我转向那个会说英语的家伙。

“费尔科没有理由这样对待我们，”我说，“他永远不可能得逞。在法庭上他们知道我们在武村和我们发现了什么。如果我们失踪了，国际刑警组织会让费尔科的生活如人间炼狱。这是无意义的。”我又补充另外两个词的信息给费尔科，正如我在青春时期，人们所说的“别斗殴”。

在梯子的底部，一个游击队员握住一段黄色的塑料绳，他打了一个绳结。他把它套在古斯的脖子上，接着放出大约 2 米，绕在我喉咙上的绳索加倍，这样古斯和我基本上可以同时被勒死。然后他用一把钢制美工刀，切开我们手腕上的塑胶带。把我们赶到这里来的两个人，包括那个说英语的，先往上爬，他们的步枪挎在身上。另外两人拿他们的步枪画了一个圈，示意古斯和我跟随。

“准备好了？”古斯问我。

我点点头，我仍然不确定我们是否要被枪打死，或者从顶上扔下来吊死。眼下，套索保证了我们不可能在爬梯子时做出任何逃跑的尝试，比如从梯子上跳下去。就算我们奇迹般地完美控制好时间一起跳，我们落地时的撞击力会吊死我们中间至少一个，也许两个。

我们爬得很慢。绳子很紧，每次古斯爬一步我的喉咙就被勒住，我尽量精准地跟随他，他一直在说，右脚，然后左。每爬一步我们都停一下。我恐高，尽可能不往下看。我的心怦怦跳得厉害，我可以听到它在我的太阳穴震动。我们在隐修院的幽暗处享用的美妙午餐似乎要吞咽一下才能回去，这可能会是致命的，如果作为回应，古斯或者我朝错误的方向移动的话。

古斯到达顶部时，那个说英语的家伙拿自动步枪对着他。跨过最高的梯子横档，古斯绊了一下，绳索勒得我颈部生疼，有一秒钟，我眼前一黑，前额撞在梯子上。顶上的另一个游击队员抓住绳索让我不会掉下去，接着把我拉上来，似乎他在钓起一条鱼。我的脚一踏上罐子的顶部，我就看见古斯的套索已经被移除了，但他的手再次被用塑胶带绑在身后。他们也对我这么做。这期间，那位头目和他的跟班到了。

一轮缺掉 1/4 的月亮悬在空中，提供了很强的光。罐子的圆顶陡峭，大概是防止雨水累积，边上有一条大约六英寸的钢带。表面散布着一行行金属的脚蹬，直通顶部。那位头目借助它们爬到圆顶的一扇门前，把它撑开。

这一切发生时，古斯单膝跪地。被手枪殴打过的太阳穴朝向我，小创口仍然在闪光。古斯的那半边脸有三行凝结的血痕，月光下是黑色的，显然这半边给了他更多的痛苦。

“肋骨断了？”

他点点头，而不是说话。在一次车祸后，我也曾经历这种状况。那是异乎寻常危及生命的一次受伤，它极其疼痛，让人难以呼吸。

“这儿就是盐缸，”他说，“装满了水，盐过度饱和，基本上是盐酸。几个星期后就没有我们的痕迹了。”他说这些时几乎是平心静气的。

那么，这就是他们的计划。在绑着我们手的情况下，把我们扔进去，让我们淹死，我们的肉体逐渐消失。也许挨打更好一些，我真想要他们现在朝我开枪。

那个头目拿着步枪回来了。我在古斯旁边坐下，那个拿着扎斯塔瓦的家伙用塞尔维亚—克罗地亚语嘟囔。他让我站起来，我摇头拒绝。我看见步枪枪筒过来了，低下头，躲闪了一下，枪筒扫过我的头，枪口反手回来时，没有办法躲避它，它切实地打中我的耳朵和太阳穴。那或许对他来说不是一个方便的角度，因为疼痛并没有难以忍受。

附近传来咆哮，那个会说英语的家伙回来了。

“如果你们走上来，在你们进入水罐之前我们会给你们的头来一枪。否则，我们会把你们拖过去，活活地扔进去。”

“我们为什么要相信你的话？”我问道。这些家伙不是人道主义者。如果我们走上去，我相当确定他们还是会把我们扔进去，在我们还能呼吸的时候。也许他们会坐上一会儿，在我们尖叫时嘲笑我们。

我花了一会儿来琢磨为什么他们似乎决心要我们上到罐顶，明白我们有一些优势。拖一个为他的生命抗争的男人上斜坡对他们来说是危险的，就连凶猛地殴打我们，就像古斯在地上承受的那样，也冒着把攻击者从圆顶弹射出去的风险，如果他失去平衡的话。我们躺在那里时，他们也没法朝我们开枪，害怕把罐子打出洞来，只有上帝知道后果是什么。过一会儿后，他们会找到这些问题的解决方法，但现在我们比在下面时更安全了一点。会英语的家伙走开去与头目协商。

“别动。”我告诉古斯。

“我正准备跑去赶下一班电车，老兄。”

我笑了，这句话里有一种不可思议的甜蜜。

我们与劫持者的僵局持续了几分钟。接着，我躺在罐子的钢圈边，能看见光在路上扫过。我听见沙砾的践踏声，接着，一扇车门砰砰响的声音。黑暗中，一个声音发出回响。显然，他们打电话请求了帮助。

“尼古拉。”一个男人从下面喊道。他重复了这个名字好几次，那个头目走到梯子边往下看。地上的那个男人说了些别的，尼古拉表示抗议，但踏上了梯子。我能听见在尼古拉下去的过程中他们在争吵，他落到地上后没有声响。

尼古拉几分钟后又爬上来，他对其他几个低声说话，似乎有了一个新计划，四个人全到我这边来。一个用步枪的金属杆卡住我的嘴，把我拉起来。我嘴巴内在流血，不到几秒钟感觉肿到了葡萄那么大。一个人把我拉直，另一个突然往我头上罩了个滑雪面具。我感觉步枪的枪口重重地抵着我的太阳穴，意识到他们把面具反着戴，我看不见。它散发出汗水和香烟烟雾混合起来的臭味，我几乎要窒息。我被戴上了面罩，就像熟悉的电影里的那些男人在死刑前的最后瞬间。即便现在，我也学到了些东西：蒙住要死的人并不是为他好。

突然的黑暗让我的恐惧上升到一个绝对水平，惊吓本身就让人的身体极度痛苦。面罩让刽子手不用看到已被定罪之人的恳求表情，让最后关头的家伙不受到阻碍。

从他的呼吸声，我分辨出古斯就在我身后，我们两人都跪在罐子边，面向圆顶的顶点。我以为他们要在这里开枪射杀我们,然后亲自把我们拖到罐门。我想要再次趴下来，但死在这里是我们能做到的最好的，这让我满意。

与此同时，我又听到梯子上传来脚步声，间或还有步枪枪管触碰到铁的叮当声。两三个我们的捕获者下去了，他们要留下一个人来完成这个工作。我感觉到扎斯塔瓦抵住我太阳穴的力量更大了，那位行刑者，也许是说英语的那位正准备射击。

“老天，不要，求你了。”我说，但没有说更多，我为湿热的尿液浸透了我的大腿感到震惊。我不会说在那一刻我还在乎自尊，但我的确在乎自我。过去的几年，我付出了那么多，不想死的时候还不能怀抱自己。我想起我的儿子们，他们像银色的灯塔在我心头升起，然后我跪在那里等待子弹，出乎意料的是我想到了我父亲。你在说什么，爸爸？我突然问他。历史轮回，他为了安全抛弃了自己，而我在这里，将要死于同样的食尸鬼之手。此生，没有地方是邪恶够不到的。

时间渐渐过去，每一秒都让我惊奇。一秒，又一秒。我听见从罐子边传来步枪再次碰撞梯子横档的声音，接着下面的沙砾发出砰砰的声响，一辆车开走了，后面很快跟着第二辆，甚至第三辆，也许，从引擎的哀鸣来判断的话。

晚风从我们身上吹过，我突然意识到我的手已经被绑麻了。我大腿上和左裤腿上的尿现在变冷了。

“你在这里吗，古斯？”

“是，老兄。”

“他们走了吗？”

古斯大胆地用塞尔维亚—克罗地亚语说着什么，朝夜空吼叫。一阵寂静。

“走了，”他说，“我刚刚说‘你母亲的阴道宽得跟河一样，所有的男人都在里面’。如果他们还在这里，我们肯定会挨一顿好打。”

“你听懂了开车来的那个人对尼古拉说的话吗？”

“不是太多。他让尼古拉下去，尼古拉反对，那个人说这是命令。不过他们在地上说的话我一句也不懂，除了他们互相发火。”

“他们不会杀我们？”

“不知道，布姆。显然现在不会，不过我认为我不能戴着我的‘派对帽’。我们离地面有 40 米，双手绑在身后，并且被蒙住了眼睛。一定要小心行事，不然我们会替他们完成这件事。”

说完后，我们思忖他们是否在后面设下了某种陷阱。我们决定再躺下来，脚抵着罐边，这样我们就不会掉下去。钢制的踏脚处立得很高，我们躺在上面很痛苦。古斯用另一边侧躺，意味着他离我几步远。我知道他很疼，我告诉他别动，我朝他挪动，这期间我的脚一直抵着罐边。移过脚蹬时，它们切入我的肚子，不过我总算摸到了他的鞋。

我试了好几次沿着一个脚蹬的边把我的面罩取下来，但那似乎只是敲掉几颗牙的另一种方式。

“你能朝我弯腰吗？”我问古斯。

“慢慢地。”他回答说。

“时间充裕。”我说。

我缓缓移动回来，古斯弯着身子，我小心地转到另一边，这是一件可怕的事，因为我得从罐子边移开一只脚，完全不知道我要去哪里。不过当我转过身后，我的手面对古斯。我朝他移动，直到我感觉到他，我抬起一只腿到下一个脚蹬，把自己推上去直到我后面的手指擦过古斯的脸。我抓住面具，爬到下一个脚蹬，然后再来一次。

“可以看见。”他咕哝道。我把面具再往上推了一点，确保不会再次划到他的眼睛。接着他缓缓站起来，指导我一点点地回到罐子边安全的脚蹬处。我到达后，慢慢地朝古斯倾身，直到他咬住我面罩的后面。我尽量拽一下来帮他拉。他把面具拽到我的后颅骨，但似乎卡在那里了。最后，他把所有东西含在嘴里。我用手摸到了一个钢制脚蹬，这意味着我有更多的支持，数了三下后，我扭下头。我的下巴撞上了另一个脚蹬，但面具到了我头顶，掉了下来。我深吸了一口气。空气甜甜的，但我的门牙很疼。

我们都躺在那里。这是一个美丽的夜晚，一轮明月挂在清亮的乡村天空，远处星星在闪耀。人生，我想到了人生。不知怎么，我想起在埃斯玛的床上，为我自己的活力而兴奋不已。

为什么——6 月 3—4 日

古斯和我在罐子顶上讨论，我们赞同最好从梯子上下去，然后逃之夭夭。不过世界上的看守人用塑胶带是有道理的。在脚蹬粗糙的边缘锯塑胶带至少 30 分钟后，我们没有丝毫进展，除了割伤我们的手腕。曾绕在我们脖子上的绳索留了下来，我爬过去拿——古斯疼得厉害，没法动弹。我判断，如果我们能想办法把一头缚牢在这里，然后把绳子系在我们身上，我们就可以爬下去，但这绳子短得很，没法到达地面。没有绳子，在我们的手被绑在身后的情况下从梯子上下去无异于自杀。不过，经过一个多小时的连续工作，我们已经出奇地熟练，把黄色的绳子绕了个圈系在梯子横档上。我们接着将绳头穿过我们裤子上的皮带环，把绳子做成一种安全带。这让我可以去探索一下圆顶顶部，虽然我没能发现任何可以割开带子的东西。我们考虑用顶上门的铰链，像一个钢丝钳，我们原本要死在那里，我们很可能切掉一只手或者掉进去。最后，我们在梯子的两边安顿下来等待天亮，希望早上来的工人们不会拿我们当闯入者枪杀我们。

休息后，我们不再那么紧张了，更加意识到我们的疼痛，古斯比我更糟糕。我的嘴似乎没有停止流血，肩头由于胳膊绑在身后，手用得太多而发疼。

其他地方也疼，但不必太过在意。总的来说，我们都精疲力竭。古斯躺下来想睡一会儿，当真打了会盹。

在我们的绑架进程中，我只是短暂地思考为什么会出这样的事，即使现在我也搞不清事情的前因后果，对费尔科是在哪种产业中占有地位我没有任何线索。在波斯尼亚一直有一个犯罪集团——他们在战争期间是勇猛的战士，是最初反抗塞族犯下种种罪行的人——但是我想象不出有组织的犯罪在宣传巴鲁普拉的大屠杀故事中有什么利害关系。也许匪徒们就是凶手，而费尔科借由责怪"游击队员"掩护他们？

日出不久，两个穿白色连衫裤的人开着一辆卡车来到沙砾区，卡车侧板上带着盐矿的标志。他们停在北边大约一个街区的地方，一个木制小办公室旁边。我冲他们尖叫起来，古斯醒来，用塞尔维亚—克罗地亚语加入我的行动。他们很快听见了我们的声音，但不能确认声音的来源，即使古斯不停地在喊"Ovamo"，意思是说"上面"。

最终有个人看见了我们，他立刻要求我们下来。我们花了好几分钟让他相信我们被绑住了。他们没有来救我们，而是去叫其他人，他们召来的人，名叫沃尔特，很快明白是怎么回事，几分钟内带了一把钢丝钳爬上梯子。他命令地上的两个人拿来安全带，他们把安全带缚紧在我们身上后，我们从梯子上下来。我比我料想的虚弱得多，很高兴被缚紧绳索。

沃尔特诚实正派，一听完我们的故事，他就想报警。古斯和我客气地指出这不是个好主意，沃尔特很快接受了。他让我们用办公室的电话，我用那部电话给阿提拉打了电话。

"见鬼，我给你们每人打了六次电话。"我一问好她就说道。她想要确定我们不需要更多的工人。我简要给她讲了昨晚发生的事情。

"开玩笑，对吧？"一开始她这样说。她答应马上来。

沃尔特给我们沏了咖啡，我们在小办公室等待，它跟个拖车一般大。现在更多的人来上班了，每个人都在门口转过身打量一下我们，我们成为了一景。古斯的衬衫大部分是黑的，夹杂着凝结的血，他侧边的疼痛让他尴尬地倒在椅子里。我的嘴巴肿得和一个壁球一样大，一条棕色的血痕从我的嘴角流到我的下巴。公司找来了附近的一位护士。她把古斯带到小盥洗室，洗了洗他太阳穴处的伤口，用纱布把他整个头包了起来，还用绷带包扎了他的肋骨。她宣称我好很多，除了下巴上有瘀伤，头的侧边有步枪枪管引起的肿块，不过唯一永久的损失是我上排门牙的倒数第三颗没有了，旁边的牙齿凹下去了一块。我们的手腕还在流血，她涂上了碘酒，消毒后包扎起来。我的裤子干了，但是内衣没有，对这个问题我选择保密。

借由古斯翻译，沃尔特解释说他是副总工程师，就住在这里，但是在一英里开外的汽车制造厂工作，庞大的抽水机就是在那里运转的。由于水压必须保持不变，机器总是在嘎嘎响，这意味着沃尔特听不到外面发生的事情。自从十年前矿井重新恢复生产以来，一直有持续的破坏行为发生。有个保安人员本应每晚巡视，但他昨天晚上没有出现。当着我们的面，沃尔特给那名保安打了电话，他声称他的妻子突然生病。沃尔特立即解雇了他，说："你为坏蛋们工作，让他们给你钱。"

"他是东正教的，"放下电话后，沃尔特继续说，"这儿的人们告诉我不要雇佣他，但这不是我们在图兹拉的行事风格，我们也永远不会那样。"

半小时后阿提拉到了。

"我的天啊！"她说，看见我们时她停了下来，"你们得在更好的地方喝点。"

回蓝灯路上的第一站附近有一个一层楼的小诊所，相当于一个乡村的急救中心，以便古斯做 X 光检查。一如往常，人人似乎都认识阿提拉。那位医生，一个牛仔裤外面套着白大褂的年轻男人，先于四五位等待的病人给古斯看。

全是好消息，古斯没有颅骨骨折，也没有显示出用枪抽打后脑出血的迹象。他的三根肋骨断了，但没有一根完全断掉到害怕肺穿孔而需要卧床休养。诊所的一位护士在古斯的太阳穴缝了针，重新用绷带包扎了他的肋骨，就打发我们走了。

一路上，阿提拉让我们把事情的前前后后一五一十告诉她，从我们离开巴鲁普拉开始。她最初怀疑绑架我们的人是塞族的一支民兵组织的残兵，想伤害古斯，很可能跟踪了我们一整天。对我来说，这个说法不合情理。我们的劫持者似乎并没有在我们之间做出区分，在我们到达武村之前有很多机会抓住我们，只在我们拉响了费尔科家的门铃后情况才恶化。

为了做出解释，我告诉阿提拉我们跟这个所谓“我们的重要证人”的会面情况，我甚至描述了房子和狗，阿提拉猛烈撞击了一下刹车。安全带收缩时，古斯在后座大叫。阿提拉把车驶到路边，确认古斯是否还好，然后她朝乘客位上的我探身过来。

“费尔科？那个傻瓜费尔科是你们的大证人？”

我转过头看向古斯。他应该是一条腿跨在后座椅上休息，眼睛闭着，痛得扭曲。我感觉那不仅仅是因为他的肋骨。

“你怎么认识费尔科的？”我问道。

“那个难缠的混账东西过去为我工作。”

“做什么？”

“我告诉过你，”阿提拉说，“记得我跟你说过我雇佣吉卜赛人的事情。费尔科是个司机，后来他开始偷卡车。这个不知感恩的浑蛋，不久后像人间蒸发了一样，几年前我看见他在图兹拉出没，他逃得像在参加赛跑一样快，那个杂种知道不能让我逮到他。”

“但为什么他有一栋大房子？”

“费尔科？费尔科是个该死的偷车贼。我猜你可以说我给了他在娱乐业的首秀，该死的他偷了我的卡车。现在他在波斯尼亚、克罗地亚、塞尔维亚、黑山等地方都偷车，按需定制。他可以在十秒钟打开车门把车开走。”

“他为犯罪团伙工作吗？”我的注意力仍然集中在为什么他能调度暴徒来抓我们。

阿提拉笑出声来。

“费尔科的车主要卖给俄罗斯的犯罪集团，在俄罗斯人人想要一辆车。你见过莫斯科的交通吗？他们仍然有七个家庭住一栋公寓，但他们中每个人需要一辆别克。那就是为什么他们认为普京比斯大林好。但费尔科是他妈的这些家伙的一个男仆，他是无关紧要的角色。他也许可以买通本地的警察，但没人服从费尔科的指挥，为他这个蠢货绑架别人。”

后座上，古斯问：“他住在巴鲁普拉，是吗？”

“我起初雇佣他时，他是住在巴鲁普拉。”

“一个有钱人编造一个有关大屠杀的故事有什么原因吗？”

“要我说的话，闹着玩，”阿提拉说，“对一些吉卜赛人来说，诓骗是一种生活方式。如果那傻瓜说现在是白天，我得跑到窗边看下是不是。”

古斯沉默了。我以为他在思考，但是止疼药对他产生了影响，我朝后看时，他睡着了，嘴巴张大，我能看见几个填料的黑色痕迹。

“费尔科，”阿提拉说，仍然难以相信，“你不会真要告诉我这整个乱七八糟的状况就是因为费尔科，是吗？”

我差不多两晚没睡了，加之飞越大西洋的航班上断断续续的睡眠，我现在感到倦怠乏力。记忆中，某些感觉，像水罐上方的风和景色，有一种高清的质量，但我的回忆中已经有一些模糊不清的地方，对哪些事情先发生也有些混乱。与此同时，古斯打起鼾来。

“对了，”我对阿提拉说，“你欠我一些记录。”

“我会给你记录，”阿提拉说，“不过我真不知道是为了什么。如果费尔科是你们的大证人，老兄，那你的案子就完了。”

现在，我太累了，没有在意。表示歉意后，我躺在奥迪 A8 的软垫椅上，跟随古斯进入黑色休眠。

到达蓝灯时，阿提拉把我摇醒，让我帮帮古斯，现在他有时间挺直身体，古斯疼得更厉害了，药物也让他有些眩晕。我们陪他走上街，架起他的胳膊，像一个受伤的运动员离开运动场一样。我们把他弄到床上后，我去登记入住。我的行李不知道在哪儿，我想出去买些生活用品，但没有力气。阿提拉答应明天再来。接待员递给我门卡时，我笑了——这是我跟埃斯玛嬉闹的那个房间。那似乎是很久远的事情了。

上楼后，我发现在车里面的短暂睡眠让我恢复了一些精力。我坐在床上，独自一人，感到既安慰又惊恐。出于某种原因，我看着自己的双手，端详我的手指和手掌。还活着似乎是一个难解的奥秘。

我也有点迷惘，不仅为发生的事情，也为要发生的事情。一方面我想订飞机票回美国并待在那里，我抵制着这种想法，部分因为我再次意识到我甚至无家可回。最近我做的最有家庭氛围的活动是跟我的儿子们钓鱼，以及跟娜拉在海牙的小餐厅里吃鲱鱼。

我决定查看一下我的邮件。这似乎平淡得荒谬，但生活的大部分安慰就在这里，就在例行公事中。我考虑给我的儿子们写邮件，但我知道即便我只是旁敲侧击地提到要注意安全，都会让他们担忧。于是，我下楼来到酒吧，在下午两点喝了一大杯双份苏格兰威士忌，差一点回不到楼上来。最后我脱掉内衣，一直睡到第二天的 12 点。

醒来后，我惊讶地发现古斯已经在楼下了。他用大堂的机器给自己冲了杯咖啡，坐在早餐区的一个小桌旁，用他的左手搅动他的杯子。他说，他的第二剂氢可酮药性几小时前慢慢过去了，于是他下来吃早餐。

我们长时间看着白色层压板。

“算幸运了。”我说。

“算幸运了，”他同意道，“生命力快赶上仙人掌。”他讲述了之前最接近冲突的一次经历，那是他在布鲁塞尔接受警察培训的时候。他去解决夫妻吵架的问题——男的是个俄罗斯人，这并不让人惊奇，他们素来喜欢打自己的女人。但那位妻子让古斯进去后，那家伙从后面抓住古斯，将一把屠刀顶在他的喉咙口。酒精的气味充满整个房间。幸运的是，那个女人又对那个男人大发脾气，他放开了古斯去谴责她。古斯用他的警棍把他撂倒。

“他们让我们跪在那里时，我尿裤子了，”我告诉古斯。他应该注意到了，因而我没有坦白太多，“但到头来它是一件好事。因为它让我找回自己。”

“你想到了什么？”古斯问。

我说了些我父亲的事。对我来说，最让我震惊的是我对他多么生气。

我问古斯他当时在想什么。

“啊，”他回答说，“妻子、孩子，想了点。主要的，老兄，我不相信我居然这么疯狂，回到了波斯尼亚。”

“你要放弃吗？”我问。如果是其他人，这个问题也许表明怯懦，但我们都知道这只是个逻辑问题。

“不知道，”古斯回答，“需要回去好好想一想。但有一点是毋庸置疑的，老兄，我们不能在缺少真正保护的情况下住进来。如果我们回来，我们需要军队。得给巴杜打电话让他办这件事。”

“我们回来了吗？”

“呃，我们要去挖掘洞穴，不是吗？费尔科的话没有用。在《纽约时报》的头版已经发布了我们怀疑有一场屠杀的报道。因而确认的唯一方法就是去寻找尸体。”

他是对的。

一点半时我们仍然在桌边，阿提拉推着我的行李箱，一阵风似的飘进来。她派了两个手下去武村，他们找到了那辆租来的车，现在就停在外面。我们两人甚至没想到还能找回那辆车，谢了她半天。阿提拉从胳膊下面抽出一个信封，扔在桌上，然后也去给自己泡咖啡。她穿着常穿的皱巴巴的牛仔裤和旧细条短袖衬衣。如果阿提拉愿意的话，她能大大提高她的时尚品位。

“医疗队的报告怎么说？”她问。

除了需要一位牙医，由于牙齿原因，右边不能喝咖啡外，我很好。古斯还需要几天。

阿提拉昨天告诉过我们，她有一个好朋友在警察部队，叫达里加，一个她无话不说的陆军中尉，在我们的许可下，阿提拉去了警局跟达里加谈话。当着阿提拉的面，中尉打了几个电话。离武村不远的一个镇上，两名警官报告说他们的车和制服前天在枪口的威胁下被抢走。

“那群笨蛋，”古斯说，“在一个人人都了解其他人的小镇偷了一辆警车？明显是找打。这种事情不可能发生。”

“你觉得昨天晚上费尔科买通了当地警察？”我问。

这个想法让阿提拉笑了。

“我相信他们敲诈了他，但没人服从费尔科的命令。你要是让那个笨蛋为你工作过就会明白。”

“呃，他聪明到偷你的卡车，不是吗？”古斯问。

“他是有样学样。来自巴鲁普拉的另一个吉卜赛人，那里的大人物，波尔多·米尔伽——他是唯一一个有胆量这么做的。”

我看向古斯，他故作扭捏，避免跟我目光接触。

“好的，”我说，“告诉我们偷卡车是怎么回事。我们没听过完整的故事。”

阿提拉犹豫了：“老兄，这事需要非常小心。”

“阿提拉，这些是北约的车。如果你需要，我可以明天再给布鲁塞尔发一封信请求你的记录及他们跟你的会谈笔记。那是卡耶维奇行动之前的事情，不是机密情报。”

阿提拉想了想。

“要知道，也没什么可说的，”她说，“美国人要离开了，梅里想要将一大堆北约收集的军事装备送去伊拉克。于是我派出卡车和司机去莫斯塔附近取一些。”

“这具体是什么时候？”

阿提拉抬起头思考了一下。“2004 年 3 月底，”那就应该是在多博伊卡耶维奇事件之前两个星期，巴鲁普拉的吉卜赛人消失前一个月，“那些天，道路状况仍然很糟糕。我是说你开车，碰到一个弹坑时需要用自带的轨枕搭桥。因而这是一段很长的旅途，几乎要一整天，由于道路的问题，他们晚上没有开回来我并不惊讶。然而第二天中午还是没有他们的迹象。快熄灯时，波尔多、费尔科以及剩下的人回来了，说他们露宿时，一伙人用点火器电线短路的方式启动了六辆卡车开走了。司机全是吉卜赛人，他们甚至不会编故事。我当场解雇了他们。”

“发现卡耶维奇乘坐这几辆卡车逃跑，就是波尔多和费尔科偷的车，但这期间发生了什么？”

“呃，起初，没人确定。差不多多博伊的事情过了一周后，逃逸用的卡车才在这个国家再次被发现。”

“但是这些家伙当时怎么为他们辩护的呢？”

“波尔多？那个浑蛋还是坚持之前的说辞。肯定是劫车者把卡车卖给了卡耶维奇。”

“他们是对谁说的这个谎言，波斯尼亚警方，北约？”

“北约警察队和波斯尼亚人。”

“执法人员相信了？”

“布姆，我一直告诉你，没人相信吉卜赛人的话。问题是，完全推翻他们说法的唯一方法是得有卡耶维奇。没人告诉你波尔多是个傻瓜。”

“波尔多的说法有可能是真的吗——其他人偷了卡车，把它们卖给了卡耶维奇和他的老虎军团？”

“有可能？当然。波尔多跟卡耶维奇打交道并非说不通。你听到了莉吉的托瓦尔的话，那是猫鼬和眼镜蛇。吉卜赛人憎恨卡耶维奇，卡耶维奇宁肯坐下来跟一条蛇和一只老鼠吃饭，也不愿意跟吉卜赛人打交道。”

“你后来见到波尔多和费尔科是什么时候？”我问。古斯很快朝我看了一眼，他赞同我测试阿提拉说的是不是真话。

“再也没有，我宁可吸大麻也不愿意跟他们说话，他们知道。他妈的偷我的卡车？我告诉过你们，直到 8 月或 9 月我才听说所有的吉卜赛人不见了这档子烂事。”

这里有很多新情况，但几乎所有消息都让人困惑。不过有件事情可以肯定，如果我们要从费尔科口中撬出真相，我们得有更充足的准备，在出发去会谈之前我需要一辆装甲车和一盒底盼[1]。

“你能搞到费尔科的电话号码吗？”我问阿提拉。

“如果他知道是我要，不行，”阿提拉说，“不过我可以偷偷查证。”

最后我拿起阿提拉扔在桌子上的信封，询问里面是什么。

“2004 年 4 月 26 — 28 日的卡车记录簿。”

“有迹象？”

“才不是。没有护运车队从调配场地出来。”

我本想告诉她不对，她的卡车在镜头里，这时古斯的蓝眼睛警告地瞟了我一眼，显然梅里威尔没有与阿提拉分享北约的材料。正如他强调的，梅里保持他的距离，让我们去做我们的事情。

“谁记录车辆部署的情况？”古斯问。

“我下面的人。”

古斯点点头进行思量，但什么也没说，不过阿提拉从他的回应里看出了什么。

“没有我的允许没人能开我的卡车。”她说。

“我觉得波尔多偷了它们。”我说。

“这就是为什么我那么肯定。之后，我安排了三个人在每个车库巡逻，我们差不多每晚要把每辆车塞进被子里藏起来，那甚至在我们意识到卡耶维奇最后乘坐的是这些之前。”

阿提拉最后的评论让她想到了什么，她转动她的圆脸，从她的眼神中，我可以看出她有一个想法。

“你说过你在玛多维奇拍了几张照片？”阿提拉问，“我可以看看吗？”

我提醒阿提拉，波斯尼亚友谊俱乐部拿走了我们的手机。

“云服务呢？”阿提拉问。

我的手提箱在大厅，平板电脑仍系在手提箱上，我把电脑从手提箱上拿

[1] 一种美国产的尿布，特为大小便失禁的成人制作。

下来。直到现在，古斯和我都没想过使用“寻找我的手机”应用程序。我们现在试了下，但是没有信号显示，表明要么我们的手机关机了，或者更有可能的，被毁坏了。不过我在玛多维奇照的照片和录的短视频在那之前已经上传了。

阿提拉看了好久，重新播放视频三次，最后伸开她的手指——她咬过的指甲——放大走过来的三个僧侣的照片。我没有及时发现，但从所坐的位置看他们时，中间那个人用他黑暗深邃的眼睛一直看我们。他实际上比旁边的一位僧侣看得更久，我后来才看见他朝我们瞥了一眼。

“那就是他们为什么带你们出去。”阿提拉说。

我惊讶极了：“我不知道不允许给僧侣拍照。”

阿提拉笑了，看着我们，很像万圣节之夜的杰克南瓜灯，同样可怕的齿缝，粲然而笑，似乎她从里面被点亮了。

“看见那个人没？”她把手指放在屏幕上，指着中间的那个僧侣，“我几乎可以确信你们找到了拉扎·卡耶维奇。”

VI 卡耶维奇

谁在那里——6 月 4—9 日

古斯立刻想要通知南斯拉夫特别法庭的前同事们，我们可能找到了自从欧洲国际军事法庭的头号通缉战犯，但是阿提拉说服我们最好联系在萨拉热窝的北约总部。他们获得授权逮捕卡耶维奇——事实上，寻找他大概是他们在波斯尼亚还需承担的最重要任务——且有最安全的体系来保守这个秘密。阿提拉，她显露出了一个初中生对逮到这样有名的大坏蛋的眩晕，打了引导电话，接着是几个编码通信，主要借由短信息在古斯、我和许多北约军官之间交流。古斯心情阴郁，我将其归因于疼痛。比较而言，我只是有些困惑。我适应戏剧性消息的能力似乎像断续的电报，其中齿轮旋转时没有轮档。

这期间，我们三人坐在早餐室里，轻声说话，重新解释前一晚发生的事情，一些结论似乎相当明显。在玛多维奇管理停车的警察，确认拍了僧侣和隐修院照片的乡巴佬来自海牙国际刑事法庭，话传到卡耶维奇的保护者们那里，他们发出了警报。他们的计划大概是在我们可以汇报我们发现之前，尽快抓住我们。从玛多维奇一路跟随我们，卡耶维奇的骨干在武村外抓住我们之前，几乎肯定看到我们去找了费尔科。在等待天黑把我们扔进盐罐的几个小时里，一定有人意识到国际刑事法庭和卡耶维奇遭到通缉的南斯拉夫特别法庭，不是同一家机构。本地的调查应该确认了古斯和我是来调查巴鲁普拉事件，而不是逮捕前总统的。巧合的是，我痛骂费尔科杀死我们也不能得逞，向他们显示我们并不知道发现了什么。在最后关头，某个阿尔坎老指挥官赶来盐矿阻止尼古拉，而不是冒被大肆搜捕的风险谋杀我们。

考虑到这些想法，阿尔坎很可能会密切注意我们，来确认我们没有猜疑到遭到绑架的真实原因。阿提拉给她的警察朋友打了电话，她开着私家车从酒店经过好几次，确认有几个家伙坐在两辆不同的车里，紧盯着酒店。这个消息让我害怕，古斯也不比我好多少，但我们跟阿提拉达成一致，在表明我们意识到受到监视之前，先等待北约的信息。

在先前与北约赏金猎人的交流中，我们安排在图兹拉郊区阿提拉的总部开一次会，我们会假装参加一场有关国际刑事法庭工作的业务聚会。下午六点钟，我们离开蓝灯。达里加，阿提拉的警察朋友，打电话来告诉我们有人盯梢——一个相当笨的家伙，两辆车就在后面不远处，仿佛他们是一场送葬行列中的落后者。达里加说阿提拉会盯着所有人，以防万一。

阿提拉的总部占据了一整栋平房，差不多有一个小购物中心那么大，似乎处心积虑地在用难以形容的东西装饰。她的办公室室内室外都有地毯，褐色泥土的颜色，还有垂直百叶窗。桌上是阿提拉妻子的几张照片，她说过是在这里遇到的一个蓝眼黑发的美女。照片显示了两人在一起的情景，在肯塔基北部她们农场上的狗和马旁边摆好姿势。阿提拉几乎从没提起过她的家庭生活，似乎有点不和谐，不过她很高兴听我们赞美一切多么好，房子、花园和妻子。

“是啊，”阿提拉回答说，“一个穷姑娘能习惯大手大脚花钱的速度真让人吃惊！”

天黑后不久，北约代表团乘坐两辆小卡车到来，卡车上面印着一个国际建筑公司的标志。阿提拉已经打了十几个市话，放出风声表明我们开始挖洞穴的准备工作。北约士兵们身穿牛仔裤和防风上衣，戴安全帽，四个人都拿着写字夹板。指挥官是一位挪威将军，朗希尔德·摩恩，由三位高级职员陪同，一位荷兰人、一位德国人和一位美国人。将军身体瘦弱，差不多一米八高，有一双难以置信的又长又瘦的手。她平易近人的态度让人放下戒备，同时她又保持着不露声色的威严。她在明尼苏达有亲戚,她在那里上了一年中学，她去过金德县几次，保有对那里的美好回忆。她的学生交流团碰到过那里的首席联邦法官莫瑞亚·温切尔，我对他很熟悉。

北约军官挤在我的手提电脑旁边，仔细观察了那些照片好几次。没人怀疑阿提拉的指认，尤其在将我的照片与最近几年获得的卡耶维奇的照片比对后。四人用英语进行交流，于是头一次我可以听懂他们的商议。

一个持久的问题是我们在玛多维奇的现身——或者说卡耶维奇的暴徒最初不合时宜的反应——是否足够惊到他，让他搬去别的地方。作为一个藏身之地，隐修院有难以比拟的优势，尤其在今天的巴尔干，适合卡耶维奇的避风港日渐减少。拥有那种高点，任何大型执法机关或军队小组很难进入玛多维奇而不被发现。只有一条路通向山体，就算军队封锁这条路并且包围这个地方。确定无疑的是，考虑到僧侣遭到迫害的历史，重建的隐修院包括地下的脱险路线，很可能是通过酒窖。最后，进入隐修院去逮捕卡耶维奇，即使是合法的，也有可能煽动很多人，尤其在塞尔维亚，东正教教堂会将它描述为对圣地的严重侵犯。

总而言之，将军认为最好在玛多维奇待几天，审慎地收集情报。

“我可以请你们留在这里吗？”她说，“如果卡耶维奇先生没有离开的话，我们很可能有进一步的行动需要你们。”

我能看出这个要求让古斯不悦。他已经受够了卡耶维奇和他的老虎军团，不过将军答应我们在波斯尼亚时派穿便衣的北约兵保护我们，因为看见军装已经足够让卡耶维奇收拾行李了。另外，经过了那晚的事情后，没人会纳闷我们为什么要雇佣私人保镖。作为我们留在周围的回报，我要求将军帮我们更换护照和手机。

会议结束时，阿提拉站在门口跟每个人道别。尽管一开始她为认出卡耶维奇感到兴奋，重新思量后她并不想参与到行动中来。

“我还需要在这个国家做生意，”她说，“需要什么东西，尽管吩咐。”

我们回到蓝灯时，两个身穿牛仔裤和防弹背心的士兵来了，臀部的随身武器一目了然。我以为酒店的人会反对，不过对他们来说这不过表示这里住着显贵。至于手枪，波斯尼亚跟美国狂野的西部一样，任何人只需很少的文件就可以携带一支手枪。

古斯仍然不悦。

"老兄，"我们回到休息室后，他说，"这不是我们的演出。我不想成为脓包。可阿提拉是对的。我们最好在被人指认为带着保镖之前仔细想想。有些顽固分子会把我们的头像钉在布告牌上。"

我明白，但有一些限制性的现实。仅仅去阿提拉办公室短暂车程的推搡对古斯来说就极度痛苦。回海牙八个小时的旅程，包括两次航班，更不用说还要拖着一袋来自巴鲁普拉的石头，不考虑用急救直升机遣送伤员的话，在下周前离开对他来说不可能，这个念头古斯马上打消了，因为太做作、太丢脸了。

第二天，星期五，我们试图重新回到工作中去，来搞明白我们这个星期得到的一些信息。很多东西串不起来。但是需要优先考虑的事情很多：（A）筹备挖掘洞穴；（B）跟费尔科谈一谈；（C）看看互联网检索能否帮忙识别2004 年 4 月分配给军事情报部门的士兵，确认他们是否发布了什么东西，可能阐明在巴鲁普拉发生了什么事情。

古斯去脸书和视频网站搜索。我的工作我并不喜欢，是炮制报告给我们在海牙的老板。这个主意是把到最近为止发生的情况告诉我们的法院主管人，并不特别指明即将发生的事情，也不提我们的绑架事件或我们找到了谁，有关这两件事的消息肯定会让局面失控。

那天晚些时候，我们新换的手机送来后不久，我接到了阿提拉的一个电话。她派她的一位吉卜赛雇员，她说活得像"一个正常人"，去获取有关费尔科的信息。这位雇员不辞劳苦去了武村。

"费尔科一点也不蠢。"阿提拉说。当地人说我们去费尔科家几小时后，四个警官出现在他家。他们闪亮登场，射杀了所有的狗。与费尔科交谈过的一位邻居说，警察打得费尔科无力招架，直到费尔科供出他是我们担任律师的一个案子里的证人。费尔科发誓说他告诉过我们他不想跟我们再有任何联系，这进一步证实了古斯和我并不是在寻找卡耶维奇。想必，这是尼古拉的指挥官跑到水罐边阻止暗杀我们的原因。说回武村，警察一离开，费尔科和他的家人就把他们能带的所有东西装上了他们的四辆车。那个邻居相信他们离开了。

“知道去哪儿了吗？”我问。

“不知道，”阿提拉说，“看来他把他的手机毁了，没人能追踪到他。我有号码，如果你还是想试试的话。”

我去告诉古斯这些情况，他正在早餐区工作。坐在他的对面，我拨打了阿提拉给我的费尔科的号码，它用塞尔维亚—克罗地亚语提示了一长串信息。我把手机递给古斯。

“不在服务区吗？”他按掉后，我问道。

“无法连接。”

“见鬼。”费尔科逃命去了，很可能是在与尼古拉的头目和前阿尔坎军团的成员交涉之后，无须解释，尤其不用向我们解释。但费尔科的行为仍然让古斯难以理解。

“我的工作停在了这里，”古斯说，“为什么一开始他要讲述这么个故事，更不用提搬动骸骨并放入子弹，这样我们就认为是真的？”

我不确定古斯是否在反问。

“你觉得埃斯玛唆使他参与了整个行动？”

“老兄，为什么他要为埃斯玛或别的人费那个劲？这一点让我困惑。”

“也许这件事真的发生了？也许他失去了一些在乎的人，想要伸张正义？”

“你觉得那个戴着戒指、门口有狗的人是个好人？他讲述这个故事，不论真假，原因在于与他有某种关系，如果我知道那是什么的话就好了。”

我们的谈话，以及有关费尔科的谜团将我带回我不愿意再次面对的处境：给埃斯玛打电话。她是我们唯一知道与费尔科有联系的人，并且我们必须面对她，了解有关她从前的委托人的真相。我想要听她说这让她十分意外，她主要是为了弄清这件事是否是真的。

对我来说，再次显现出联系埃斯玛的复杂性，为什么起初要对我们的私人生活保密。我总是没能维持恋爱关系，这让我在结束恋爱关系上富有经验。

我学到彻底结束是唯一可靠的方法。“让我们做朋友”只是延长了受到更多伤害一方的痛苦，他（她）会把它看作一种希望。

因而给埃斯玛打电话是无理的，可以预料到她也许不会接。我觉得有必要跟古斯解释一下，道个歉。他在空中挥了挥手背。

“老兄，我不会为这件事责怪你。很多单身汉都不愿意招惹她。”

我不需要翻译。我只是做了一个单身男人会做的事。

坚持伦理规范的话，古斯应该是那个给埃斯玛打电话的人。但我们都知道如果她愿意说的话，我更可能得到真相。

我以最不掺杂个人感情的方式开始，一条短信：必须跟你简单交谈一下。公事。抱歉打扰你。

她没有回复。星期六，我发了封邮件。星期天，我终于打了电话，实际上打了两次，同样的信息留了两次。之后，古斯接手，不过我们两人的电话她都没有接，我并不惊讶。是我把事情搞砸了。

周末两天古斯和我都起得很晚。我查阅了更多的邮件，读了更多福尔斯的作品——我现在在读《法国中尉的女人》，并且在图兹拉闲逛。出于礼貌，我还给娜拉旺达发了一封邮件告知我的行程，我觉得下周初我们就能回去。想了一下，我补充道：“希望你的纽约之行一切顺利，让你感觉好些了。”我得到了一个词的回复：“没有。”

星期天，我决定冒险出去跑个步。总的来说，实际上，我没有看上去那么糟糕。除了牙齿对温度的敏感意外引发了鼻子和前额一连串的痛苦，我并没有多么不适。我嘴巴里有个肿块，中间有一道黑色伤口，下颌轮廓碰到步枪枪托的地方出现了一道色彩艳丽的瘀伤，前额上有一片红肿，这是撞到梯子高处的铁横档上造成的。断掉的门牙让我看上去像一个难管教的少年。不过正如同你习惯跑步一样，我感到身体对快感的渴望。北约的一位警员同意开车跟在我旁边。

图兹拉很美，老城区大部分是明亮的拉毛粉饰低层建筑，用白色的建筑细节装点，比如灰泥圆形装饰。人口不多，但这个地方有更多城市的感觉，往南看时，可以清楚看到摩天楼和宣礼塔。

我慢步穿过主要广场，那里铺设着几何图形的多色地砖，还有一口奥斯曼帝国时的水井，几百年了，一个铜制的喷嘴仍然汩汩流出淡水。我朝潘诺尼亚湖跑，那是镇中心的人造海岸，我围着它跑了几圈。

跟当地的警察中尉一样，北约警察也确信我们受人监视。有人 12 个小时待在街对面卖卷烤肉的地方，在前面门廊的一张桌子旁，假装读报纸，周六、周日时一个年轻的家伙替换掉他，继续在街角的小咖啡店做同样的事情，他慢慢地喝了无数杯咖啡，同时眼睛一直盯着酒店门口。有人建议我的保镖留意一辆红色的南斯拉夫牌汽车，我跑步回头看时偶尔可以看到。只要我们继续让他们感觉我们相信那是费尔科，而不是卡耶维奇在盯着我们，阿尔坎老虎军团监视组就没有理由谨小慎微。一个有威胁的存在，实际上，也许会加速我们离开的进程。

无论如何，我尽量让自己开心。阳光明媚，似乎图兹拉的每个人都穿着裸露的欧洲泳衣来了沙滩，戴着遮阳帽的小孩子们拿着水桶在水边跑来跑去。我捡起一本有关这个湖的小册子，很惊讶地得知水池网里的人造海水就是从古斯和我本来要葬身的水罐里抽来的，虽然稀释了很多次。我想到如果事情朝另一个方向发展，这些人或许是在难以分辨的我们遗骸的小分子里玩水，不过这就像开车时想着被迎面驶来的车撞到。这种事情没有发生。

对我来说，恐惧渐渐退去，除了让人窒息的几个噩梦。我小跑向前，再次感觉到自己的力量，减弱了创伤和恐惧的阴影。然而，我明白，我现在探访到了真实的波斯尼亚，分享到了一点持久的民族经验。

星期一早上，古斯说："如果你不介意临时起意，也许我们可以明天回海牙。不太妥当，但我可以接受。肯定在上午，也许你可以给那位好将军一点刺痛，让她知道职责的召唤。"

下午晚些时候我跑步回到酒店时，我的手机上收到了一条摩恩将军的消息。我联系上了她的副官，他问我们是否可以明天下午两点来萨拉热窝，跟将军见个面。警察队的保安开车。

我传达消息时，能看见古斯想要拒绝，他想回家。

“知道要谈什么事吗？”他问。

“他——那位副官——只说将军觉得再次跟我们谈谈很重要。”

“‘很重要？’基督救世主，我不想变得重要，”他似乎又斟酌了下他的话，“好的，让我们试一下。”

“我们要去？”

他点点头。

萨拉热窝，从奥林匹克城市到令人伤心的围攻之地，从外面看，很像波斯尼亚，似乎回到了原来的样子。开车的军队护卫是一个叫安徒生的年轻挪威人，他在这里工作期间对这个城市产生了深厚的感情，我们中途停下来俯瞰，在明信片般的景象中，萨拉热窝静卧在闪烁发光的米丽雅茨卡河边，远处是壮丽的南阿尔卑斯山。从这里，我看向宣礼塔、摩天大楼和瓦屋顶，最引人注目的是，一排排素净的白色墓碑占据了城的中心，远超过我去过的其他城市的中心区。安徒生指向市中心的一座大楼，那是座屋顶被炸没的破烂不堪的旧宫殿，他说，从地面上看会显得很可爱。他不是那种话里隐喻或暗示什么的孩子，但我想那就是这里对他如此重要的原因。

他开车带我们进入老城区，巴斯卡思加，磨损的道路和石墙包围着用熟悉的白色灰泥和棕色赤陶土屋顶重建的遗址。我们前往的宾馆离纪念“二战”遇难者的国家战争纪念碑几百英尺。走过人行道，古斯和我停下来观察堆在不灭的火焰旁缠着丝带的常绿花环。在这个国家，关于屠杀的回忆没有尽头。这里人们因为他们的信仰遭到围困，这里比在图兹拉有更多的女人戴头巾。

士兵们在门口站好，古斯和我去前台。我们打的掩护是来参加与建筑公司的商务会议，这个公司的标志北约那群人那晚在他们的小卡车上展示过。接待员是一个羞怯的年轻男人，会说流利的英语，给了我们钥匙，说了一下宾馆的规定，里面包括不提供酒。听到这个消息，我感觉古斯本能地紧张起来，虽然我们没有要在这里过夜的计划。

在第三层，我们用房间钥匙打开了一间会议室，将军和六位士兵已经就座，全穿着便服。一个便携的布告牌上钉着张地图。我们进入时，所有人站了起来表示尊敬，我立马意识到这是一个令人生畏的征兆。

“你看上去好多了。”将军对古斯说。

他回答说他很好，但显然不是的。他仍然用跛行来保护他的右侧，坐车也很痛苦。

“让我们简要说一说我们的发现，”摩恩将军说，“好消息是对象似乎没有离开。”

她把事情交给一位情报官员，一位认真的匈牙利人，高个平头的上尉，名叫费伦茨。他一再提到“资产”，让我觉得让盟军情报组织参与演出很好，虽然他转达的一些信息是派两位军官假装德国游客去玛多维奇得到的。

费伦茨说，大概一年半来，那三位僧侣在周末中午时出现在镇上，缓慢地走向医院，为卧床不起的人祈祷。几个世纪以来，僧侣们离开隐修院极为罕见，这个变化成为了很多当地谈话开场白的话题。隐修院院长，在他与一些镇民的日常往来中，解释说这三位僧侣因为战争离开了家园，来玛多维奇寻求避难所和帮助治疗病人的机会。虽然三位僧侣听命于不同的神召，而不是隐修院隐居祈祷和冥思的制度，隐修院院长为他们提供了无限期的庇护。

“我知道卡耶维奇去镇上不是为了祈祷会。”古斯说。

费伦茨点点头。他们相信，拜访的真正目的是去见一位塞尔维亚医生，一名放射学家。他为卡耶维奇来回传递信息，卡耶维奇仍把自己看作一个国家的领导，控制着一个庞大的支持者圈子。对北约来说，医院探访的重要性在于提供了把卡耶维奇带到隐修院院墙之外的理想时机。

“还有战术问题。”费伦茨上尉补充道。他的语法无可挑剔，但是口音浓重。他解释说每天陪在卡耶维奇身边的两个人也不是僧侣，而是保镖，他们的长袍下面藏着自动武器。我很好奇北约远距离就能识别出隐藏枪支的技术，不过就算回到我担任美国联邦检察官的日子，金属探测红外扫描仪就存在，虽然平民在美国领土上用它们进行随机搜索是美国的第四修正案所禁止的。

“我们知道，在医院，”费伦茨说，“有一个人，也许更多，会为我们目标的自由而战。”

期待中的沉默笼罩房间，这似乎表明该轮到将军再次讲话了。

“为了避免 11 年前在多博伊发生的事情重演，”她说，“我们需要在医院布置大量兵力。我们相信目标留在隐修院的一个原因是它给予的优势，让他们能发现进入镇上的大规模团体。我们可以让一些士兵假装游乐，带着背包或旅行指南混进去，但是玛多维奇每周通常看不到几个游客，因而出现很多人——比如一辆观光巴士，这是我们一开始想到的——也许会打草惊蛇。为了将一群做好战斗准备的士兵弄去镇里，我们需要你们的帮助。”

“他妈的。”古斯说。

传达了坏消息后，上尉继续说道：“我们可以监控通信。它们会盯着你们。非常有用。”

“为了我们还是你们？”古斯严肃地问。他容易动怒。

然而，将军礼貌地咧嘴而笑。

“实际上两者都有。正如我们料到的，我们监听时并不惊讶你们现在有人保护，他们认为这是他们周二的过度反应带来的不幸后果。但是他们仍然紧张你们早晚会猜出他们真正的动机。我们从谈话中得知，他们成功地让你们去武村拜访的那位先生离开了那个地方。”

“我们明白了。”我说。

“他们希望你们得知他走后，也会离开。”

“希望那就是给我们的指示。”古斯说。

面对古斯的发泄，将军又笑了。

“这是我们的想法，”她说，“我们想利用他们在星期二晚上搞出来的状况来诱捕他们。考虑到你们上次去武村后发生的事情和证人对你们的反应，尤其对那些不怎么知道国际刑事法庭的人来说，这么做是可以理解的——如果你们回到武村，比如，由一队全副武装的人员陪伴，来反抗这个家伙的恐吓。”

“看到北约的军队，卡耶维奇怎么可能不发起攻击？”古斯问。

摩恩将军点头道:“我们可以弄到波斯尼亚的军装。我会把整个安排称为‘别问,别说’。无论如何,这些‘波斯尼亚’兵会在那里帮助你们进入那栋房子,并且保证你们不情愿的证人不再使用上次的手段。”

“可他走了。”我说。

“没错,”将军说,“你们会发现房子空无一人。但是,你们正要离开时,你们中的一人会受重伤。”

“什么样的伤?”古斯问。

“当然是假装的。虽然我们会让别人信以为真。不过,由于这桩不幸事故,你和你的军人将冲到最近的医院——在玛多维奇。”

我懂了,当然。

“在武村的受伤,”将军继续说,“将发生在三名僧侣离开医院时,大约下午一点半。以最快的速度行驶,你们大概在十分钟后到达玛多维奇。僧侣们回到隐修院通常需要半小时,虽然最好在前15分钟逮捕他们,那时他们离山顶远,不大可能得到来自山顶的帮助。‘四名游客’将切断他们的退路。如果进展顺利,很快就能抓到目标。”

“他会被带回海牙,不过我想你们更愿意独自飞行,你们可以自己搭乘飞机,也可以让我们护航,凭你们的喜好而定。”

古斯的表情依然平静。

“为什么不能让一位士兵受伤?”

那位情报官员回答:“他要去军队医院。”

古斯仍然有怒气:“他们会知道的,你明白。卡耶维奇的人?他举手投降之时,他们会知道我们在那里不是一个巧合。”

“如果你愿意,”摩恩将军说,“你可以去医院接受治疗。我们会安排好人。或者我们可以在现场安排救护人员把你的伤口包扎起来作为障眼法。”

古斯摇头,我插话道:“将军,这件事我们需要谈一谈。相信你能理解。即便我们选择继续,我们也需要知会我们的上级。”

“请告诉我。我相信我们可以帮忙。”

“行动什么时候进行？”我问。

她停下来考虑怎样传递下面的信息。

“考虑到现实情况，越快越好。我们准备明天行动。”

再一次，好一会儿没人说话。

“你们必须明白，”她说，“在这样的一件事情中要求平民的帮助，我们也是不得已的，尤其考虑到你们最近经历的事情。很抱歉，你们在这次行动中非常重要。”

古斯一句话没说就离开了房间。在宾馆前门的安徒生和一个叫格里尔的士兵，护送我们来到车边。

“听着，古斯，”我们再次回到后座后，我轻声说，“我想自问一个问题：他们真的需要我们吗？”

他低吼一声：“你没必要说服我做这件事，老兄。”

“我没这么想，”我点头朝前座的两位士兵示意，但古斯不在意在他们面前说话，“我只想全面考虑一下。”

“他们已经考虑过了，”古斯回答，“正如她所说：他们并不想让平民参与军事行动，但他们需要有人快点去做这件事，以免有人被杀。”

他惊到我了，一如往常。

“我还需要想想。”我回答。

“那是，老兄，”他说，“因为很可能会遭到惨败。”

又沉默了一分钟后，古斯说：“你可以不去，布姆。他们只需要我们中的一个，我很久之前就签约做这类事情。”

确切地说，我们没真的签过。他的意思是说他在执法机关宣誓时就明白他有一定程度的生命危险。对律师来说，工作职能里没有这些。早期我作为美国联邦检察官助理时，为了寻求刺激，我跟麻醉品管制局一起看他们逮捕高卓·伊诺霍萨——当地的一个大毒贩时，挨过踢。我的头儿斯坦森尼特，过后责骂我：“你想要徽章和手枪，就去申请成为一名警察。你想要一个警探来做结辩陈词吗？我们都有自己的工作，也有义务不去干扰他人的工作。”

如果古斯身体状况良好，我也许愿意让他去。但他看上去还不能独立承担这一角色，这可能导致他再次重伤。

我再次说我需要时间思考。

“无论如何，”古斯说，“我不会告诉总部。人们常说：最好寻求被原谅而不是被许可。如果你需要掩饰行踪，那么给巴杜发封邮件说你有件紧急事要做。”

我笑出声来。巴杜以从不回邮件而著名，他通常只回复明美。

一到蓝灯酒店，我马上回到了我的房间，独自坐在床上与自己交谈，但我很快意识到我在一月份时就做出了决定。我的两个儿子现在一切安好，我没有生活伴侣要担心。更重要的是，在步枪抵在我太阳穴上时我就觉得，我来海牙是出于一种家庭责任，是为了制服造成危害的掠夺者，他们成为了文明社会的毒瘤。我完全吓尿了，但是如果我不帮助被拉扎·卡耶维奇谋杀、折磨、蒙骗的数百万人寻求正义，我的人生将失去了意义。

亲自前往——6 月 10 日

在比我预期中睡得更好的一觉后，星期三我醒来。我的心情有点像审讯后的第一个清晨,我用冥想来去除我对不能控制的事情猛增的焦虑。穿衣服时，即将发生的事情的重要性似乎改善了我的视力，照镜子时我仿佛看到了一个更清晰的自己。如果你很幸运，你经历过很多这样的情况，你做的事情关乎你之外的数千人，因为这个原因，你永远都会记得这些事情。

古斯的纽扣都系好了，在早餐桌边我跟他打招呼时，他露出了惯常的淡淡微笑。我们快速用了餐，没什么别的可谈，说了下有关奥巴马要把 500 特种兵送回伊拉克与“伊斯兰国”对抗的新闻。

上午十点，安徒生和一名新警员开车送我们到巴鲁普拉。原址前空荡荡的篮球场是训练的集结待命区，主要为了虚张声势，看得到前方的路和阿尔坎军团派出的监控车辆。14 名士兵，全是北约反应部队的成员，身着波黑军队的迷彩战士服，组成一个特别的行动分队。7 个是德国人，7 个是丹麦人，12 个男人和 2 个女人。

指挥官是一位德国上校，名叫洛塔尔·鲁尔。他体格粗壮，态度积极，留着洗瓶刷式的姜黄色胡须。他向我们打招呼，转达了摩恩将军的赞赏。他假制服的肩上是一块棕黄色的一颗星一条线的臂章，那是少尉的徽章。

古斯和我，都穿着牛仔裤和跑鞋，配备了防弹头盔和全身盔甲，包括腹股沟的镶片、半袖和护颈。这些很重，不过维可牢皮带比我想象中更灵活。

鲁尔负责整个虚假的行动演习。我假装敲费尔科家的门，而分队人员散开来包围周边，猛击门进入。与预料的一样，今天守卫坟场的两名当地警察过来看我们在做什么，不过仍然保持着合适的距离。因为他们的缘故，一位中士——实际上是一位丹麦中尉——装模作样地用波斯尼亚语喊出鲁尔上校的命令。

之后，我们暂时停下工作吃午餐。北约战地的定量包装食品是法餐，令人惊讶的是，包括一罐鸡肉酱和一小块布里干酪，但我没有心情吃。鲁尔、古斯和我坐在一起，鲁尔轻声解释真正的计划，自然，我们不能当着窥探的眼睛练习。上校重复了细节好几次，直到我们明白与我们演出策略的偏离之处。

正午时分，我们前往武村。军用车辆全是北约派出的，显然在波黑并不稀罕。军车队包括：一辆四四方方的蓝色装甲梅赛德斯 SUV（运动型多功能车），古斯和我坐在鲁尔上校后面；一辆有遮篷的 4×4 人员输送卡车；一辆装甲兵员运输车，古斯骄傲地告诉我那是比利时设计的，叫作 BDX。它看上去有点像一辆小型坦克，四个车轮，外层有伪装漆和一个炮塔。

正如摩恩将军指出的，希望卡耶维奇的团伙把这种规模的兵力作为上周二晚上把古斯和我吓得屁滚尿流的一种防范措施，他们也许会幸灾乐祸地来看这件事情。幸运的话，我们在玛多维奇结束时他们仍然在笑。

古斯和我把头盔放在腿上，没怎么说话，主要是因为无线电通信声音很大，鲁尔上校在与这里的士兵和在玛多维奇过夜的秘密人士进行着编码交流。司机说塞尔维亚—克罗地亚语，同样频繁地用完美的波斯尼亚语在军队的正规频道上发布着假命令。

在极少的一个安静瞬间，我转向古斯。

“还好吗？”

他点了点头。“一级行动。”他说。

“我穿着成人尿布，”我告诉他，“以防万一。”

他没有像我期待中那样大笑。

50分钟的行程后，我们进入武村，很多吉卜赛人从他们糟糕的小房子里出来观看。到了山上，费尔科的小城堡显出了被遗弃的所有痕迹。这个地方完全寂静，衣服不再在阳台的绳子上飘动，窗户上的百叶窗，还有前门，大开着。院子里碎石路上的褐黑色圆圈上还有狗的血迹。

然而，我们继续着整个行动。那位丹麦中尉将一个电动喇叭筒递给古斯，古斯用塞尔维亚—克罗地亚语叫费尔科出来。一分钟没有回应后，轮到我喊。我记住了两个吉卜赛语词，Gavvana，意思是“别躲着”，我不断地喊这句话，古斯附和，或多或少喊出上个星期费尔科真的在这里时他说过的那些话。

看到我们的信号后，军用卡车驶过两门之间，没有停，直接穿过费尔科的双前门，它们像乐高玩具一样蹦了起来。从后面，4×4车上的士兵迅速部署。

古斯和我紧贴着前门旁边的拉毛粉饰墙，四个全副武装的士兵列好阵，戴着头盔，穿着和我们一样的防弹衣，跑过去断后。又有四个兵拿着武器在我们后面呈扇形展开，另四个兵穿过屋子，清理每个房间的同时用波斯尼亚语大喊。

大约十分钟后，鲁尔上校在那辆SUV里用手画了一个圈，这标志着僧侣们刚刚在玛多维奇医院门口现身，准备离开。

现在是我的特写镜头了。屋后面，反应部队的成员偷偷放置了一颗像是樱桃炸弹的东西，听起来会像装甲车车胎爆裂声。听到爆炸声后，一位保护院子的士兵要假装惊慌，朝前门开枪。一发子弹将可能跳飞，击中我的前臂下端。让人不快的是作战部队不使用空弹。鲁尔上校向我保证说射手是一等射手，不过在离我一码的地方仍然会有实弹射击，那一刻，三枚子弹突然射入拉毛粉饰墙，让它碎成一堆白色的灰尘，我不需要学习任何表演课就扯着嗓子大叫，倒在地上。

那个中尉冲向我，从袖子里拿出一小瓶血，全倒在我手上，然后用他的头巾把我的手包扎起来。四周的士兵跑向后边，假装发现爆炸只是爆胎，不是武器，一个后勤维修人员迅速精确地换上备用轮胎，那个假装射中我的士兵冲到中尉和我旁边，请求谅解。士兵和中尉继续演戏，仍然用波斯尼亚语喊出口令，鲁尔、古斯和无心的攻击者抓住我的手肘把我拖向那辆 SUV。

车队马上开路，但我们才走了一两分钟，一辆警车飞奔而来，这个警察显然一直从下面的某个地方观望。说波斯尼亚语的那个中士从车窗探出头去，解释说我无意中被射伤了，动脉出血，如果不去看外科医生，马上就会死掉。我横躺在 SUV 的后座，背靠着后面乘客座的门，手在空中挥舞，尽自己的职责哀号、大声呼喊："耶稣，耶稣，耶稣。"

我不知道那个警察的指示是什么，他大概糊里糊涂，只是向一位上级警官汇报，但他完全采纳了我们的说法。他冲回他的车上，打开他的摇头灯和驴叫般的警报器，以最高速度带领我们穿过武村，到达山路。接下来是 4×4 车，我们乘坐的 SUV 就在它后面。这辆装甲车，由于更换了车胎，跟在后面，在超速行驶的车队后。它非常灵活，即便我们在直道以超过每小时 100 公里的速度行驶，仍保持在我们的末尾。

在 SUV 里，古斯和我没怎么说话。无线电用至少六种不同的声音隔一段时间就大喊。两三名士兵在某处继续用波斯尼亚语演说事情，但是鲁尔不时换到一个北约的频道收听英文的简单交通信息。我认为代号为"兀鹫"的卡耶维奇，以及他的保卫人员到目前为止还毫不提防，仍然缓慢地走在从医院到隐修院的途中。

我们至多一分钟就到玛多维奇外了，这时无线电传来一个紧急电话。

“他们从高处看见我们来了，不高兴。”鲁尔解释道。北约在隐修院设置了无线电通信。替卡耶维奇戒备的人命令当地警方尽可能地阻留我们。

我们转过山腰的最后一个弯后，一直带领我们的那个警察突然把车驶到路边，灯标仍在旋转。他从车上下来，抬起戴着白手套的一只手让我们停下来。无线电麦克风在嘴边，鲁尔命令车队以最高速度前进。那辆军用卡车冲向那个警察，他在最后一刻跳到路旁，简直是扑向路边，车碰到他的帽子，帽子飞走了。我们高速驶过，能看到那位警官躺在路旁下面大约六英尺的一个灌木丛里，一只手盖在头上抵挡尘土和飞来的砾石。

我们直冲下山，以约每小时六十英里的速度到达前往玛多维奇的转弯口，侧滑经过。摩恩将军解释过，在卡耶维奇回隐修院的路上抓住他的计划的一个优势，是兀鹫得不到来自山顶的视觉导向。保卫人员的红外监测曾测出臀部下面有步枪，没有显示出任何无线电信号。但那漏掉了明显的事情。

我们飞奔来到玛多维奇，就在中央广场，三位僧侣进入眼帘。在穿越镇子的窄路上，离我们100码的地方，他们停了下来。三人中的一个将手机凑近他的耳朵。往后看，一辆黑色的小轿车从隐修院冲出来，扬起一阵尘土，警笛从至少两个方向突然回响起来。

离僧侣们还有一半路程时，我们的SUV停了下来。4×4车又往前开了十几米后刹车，那辆装甲车开到前面，冲向卡耶维奇。古斯和我本应躲到底板上，不过我们跪在放脚的地方，眼睛刚能从古斯那边的窗户看出去。SUV停在侧面挡住路，鲁尔和司机跳出去占据车后面的位置，那个年轻的司机把突击步枪架在发动机罩上瞄准。鲁尔蹲在他旁边，举起电子喇叭筒。我们前面，士兵们从4×4车的后面跑出，着地时每个人滚动起来，快速采取作战姿势，匍匐着架起步枪，瞄准器对准几码外的卡耶维奇和他的保卫人员。四个假扮的游客，现在拔出隐藏的手枪，蹑手蹑脚地走到僧侣们旁边断后。

通过电子喇叭筒，鲁尔上校用塞尔维亚—克罗地亚语读着他手上一张纸里的内容。古斯轻声翻译出来：

“拉扎·卡耶维奇，立刻投降。依据联合国和海牙前南斯拉夫国际刑事法庭的逮捕状，你被逮捕了。”这句话在广场的小型建筑回响。最初被喧闹吸引来的几个居民，看见自动步枪很快散开，退到室内。我能听见他们中有几个人在尖叫。

拿着手机的那个僧侣丢掉了他的大圆帽。他在臀部下面摸索，突然拿出他的突击步枪。他马上就要放平时，两枚子弹分别击中了他。这个僧侣往后倒，就像被一枚手榴弹打中一样，鲜血飞溅到他旁边的卡耶维奇身上。另一名保镖举起双手，跪了下来。

在躲避炮火的过程中，卡耶维奇也扔掉了他的牧师帽，现在他假装茫然不解，仿佛他不懂这种语言或者被认错了。但毫无疑问就是他。那著名的发型被修剪到中等长度，并且变白了，也许是染成了这种颜色。粗野的胡须是真的，遮住了他整张脸，包括他脸颊上的毛皮斑点。他戴着沉重的黑眼镜，比他刻薄恐吓的衣冠楚楚的日子胖多了。但那就是卡耶维奇，一样狂野的眼神，他足够聪明，知道别人要活捉他，他跑了起来。

他急奔到BDX装甲车旁边，在匍匐的士兵间躲闪，那些士兵，正如他料想到的，犹豫着不敢开枪。尽管两个士兵跳来跳去，没人能抓到他。卡耶维奇全速奔跑时，伸进他臀下的左边口袋，掏出一把格洛克手枪，他把手枪举到耳朵边，猛冲向SUV里的我们。鲁尔站起身，高喊着让他停下来，卡耶维奇朝鲁尔上校开枪，上校尖叫起来。那个司机本能地到上校旁边照料他。我有一种不祥的想法，觉得卡耶维奇要停下来朝古斯和我开枪，但他知道这是他逃跑的一个机会，他以最快的速度奔跑，显然奔向从隐修院飞驰来的那辆黑色车。

卡耶维奇朝我们飞跑过来时，我躲在前座后面的底板上。我感觉古斯靠在我身上，我吓僵了，以为他在寻求庇护，但他想要的是杠杆力。卡耶维奇靠近，没命地奔跑，古斯突然踢开他那边的后门。门把卡耶维奇撞得够呛，他的脸撞到窗户上，朝后打了个趔趄，脚步不稳。

门弹回来，但古斯抓住门，从SUV跳了出去。

我大叫着“古斯！”跟随他跳了出去。他压在卡耶维奇身上。古斯用右手抓住卡耶维奇的头发，把他的头往路上磕，左手按住卡耶维奇的手腕，压住他的手枪。卡耶维奇握住枪托,看来打算用它做攻击武器。我被武器吓到了，别无选择，只能去踩卡耶维奇拿住枪的手，然后抓住手枪的枪管，让他的手腕缩回去直到他松开。他的手松开时，五六个士兵过来了，让古斯和我放松下来。他们把卡耶维奇的手扭到身后，用带子捆住他，抓住他的胳膊和腿把这位前总统抬走，似乎他是被捆住的牲畜。他们把卡耶维奇往卡车上抬。士兵们用德语数到三，把拉扎·卡耶维奇扔到后面，就像扔一个行李袋。更多士兵爬到他旁边。

几乎同时，那个带领我们从武村出来的警察鸣着警笛到了。他滑行到SUV旁边停了下来。他是个勇敢的人，现在显然生气了，从他的车里冲了出来。在街道中间，他摆出僵直的立正姿势，双手拿着手枪准备射击，遇到一队全副武装的士兵时，喊出指示。那辆装甲车已经疾驰去追赶卡耶维奇那辆车。它行驶了约30米，在那名军官和SUV之间时，BDX顶上的火炮突然吐出火舌，用大口径的弹药扫射那辆警车。那辆车像只虫子一样跳来跳去，但它的轮胎瘪了，挡风玻璃碎裂在一场持续的机枪扫射中。最终那位警察再次头朝地跌倒。

他后面几百米的那辆黑色轿车，我刚刚没有留意它的情况，突然面对BDX的枪炮，那辆车戛然停在通往隐修院的山路底部，许是目击那辆警车被炮火毁掉后，那辆小轿车猛地以最高速度倒退，甚至没有掉过头来。

有一瞬间一切寂静了，我朝古斯走过去，从镇上广场的另一边，又一辆警车飞速驶来，灯带闪烁，警笛长鸣。这辆车扬起了尘土，在4×4车和SUV之间停了下来。我们八天前遇到的胖警察和精瘦的警察尖叫着下了车，两人手上都拿着霰弹枪。那个胖警察面红耳赤，边尖叫边吐唾沫。

卡耶维奇被抓住后，古斯和我坐在SUV旁边的路上观看这一连串疯狂的行动，几乎就像我们坐在体育馆座位上。现在我跳起来让那些士兵看见，指着那两个警察喊道:“就是他们绑架了我们！”古斯很快抓住我的皮带，在两个警察还没有弄清我的位置之前，把我拽到地上，虽然那个精瘦的警察似乎认出了我的声音。

他拿着枪，转过身朝SUV走来，却发现那辆装甲车朝他驶过来，炮塔转向他的方向。那个胖警察喊了句什么，两个警察急忙回到警车里，车子驶离广场时，轮胎发出嘎吱的声音，警笛仍然呜呜呜叫。一位伪装的背包旅行者在它后面跑，用手机照下了牌照。

最终，我低头往下看时，惊讶地发现我左手仍拿着卡耶维奇的格洛克手枪。我把它放在人行道上古斯旁边，他现在平躺着，因为疼痛，脸涨得通红，每喘一口气就发出呼噜声。显而易见，他的肋骨再次折断了。

“难道你不是他妈的英雄吗？”我说。

“完全是本能，”他回答说，“还好你拿走了枪，布姆。”

“那归功于我看了大量犯罪剧，”我说，“你已经抓住他了。”没错。我扭动武器时，卡耶维奇似乎已经松开它了，那就像去除葡萄的梗。

与此同时，一个医生出现了，那是一个伪装的背包旅行客。他为上校治疗，上校有一个伤口，有点像我假装的那样，前胳膊中了一枪。他没有流太多血，不过从他用那只好手扶住胳膊的样子，我认为那颗子弹打中了什么部位。

我坐在街上古斯旁边，直到那位医生过来。他查看了古斯的要害部位，给他注射了一些止疼药。之后，他镇定自若地记起最初的计划，假装检查我的手，然后进行包扎。我近乎反感，完全忘记了他为什么要这么做，反正这么做没意义。卡耶维奇的人将一直记得古斯是那个击倒总统，断送他最后逃跑机会的人。

医生又回到鲁尔身边，跳进SUV的后座，司机把上校安置好，洛塔尔给了我们一个殷勤的笑容。

就在那时，我注意到了一架低空飞行的战斗直升机经过隐修院，越过山峰。这架飞机有尖鼻子，像一只蜻蜓，两边是一块虎纹和两个白色导弹发射器。它在广场上方悬停，慢慢地下降，再次从建筑物偷偷溜出来的居民们，又一次撤退。

直升机着陆后，那辆装甲车向前，控制广场的远端，几名一直护卫

4×4 车和卡耶维奇的士兵呈扇形展开，端起武器建立一个环形防线。那辆卡车向前行驶。我突然听见中尉喊道："快走！"八名士兵从后面跳下来，抬着卡耶维奇加速移动。卡耶维奇的手脚被绑，嘴被塞住了，身体仍然在扭动，脸中间有一块血污的绷带——古斯弄断了他的鼻子。士兵们把卡耶维奇扔进直升机打开的门里，跟扔进卡车里一样粗鲁。他们中四人跳进去，站在羁押犯旁边。

鲁尔上校留在 SUV 里指挥行动的最后一步，中尉接手了，坐进了直升机前面的乘客位。之后，直升机再次飞入空中，消失在群山后面。

这之后一个老妇人出来，把她的两只鞋朝那个方向扔了出去，我不知道她是对卡耶维奇还是对我们表示轻蔑。

回到海牙——6 月 10 —13 日

尽管古斯抗议，他还是被抬上担架，用 4×4 车送去了医院。真正的波斯尼亚军队现在在现场保卫这片紧急区域，让鲁尔和古斯可以得到治疗。两位病人并排躺在毗连的不锈钢桌子上，一根管子里的血被输进鲁尔的胳膊里。波斯尼亚人挤进挤出，包括不断增加的文职官员，整个场面喧哗不断，气氛紧张兮兮。摩恩将军的到来让我很欣慰，她立刻对当前的形势进行处理。她赶走了所有人，只留下了几个北约士兵和急诊室的几位医务人员。她解释说唯一的放射学家被扣留接受询问，因而导致了延迟，他们要尽力去找一位医生来给鲁尔和古斯做 X 光检查。在包扎和止痛后，古斯坚持现在就要回家。

一辆私人救护车被召来，这样古斯可以平躺着去图兹拉机场。安徒生身穿制服，驾车带我回蓝灯，我收拾好古斯和我自己的房间。到答飞机场时，一架北约的飞机降落了。古斯已经在飞机上了，躺在摇晃的担架上，精神焕发。

我们飞了几个小时到达北约空军基地——在德国的盖伦基兴，邻近荷兰边境。在那里，摩恩将军安排了另一辆救护车带我们用了两小时来到海牙。

我们到达古斯几年前买的小公寓外面时，他努力地站起来。我明白这是为了给他的妻子和大女儿看，她们从布鲁塞尔赶来了。他妻子，体形略粗壮，一头金色的卷发，他女儿，一大堆文身，过来帮他一拐一拐地进入这栋楼。他一次走一步，歇一秒再走下一步。他的妻子用佛拉芒语滔滔不绝地说个不停。

我回到公寓时，已是午夜。我惊讶地发现娜拉穿着黑色的运动紧身衣，还没有睡觉。她盘坐在起居室的一把安乐椅上，在贝壳灯下阅读，这盏灯是整个公寓仅有的一点光亮。一看见我，她本能地走过来，用小手来触摸我的脸，我下巴和下颌的瘀伤已经变成了绿色和黄色。

“哦，我的天。”她说。

“实际上没那么糟糕。”

我扔掉我的包，倒在沙发上。现在我回来了，突然感到精疲力竭，骨头都要散架了。

“一件公事以身体被攻击为尾声，”我解释说，“古斯跟我在一起，他的情况更糟。不过他也在好转。”

出于种种原因，为了我们的人身安全，古斯和我同意不告诉别人我们参与了逮捕卡耶维奇的行动。我把话题转移到娜拉身上。

“纽约不好？”

“我在城里待了三天，才见到刘易斯一个小时。我们在酒店大堂大吵了一架，后来就再没有说过话。”她述说这件事的语气非常怪——语气出人意料地轻松，似乎整个旅程只是过往的烦恼。大体上，她很高兴，我很快明白为什么。

“拉扎·卡耶维奇今天被逮捕了，”她宣布道，“在波斯尼亚这肯定是爆炸性新闻。”

“我听说了。”我说。

“他有一个来自贝尔格莱德的私人辩护律师，博扬·博齐克。我曾在洛伊普尔将军的案子上与博齐克共事，他一直承诺如果拉扎遭到逮捕，我将和他一起做高级审讯律师。他明天要提出申请，请求联合任命。”她的脸色红润，由于不能抑制的骄傲而露出可爱的孩子般的光芒。作为律师，我们都知道这是可以抚慰平生的一个案子。

“祝贺你。”我抬起手掌，真诚地击掌相庆。过后我凝视她，这个女人有很多地方我不了解，考虑到我们在对立的两个阵营，我们不怎么谈论工作。但跟娜拉在一起，她的回应一向直率，我知道我可以说出心里话。

“为一个这样的恶魔辩护不会让你不安吗？集中营和死刑，层出不穷的强奸？”从某种意义上讲，考虑到我之前的委托人常是一流水平的恶人，这是个让我非常恼火的问题。这么多年来，我似乎专攻自我陶醉的总裁，这所有案子中的这些男人，他们洗劫自己的公司时，表现无比果断，还总是对女人动粗。我相信那句名言，每个人都值得辩护，但我在很久之前就认为这种辩护并不需要由我来提供。比如，恶棍委托人，通常在我个人“谢绝来电”的名单上。他们的生意所植根的不知廉耻的暴力对我来说不可原谅。

“我不想听起来像是个鸡尾酒会上的粗人，”我说，“问你怎么能忍受这么可怕的人？不过拉扎·卡耶维奇大概是在世的最坏的人。”

有一会儿她真的笑了，然后她有些严肃地垂下眼帘。

“因为我不知道。”她说。

“知道什么？”

“在战争时期我会怎么做——当这个世界变得颠三倒四，一切都进入非常状态时，成为原告很容易。布姆，如果换作你，你觉得应该怎么做？那对恢复秩序很重要。但对我来说，这也涉及很多伪装。杀害或被杀的规则对我来说并不明朗。”

我本来可以遵从律师的本能进行争辩，尤其是卡耶维奇，他正好创造了她认为可以减轻他罪行的氛围。但她给出的是一个体贴的、严肃的答案，她辩护的原因比我接手那么多案子的原因更崇高。一般而言，我是因为犯罪案件更能激起我的兴趣，赚更多钱，让我从美国联邦检察官办公室出去跟朋友闲荡，这些朋友常常代理共同被告。

“这么说你开始工作了？”

她拿起一直在研究的巨大三孔文件夹。

“我在外面跑步时，接到博齐克的电话，”她说，“我回办公室拿了诉讼文书和一些背景材料，在这张椅子上看了整整五个小时。”

“卢会怎么想？”我问道，“如果你告诉他，你不会搬回纽约。”

她的脸色一沉：“我们不会有这次谈话。距离我们上次说话已经一周了。每次吵架他都指望我道歉，这次我不会道歉了。”

星期四一早我去看娜拉的牙医，他给我的牙装了一个临时的假牙冠，之后我去法院。古斯和我同意就前一个多星期的情况联合写一份报告给我们的头儿。我开始写初稿。

下午，我的手机响了。

“祝贺你，布姆，”我过了一会儿才认出是梅里威尔的声音，“我想要亲自感谢你，我真希望当时我在现场。现在这个世界让我觉得美好。”

我告诉他我不值得他谢，但是让他放心，他曾指挥的北约士兵表现十分出色。

“据说你和你的同事非常英勇。”梅里告诉我。

正如我们要求的，古斯和我没有出现在媒体有关逮捕行动的官方报道中，但显然这个秘密早已在知情人中流传。

“古斯把他撂倒了，”我说，“虽然卡耶维奇有一把手枪，他拿手枪射中了洛塔尔上校。我的英雄行为就是躺在铁板车的底板上——全身被包得严严实实。”

“我听说你拿走了他的枪。”

“他近乎半昏迷状态，手指离扳机还远，整个期间我被吓得要死。”事实上，对于我抓住那把手枪那刻，我想得越多，它在记忆中就变得越模糊。我惊讶我居然有过那样一种处境。

“这证明你是个理智的人，”梅里说，“他是一个可怕的人。勇气并不是不恐惧，布姆。勇气是尽管恐惧，依然坚持下去，我向你致敬。我听到的版本是卡耶维奇在逃跑的路上被你们截获了。”

之后，士兵们对我们进行大肆吹捧。我们当时很害怕卡耶维奇会到达那辆等待的黑色轿车，他又被送回隐修院。没错，如果卡耶维奇真的进了那辆僧侣开的车，后果可能让人难以对付。虽然我钦佩古斯敏捷的思维，以及与暴徒较量的勇气，反思起来我们两人都不相信卡耶维奇会造成多大的危险，尽管他比小他 40 岁的人跑得还快。在飞机上古斯说过，不知疲倦的逆龄时刻也许只能持续不到一分钟。古斯也许救了卡耶维奇的命，因为如果他对追他的士兵开火的话，他很可能被当场毙命。

经过了更多的抗辩，我决定利用当前的形势，指出现在卡耶维奇已经入狱，没必要再隐瞒 2004 年计划抓捕他的行动报告。

梅里笑了，说我还是不了解国防部，不过他马上挂电话了。

星期四晚上我回家时，娜拉已经换好衣服准备出去跑步，但她双手叉腰迎接我。

“为什么你没有告诉我？”

“告诉你什么？”

“你们参与逮捕拉扎。”

我解释说古斯和我不值得受到称赞，我们渴望逃脱卡耶维奇那些恶毒的追随者的责备。

“我听到的情况是，”她说，“你是整个行动的核心人员。”

我为有关我们的角色的传闻已经渗入平民圈感到困扰。在国际刑事法庭，这个秘密今天得到保密，巴杜和明美认为将我们的法庭与南斯拉夫特别法庭相隔离是非常重要的。然而，通报系统里有太多人，他们看我时带着一种意味深长的赞许，这让我不能接受，即便他们不会大肆宣扬。我带着一点怒气，正要问娜拉她是怎么得知的，这时我意识到她的信息来源。

“你从你的委托人处听说的？他到海牙了？”

她耸耸肩表示她不能打破这个秘密之墙。

“他的鼻子怎么样了？”我问。我甚至没有忍住假笑。

“肿得很大，这似乎让他比蹲监狱更沮丧。他非常爱虚荣。”

“我永远猜不到。”

“但你在这次行动中的角色造成了一次很奇特的初步晤谈。我不得不坦承我了解你们两人。真希望在你们的名字被提起之前，我能有机会向博齐克介绍一下基本情况。”

我没想到这一点。对她而言，由于一切的保密性，我将她置于了某种冲突中。我道了歉，询问卡耶维奇对她所披露的信息有何反应。我担心这或许会让她丢了在这个案子中的职务，但她说卡耶维奇不在乎。

“他认为在海牙人人相识。博齐克建议申请正式的法律冲突豁免，卡耶维奇对此不大在乎，自己写了些东西出来。但他说向你致敬，并说有朝一日他想跟古斯和你见个面。”

娜拉，估计没有认识到这条信息的恐惧性。另外，卡耶维奇对我们作用的夸大切合了我对他夸大性格的印象。他以为他永远可以胜过北约，情愿认为他是运气不好，才被几个笨蛋给拖累了。

与此同时，我跟梅里威尔的谈话，以及我们不大可能拿到先前逮捕卡耶维奇的行动的情报档案，触发了一个新点子。

“如果卡耶维奇先生想要见古斯和我，我们可以就我们的案子跟他面谈。他可以帮我们消除很多疑惑。”

娜拉当着我的面笑了起来，并没有冒犯之意，也无嘲弄的意味。如果角色互换，我也会这么做。

“博齐克永远不会听见这句话。拉扎已经够麻烦了，我没法说服他做更多。不过我会向他们两人提出请求，这样你能收到一个正式的拒绝。”

我们出门跑步，可是天空突然电闪雷鸣，在海牙经常出现这种情况，我们在莫瑞泰斯皇家美术馆停了下来，那是海牙美术馆的小百宝箱。宏伟的17世纪住宅，带着典型的荷兰风格，现在储藏着世界上一些最著名的画作，包括维米尔《戴珍珠耳环的少女》和法布里蒂乌斯的《金翅雀》，两者碰巧陈列在同一个小房间。我们跑步常经过这个地方，娜拉几乎每次都会责怪我没有来参观过。外面大雨倾盆，而这个美术馆又开到星期四深夜，我们觉得现在就是参观的最好时机。

我忘记了娜拉的设计背景，她对很多陈列作品的辛辣评论我印象深刻。有很多画，譬如伦勃朗画的一个老人的肖像画或者维米尔画的水边的小镇景象，它们显露出的生命的纯粹力量强烈地打动了我。存放原作的小房间是一个展示台，有一种整体性的亲近感，正如娜拉和我在人群中贴近，互相低语。

我们逛了两圈后，回到几幅喜欢的画作前，然后到咖啡店等雨停，一直讨论着这些画。关于天才伦勃朗，她有很多话要说，对于我们实际看到的东西，他的理解远远走在时代之前。

打烊时我们离开了，在一片怡人的薄雾中缓缓地前行。

娜拉叹了口气：“令人愉快！”她抬头看着我，小声而真诚地说，雨水照亮她的脸颊，“不是吗？”

“是的。”我回答说。

我们走回家，再没有多说什么。

星期五早上，我发现娜拉站在咖啡壶旁哭泣。我感到很惊讶，她通常能平静地处理自己的烦恼，自从我回来后，她的情绪一直很积极。她没有呜咽，不过她一直在流泪。

“卢？”我问道。

“这一切事情都让我想流泪，”她回答说，“我母亲在路上了，明天一早到达史基浦机场。”原来娜拉的母亲有血液疾病，虽然控制得很好，但仍需要定期来阿姆斯特丹的一位专科医生处治疗。她周一要见这位医生，“我得跟她谈刘易斯的情况，但我不知道该说什么。我昨天和今天给刘易斯留言了，但是他没有回复。一段婚姻就这样终结吗？连电话都不回？”

我试着安慰她。“卢也许是想让自己休息一下，”我说，“很多婚姻在休息一段时间后可以继续。”

她断然地摇了摇头：“可能性很小。卡耶维奇的案子会让我在这里待很多年，我很高兴留在这里。刘易斯永远接受不了。”

我本来可以指出是她，跟卢一样，做出了那个重大决定，但她可能不这么看。诚然没有比婚姻更复杂的人际关系了，我还没笨到要去刺探娜拉的内心。

于是我问起她母亲要待在哪里。我从她不得不向她母亲坦白与卢的情况的痛苦中能够看出，娜拉旺达还没有考虑过这个问题。娜拉，她直接告诉我事实，不带歉意。

“呃，通常她待在这里。不过我想这样行不通。”她变得有些顽皮，一个非正统的想法突然点亮她的情绪，像一个孩子，她用手背来抹掉眼泪，“跟妈妈、你，还有在你床上的你的朋友在一起会很舒适。”

我体贴地说我周末去酒店。

“不能。这是你家，妈妈在德印第酒店就很好。”

“不行。”我回答说。我答应今天晚上收拾东西，她们早上从机场回来时我就不在了。经过一番谦让后，她接受了。

“你真贴心，布姆。把你赶出去我觉得很不好意思，酒店的账单可以我来付吗？”

“绝对不可以。”

“那你至少明晚来吃晚餐吧？那能帮我大忙。我一个人对付妈妈有点吃力。”

我知道她说的是实话——娜拉旺达从不耍花招——我同意了。拿着咖啡走出厨房的路上我停了下来。“既然你提起她，我顺便说一下，我不再见我那位朋友了。自从我告诉你她让我生气那天，一切就结束了。”

娜拉想了一会儿说道：“抱歉，真的。你看上去完全被她迷住了，希望这里发生的奇怪一幕跟这件事没有关系。”

“当然没有。”

娜拉如释重负，诡秘地一笑：“我永远忘不了那一幕，她像是上帝的作品，除了‘看我’的发型。”

发型！女人们看彼此的方式总让我吃惊。

“永远没有未来，”我说起埃斯玛，“我应该早就明白的，一切太复杂了。”

娜拉似乎想要再说点什么，但她什么也没说，我走上了楼。

星期五上班期间，我一直忙着案子接下来的一轮轮会议。关键的问题是我们是否应该继续下去，因为费尔科的证词现在几乎没有价值，即便我们奇迹般地找到他。在办公室的谈话是诚挚的，并且提出了很多有价值的问题，但是对于怎么一层层展开的这些讨论，我有点恼火——先是与部门主管，然后加上明美，最后是巴杜。每次我们都赞同费尔科和北约的记录，尤其是空中监视，让我们除了开掘洞穴别无选择。现在尸体是额外证据的唯一可能来源。正如古斯承认的，在《纽约时报》头版的报道让美国人难堪后，我们有必要确认罪行。关于最后一点，巴杜悲伤地摇头，说了些失礼的话，说泄露信息考虑欠周。

有关我们下一步调查的商议让我想起一个一直在回避的想法：我需要再次尝试联系埃斯玛，说不定她有方法可以联系上费尔科。他可能有非常有价值的信息，即便他说的话基本没有真的。例如，考虑到他真正的职业，他可能知道卡耶维奇如何坐上了偷来的卡车。

使用所有电子通信方法与埃斯玛联系都失败后，我回复到老式的方法，用法院的信笺和信封撰写了一封律师信给她，告诉她我们去了费尔科家找他，得到了意想不到的结果，我觉得有必要与她讨论一下。这封信用隔夜快递寄送，寄给她在伦敦的法官办公室及她在纽约的临时住处。

我在伊斯顿法学院时，常带朋友们回家，就像我带罗杰回家，经常为他们对我父母的反应而感到苦恼，我的朋友们认定他们高雅而文明。我不介意我的朋友们羡慕我的父母——我也羡慕他们，使我感到沮丧的是，朋友们不能明白那种情感的吝啬让我父母对玛勒和我来说富有挑战性。

自然，当威尔和皮特带他们的好朋友来我们家时，我能说，埃伦和我显得远没有他们说的那么怪异和讨厌。这是中年时期我得到的又一个自明之理，父母和孩子永远处于一种独一无二的联系之中，他们对彼此的影响是排外的。

然而，考虑到娜拉的焦虑，我星期六晚上从德印第酒店走去公寓，料到自己会度过一个尴尬的晚上。那是一个潮湿的夜晚，雨下得很大。我穿着雨衣，戴着帽子，而荷兰人一如往常地对坏天气视若无睹。我穿过广场时，几百个当地人坐在露天的一排排野餐桌旁，在小餐馆的伞下面喝啤酒。我意识到我有多么羡慕荷兰人，他们共享欢乐的气氛和积极乐观的态度让他们对自己的追求永不言败。

在离公寓一个街区的地方，我在当地的葡萄酒专卖店停了下来，买了一瓶娜拉喜欢的勃艮第葡萄酒。在我跨过门槛，递给她时，我才记得酒是不可能让一个穆斯林女人留下好印象的。

“哦，耶稣。”我说，意识到我的愚蠢，询问我是否应该把酒藏起来。

“就跟你的大衣一起放在衣帽间吧，我不会当她的面喝酒，不过我答应，她睡着后我会喝几杯的。”娜拉转动着大眼睛，挽着我的胳膊去做介绍。

安妮莎·达玛迪是欢快且充满魅力的，脸上总是带着笑容，即使她头晕到来这里看医生。她看上去很有生气，十分健康，虽然 70 岁了，跟她女儿极为相像，都有同样利落的外形和健美的浅黑色圆脸。她的头巾，娜拉说她最近经常戴，今晚被抛弃了，也许是为了她女儿的缘故。

达玛迪太太坚持做饭——正如娜拉让我期待的，她在炉子旁忙活，准备做几道传统的印度尼西亚菜肴。在荷兰，印度尼西亚人很多，很容易购得原料，这位妈妈实在不能理解为什么她女儿不好好利用这一点。虽然这么说，每次娜拉想要看看罐子里是什么时，达玛迪太太就把她赶走。

我到了不久，我们就坐了下来，达玛迪太太是个传奇的厨师。有一道椰奶汤叫作 Soto，一道放了花生酱的沙拉——gado-gado——和外面包裹着一层烤牛肉的糯米球，它的名字我不知道。晚餐时，我们主要谈论雅加达，我几乎对这个地方一无所知，达玛迪太太把当地最近发生的事情告诉她女儿，很多事情都非常有趣。她是罗洛·苏托罗的远亲，这个男人后来成为了巴拉克·奥巴马的继父。达玛迪更赞许罗洛，而不是奥巴马的母亲，但她没有详述这些渊源，说他是“嬉皮士”。

整个晚上，娜拉一直在她母亲发表评论后进行解释，这明显是给这位母亲中等程度的英语做补充。娜拉有关印度尼西亚文化的引申很有用，但她常常试图疏解她母亲，她母亲是个固执己见的人。

“说他‘嬉皮士’只是表示他不遵从习俗。”娜拉说。

我对着她和达玛迪太太笑，说：“娜拉，你母亲和我能无碍交流。”听到这句话后，这位妈妈下巴往下一拉，这个动作我看见她女儿做过 100 次了。娜拉总是形容自己“备受呵护”，但她母亲比娜拉描绘的困在家里的穆斯林女人世故多了，我意识到是这位妈妈的尖刻评价让她女儿感觉受到束缚。

离十点差几分钟时，我离开了。打开楼下的大门时，雨下得更大了，我记起我把雨衣放进了衣帽间。我回到楼上，敲了好几次，最后用自己的钥匙进去了，喊着“我回来了”。她们似乎没有听见，厨房里水龙头开着，碗碟哐当作响。

打开衣帽间时，我无意中听到了她们的谈话。晚上，达玛迪太太偶尔会用爪哇语跟娜拉讲话，她女儿用英语回答，为了我的缘故，当她不赞成她母亲的说法时就用荷兰语。她们在用荷兰语和缓地吵架。这半年里，听到的荷兰语让我能听懂一多半关键信息，虽然语法让我迷惑不解，还需要很长时间我才敢张口说。然而，这位母亲，作为一个非荷兰语母语人士，比娜拉说得更慢，很容易听懂。

水被关上了，我清楚地听到娜拉的母亲说：“很好。”她用的是“Aardig”这个词，一种温和的称赞。“这我倒不担心。你跟一个不是你丈夫的男人生活在一起是非常不妥当的，更别说你显然迷上了他。你看他时就像一朵花转向太阳。难怪你的婚姻出了问题。”

“妈妈！”娜拉旺达回答道，“腾·布姆先生跟刘易斯和我之间的问题没有关系。我们两人分居好几年了。”

她母亲像母亲那样回应：“是，是。”嘴上说同意，心里也并不完全认同。

我像个窃贼一样蹑手蹑脚地出去，竭力让自己假装我什么也没有听见。回到这栋楼的大门时我才想起来我又忘了拿雨衣。我竖起衣领，走进雨中。

新证人——6 月 15—16 日

星期一，我们开始挖掘洞穴前的预备程序，这个过程让我再次觉得外交官和相关官僚让人抓狂。他们声称，不仅需要分裂的波斯尼亚政府的几个部门的同意，还需要矿主雷克加公司的同意。雷克加 20 多年前就抛弃了这个地方，我们在这个地方到处爬的几个月里完全没有人提起它。因此，我得在波斯尼亚进行相应的产权调查。除此之外，院长办公室十分关心这次行动的开支，这是可以理解的，这也是一开始让我们停滞不前的原因。我给阿提拉打了电话，看她是否能帮我们找一家当地的房地产律师和推土设备。

“我一直想给你打电话，”她说，“你肯定感觉他妈的很特别。”

由于忙于其他事情，我还没有想起这个好管闲事的人，她实际上在这些成为新闻的事件中发挥了一些作用。现在她想要知道事件发展的每个细节。

跟其他人一样，阿提拉对古斯阻止卡耶维奇逃跑的勇气钦佩有加。

“古斯一直说他很笨，”我告诉她，“因为一个穿着僧侣服的 60 岁老人绝对跑不过一群二十几岁的人。但他实在勇敢，阿提拉。我特别害怕会让他逃走。”

“服役 20 年来，”阿提拉说，“没能参与战斗让我的屁股比得了痔疮还疼。要是五角迷宫——她指的是五角大楼——的笨蛋不再表现得有个姑娘就像缺了条胳膊，我就让梅里送我去候补军官学校了，我一直认为我会成为他妈的一个伟大的战场指挥官。但要知道一旦开打你就乱成一团了，大脑只剩一团乱麻，为此向古斯献上我的膝盖。”

从波斯尼亚回来的时间越长，我就对日常生活越困扰，绑架和逮捕卡耶维奇似乎离我越来越近，与我的生活现实没什么联系。仍然有些时刻，尤其一个人坐在办公室的桌子前时，我的心似乎驶入一种战栗，我记起那支步枪的枪管抵在我太阳穴上的情景。但总的来说，随着事情渐渐淡漠，就像乘坐了一辆飞机，下降时遭遇危险——爆胎了，飞机滑离跑道，你这一生的影像以三倍速度逝去。之后的一段时间，你甚至不想看到空中的班机。你开始认识到你在每个人身上倾注了多少信任，机修工、飞行员，甚至伯努利[1]，他发现了让飞机保持在空中的原理。你一直在想你与死亡离得多近啊。然后，慢慢地，你接受了明显的事实：事情没有发生。你在这里，你会继续生活下去，你回到机场奔赴下一次的航行。

最后，我问起阿提拉有关律师、推土机和蒸汽挖土机的事情。

“干什么用？”阿提拉问道。

我解释说我们要挖掘那个洞穴。

“那纯粹是狗屁！”阿提拉说，“我觉得你们就是在做样子，这样北约的那帮家伙就有了掩护。没有费尔科，你们这个案子怎么处理？”

我没有直接回应。阿提拉仍然不知道北约记录显示的东西，但她似乎感觉到她错过了些重要的东西。她有针对性地问了几个问题，我们是否收集到了其他证据？我迟疑了，告诉她国际刑事法庭的调查保密规定限制了我，她也需要尊重军方的信息保密原则，有时对我也必须保持缄默。

至于推土设备，军队离开波斯尼亚时，阿提拉买下了科络戴伊带去那里搭帐篷和修路的所有东西。正如她的其他商业活动一样，结果很成功。她只是付出了比科络戴伊把机器运到别处的运费，用她自己的话说，把那些设备不断租给民用重建工程，“他妈的发了一笔大财”。她承诺给我们一个“亲友价”，傍晚前会用邮件把报价发过来。

从波斯尼亚回来后，我才终于有机会仔细查看阿提拉拿过来的文件，那是11年前游击队员出现在巴鲁普拉的那个晚上的卡车部署记录。正如她说的那样——没有大队车辆从行动或后勤运输队离开，除了那些要运送垃圾和在

[1] 伯努利（1700—1782），瑞士数学家和物理学家。

基地四周例行拖运的，但文件并不完整。

“没有来自燃料库的任何文件，阿提拉。没有来自机修工的任何文件，没有来自备件供应的任何文件。”

“真的吗？”她问，“妈的，我甚至没有仔细看一下。我要给弗吉尼亚打电话，狠狠揍一下这些傻瓜。每一天，布姆，美国都在变得更像意大利。”她答应在我们去波斯尼亚挖掘洞穴时会弄到这些记录。

挂了电话后我琢磨了下阿提拉这个人。她是个活跃人物，可以说，无论去哪儿，这位后勤的天才都能做到迎合每个人的需求。但她独自一人时，她肯定是无可非议的愤恨得一团糟。就像很多富有的人，她肯定懂得，金钱虽然很好，却并不能治愈生活的损伤，她忍受了很多。尽管像梅里威尔这种人试图说服她加入军官团，她都拒绝了，她说那里实在没有她这种人的容身之地，用她有倾向和有偏见的术语就是“假娘儿们”。她醉心当假娘儿们，也同样恨它，因为这否定了她本来的命运。阿提拉从没让任何人为她感到遗憾，但尝到了一些漂泊无依的感觉后，现在我为她抱憾，这种感觉肯定经常吞没她，尤其在她一个人的时候。

我下班回到公寓时，娜拉已经换好衣服要出去跑步了。她说，她的母亲从阿姆斯特丹的那位医生那里得到了一份很好的报告。

“我需要跟你谈些很重要的事情。”她说，看上去十分严肃。

我已经有了心理准备，意识到她母亲劝她让我搬走。我已经开始留心出租广告，并在房地产中介的窗口看贴出来的布告，但我希望待到我们挖掘了洞穴之后，那时我应该对我在海牙的未来有一个更清晰的认识。然而，我决定有风度地接受她的建议。

但她说：“拉扎想跟你谈谈。”

我停顿了一下：“卡耶维奇？”

“我必须告诉你真相。博齐克警告了他几次别这么做，我也重复说，并且要求拉扎说明这对他有什么好处。我会一直努力改变他的主意，不过到目前为止他都很坚持。他相当坚决。”

“我能想象得出来。”

“即便如此，博扬想要来自国际刑事法庭的完全豁免和一份绝对保密的协议，这样拉扎说的任何东西都不能用作法庭上反对他的证据。明天博齐克会在这里参加听证会，也想与你讨论一下。”

这些条款并不苛刻，如果我是辩护律师，也会这么要求，尤其博齐克拥有全部的议价能力。我需要巴杜和明美的许可，他们应该会同意的。

我先将这一进展告诉古斯。这周他待在家里，仍然在休养中。星期二早上我前往他的公寓，他妻子还在，菲安天性温和而活泼，我到了后，她吻了我的两颊，我想这意味着古斯对我的评价不错。但我们没法对彼此说太多，因为她的英语跟我的佛拉芒语一样糟糕。公寓比我想象中昏暗而拥挤，到处是家庭照片和小雕像，太多沉重的胡桃木家具。看到与你一起共事的人的居住空间总让人感到震惊，因为在这里他们表现出来的态度与在工作中截然不同。我猜古斯在这里会感到很舒适，它接近他们在布鲁塞尔郊外的房子的装修风格，也是她一开始认可了这个地方，不过一切都暗示着他们之间的信赖程度，他很少承认他手上拿着一杯啤酒。

古斯仍然平躺着，但气色不错。他坚持坐在椅子上谈话，虽然他接受了我的帮助才坐到椅子上。

“你最好躺下来，”我说，“我们有一个跟拉扎·卡耶维奇面谈的机会。”我粗略说了下我知道的少数细节。

“我太惊讶了，”他说，“太惊讶。卡耶维奇会怎么样，布姆？”

我试图分析。

“古斯，事实是他会在监狱中待到死。他可以做任何想做的事。”当然，那包括在我们跟他说话时撒谎从中得到恶毒的乐趣。我们得小心。

古斯笑着看向我，带着一种我在酒吧外很少看得到的活力。

“我们因为这个案子度过了一段美好的时光，老兄，不是吗？”

星期二晚些时候，我横跨整个城市去见博扬·博齐克，他从贝尔格莱德来海牙参加卡耶维奇案子的简短听证会。我们同意娜拉来做介绍，之后就面谈的基本原则进行协商。

相比国际刑事法庭，南斯拉夫特别法庭的总部简朴多了，位于世界论坛附近，法院外飘扬着联合国的旗帜。里面像一所旧中学，娜拉时常抱怨，辩护律师工作的地方工作令人反感——那是几间铺着油毡地板的大房间，里面是几张桌子和公告牌、三四台旧电脑，在这种地方你或许以为能发现助理教师在吃午餐。

我到达时，才发现娜拉和博齐克在法庭等着了，他们在对一个证人做调查，这个证人将很快结束他的刑期，也许以后就找不到他了。他的证词与卡耶维奇案子的一个管辖点有关，虽然在对卡耶维奇提出的几百项控诉中只有几个有价值的。一位工作人员向法院门口的保安出示了我的国际刑事法庭证书，我可以在一面玻璃墙后面的观众区就座，等待听证会结束。

虽然南斯拉夫特别法庭是国际刑事法庭的“母亲”，但它是作为一个临时法庭建立的，即便 20 年后也比我们的法庭小得多，不那么宏伟。律师的办公桌、法官和司法常务官席位是一样的，每个座位前摆着黑色的显示器，但空间看上去像一个改装的教室，非常狭窄。这里法官们的袖子镶着深红色的边，不过娜拉——她在盘问那位证人——身着饰有白色花边的黑色长袍，我们穿着这种长袍，出入在这个城镇。博齐克和卡耶维奇，穿着西装，坐在辩护席上，背对着我。几英尺外，三位检察官在另一张弧形桌前做笔记。

娜拉旺达能在一个大型案子里升任律师助理的职位，在法庭上的表现肯定不赖，对于这一点我没有过多的考虑。我认识的这个女人，古怪而羞怯，似乎没有一般出庭律师的素质，不过从某种程度来说，我也没有，常有人控诉我将一种有点明显缄默的风格带到法庭。事实是每一个有力的出庭律师都有自己的风格，就像优秀的画家、歌唱家和棒球投手，他们通常把独特的癖性发挥出来。娜拉的风格是以断然而真诚的方式直面证人，她的法庭姿态是不断发问，不是因为证人在说谎，而是因为她想让证人陷入她的缜密逻辑里。她这样在我面前展示智慧之光。

据我所知，在四个被指控的罪状案发时，卡耶维奇并不在前南斯拉夫。

美国称此为不在场证明，这成为了审讯中的一个事实问题，但是在南斯拉夫特别法庭，这一事实让人对法庭的指控提出抗议。娜拉和博齐克提供了案发期间卡耶维奇在巴黎的酒店发票和其他记录，但原告律师还是让证人出庭做证而不是撤回罪状。一眼就能看出检察官对卡耶维奇的恶劣行径和这些年的在逃非常愤怒，他们不愿意向他或他的律师就任何事情让步。我了解那种心情，特别是在备尝艰辛后，更能领悟到这种不快。优秀的辩护律师只会在审讯时让检察官深感挫败，使他们因为愤怒而犯错。

证人席上的那个男人是波斯尼亚塞族军队的一位前陆军上校，他显然因指控卡耶维奇而减轻了刑罚，他一身皱巴巴的装扮，坐在证人席前，身着一件很不合身的奇怪的浅灰蓝色西服，未剃须，领带歪斜，许多退役士兵都会用颓废来博人同情。他的外表让人不安地想起费尔科——这种简单的人，没什么出息，只会听从命令。

“你说你去巴尼亚卢卡见我的当事人？”娜拉对着上校眨了好几次眼，没别的表情。

“对的。”

“你在 1992 年或 1993 年离开过前南斯拉夫吗？”

“我是一个军官，我们在打仗。”

“你是说没有？”

“没有。”

“这些年你从没在巴黎待过？”

“那是战争时期，我们没法去巴黎度假。”

“上校，你记得你是从哪里出发去见我的当事人的吗？”

“不记得。”

“你开车去的吗？”

“是的，当然。”

“花了几小时？”

“我真的不知道。”

“两小时？十小时？”

“也许两小时，三小时。”

“上校，那一天，你记得你指挥的兵团驻扎在哪里吗？”

“说不清。”

“你说你们在战斗中。你记得你的士兵参与的最后一场交火吗？”

“我们与穆斯林交战。那肯定在萨拉热窝附近。”

“这么说你在战时，花了两三小时从萨拉热窝去巴尼亚卢卡？现在几乎不可能，不是吗？”

“我没有说只花了两三小时。”

“抱歉，我觉得你是这么说的。”

“是你说的。”

“我道歉。但是从萨拉热窝去巴尼亚卢卡，在战争期间，那要花去大半天的旅程，不是吗？”

“是的。”

“那么为了跟卡耶维奇总统谈话，你至少要离开你的军团两天？”

“但也许我不在萨拉热窝。”

“我明白了。我忘了。你记得你是从哪里出发的吗？”

“不太记得。那是20多年前的事了。我怎么可能记得所有事情？”

正如在我们的法庭，伴随着复杂的翻译过程，所有这一切，让人感觉似乎每个人都在努力在鞋被粘住时跑步。不过尽管如此，只问了几个问题，娜拉就击败了上校。他唯一知道的事情是只要指证卡耶维奇，他就可以离开监狱。

他们很快结束了。娜拉在法官更衣室外面，把我介绍给了博齐克，我对他们俩表示祝贺。法院在考虑那件事情，不过显然他们的申请会得到批准。我为她的质问给她应得的表扬时，娜拉像一个少女一样咯咯直笑。

“没错，没错，”博齐克说，“精彩的盘问。”他身材肥胖，高不超过一米六，并且年龄超过70，尽管如此，他非常英俊，面色红润，满头白发，是个有感染力且精力充沛的人。他成为了所有被捕的高级别塞尔维亚人最信赖的律师，并且他为其中三人赢得无罪判定。由于出生在密尔沃基[1]，他的美国英语完全没有口音。“四项罪状没有了，”他说，“只有332项还需处理。”

因为审讯比预计花的时间更长，现在博齐克要赶不上飞机了，他请我陪他走到门口。娜拉，正如她所承诺的，让我们单独进行讨论。

“听着，”博齐克说，“我的当事人认为他是个超级英雄。他不想冒风险。最终，他希望披上他的披肩，飞出监狱。他需要一场疯狂的辩护，不过不消说，他会当场解雇我。”

我点点头。我曾经历过。我们谈论了卡耶维奇的证词的条款。

对我来说，以他的性格，拉扎·卡耶维奇绝不可能承认下令屠杀在巴鲁普拉的400个吉卜赛人。然而，连这种极小的可能也会在国际刑事法庭引发一些细致详尽的谈话：在一个我们没有可靠证人的案子里，是否值得做出对罪魁祸首豁免的承诺，即使这样我们可以得到为此负责的其他人的犯罪证据？这是每个检察官时时面对的一个问题，这通常是个非常棘手的要求。不过由于卡耶维奇在这栋楼里被判罪，他的终身监禁命运已成定局，这对我有利。

事实证明，这是一场纯粹的理论争论。博齐克受其他律师爱戴，非常忙不会理睬废话。他没有义务回答，当我问到卡耶维奇是否需要为巴鲁普拉负责时，他笑出了声，不相信地摇头。考虑到这一点，我们余下的洽谈只花了几分钟。国际刑事法庭依据章程答应所有的证人——不止卡耶维奇——不能将他们的陈述用于反对他们。博齐克剩下的关注点是同意将这次面谈视作一项调查事件，这可以受《国际刑事法庭绝对保密条款》的保护，如此一来，我们跟卡耶维奇的谈话将永远是秘密。得到了他想要的一切，博齐克对约定感到满意。

“写下来，寄给我。”他说。他下个星期会回海牙来与洛伊普尔将军商谈，他的案子现在在等候判决。如果我们可以完成文书工作，届时就可以与卡耶维奇会谈。

[1] 美国威斯康星州东南部港市。

埃米拉——6 月 17—19 日

星期三，我到办公室后，发现寄给埃斯玛在伦敦的法官办公室的连夜快递躺在我的办公桌上，上面贴着张通知说没有这个收信人。我拿起邮件，核对了拼写和街道名，思忖着是否因为埃斯玛没有收到我的其他消息，她才没有回应。

我上网打开埃斯玛位于银行街的法院网址，发现名册上没有她。我愣了一秒，推断出她肯定改变了她的业务安排，就像成功的美国律师，他们有时宣布自己是自由代理人，近似于那些向出价最高者提供服务的运动员。如果她换了办公室，她的手机和邮件在这个过程中也许会用不了，这就能解释她的沉默了。

接着我给银行街的接待员打了电话，但她客气地告诉我没有关于埃斯玛·斯扎尼的信息，这几乎是美国公司通用的策略，只是为想跟随律师到新工作场所的委托人设置的一个障碍。于是我给乔治·兰德鲁夫打了一个电话，这是位御用律师——也就是高级律师——在银行街工作，埃斯玛和我都认识，我们刚见面时曾聊起过他。

乔治从来没听取幼年时父母所教导的说话要"轻声细语"。他总是用极洪亮的音量讲话，跟伦敦审判室里历史悠久的音响相称。从最开始"哈啰"的响声开始，我就不得不把电话放在离我耳朵五厘米的地方。

"乔治！"跟他说话时，我不可避免地也吼起来。我重新介绍了自己，他很快想起我来。我们共进过几顿晚餐，一次在伦敦，一次在纽约，是在我们都很荣幸加入的一个国际出庭律师协会的会议中间。乔治有那种轻描淡写的风趣，就像一缕宜人的清香，透过他十分得体的英国上层阶级的仪态传达出来，让大家放心他不是一个妄自尊大的人，也不是一个小丑。

"乔治，我想找一个你的同事——也许是前同事——她在银行街有办公室。"

“谁？”

我告诉他，电话有干扰，他让我再说一遍。

“男人还是女人？”乔治问道。我回答了。

他又想了想，说：“非常抱歉，布姆，我不记得她。”

“乔治，她认识你。我们谈起过你。”

“是吗？”

他再次重复了埃斯玛的名字，然后问道：“你是说埃米拉·扎蒂？”

我拼出了她的名字：“吉卜赛裔。”

“描述一下她这个人。”

“40 多岁，非常健美，有一个回头率超高的发型。”

“好家伙，我相信你说的就是埃米拉·扎蒂。在凯斯学院读过法律？”

“没错。”

“那就是埃米拉。你说她是什么背景？”

“她是吉卜赛人。”

“吉卜赛？不，不。这位女士是波斯人。”

“波斯人？”

“伊朗流亡家庭，不过她十多年没在这附近了，嫁给了一位大她 30 岁的伊朗亿万富翁，跟他一起搬到了曼哈顿。她是一位杰出的律师，但我不能言不由衷，布姆，听说她离开时并没有多好。总是有许多男人追她，为此还引发了一些冲突。实际上我记得在这里的过道曾有过一场扭打，就发生在都自认是她情人的两个家伙之间。”

“她嫁的那个男人叫什么名字？”

“啊，又是棘手的问题。我不太记得了。年纪大了，记性越来越差了，布姆。我可以问一问。等等！”他叫道，“他的名字听起来有点像，什么来着，霍斯梅？有点像这个。霍西特·贾汉巴尼，在曼哈顿拥有几座摩天大楼。”

我请乔治猜一猜拼法，看着写在笔记本上的字母，好像有什么东西在挠着我。跟乔治又聊了几句，答应下次我经过伦敦时聚一下后，我挂了电话，继续盯着那张纸。接着我想起来了，我在卡莱尔的公寓见过埃斯玛，她说那间公寓是“贾汉巴尼夫人”的。

第一次见到埃斯玛时，我在网上没找到她的任何照片，虽然她在维基百科有一个值得注意的条目，但内容大多聚焦于她在欧洲吉卜赛人联盟中起到的作用。我以为她像很多人一样惧怕拍照，没有照片能捕捉到他们在镜子中看到的形象。我们拜访过莉吉后，在河滨的餐馆吃饭时，阿提拉想要拍一张我们三人的合影，埃斯玛拒绝了，说整好她的头发太花时间。

但是埃米拉·扎蒂·贾汉巴尼却远没有那么节制，有几十张她的图片，大多是在募捐宴会身穿低领口晚礼服的照片，看上去像个亿万富婆。也许是设计师的想法，照片里的她化着微黑的眼妆，头发如暴雨般倾泻而下，脸斜向最有利的角度。但那就是埃斯玛，她对着镜头微笑，总是带着富有神秘魅力的诡异笑容。

星期一和星期二我独自跑步——很多天天气都很美——不过星期三我正要出门时娜拉进来了。她看起来心不在焉，我问她是否想要出去跑步，她说新鲜空气也许有益于她。她很快换好衣服，但我们一起慢跑的一个小时里她几乎什么也没说。作为一个跑步伙伴，对她来说，我还不够格。我通常鼓励她最后一千米自己快跑，这样她就能在卖鱼的地方找到一个歇脚处。

今天，当我告诉她，在平常的地方，她可以在前面慢跑时，她拒绝了这个建议。我以为是我们作为对立律师的角色让她沉默，但现在的我感到困惑。我们从公寓出发时，她咕哝说晚上要回去工作，说她白天什么也没有做成。现在她哪儿也不想去。我们在老地方很快吃完，在食物上来之前她喝了两杯啤酒。

我问她母亲是否还好，她回答，是的，安全地回到雅加达。

“刘易斯给我打电话了，”她最后说，“在我上班的时候。他以为我不会接电话。”

“然后呢？”

她摆弄了会儿不锈钢桌子上的器皿。

“我问他是否看中了别人。我很惊讶我有这个勇气,不过我一直有些纳闷。”

我也在想同一件事，但我没有说出来。

“他没有给我答案，”她说，“他说他想跟我谈一下我们的未来。我说:‘如果你跟那里的某个人继续陷在一起的话，我觉得我们的未来没什么好谈的。’他说他没有‘陷入’，但我知道那是歪曲。我再次让他回答是或不是，他指责我回避正题。我没法忍受。他总是要找到一种方法来显得有优越感。我最后跟他说到了卡耶维奇，我不可能放弃这么重要的案子，说我希望他回家。他回答说:‘呃，真好，不是吗？’然后挂了我的电话。”她笑了，继续玩弄她的餐叉，试图找到乐趣，“我应该哭吗？”

“即使这是最好的决定，”我说，“婚姻的结束也没什么值得欢悦。”

“我一直想在纽约雇佣一名侦探。”

我做了个鬼脸。对荷兰的离婚法律，我一无所知，但我相当肯定这是没必要的。

“不，”她回答说，“不是因为我怀疑他跟别人有染，我对她感到好奇。”

“要达到什么目的？”

娜拉的眼睛不戴眼镜时总是显得更大、更深邃,这时它抬起来看了我一眼。

“我想知道她是否像我。”她说。这句话足以说出她的心声。我静静地看着她，触碰了下她的手。

“我明白。”她说。

我点点头。

“可这仍然让人感到丢脸。”她说。

“婚姻的出口坡道总是排列着其他身体。这让抽象成为现实，我想。”

“这也让人大为光火。他在东奔西跑，我却得表现得一切得体。”她喝了第三杯啤酒。她的黑色眼睛再次看向我，突然惊恐地张大了，又由于显然的困惑而转到别处。她突然起身，走到离桌子整整 20 英尺处，背对着我站立。我向餐厅勤杂工示意不要收走我们的盘子，然后去找她。我碰了碰娜拉的肩，由于奔跑仍然湿漉漉的，但她恼怒地躲开我的手。

“我就是个白痴，”她说，她又哭了，虽然她在尽量克制自己。她看着我，勉强一笑，捏了捏自己的脸，“你介意我自己走回家吗？”

星期四我本应用来安排与卡耶维奇的会谈，与阿提拉推荐的图兹拉的律师谈话，但我脑中只有一件事：埃斯玛。过去的 24 小时更是加剧了我的怀疑。

我搜索“贾汉巴尼，纽约市”，有好几个帖子，最近的一个小新闻条目是霍斯曼·贾汉巴尼与他的妻子埃米拉离婚的消息。得到这个线索后，我查询了纽约最高法院的庭审记录，令人费解的是初审法院在纽约州的传审，我从头至尾看了一遍本案的大量诉状和诉讼要点，案件距离现在八年了。

贾汉巴尼先生，伊朗王朝垮台后，他逃离了德黑兰，在曼哈顿拥有商业地产。他与他的第二任妻子结婚近 15 年了，她比他小 32 岁，他最开始遇见她，是因为他是她父亲的好朋友，她父亲是另一个波斯流亡者，现在在石油行业工作。

依据离婚案中的控诉，贾汉巴尼先生声称被抛弃了，因为埃米拉十年不在家。她可能愚蠢地用不忠进行反驳，声称她丈夫寻求离婚只是为了跟他办公室一个不满 30 岁的女人结婚。作为回应，他拿出了他妻子频繁的风流韵事作证据，涉及几个著名的纽约人——有男有女——几个案子中的浪漫史显然部分重叠。案件审理显然有戏剧性的时刻。埃米拉几年前用波斯语轻蔑地回应她丈夫的辱骂，还用一把折叠伞打他的秃头，把他打出了血。从我的研究看，似乎这个案子离最后陈述为时尚早。

这一切令人震惊，但也有点荒谬，即便我也成了笑话的一部分。然而，我情愿抱着这样的想法，考虑到围绕着她婚姻的种种争吵，埃米拉也许认为使用化名更符合逻辑。但是当我开始搜索欧洲吉卜赛人联盟时，我愈加惊恐。有很多名字相似的组织，但那个实体似乎根本不存在。网上几个有限的条目全与埃斯玛有关，她总是被称为这个组织的创立者。最后，我打电话给了网上所说的吉卜赛人的主要拥护组织，基地在巴黎。我的电话在好几张桌子间转来转去，但完全没人听说过埃斯玛的机构。欧洲吉卜赛人联盟明显又是她虚构的身份的一部分。

我在办公室踱步，并快速斩断了与埃斯玛的情感联系。虽然意识到我们的肉体关系让她在自己的记忆中处于一个特别的位置，但经过深入的思考，我认为她不是一个能信赖的人。律师这个职业无疑增进了我分辨谎言的能力，可是埃斯玛的性感力量曾让我的探测系统短路。

十几年前，我就认识到扮演双重身份既非人们所想象的那般不同寻常，也非那么难以实现。我曾代理过一位有名的企业律师，比尔·罗斯，很多年来，他一直委托客户为他安排的公司进行证券交易。他的经纪人佣金账户用的是他出生时的名字，波列斯瓦·罗兹瓦多夫斯基，这是在成为比尔之前波列斯瓦的社会保险号。他有见识并且狡猾，十分聪明，一小份一小份的处理方式不会引起美国证券交易委员会的注意。这种犯罪让人生气，但我更为比尔对这些收益的使用感到好奇，最终，检察官追查到了。比尔没有拿交易利润买春、吸毒或赌博，虽然这是很多白领阶层犯罪的动机。比尔将这笔钱用来供养他在波兰的一个家庭，他一年去探望一次。他的波兰妻子，高中时两人相爱她有了身孕，仍然以为他在美国做房屋油漆工。尽管如此，比尔在金德县另有伴侣和两个孩子，当他服完我为他谈好的三年的刑期时，这位波兰妻子欢迎他回去。

通过观察比尔，我意识到保持双重身份的首要要求是厚脸皮，以及辅助的圆谎能力。对认识比尔的所有人来说，这件事让人震惊，但并不是因为手段复杂。我们更惊讶的是保持双重身份与我们大部分人对一个真实自我的寻求有冲突。

不过，我花了不到 90 分钟时间就搞清了埃斯玛是如何得逞的。她的背景——车队、暴虐的父亲、鲍里斯和他僵硬的阴茎——似乎是从艾莎·虚帕蒂名为“吉卜赛女孩”的自传中抄来的，这本书于十年前出版，在大西洋两岸受到好评。有一门在线的语言课——初级吉卜赛语，她也许是从这门课掌握到吉卜赛语基本内容的，并且她那么富有的人很容易就能雇佣一位私人老师。改变她目前的英国护照上的名字只需要在皇家法院花 36 英镑填一张叫作“单务契约”[1]的表，这能让她之后拿到埃斯玛名下的信用卡、银行账户和居民身份证。再小心不被拍到，曼哈顿亿万富婆的世界将不会与欧洲大陆的一位吉卜赛人活动家产生冲突。

在努力了解埃斯玛谎言的进展程度时，其运作方式远谈不上令人震惊。考虑一下她加之于费尔科的无耻谎言，我得正视一个叫人毛骨悚然的怀疑：巴鲁普拉只是又一个让“埃斯玛·斯扎尼”的人生更有魅力的发明。

星期天晚上，古斯和他的妻子邀请我共进晚餐。他打电话提出这个建议时，说这全是菲安的主意，虽然他试图说服她我没有权利再享受一顿免费餐。

他的状况好多了。协调部门通知我各种各样的波斯尼亚党派同意挖掘洞穴，但院长和司法常务官仍然在询问是否有办法减少费用。

“古斯，我告诉他们这是最低限度的预算时，甚至没人强作微笑。”

我知道我在以极快的速度取胜。

我们花了些时间琢磨是否有些费用可以降低，曾居住在巴鲁普拉的吉卜赛人基本上没有 DNA 数据库，因而我们赞同省掉技术团队在现场做 DNA 取样。我们可以保存那些遗骨直到我们想出如何鉴别骨头的办法。然而，这不是小问题，因为骸骨在法庭上没什么用，除非我们能证明他们是巴鲁普拉吉卜赛居民的。

空闲时，我在头脑中回顾了跟埃斯玛的每一场谈话，我记起来我们第一次在德印第酒店见面时，她告诉过我就在她准备去科索沃寻找逃离到巴鲁普拉的吉卜赛人的家人时，费尔科同意与她进行第一次谈话。

“亲戚们呢？”我问古斯，“如果我们能争取到巴鲁普拉的吉卜赛人的血亲，难道我们不能给他们做 DNA 基因图吗？将它与我们带回来的骸骨相匹配？如果我们经过大量样本得到共有的等位基因，那就会相当引人注目了，对吗？”

[1] 在英国通过单方契约进行更名等。

古斯赞同这个主意。因此，下周他回到工作岗位后，将着手看看能否用社交媒体和其他方式找到——很有可能在科索沃——那些与巴鲁普拉的吉卜赛人有着相同血缘的人。

菲安满头卷发的脑袋探过来宣布开饭，但在我坐下来闲聊之前，我需要跟古斯说说埃斯玛的事情。

“天啊，老兄！你肯定很烦恼。”

我承认我一直十分沮丧。

“你觉得这是费尔科和埃斯玛一起编造的吗，”我问他，“还是他们两人互相欺骗？”

“老兄，谁知道呢？参与了这项调查，对其他事情我不会再说‘我太吃惊了’。我们有 400 个人连夜徒步旅行，有他们上卡车的照片，而洞穴仍然是地上的一个洞。在我们把它挖掘出来之前，我们不知道该相信什么。如果那个洞穴充满金条或者旧式游行的五彩纸屑，”他说，“我也只会点头。”

卡耶维奇——6 月 23 日

随后那个星期二的早上十点，古斯和我来到国际刑事法庭拘留中心。拘留中心坐落在一栋旧石头城堡里，很久之前由荷兰人改造为监狱，位于席凡宁根，邻接海牙，在海滩上。

最近几天我读了很多有关卡耶维奇的文章，看了视频，但我仍不知道该期待些什么。我当行业助理的那些年，审问了几个杀人犯，包括一个雇佣杀手，这个杀手身上散发着某种东西，让我心生寒意。但是卡耶维奇自成一类，他身上自带的领袖气质和狂热足以引导整个国家到达超出良知的境地。作为一个过去 30 年的职业生涯中对坏人做专业研究的人，我意识到今天将创造一个新纪录。幸运的话，拉扎·卡耶维奇将成为我遇到的最大的罪犯。

拘留中心看上去像美国监狱的单人牢房侧房，同狱犯人不能跟一般人生活在一起，要么是为了保护他们，要么是为了保护其他犯人。我们沿着坚固的白色走廊往前走，有一排带着沉重大锁和很小观察窗的暗黄绿色钢门，因为太小让人不可能让人产生任何逃跑的幻想。令人生畏的付费电话挂在门外，比我上次在美国见的大两倍，只能使用信用卡。

不过在里面，卡耶维奇的标准配置牢房让我惊奇，它比美国最低安全级别的囚犯关押的地方要好得多，那些人通常住在兵舍里。即使身为一名检察官，我从来不同意把联邦监狱比作“乡村俱乐部”。关于监狱最坏的一点是——那是监狱：你不能离开，你与爱人相隔，你一天 24 小时必须服从你无法选择的规章制度。一些公共机构认为，美国监狱生活的额外事故——狭窄的双人牢房、发臭的空气、有关挨打和性侵有根有据的焦虑——远远超出了法律规定的惩罚范围。我真希望那些抱怨“罪犯被宠坏”的人去铁窗后待一天。

但话虽如此，国际刑事法庭和南斯拉夫特别法庭安置在拘留中心的犯人，比地球上大部分人待遇都好。我们进入的那间牢房大概宽 3 米，装饰着舒适的薄片细木工家具，有一张真正的床——而不是美国囚犯们通常睡的那种钢板——一张书桌和一把椅子，一台小电视机。说实话，我在路上歇脚时住的汽车旅馆也没这里吸引人。拘留中心还提供一个整洁的小图书馆；一个精神栖息之所，里面放了东正教圣像甚至鲜花；一间教室，里面有人教课，囚犯可以接触电脑；一个大到可以打全场篮球或网球的健身房。

卡耶维奇和博齐克选择了在卡耶维奇的牢房，而不是囚犯们接待家人和其他人的访客中心进行面谈，他们想要尽量减少其他同狱犯人散播谣言说卡耶维奇变成了告密者的机会。来卡耶维奇的住处也意味着他们随时可以把我们逐出，在自己的地盘见我们，给了卡耶维奇心理上的小优势。

古斯和我进入时，卡耶维奇礼貌地站起身，他比我记忆中更高。他朝为我们留出的椅子挥手时高高在上的样子让我清楚地认识到他在他的总统府应该是个豪爽的主人。

卡耶维奇在桌边就座，旁边是博齐克和一个做记录的年轻男助理。古斯和我坐在靠近门的金属扶手椅上，离水池和厕所有几米远。护送我们的穿制服的守卫小心地站在角落里，尽量摆出对我们说的话完全不感兴趣的冷酷表情。

博齐克做了一个简单的开场声明，重复了我们的协议，强调一旦他或他的委托人愿意，他可以结束询问或拒绝回答。他还补充说："出于礼节，我要求你们称呼我的委托人为卡耶维奇总统。"

我也做了一个简单的开场白作为回答，阐明我们做出的承诺仅代表我们的法庭，保证这次谈话不会影响南斯拉夫特别法庭的指控。接着我看向我腿上的黄色便笺本，并在那上面画出了我们要勘探的区域的草图。我知道礼仪的要求，但我没法说出谢谢，即便卡耶维奇是自愿要求面谈的。

"我们希望问您一些问题，卡耶维奇先生——卡耶维奇总统——有关2004年上半年的事情，尤其是波斯尼亚巴鲁普拉的一个难民营里400人消失的事件。我们还想知道这些事情与那一年你的军队和北约军队的一场交火之间可能存在的关系，先生？"

"好的，"他的英语讲得很好。这一点我料到了，因为他在联合国和之后在代顿期间说过英语。据说他精通七种语言，但关于卡耶维奇，你永远不能确定什么是事实什么是吹嘘，"我同意回答你们的问题，因为我很想跟二位见面，腾·布姆先生，还因为在这场所谓的大屠杀中我是清白的。我现在就告诉你。说这些，我并非暗示我犯有其他罪行，尤其我被指控的所谓的战争罪。"

"我理解你的处境。"我说。

"我怀疑，"卡耶维奇机敏地一笑，介于迎合与沾沾自喜之间，"你或许会说战争本身就是犯罪。"他看上去不错，平静，甚至满足，虽然那或许由于他是主角，一个他必然享受其中的角色。他不像他身着长袍在玛多维奇的街头奔跑时那么大腹便便。娜拉告诉我他没怎么吃，不是反抗对他的监禁，而是他发现荷兰的饭菜比起波斯尼亚的精美菜肴来让人厌恶。身着监狱的短袖海军蓝连衫裤，让这个60出头的男人显得十分强健，肩膀宽阔结实。他隐藏面目的胡子被刮了，露出鱼肚白颜色的脸，不过他正要恢复他在逍遥法外期间放弃的意义深远的发型。头发从白色染料下面生出了更黑的根，于是一眼看去他像扎着束发带。他的鼻子仍然有点肿，显出一个红色肿块，有一个指节大小，接近鼻梁。

“在很多情况下，卡耶维奇总统，战争就是犯罪。”

“坦白说，腾·布姆先生，正相反，暴力斗争是人类天性和进化的一部分。几乎在《旧约》的每一页上，我们的部族都在袭击另一个部族。人们想要保护他们的同族，确保他们存活下来，这出于本性。列举一下没有战争的时代，没有。这是人类健康发展的一部分,因为它培育男性的力量,这是自然的规律。”

卡耶维奇的自大远超过许多中年男人。他认为他是尼采所宣称的“超人”[1]，对他来说任何普通的规则都不适用。他当过律师，出过诗集，我读了一点儿，荒谬的多愁善感的无聊货色，会让任何有自尊心的青少年感到尴尬。他称赞他的妻子，并且跟每一个他能说服躺下来的人做爱。说到他心爱的孩子们时，他在公众场合喋喋不休，却因为公开鞭笞自己的儿子们而出名。在他贪婪的黑色眼睛里闪现着“恶棍”的神情，不过即使面对他几分钟后，你还得承认他对自己的假定：他不是个普通人，听他哇啦哇啦地讲战争讲个不停，我很想知道雷顿·梅里威尔会如何反应。

“战争罪的说法是荒谬的，腾·布姆先生。400个吉卜赛人被杀害了，这是战争罪？有多少次400个塞族人被杀害？我的妻子和孩子们在没完没了的监视下生存了20年，被跟踪，时刻接受双筒望远镜和激光器监视，他们的手机被装置了窃听器，就连污水也一度进行DNA检查。就因为以为我在里面，北约的法西斯分子把一个小房子的门炸掉，两个孩子因此而死，一个孩子重伤，但这些全不是战争犯罪。”

事先我就打定主意不与他争辩，不过他的自我辩白没法让人一言不发地容忍下去。

[1] 尼采宣称，上帝死了，要在对一切传统道德文化进行重估的基础上，用新的世界观、人生观构建新的价值体系。

“斯雷布雷尼察大屠杀呢？”我问道，“不到几天，8000多名手无寸铁的男人和男孩被一个个地枪杀，卡耶维奇总统。”

博齐克举起一只手表示不回答，但卡耶维奇没有理会他，说：“我不在那里，腾·布姆先生。你叙述的情况与我听到的情况完全不一样。不过假设你说的是真的，这些手无寸铁的穆斯林怎么样了呢？大部分是作为一个军队的一部分被逮捕的。如果被释放，第二天他们就会拿起枪，重新屠杀基督徒。你知道那句话，腾·布姆先生，历史是由胜利者书写的，对吧？”

“没错。”我最后回答。

“这就是正义。有多少次你们的法庭检举的战争罪犯是他们参加的战争的胜者？西方新教教徒和美国人说我是个罪犯，于是我就是个罪犯。那是权力的问题，不是正义。唯一真正的战争罪是失败。”

“我们会检举美国人，如果这是你的意思，卡耶维奇先生。”

“不，你们不会，”他回答说，“如果你们真的相信这一点，你们就太愚蠢了。”

他很聪明，我做好了准备。

“谈谈巴鲁普拉，卡耶维奇总统。”在他的委托人旁边，博齐克明智地点了点头。

卡耶维奇再次否认他和听命于他的人参与了消灭巴鲁普拉吉卜赛人的行动，并且带着必然的优越感补充说：“我不可能在那里，如果有确切的依据。”

这个回答回避了一个问题，该问题于上个星期在法庭的检察委员会中占据了不少时间。为什么卡耶维奇要回答问题？不考虑他对无意逮捕他的人的好奇心，他似乎不可避免地要责怪那些被他鄙视介入战争的美国人，他肯定他会赢。

“你有消息吗，不管是直接的观察或听说的事情，有关在巴鲁普拉的这些吉卜赛人的下落。”

“我听到了一些传闻。”他说。

“你什么时候听到这些传闻的？”

“2004年5月，或者6月之后的几个星期。”

“传闻怎么说？”

“三更半夜时，美国人去了，引爆了一些炸药，然后吉卜赛人就不见了。”

“你有没有与声称当时在场的人，或者事件发生时在附近的人谈过？”

他摆动了好几次他的头，意思是没有。“没有。4 月底的时候我在很远的地方。”

“你在哪里？”

博齐克马上挥动一只手。卡耶维奇再次没有理会他的律师，回答了。

“我不在图兹拉附近，腾·布姆先生。你要知道美国人在图兹拉的每个阁楼和地窖、每个涵洞和下水道搜寻我。”

“你怎么解释这些传闻？它们看上去可靠吗？”

“当然。美国人认为他们无往而不胜，因而，一个所谓的战犯成功地杀戮并伤害了他们很多人时，他们必会满腔怒火。”

“但为什么责怪巴鲁普拉的吉卜赛人？”

“他们提供了我们在防御中用到的武器，”卡耶维奇转过脸看着我们，平静而至高无上，“想必经过调查后，你们已经知道了？”

我们没有回应，卡耶维奇笑了。对一个在铁托时代的牙医水平下长大的人来说，他有一口非常好的牙齿，又整齐又洁白。我旁边的古斯停止了在手提电脑上的敲击。我们有了我们此行期待的发现：吉卜赛人提供了卡耶维奇用来枪击美国人的武器。

“不，当然，你们不知道这件事，”卡耶维奇说，“因为美国人想要掩盖他们被从自己眼皮底下偷走的武器杀害和打伤的事实，这让他们看上去可怜而无能。”卡耶维奇发出一阵嘲笑，用手背敲了下博齐克，他用塞尔维亚—克罗地亚语对博齐克讲话。我仔细地看了看古斯的拍纸簿，他写下了翻译，跟我的猜测八九不离十：“我告诉过你。”

“你们明白，”卡耶维奇说，“美国人和北约在占领期间，一有机会就夺走我们的武器。老人们被打，他们的机关枪或者在‘二战’中用过的随身武器被夺走。北约军队让我们没有实权，而波斯尼亚为下一次战争建立起巨大的军械库。总的说来，在《代顿协议》后的几年间，北约聚集了 85 万件轻武器。你知道吗？”

我点点头。

“那么你也许知道这些武器怎么处理了？”

“我相信你能告诉我。”

“不，我不能，”他回答说，“只有一小部分，这是我知道的。2004 年深冬，美国的将军雷顿·梅里威尔，北约最高司令官，认为如果把大部分武器运出波斯尼亚的话，他可以一举两得。大约 50 万件轻兵器和军需品，你知道他把这些武器送到哪儿了吗？”

“不知道。”我说。

“伊拉克？”古斯问。

“当然，伊拉克，”卡耶维奇说，“来装备警察和国防军，美国人前一年解除了拥有武装的所有逊尼派教徒的武装。在伊拉克军队服役的所有人只熟悉像这样的苏联式的轻武器，于是梅里威尔将军着手从波斯尼亚全境收集武器运输到伊拉克。很聪明，是吗？”

他在嘲讽。不过这实在是一个明智的计划——把枪从波斯尼亚弄出来，否则早晚它们要被弄丢并被用来扰乱和平，与此同时，还可以节省纳税人在美国装备配备和训练伊拉克军队方面的开支。听起来，战术和政治天才兼具是梅里威尔传奇的一部分。

“这个计划怎样了？”

“你应该问问你的同胞。我听说有人问出这个问题时，他们变得非常沉默。当然我不知道答案，除了大约装满轻武器的六辆卡车，那是吉卜赛人偷来的。”

到目前为止，关于吉卜赛人偷她的军车，阿提拉和我说过几次。每次她都没有提卡车里装满武器。显然，那是大机密，虽然目标——至少如卡耶维奇讲述的，似乎是避免尴尬而不是促进国家安全。

经初步考虑，我倾向于责怪阿提拉让我相信卡车是吉卜赛人卖给卡耶维奇的唯一装备。梅里威尔也给我留下了这个印象。过后我得仔细回顾一下，但过了一会儿，我怀疑虽然当时我用磁带录了音，但有可能是梅里和阿提拉没有纠正我错误的推论。

“吉卜赛人，你指的是来自巴鲁普拉的吉卜赛人？”

“还有谁呢？美国人道德上的傲慢让他们不理会雇佣吉卜赛人的所有警告，因而失去了车辆和武器。”

“你都买了？卡车和武器？”

“两辆卡车和军火，其中包括 100 挺突击步枪和其他轻武器。”

“手榴弹发射器？”

“没错。那些是迫击炮。我们从毗连的建筑向下开枪时，这些武器对美国人是致命的。”他尽量显得面无表情就事论事，但一丝卑鄙的微笑从他的唇边渗出来。

“你们并没有武器？”

“不幸的是，我们匆忙离开之前的避难所，没办法随身带着武器。我们在多博伊安顿下来时，需要再补给。”

“你们是怎么找到吉卜赛人来购买这些设备的？”

“我的外甥负责再补给工作。你有外甥吗，腾·布姆先生？”

“有。”

“他们是什么样的人？”

“非常好。非常不一样。有个是医科学生，另一个是魔术师和老师，但他们都是出色的年轻人。我姐姐的儿子。”

“我的外甥不是个出色的年轻人，也是我姐姐的儿子。他是个白痴，但他是我的外甥，”卡耶维奇耸了耸肩，用现在地球上大部分成年人在谈论某些家庭成员时采用的同样感觉倒霉的动作，“而且非常忠诚。他吸毒，声称他已经痊愈了，尽管每周故态复萌。但他善于与人相处。他买了这些枪，并为自己感到骄傲。”

“他跟吉卜赛人打交道？”

“啊，是的，显然面对面。我事先对此一无所知。他告诉我这件事情时我除了揍他别无选择。”卡耶维奇十分平静地补充道。暴力，正如他所说，是天性的一部分。

“你为什么不高兴？”

“因为他跟吉卜赛人打交道。吉卜赛人只在意吉卜赛人，说他们没有廉耻心是不对的，但仅限于吉卜赛人。”

“他告诉吉卜赛人这些武器是给谁的吗？”

“他说没有，不过他舅舅是我，这是我外甥用来忽悠人的所有资本。比如酒吧里的女孩，管他是谁呢！我们劝告了他十几次，但是屡教不改。即便他承认这么说太不像话——这个重要的舅舅怎么会为从美国人那里偷来武器这件事表示欣喜。图兹拉或多博伊附近还有谁能用到武器吗？吉卜赛人聪明得很。我的外甥几乎告诉他们我们的准确方位让他们运送货物，这么好的机会，不跟着他再走几个街区，他们就是傻子。再加上他们是吉卜赛人，一方面把武器出售给我们，另一方面将我们的方位出卖给美国人，这可不足为奇。”

“你就是这样知道美国人要来抓你的吗？推测？”

“不只推测，还有期待，依据我对吉卜赛人的把握，腾·布姆先生。我知道他们会出卖我们，北约会来，但不清楚是什么时候。如果我们离开，我们也许会落入美国人的圈套，于是我们准备藏起来。在波斯尼亚到处有人替我密切注意情况，你应该了解，”他转过脸，再次露出一个相当满足的傲慢神色：“我让他们密切注意，于是提前一小时左右我就知道北约在路上了。”

我问过十几次卡耶维奇怎么会提前对美国人做好了准备，但是没有一次猜测是完全准确的。作为一名检察官和辩护律师，我一直喜爱被告敞开心扉的那一时刻。在那之前，即使是事情的最精确重现都缺失了一些东西。

“美国人是怎么知道他们的士兵是被从他们那里偷去的枪射伤的？”

“遗憾的是，在那次事故中死亡的不只是美国人。我们逃跑时留下的还有自己人的尸体和他们的武器，只能在我们的祷告中纪念我们的同志。美国人一向会记录下他们没收的武器的编号，通常在零部件弄上激光雕刻，”卡耶维奇再次以他令人不安的方式笑了，“你们的问题，对我来说非常有趣，”他说，“美国人把你蒙在鼓里到这种程度。”

正如我预料到的，卡耶维奇在发现漏洞方面是个天才。尽管据称是为了折磨那些死人，他或许更为满意留下几挺突击步枪让美国人丢脸。不难想象在评价卡耶维奇的得胜时，美国士兵感觉到的愤怒和难过情绪，他的沾沾自喜和按自己的喜好改变现实的强大能力让我急切地想要杀一下他的气焰。

“据我一再听到的消息，是你，卡耶维奇总统，派使者去威胁巴鲁普拉的吉卜赛人。”

博齐克那双雪亮的蓝眼睛从拍纸簿上抬起来。这个问题让他颇感意外，有些担心。他把厚实的手放在卡耶维奇的前臂上。

“跟总统讨论一下，拜托。”博齐克说，可他有来自地狱的委托人，卡耶维奇挣脱了。

“正如我告诉过你的，腾·布姆先生，我在几百公里之外。我没有威胁任何人。”

“你知道有人以你的名义威胁巴鲁普拉的吉卜赛人吗？”

博齐克抬起手掌请求暂停。但卡耶维奇,他的眼睛没有离开我,再次回答了。

“没有，我没有命令开展任何行动。”

“但是你知道，巴鲁普拉的吉卜赛人是否被告知你会对他们施加报复？”

“战争不是消遣的游戏，腾·布姆先生。”

“这是否是说就你所知，做出了这样的威胁？”

“我会说是的。当然我不想鼓励别人像吉卜赛人那么做。”这是我到波斯尼亚的那晚阿提拉解释过的。卡耶维奇成功地逍遥法外，不可或缺的是恐吓所有可能背叛他的人，威胁出卖他的吉卜赛人是非常重要的。

“传达的消息具体是什么呢，卡耶维奇总统？”

“我不知道。我当时就不清楚，现在更加没有记忆。不过，只需要做到足够灌输恐惧：报复参与的所有人以及他们在意的人。”他不经意地补上后面一句，似乎威胁无辜的人没什么特别的。

我沉思了一会儿："但考虑到你的目的，卡耶维奇总统，是阻止其他人帮助北约，对我来说你说的'空谈'似乎并不够。"

"也许，"他说，"我们永远不知道。美国人杀害了吉卜赛人。"

"在你之前？"

他机灵地微微一笑。他毕竟是个律师，知道界限在哪儿。让博齐克如释重负的是，卡耶维奇用一只手示意关于这个话题他的回答到此为止。

"你有没有考虑过不是吉卜赛人告发了你，而是别人？"

"不是别人，腾·布姆先生。我们都知道，就为这个原因我很少与外人打交道，只有吉卜赛人知道我们在哪里，依据他们的天性，他们会借由那个秘密获取最大价值。"

我转向古斯，看他是否有问题。他一直在手提电脑上疯狂打字，然后按了返回键。

"你的外甥告诉过你卖给他枪的那个吉卜赛人的名字没？"古斯问。

"可能吧。但过了十多年谁还记得起来？"

"费尔科·林奇克？"古斯问。

卡耶维奇举起他又长又精美的双手，徒劳地试图回想。

"波尔多·米尔伽呢？"古斯显然在为波尔多和他的亲人之死寻求新的解释。卡耶维奇似乎对这个名字更有印象，他拉了拉下巴。

"这个似乎更熟悉，但谁知道记忆是怎么回事？"

我再次瞥向古斯看是否有更多问题，他摇摇头。

"当然，我告诉你们的事情让你们感到惊讶。"卡耶维奇说。

"有一点。"

"我猜，美国人责怪我害死了这些吉卜赛人。"

我甩了甩头表示我不能说。

"不，美国人就是这样。他们想要看上去跟学生一样无辜，但他们阴险透了。我们逃离后，被要求做出刚刚我们在讨论的威胁。美国人一听说这个消息，他们就知道可以不受惩处地消灭这些吉卜赛人。他们真这么做了，当然，又否认了。”他摇摇头，对美国人的邪恶由衷地表示惊奇，像其他活着的每个伪君子，他非常善于把顽固的标准用在别人身上。

博齐克再次直起身，提出警告。

“再次，我提醒你卡耶维奇总统描述这些威胁是‘空谈’，”博齐克说，“他没有进行任何行动，他的手下也没有。”

“非常正确。”卡耶维奇说。

“你知道哪些吉卜赛人收到了这些无聊的威胁吗？”我问。

卡耶维奇往上看了一会儿，进行思考。

“我相信是那个卖枪的家伙。波尔多？如果是那个人的话，我的确听说他以孩子们的性命否认他通知了美国人，仿佛我们会相信一样。我们搞不懂吉卜赛人，腾·布姆先生，但是，哎呀，他们也不理解我们。”

我们都沉默了一会儿。卡耶维奇既想做法官又想做行刑人的平静愿望在这间安静的屋子里弥散开来。

古斯和我都花了会儿时间寻找我们的笔记，然后我站起身来。卡耶维奇和博齐克也站起身来。

“我能问你们一个问题吗？”卡耶维奇说，我们看着彼此。

“当然，请问，”我说，“如果可以，我们会回答。”

“你们第一次来玛多维奇时，是为了什么原因？”

“午饭。”我说。

卡耶维奇用可怕的专注眼神继续打量我。他想知道他是否被出卖了，是否我们所谓的寻找费尔科是个诡计。现在他或许没法完全相信任何一个人的忠诚。我意识到，这个问题，以及他想要施行进一步报复的热望，也许才是他跟我们坐在一起的最终动机。

“我们不知道你在那里，”我说，“没有得到指令去找你。”

“我明白。”

“如果你的打手没有绑架我们，我们不会有理由去重新审查那一天的每一分钟，去找出为什么会出这样的事。”

卡耶维奇表现得泰然自若。“这些人的反应是可以理解的。他们尽心尽责为我效力。他们没有分辨出海牙的法庭间的区别。我自然知道。我读过有关你的调查的报道，”卡耶维奇仍然盯着我，现在他露出更宽厚的笑容，“你们还活着，这要感谢我。正如经常发生的那样，仁慈是一种错误。如果那些人做了他们想做的事，我就不会在这里了。”

关于这件事情，有足够探讨的余地。那时，卡耶维奇下了更好的赌注，认为我们会继续认为绑架者是为费尔科效劳，杀死我们；从另一角度来说，将带来欧洲刑警组织和大量的波斯尼亚军队，从而迫使卡耶维奇从隐修院逃走。像摩恩将军一样，我怀疑他没有可去的地方。我也怀疑如果暗杀并非寻找他的探员，会对他的同盟造成重大损失，尤其是当地警方。因此，仁慈并不在他的算计中。但是，自我扩张是他的第二天性。

“我确信，”卡耶维奇说，“你们都有些飘飘然。”

“这全是偶然，卡耶维奇总统。我们都明白。”

“我并不认可你们的谦虚，”卡耶维奇说，“那是你们的伟大时刻，余生你们都会炫耀抓住了我。我非常想跟你们相处一段时间，感谢你们让这个愿望成真，”他来回瞅向古斯和我，他比我们两人都高，再次，他凄凉地一笑，“我觉得你们两人没什么过人之处，”他把手伸向古斯，“你是一个酒鬼，”他说，然后转向我，“你是一个非常普通的人，一想到要死就尿了裤子。”

意料之中，他不可能不伤害我们就让我们两人走。不论卡耶维奇声称的是什么理由，他实际上悬挂的旗帜总是虐待狂。

我凝视着他，他嘲笑着伸出手。

“你就是真正的恶魔，卡耶维奇总统，”我说，“你余生的每一天都会受到惩罚。”

他笑了，“从现在开始 500 年，一整个民族仍会称颂我的美名。他们会每天给我读爱和感恩的诗。你，腾·布姆先生，早就被忘记了，就像从来没有人说出过你的名字。”卡耶维奇朝保安努了努下巴，“送他们走。”他说。

回到太阳下面，古斯宣布说他要喝一杯。他通常晚上喝，工作时间一滴不沾，我理解他是出于沮丧才有这个需求，我愿意加入他。

我们找到自行车，推了几个街区来到一个有户外桌和伞的地方。古斯心情沉闷，沉浸于自我中，直到他喝掉了女服务员拿来的啤酒的一半。

“怎么样？”他问，“我们要相信他吗？”

对卡耶维奇令人信服的表面形象来说，非常重要的是他在场时，你不由自主地想要接受他说的每一个词。实际上，卡耶维奇很可能借由责怪美国人而施行他的报复，最后，他不仅做出了威胁，还实施了行动，而他对枪支的揭露让他的叙述显得可信。我告诉了古斯，他的意见跟我一致。

“但是这仍然让我感觉糟糕，老兄。美国在过去的11年隐瞒了有关枪支的事实，太难堪了，你的士兵牺牲在从你手中偷出去的武器上，但将这个秘密保持这么久需要很多精力。”

“你觉得还有更多？”我问。

“别的，”他说，“是的。”

“军队屠杀后要无赖？”

“有可能。”

我们又思索了一会儿。眼下，有一点是确定的：跟我们谈过的所有人，没人是完全坦诚的。

“去挖掘那个该死的洞穴，”古斯说。他把领带一摔表示决心，“骸骨不会说谎。”

我跟他意见一致。古斯示意再来一杯啤酒。

“他呢？”过了一会儿古斯问，“你怎么看待他？”卡耶维奇夸大的性格不值得否认，甚至没必要用到他的名字。早年我就注意到，尤其是遇见了那些被认为是“传奇”的人物，领会了被称为领袖气质的东西，你会发现，这一巨大的吸引力通常建立在疯狂的基础上。我们认为这些人不同寻常，因为深层的心灵骚动让他们看不到我们其他人，认识到同样要恪守界限。

我并不惊讶，过了半小时，我们离监狱很远了，古斯和我仍然由于这次面谈而心灵波动。在我们的职业生涯中，作为警察、检察官和辩护律师，我们经历过几百次与罪犯的见面。但今天，我们没有听到一点标准的鬼话——“事情不是那样的”“别人做的”甚至“我只是服从命令”。卡耶维奇基本上摒弃了我们整个的道德秩序，而选择了对权力的信仰。

“总会有人像他一样，不是吗？”古斯问。

“当然，”我点头，“英明的有魅力的疯子操纵权力的杠杆，为骚乱感到十分喜悦。总会有像他那样的人。”

“那么意义何在？”古斯说。他朝我探身，整个身体压在酒杯上。依据遇事泰然的标准，他显得很有主见，“自从我来到海牙，法庭上的人经常谈论威慑：我们会把像卡耶维奇这样的人关进监狱，这会对下一个疯子起到威慑作用。你觉得这有道理吗，布姆？真的有用？”

我理解他现在的心情。这几个星期并不愉快，还导向了一个暗淡的结论。在我们的案子里没有答案，没关系，因为在人类 DNA 里有瑕疵，总会产生像这样的恶人，他们会从泥泞中爬出来。

“威慑？”我问道，“我相信它也许是处在边缘的，假如在南苏丹的某个拿大砍刀的人，砍掉某人四肢就为了逼迫十几个人从一栋十层楼的建筑上跳下来。我不相信他会突然收手，只是因为担心自己可能最后会去国际刑事法庭的被告席。要知道，担任检察官和辩护律师这么多年，我几乎可以推断犯罪，不论是种族灭绝或小偷，都出于同一个原因。”

“那是什么？”

“那个笨蛋认为他能得逞。他们都相信自己永远不会被逮到，不论多么荒谬。”

古斯发出一声低沉沙哑的笑声，一秒钟前似乎他完全笑不出来，似乎一只手不知不觉地滑落下来逗他笑。我说出了战壕的基本事实。

“那么，为什么你在这里，布姆？为什么做这件事？”

尽管我们在一起很长时间，我们从没说起这样的话题。

“合适的时机，”我说，“我的生活中一切都很混沌，需要一个改变。”

我说的都是真的，但这话从我嘴里说出来，我立马感到懊恼，因为我一直在尽量不显得感情用事。

“这怎么样，古斯？我明白这一点：正义是善。我接受证词的价值，让受害者的意见得到了解。不过结果最重要。在文明社会里，人们不相信一个社会会自我组织去把错误的事情纠正过来。允许屠杀 400 个无辜的人的凶手逍遥法外有辱我们每个人的生活，就这么简单。”

古斯的蓝眼睛由于喝了酒显得混浊，他盯着我，再次沉重地点了点头，拿起他的啤酒杯与我的杯子相碰。

〔证词〕

Ⅶ 在洞穴中

战争和真相——6 月 26—27 日

星期五，院长和司法常务官通知我们，挖掘洞穴的预算得到了批准，古斯身体状况好多了，计划下周一回波斯尼亚，我们同意一旦发掘启动，我就过去，估计是下周三。与此同时，我们划分了责任来完成准备工作。

从古斯的妻子菲安的角度来说，必不可少的一项是要求北约提供全天的保护。我跟摩恩将军的副官谈了谈，他答应做好安排。我知道北约士兵有限，但我请求从北约派遣小分队来保护我们，而不是波斯尼亚军队，副官最终同意了。

我还给阿提拉打了几次电话，但没有找到她本人。司法处归还了阿提拉请求土方设备的签名版，我给她发邮件请她下周为古斯和我留出时间。几个月来，我意识到对阿提拉来说总是有比激烈的言辞看上去更多的算计，但我愿意相信她一直在暗示的是上级，仍然严格保守有关抓捕卡耶维奇的细节，包括吉卜赛人劫走的车队的本质。然而，我们现在有影响力，早晚我们得提交一份公开报告给国际刑事法庭，即使只是为了结束我们的调查。如果美国方面想要我们不提武器，他们就必须解释其敏感性，包括告诉我们目前还不愿意告诉我们的很多事情。

在家里，娜拉旺达继续回避我。在我醒来之前她就走了，睡觉之前才回来，我能听到她急匆匆地进到她房间。星期二我留了张字条告诉她我们跟卡耶维奇谈过了，谢谢她的促成。在咖啡壶前，我找到一个简短的回应：“不用客气。为提议忙晕了。”

我明白在我们上一次的晚餐中，有关尽量举止得体的宣言让她自己陷入痛苦的窘境，不过对我们俩来说最好保持距离。我从波斯尼亚回来后，会开始寻找新的居住地。不论她对我俩抱有什么样的幻想——至少在三杯啤酒后的那个晚上——为了我们俩好，最好忽视。跟埃斯玛我做了极其愚蠢的事，好在付出的情感及职业上的代价还比较少，不过这么快再次和一个甚至没有走出婚姻的女人搅和在一起真是犯傻。这不是要否认娜拉激起的许多欲望。她天生的矜持是她想要隐藏的东西的屏障。她有一个非常活跃的大脑，和一种狡黠的幽默感，常常压倒了她作为无表情的外国女孩的姿态。几个月来她的身体对我的吸引力逐渐增长，但最强烈吸引我的是她的认真。她有一种罕见的可以说出她切实感受的天赋，即使那是“我很困惑”。

除此之外，每当仔细考虑后，我认为自己是更有风险的一方。对她来说，在她结束与刘易斯的关系的过程中，我或许可以充当一个方便的紧急着陆点，但我希望自己是那段旅途的第一站而不是最后一站。根据我的猜测，我比她大 17 岁，一旦她从长计议，我会显得没有吸引力。然而我，尤其在经历了来复枪枪管的冰冷圆环之后，越发想要安定下来。我可以努力恋上娜拉，但几个月后以一颗破碎的心告终，并且没有地方住。

所有这些是那种几年后我可以边喝酒边解释的事情，那时她已经很好地适应了一位新男友——或丈夫。现在，它停止在未说出的事情的裂口中，存在于大多数男孩和女孩之间不成熟的关系中。

这些关于娜拉的想法断续而温和，与每次想起埃斯玛时我感受到的怒火形成对比。由于我不能完全理解的原因，似乎在我被愚弄的方式中有一种最根本的侮辱。所有一切与现实一起，需要我们马上回波斯尼亚找出费尔科看他到底发生了什么事情，他说的只言片语是否真实的重要性变得更为尖锐。

有关埃斯玛·斯扎尼的一件异乎寻常的事情是——有关她的吉卜赛根基她投入了多少，编造这些有关她自己和她想象出来的机构的虚假的互联网条目，还有学习吉卜赛语，需要大量精力。到星期三早上时，我觉得这可能是逼她从躲藏处出来的方法。

我发了短信：“试图联系你在银行街的办公室，结果令人费解。没有埃斯玛·斯扎尼。这个人马上回波斯尼亚，仍然想要再跟费尔科谈谈。”

即便如此，我很惊讶星期五下午晚些时候我的手机收到了她简短的回答。“这个案子在纽约没完没了，我从银行街离开了，没能联系上费尔科。非常抱歉。祝一切好。埃。”

在几个星期的沉默后，这个不加掩饰的狡诈的欺骗性回答，让我又一次怒火中烧。我独自出门跑步，把晚餐带了回来，在我努力要理解埃斯玛的过程中，喝了比平常更多的酒。我明白，吉卜赛人的事业比波斯流亡者的遗产更为公正和吸引人，要知道，后者的家族更不可避免地与国王的卑鄙勾当纠缠在一起，但你怎么能在每天早上醒来时，内心就开始回忆你今天又要说的一长串谎言呢？

清洗盘子时，我仍然沉浸在愤怒中，大坝决堤，我想起了我父亲。我倒在一张锤制的无背厨房凳上，突然间精神萎靡到连水龙头都不想关，水就这样一直溅泼在水槽里。就像一个梦，一个人影转过身来，有了一张别人的脸——我的父亲，在我心头沸腾得难处理的炽热愤怒现在冷却为一堆黏糊糊的悲伤。自从在水罐上方的那个时刻以来，我偶尔纳闷为什么我对他比对我母亲更生气。不过知晓我父母那种老派关系的本质，我可以肯定谁引导了所有关键决策。事实上，我母亲对玛勒承认说我父亲否决了母亲想要回鹿特丹的想法。

把他们与埃斯玛相比，自然有不同，有差别。律师喜欢差别。我父亲说谎起初是为了生存，但到了最后，像埃斯玛一样，他们选择了一种对他们来说似乎更惬意的生活。

最终，我转移到了楼上。自从我离开莱顿，我每一天都在思考一个问题，在同样的无意识回避的讳莫如深的游戏中，我从没抽出时间去寻求答案。腾·布姆家族还在莱顿经商，我父亲真正的家族，伯格曼一家呢？

我在网络上搜索，发现那个名字下没有相关条目，不过在鹿特丹有许多关于伯格曼的条目。最后，网上搜索了一圈后，我找到了一篇文章，是被誉为“第一流的制表匠”的当地钟表匠的一个广告传单，那是在鹿特丹的一家高档国际钟表连锁店。这家店星期六营业，坐火车去不超过 45 分钟。我决定明天去那里时，感觉到一种决定命运的重量。

我醒得晚，准备出发去鹿特丹，这时娜拉旺达走进门来，两只手各拿着一小袋食品杂货。我们在起居室大眼瞪小眼。

“我以为你去上班了。”我说。显然，这是那种你想不起别的来才会说的蠢话。

“我是上班了。我得完成一项提议。不过我把草案发给博齐克后，他打电话来让我回家。他说如果我以这种节奏一直工作，会累垮的。”

“他说得对。”

“没错。”她说。

我们没人再向前迈出一步。

“你要出门吗？”她最后问道。

“在鹿特丹的一家博物馆有个展览，名字我不会读。”不过我试过。这不算是说谎，搜寻我父亲那边的亲戚后，我打算在那儿逗留一阵，寻求慰藉。

“本杰明博物馆？博曼斯美术馆？我很想看，”她突然容光焕发，这表明她容易冲动，这一次是源于她对艺术的喜悦，我也猜测过了几天后，她的尴尬已开始减缓，“我去可以吗？”

“那太好了。”我似乎没别的可说。

我们走到火车站。我到的那一天，看见中央火车站外面的巨大自行车存放建筑物时，我一时间还以为自己产生了幻觉，一个双层的钢铁网，延伸了快一个街区，存放着几千辆自行车。不过现在我已经习以为常了。

天气极好，晴朗、温暖，风比平常更轻柔，这是海牙真的成为一个海滨城市的短暂季节。娜拉说如果我们回来时有时间，可以走路去海边。古斯和我离开卡耶维奇时本想去海滨，不过转错了弯。我同意娜拉的意见，并试着不去思忖她的设想。

上了城际火车后，我跟她面对面。

“我得告诉你一些事情。”我说。

“当然可以。”她的眼睛期待地动了动。

“有关我为什么要去鹿特丹。”

“哦。”她用手撑着下巴听我说话，大眼睛充满感情。

“这是个十分复杂的故事，”听完我的整个故事后，她说，“对你来说非常艰难。”她补充道。是的，这是一个我不愿意承认的事实。

“一开始很难接受，”我说，“比我想象中难得多。到 40 岁，当你以为已经安定下来，才发现你背后的一切，你作为一个人的根基不在那里，从不在那里，这会让你感觉很糟。我很惊讶地发现我对父母那么生气，不是为那个选择——我不评判，而是不相信自己的孩子，我们本来有机会与真相共同成长的。”

她伸过手来握住我的手。

我们到达鹿特丹时，我十分焦虑，那种最糟糕的焦虑，没法形容。我们从火车站——那是线条明快的角性建筑的典范——出来，进入熙来攘往的城市中心——一个建筑的游览胜地，保留着几栋老建筑，不过摩天大楼处于支配地位，很多似乎是以试验性的精神建立的。我钦佩一个商业社区愿意以无畏的精神支持这种种创新，但是有些成果逗人发笑。有个地方有一面由巨大的铆钉连接起来的薄板构成，似乎建筑师的灵感来自取暖导管。

伯格曼工作的钟表店的地址在我手里。就像初来乍到的人，我跟随导航应用程序，带领娜拉沿着一条时髦的老街道往前走，街上的树木长满了叶子，历史悠久的建筑表面是石灰岩的。这家店很好找，因为一个带金边的圆钟挂在门口。

一个穿着人造丝短袖衬衣、打着领带的年轻男人在展示柜后面。我说找约翰内斯·伯格曼先生。

那个家伙抬起头，想了一会儿，伸出他的手掌。我过了一会儿才意识到他是要我的表，没做解释，我把表从手腕解了下来。那是我 21 岁生日时我父亲给我的百达翡丽表，我一直喜欢戴它，它的外形简朴，有着圆形表盘和黑色皮带。这么多年以来，我让人清洗过这块表，知道它非常名贵，这是一个追溯到 1932 年的样式。但是，对我来说，这件礼物的意义主要在于我童年时期几乎每天见我爸爸戴着这块表。他无数次告诉过我百达翡丽是世上最早的制表匠。当他解开表带，把表系在我手上时，仿佛他把某种重要的东西传给了我。

那个年轻人拿着表到后面房间几秒钟后，一位起码 80 岁的老人穿过隔开后面区域的帘子。第一印象，他似乎太高，不像我们家族中的人。他差不多一米九，秃头头皮被雪白的有弹性的头发框住。他连钟表匠的头具都没拿下来就出来了。那是一个单筒的镜头，带有多环，嵌入一个皮制眼罩里，缚牢在他的头上一个磨损的带子里，表明用了几代了。我还是一个小孩子时，我父亲也戴过一个类似的装置，那让他看起来像独眼巨人一样令人害怕。我的表在那个男人手里，他的表情以及他从后面匆忙现身的样子里似乎透露着怀疑。

"这是你的，先生？"他的英语带有浓重的荷兰口音。

虽然他只显露了半张脸，但我马上看出了那种相似——我父亲的长鼻子、尖下巴和可以看到的那只同样的暗蓝的眼睛，虽然这个男人比我父亲要英俊。

"这个编号十分罕见，"他说，指的是钟表型号，"但它看上去运转正常。有问题吗？"

"那只表是我父亲的，我想他可能是您的哥哥。达恩·伯格曼？"今天早上醒来时，我差点连我父亲的原名都记不起来，给我姐姐发了短信。

"达恩·伯格曼？"

"是的。"

他重复着这两个词，看向他身后的一把柜台高度的椅子，坐了上去。他拿下头具，嘴巴张开，往外看了一会儿，目光似乎没有集中在这里的任何东西上。他一只手仍然小心地拿着我的表。他先意识到它，低下头，似乎要让自己放心它还在那里。然后他再次对我说话，以荷兰语开始，然后不断用英语重复。

"你父亲？"他问。

“是的。”我回答。之后，他只说荷兰语，娜拉偶尔给我翻译。

“你用的是什么名字？”

我告诉了他。

“没错，‘腾·布姆’，”他赞同道，岁月在他眼睛后面游动，“他们先问了我父亲，”他说，“去莱顿？但他不想抛弃他的家庭，于是你父亲去了，一句话也没有对别人说就消失了。纳粹把我们都抓了，伯格曼家所有人。”他给自己一点时间来考虑还有什么可说，把我的表转移到他的左手上。他用右手解下他的左边袖口链扣，卷起衣袖。我知道他要给我看什么，但看到纳粹在奥斯维辛的犯人前臂上文的手印数字时，我的心仍然感觉就像被一把切肉刀切成了两半。

我点头表示我明白了。

“我母亲活了下来，”他说，“没别人。没有一个人。我每天都记起他们，22 个人，5 个孩子。但我尽量不去想你父亲。”他现在聚集起了坚定的力量，站起身，挺直身体，从柜台后递回那只表。

“很高兴认识你，”他说，“但请不要再来。”

我们退避到那间博物馆，像我计划的那样，但我没心情看任何东西。娜拉和我坐在门厅内的一张有衬垫的长椅上，就在通往展览的楼梯下的票亭旁边。我把头靠在墙上，娜拉旺达握住我的手。

正如几小时前我告诉娜拉的那样，我一直厉行一个严格的准则，不去评判我父母所做的事情。然而正如对孩子们来说真实的是，我只从我自己的角度来看待这一切，出于一种想要了解他们的渴望。我一度痛苦地想象当一些东西，譬如一个音符、一道美食、一幅画、一个片断，引起惨痛的鹿特丹的回忆，我的父母亲是什么感觉。不时会发生这样的事，不论对他们有多少影响。不能与玛勒或我分享他们曾珍视的东西，他们是否感到难过，或为隐藏他们真实的自己感到羞愧？我确定他们最终抛开了片刻的悲痛，是出于同样的咒语：这是最好的选择。

但我的同情心没有奔向任何人。我从没想过他们的选择对他们的亲戚来说意味着什么，于是今天我知道了一些让人痛苦的事情。我的父母如此一丝不苟地坚持腾·布姆的身份，不只因为我一直以来了解到的原因——这样美国移民局不会发现他们以假名进入这个国家，或者下一次恣意镇压开始时，保证他们会被当作非犹太人。这同样也是对他们家族不愧悔的弃绝，告诉自己他们学到了罗得之妻[1]的教训，绝不会回头。他们不再是伯格曼家的人，不会接受责备。最后，我终于理解为什么他们摒弃了所有荷兰的东西。

我很感激能来地球走一遭，尽管如此，像死亡一样，这太基本而很难去思考供替换的状态。但我从没想到在荷兰有一整个遭受极大打击的社区将我的父母视为嘲笑的对象。

“那就是为什么他们不想让我们知道。”我告诉娜拉。

“抱歉？”

“我的父母。不是因为他们是犹太人——那不是他们想隐瞒的事情。”

“那是什么？”

“他们不想让我们知道他们背叛了他们的家族，”说这话的时候我看着娜拉旺达，“我从未想过他们是胆小鬼。”

“你不该这么想。”她毫不迟疑地说。

“他这么想，约翰内斯。”

“他满腔愤懑，他受了苦，他爱的那些人受了苦，而你父母没有。但如果他跟你再多说会儿话，我想你也可以发现他的愤怒——不论他是否可以站着说出来，在于你的父亲做出的决定给他和他家族的其他人带来了痛苦，你父母明白这一点。布姆，如果你的父母拒绝那个机会，又能做成什么事？如果纳粹多杀两个人会有帮助吗？”

她说得没错。可是约翰内斯的愤慨也有原因，如果每个人只为自己考虑，那么就没有规则，没有秩序，没有文明。我告诉她。

[1] 罗得之妻，语出《圣经》，“罪恶之城”索多玛毁灭时，罗德和他的妻子因洁身自好被天使所救，谁知，在离开前的一瞬间，罗德的妻子因回眸一望，变成盐柱子。

“这跟几个星期前我们谈过的一样。”她回答说。

我敢说我回应的表情完全茫然。

“当时我告诉你我完全不知道在战争时期我会做什么，”她说，“人们做出可怕的事情，但通常因为他们面临可怕的选择。我们钦佩那些把原则置于危险之上的英雄们，但他们的行为并不正常。约翰内斯认为如果你父母留下来，也许灾难就不会发生了，但我们都知道那是神奇的想法。几百万人的意愿不会阻止纳粹。对我来说，拯救两个人的生命是你父母能完成的最好的事情。很多人，你的儿子们，包括我，很感激他们这么做了，因为世上有了你。”

加上最后一句时，她无畏地看着我，她的下巴抬起，眼睛明亮。没有调情，只有事实。

我们走回火车站，没有再说什么。上了城际火车后，一直到抵达海牙的半个多小时里，我握住娜拉的手。上火车时，我们商量好出去坐有轨电车去席凡宁根海边，不出十分钟就能到，对我来说是一个继续思考的好地方。

冬天，在海牙的生活就像街坊们全在内陆，而夏天一到，巨大的沙滩上熙熙攘攘，海边的小餐厅外摆着餐桌，一家家的人在凉爽的水边玩耍。北海，通常是青绿色，阳光下变为蓝色，在暖风下平静地波动。

我们坐在沙滩上，娜拉穿了一条长裙，她把裙子卷起来，两条棕色的漂亮长腿伸展到太阳下。最后，我们脱掉鞋，在水边走，再次手牵手。

发生了什么？我们在做什么？我纳闷，继而陷入了逐渐展开的时间中。考虑到我在鹿特丹经历的事情，以及娜拉毫不迟疑的安慰，一种我不想控制的冲力推动着我。

仍然光着脚，我们走到一家小餐馆的黄色桌子旁吃了一顿简单的饭。我们都喝了酒，这加深了我对海滩风光的欣赏和呼吸的纯粹快乐。

四点钟，天气转冷，我们搭乘有轨电车回到弗雷德，然后走回家，路上很少交流。走进暗淡的公寓时，我感觉到了几小时前离开时释放的所有重压。我倒在沙发上，娜拉坐在方形的小咖啡桌旁，直对着我，膝盖顶着我的膝盖。她向前倾身，握住我的双手，她那双巨大的黑眼睛盯着我。

“我们可以把某件事情做了吗？”她问。

几小时来我第一次笑了，我一直不太确定娜拉握住我的手是否只是要提供作为好朋友的慰藉。我很感激，并且我比七小时前我们出门时，对她更亲近，但在我的想象中，我们回家后会彼此分离。我们在一起，如果这件事发生，将需要更多的思考和更多的时间。但娜拉就是这样，容易冲动，交流中难以置信的直接，我很高兴她想要我们都轻松些。

于是我们的时刻来了，再一次，就像在图兹拉，我体验到了戏剧性和最佳的初吻。一个男人和一个女人之间要发生的事情，在他们的嘴唇第一次热切地相碰时就完成了大半，把他们与其他人分隔开来的墙消失了，从此开始，两个人身处不一样的世界。我们也是。

那天晚上十点钟，我醒来了，娜拉靠在我身边。欢乐时光过后，我们睡了一个小时。百叶窗打开着，我能看见黑色的天空上点点繁星，这在海牙是少见的景象，这里黄昏常带来阴云。从她在我颈间的呼吸节奏，我能感觉出她也醒着。

“我们是孤独的吗？”她突然小声问道。

我想了一会儿。

“不，”我说，“我不这么觉得。你这么觉得吗？”

“这一步太大，我很震惊，尤其对我自己。我不确定任何事，特别是今晚之后我的生活将再也不一样了。不过好多个星期以来，如果我坦诚以告，我想我爱上了你。”

“但现在你不明白？作为一个爱人，那是对我很高的称赞。”

她使劲戳我，报复我对她的逗弄。与我期待中不一样的是，我们都度过了一段愉快的时光。尽管她间或羞怯，但这个场所娜拉轻松自然。

“你在改变话题，”她说，“你爱我吗，布姆？一点点？”

“此刻，是的。比一点点多很多。”

我害怕她会视我的答案为模棱两可，不过她咯咯直笑。

“我的一个朋友，一个年长的妇女，曾跟我说每个男人在性高潮前后会爱一个小时。”

我也笑。

“这不只因为性高潮，娜拉。对我们两人来说。这点我确信。”

她用一只手肘支起自己，以她认真的态度凝视我。

“后面会发生什么事？”她问，“我们两人？”她相信我，如同相信一个智慧的老人，可以告诉她答案，“你知道吗？”

“不，还不知道，我还没想要为此烦恼。我们会呼吸，我们会活着。”

“可我甚至不知道接下来会发生什么。”她是指星期一或星期二我们神志更清醒时。

我像她一样支起自己，这样我可以面对她。我笑了。

“那我知道。”我回答。

“真的？”

“让我给你看看接下来要发生什么。”我说着温柔地让她躺到床上。

洞穴——6 月 29 日—7 月 2 日

星期一中午古斯从波斯尼亚打来电话，情绪相当焦躁。

“你的朋友阿提拉有消息吗？”

“你指今天？”

“今天，以及昨天。我的整个专业团队都到这里了，准备挖掘洞穴，但没看到他允诺的任何重型设备。”

“她。”

“她，他。什么也没有，也没看到一个雇佣人员。”

“你给她打电话了吗？”

“一直在打，老兄。最后跟她办公室的人说上话了。他们说，她回美国了。”

“也许有突发事件。”

“不尽然，他们说自从上个星期开始她一直在计划度假。”

最近我很难辨明动机。也许国防部的人指示阿提拉不要这么帮忙，抑或也许这个指示来自梅里威尔。

“她似乎不站在我们这边了，是吗？”我问。

“也许她并没有改变，老兄。”

我明白为何古斯这么说，但是那个把我们从盐矿接走的人，依据最近的接触，似乎是一个真正的朋友。阿提拉生活的基本乐趣似乎来自认为她很有帮助，很难相信她一直在欺骗我们。

古斯和我结束讲话，在下午五点时再次通话。他联系了18年前帮他和南斯拉夫特别法庭发掘集体墓穴的那个建筑公司。这个公司仍在营业，说明天下午他们会将设备运到现场，他们的价格实际上比阿提拉的价格还低。至于工人，由于波斯尼亚失业率达到25%，古斯并不担心。他给蓝灯酒店的一个接待员打了电话，她说在傍晚前可以组织一群工人，星期二晚些时候可以开始挖掘。除非我收到别的指示，古斯和我商量好跟我们最初计划的一样，我星期三到。

我跟娜拉说过我要回波斯尼亚，星期二晚上我们换好衣服去跑步时，她听到这个消息不太高兴。我强调说士兵会一直保护我们。

我们在一起的新生活，现在是第四天，与我们之前的生活并没有那么不同。我们上班，我们回家，我们跑步，我们吃海鲜，喝酒，谈话，除了现在是在床上的亲密。我想要保持的慎重在卧室的热情和亲密的关系中蒸发。我信任娜拉旺达·洛根，我知道她绝不会故意伤害我。重要的是，这几个月来我们住在同一个屋檐下，她见过太多面的我，让我想要隐藏我性格上的弱点，这在一段关系之初是很典型的，那时人们等待着看爱能改变他们多少。娜拉的单纯朴实有时超越了理智的界限，她比较起作为爱人的刘易斯和我时，自然给予我夸赞。虽然作为一个男人，我显然没有刘易斯那么慷慨，但总体来说，我喜欢和一个没有算计的人在一起。和娜拉在一起，我跟和其他人在一起一样，还是我自己。

随着时间的推移，我们会看那是否可以忍受，以及它将会把我们带到多远，不过到星期二时我正视了这一事实，我完全为娜拉着魔。有点执拗，我很开心要离开这个小城，就为了看看我们分开后，我对她的这种强烈的渴望会保留多少。

在慕尼黑停留了一会儿后，我在下午一点左右到达萨拉热窝机场，我很快发现了两个北约护卫人员。他们身着丹麦军队的全副武装，包括防弹背心、头盔和M10卡宾枪，在安全区域外面等待我。在机场看见攻击性武器，吸引了相当数量的关注，但是摩恩将军显然在对想要对卡耶维奇的逮捕进行报复的人做出坚决的表态。

一辆带着蓝色北约旗帜的运动型多用途车停在马路牙子上，四角星镶嵌在每一个前灯上。我们驶入波斯尼亚山中，我第一次看见这里时有厚厚的积雪，如今换上了振奋心灵的夏季的绿色。行程中，隐隐约约看见山里有个诡异的东西或者光线，唤醒了我上次来这个国家的记忆，令我感觉到一阵恐惧。不过，大部分时候我很平静，居然还很高兴回来。

我请司机直接带我去巴鲁普拉，我想在晚上收工之前到那里。快到四点时我们到了。

从先前的难民营边缘往下看，我看见雷克加矿的所在成了一个喧闹的场所。重型设备在那条狭窄的泥泞路上艰难地缓慢移动。两个亮黄的反铲挖土机爬到了洞穴前面，正在里面抓取什么。古斯前一晚告诉我他跟齐齐科夫教授核实过，教授肯定岩层里原来的凹地，剥去矿脉的结果，在清理掉新的碎石时不会倒塌。减少石堆后，反铲挖土机把铲斗倾倒进两个红色铰接式自动倾卸卡车的底座，它们之后穿行到谷底，透过提升式门把里面的东西倒在巨大的绿色柏油帆布上。那里，穿橙色防护衣的一队工人在给每块石头分类。

离我更远的地方，我能看见一堆暗黑的东西——我猜是骸骨——分开放在更小的蓝色柏油帆布上，另外一些穿橙色衣服的工人在给放在那里的东西拍照。

一如往常，我避免把注意力集中在遗骸上。挖掘时扬起了尘土在空中飞扬，一阵带着辛辣味道和苦味的近棕色的雾扑面而来，令人作呕。每个人都戴着白色的面具，包括站在角落里背着步枪的北约士兵。

我的北约司机辛勤地在无线电广播声里来来回回。显然，矿山道路被一个不知道驾驶员在哪儿的巨大建筑起重机堵住了。我让大家放心，我完全可以步行。我穿着牛仔裤和登山鞋，走到挖掘地，我的两个保镖从上面看着我。洞穴的大半似乎都被挖出了，看得到原先悬垂部分的外缘，比周围棕色的岩石更暗。

我走到那里时，一个自动倾卸卡车的司机从驾驶室探出头来。

“比尔？”他叫道，招手示意我坐在乘客座，把我运到谷底，戴着白色面具的古斯等在那里。他把面具推到前额，喝了一大口手中瓶子里的水。面具覆盖到的地方比他脸上其他部分颜色更浅。

我问他感觉怎么样，但他反手拍打苍蝇一样回避了这个问题。

“挖掘工作呢？”我问。

“我得说我们差不多完成了 2/3。来看看。”

我跟随他朝蓝色的柏油帆布走去，几百英尺的路。我努力应付恐惧症，不过当我终于敢抬头看时，我发现摆在上面的东西并不是骸骨。

我突然停了下来，抓住古斯的胳膊，“枪？”我问道。

“是，武器，”他说，“以及卡车的碎片。”

在第一块柏油帆布上，有几百件轻武器摆在一起，这是一个实质上的军械库，一共占据了差不多一个足球场那么大的区域。有防坦克武器的绿色炮管，肩射飞弹和它们的发射器、手榴弹、卡宾枪、狙击步枪、冲锋枪和手枪、少量带附属三脚架的迫击炮，最常见的是扎斯塔瓦。各处的工人也摊开了一排排的头盔和防弹衣。最远的柏油帆布上放着弹药箱和一圈圈机关枪子弹。

“我得说，差不多有 5000 支枪，”古斯告诉我，“今天，在洞穴的后方，我们挖出了一些卡车部件，从挡泥板到发动机组的全部。就像他们有某个小仓库。”

“多少具尸体？”

“到现在为止，在我看来，没有，”古斯说。他的蓝眼睛在灰尘中眯起来，盯着我，等待我的反应，“昨天晚些时候，我们找到了几块骸骨，起了一会儿哄，后来安静下来，那不是什么要庆祝的事情。结果是一只狐狸的。目前为止，这是唯一的生物遗骸。”

“你肯定？”

“我们让两个人密切注意每一粒灰尘，这是我们在斯雷布雷尼察附近用过的同样的规程，布姆。我们找到了普通孩子的废旧杂物——包装纸、瓶子、一个爆裂的海滩球，但是没有衣服，没有骸骨。我们任意喷涂发光氨，但是没有血。里面只有不那么血腥的发现。”他带我到另一张蓝色帆布旁，那里单独放着电子器件的零件。它们上面布满灰尘，通常是小片电线、半导体和金属，但是在一个角落里，有十几个方形旧手机，每一个有正餐饼干那么大，分隔开来，大半是完整的。

“真见鬼再次查明这些东西是魔鬼的舞蹈，不过在荷兰法医学会，他们能做。也许一些照片、信息可以帮助确认之前在这里的人们，最难的部分将是寻找充电器。”

“这是我们找到的最好的东西？”

“我这么认为，布姆，这个洞穴是一个军火库。武器大部分产自南斯拉夫，散落着几个苏联的东西。零件上刻着记号。我们需要与一些军用种类核对，不过我认为那表明在某一时刻这些东西是由北约保管的。”

“你认为北约把这些武器埋在这里吗？”

“老实说，布姆，我还没开始思考为什么这些武器在这里，我仍然为没有任何人类遗骸感到惊奇。”

“这些尸体会出现吗？”

古斯歪着头看向我。

“呃，正如我说过的，布姆，我们还有 1/3 没有挖掘，但我觉得，如果把 400 个人放在那样大的一个空间里，我们应该早就找到了些东西。我猜，挖出骸骨的希望微乎其微。”

像古斯一样，我看向洞穴，起重机强劲的发动机点火启动，冒出黑色的烟。空气中苦涩的灰尘已经在我咽喉后面聚集，让我的肺觉得有一些刺激。但我主要的反应是激动，没想到这就是过去几个月来总的成果。

“这么说费尔科是个十足的骗子？”我问道，“这全是瞎扯？”即便是现在，我还期望从他的证词中发现一些真实的成分，但古斯严肃地把他的头转向一边，然后另一边。

“纯粹的欺骗。”他回答说。

摩恩将军和鲁尔上校当晚来图兹拉吃晚餐。鲁尔的胳膊仍然绑着几周前的石膏，他需要切盘子里的东西时，一个副官过来帮忙。

这顿晚餐意为庆祝。古斯和我不在状态，结果，北约的人也是。对世界来说，拉扎・卡耶维奇被抓获是件好事，也是一直在追捕他的士兵们的成就，但想起卡耶维奇和他的罪行就足够扫兴了。

古斯用一个帆布包带了几件我们发现的武器来，鲁尔和摩恩将军仔细查看里面的东西，十分谨慎，只有几个就餐者注意到了。他们都不熟悉上面的标记，但是摩恩的副官 2004 年就在这里，确认激光雕刻是北约——尤其是美国军队——在波斯尼亚没收武器库时常做的。

我们吃甜点时，摩恩将军问我们在海牙是否听说有关卡耶维奇适应监禁生活的报道，我只说听说他不喜欢荷兰食物。

星期四早上，在飞回海牙之前，我坐下来与古斯共进早餐。古斯要待到挖掘工作完成，所有的武器和卡车部件拍完照为止。他想要把他发现的所有东西都带回海牙，但是运输武器需要许可。古斯打算星期六去布鲁塞尔，帮助菲安打包。他们最小的孙子现在到了学龄，菲安决定搬到海牙，至少度过这个夏天，也许永远。

“告诉她我要再尝试一下这个计划。”古斯说。他没有看我的眼睛。

我注意到昨天晚上吃饭时他没有喝酒，担心他身体不适，也许是因为发掘工作扬起的尘土。现在我点点头，表示我听到了。他最后一句话里包括了大量信息。

“如果它有效，”古斯说，“那么我要公道地对待卡耶维奇。”我不确定古斯指的是卡耶维奇的侮辱，卡耶维奇曾说古斯看上去像个酒鬼，或是对老虎军团让我们在水罐顶上经历的那一刻的反省。哪一种都没有多大差别。

我们握了手，对我们的来往来说这不是惯例，我站起身准备离开蓝灯酒店。我们在这里度过了一些重大时刻。

谬误——7月3—6日

星期四我回到海牙。星期五早上，我到达法院门口时，很惊讶地看到了罗杰，他穿着20岁时的衣服，戴着一顶挡太阳的窄边呢帽。我跃上最后一级去拥抱他。

“搞什么？”我问，“什么风把你吹到了这里？”

“实际上，是你。我昨天一直在飞机上。我们可以喝杯咖啡吗？”

回到开往福尔堡的车上，得到罗杰批准，成为法院的一位客人比较复杂，任何访客都需要至少一天预先通知安保团队。我们在走过去的路上，交换了家庭的基本情况。罗杰将在美国独立纪念日那天把所有人聚集在东海岸。想象罗杰穿着中上层白人的服装在那里闲逛，展现出他穿着酸橙绿短裤的瘦腿、一件长袖白衬衫和没有袜子的便宜乐福鞋，我就笑了。

我们在一个咖啡店外的旧木制板条折叠椅上坐下来，罗杰讨论起实质问题。

“你打乱了我的度假计划。”罗杰说。在美国今天是一个联邦假期。

“我？”

风吹乱了他帽圈上的红色羽毛，他得用手压住帽边，免得帽子被吹跑。

“传言说你们在波斯尼亚没找到尸体。”

我看了他一会儿。

“罗，你们一直盯着我不会感到不好意思吗？去保卫在班加西[1]的大使馆或别的什么。我不值得这么费心。“

“五角大楼里有些人认为你是很大的麻烦。《纽约时报》上的大屠杀故事让他们听到你的名字就很愤怒。”

“我告诉过你——”

“没错，不是你，饶了我吧。不管怎么说，有很多人认为以其人之道还治其人之身乃是公道。他们想告诉《纽约时报》你们没有找到尸体。”

我耸了耸肩：“他们有权做后续报道。挖掘是一个公共事件。”

“但是他们想要抹掉原来的故事，我是说，进行惩罚。他们要推出的故事是一个渴望回到聚光灯下的检察官，跟首席抗辩人上床了，他在门边核对他的判断，听命于她，而没有查出一切全是胡扯。我想要你知道这些。”

我的手指冰冷。询问五角大楼的人怎么知道这些细节没有意义，我只是责备罗杰那些间谍为何这么监视我，几个月前他称埃斯玛为我的女朋友。

“一旦性交是一篇新闻报道的一部分，就没有多少精细描绘的空间了。你明白，他们会在法庭上牺牲你，解雇你。我知道是我让你去的，你本应该做正确的事情，而你要不光彩地回家。我真的很抱歉，布姆，我是认真的。”

埃斯玛假扮蛇，而我咬了苹果。如果记者们得知她真的只是装装样子，事情会变得更糟。他们会说我是这个世界上的头号白痴。

你总是认为你不在意别人怎么评论你，直到出现这样的事情。阿提拉告诉过我梅里威尔的故事，我最终深深地叹了口气。

[1] 利比亚东北部港市。

“似乎我要做的事情不多，”我说，“除了警告法庭小心媒体人士，并给巴杜提交辞呈。”

罗杰的手从帽子上拿了下来。

“呃，等等，等等。我回去对这些人说下面这些话的可能性有多大，‘你们什么也不用做。法院这周就要宣布这个调查终结了，承认没有屠杀’。有可能吗？”

我考虑了一秒。

“我们不能说没有屠杀。”我告诉罗杰。

他做了个鬼脸？“你知道没有屠杀。我从一开始就告诉过你没有屠杀。”

“我还不确定没有屠杀。我只知道400人被埋在煤矿里的说法完全没有根据。”

“没有屠杀的证据。”

我斟酌着这个说法。400个人一夜之间不见了，最后一次别人看见他们上了美国军队的卡车，在我心目中算不上“没有证据”。

“我们必须做出更改。”我说。

“哦，让我们讨论一下那个委托人，现在就修改，给他一个圆满的结局。我得给这些家伙一些确定的东西，否则他们就要在大庭广众之下把你脱得精光，嘲笑你。”

我做了个鬼脸，勉强一笑。罗杰总是富于趣味。我努力取出律师的工具箱，思考我该怎么斟词酌句。罗杰等待着，他的嘴唇嘟了起来。看着他，这么多年来没怎么变化，我想起我们的上一次谈话，当时他对我十分恼火，我意识到我们的友谊和以前一样持久，出于中间立场，那次谈话被搁置了一段时间，毕竟我们两人都有工作要做。

不过随着那段记忆而来的，在思维固化前，我突然充血式地灵光一闪。我看到了，在黑暗中看出了一个形状——罗杰来这里不是为了保护我，不论这种虚伪的举止多么聪明，或者与我的自身利益多么相关。他来这里是为了终结这个案子。

这意味着什么？某处战壕里吉卜赛人的脑袋里有美国的子弹？或者有我的政府想要保守的另一个秘密？我凭直觉猜测。

“这么说我们的新闻稿将只字不提我们找到的武器？”

我们还没有说起过武器。我想看看罗杰是否会假装惊讶。

“我不知道你们他妈到底找到了什么，但这无关紧要，不是吗？没有尸体。不是吗？”

“没有尸体，”我说，“但是监视我们的人，罗，”——我意识到给他提供消息的人肯定在北约内部——“应该告诉过你，我们在那里找到了一个大型武器贮藏处。”

“这有什么分别，布姆？”

“嗯，罗，我们找到的这些枪，都有北约标记。这让你感到惊讶吗，我们在洞穴里找到了武器？”

“这让人大吃一惊。”

“不知道它们怎么到那里的？”

“我不在意。我只需要国防部不再找我麻烦。”

我现在明白了，这就是卡耶维奇说过的，这世界上那么多人，我们却从该死的拉扎·卡耶维奇那里得到了真相。

“好的，罗，事情是这样的。我觉得你关注的是这些武器。如果不是它们怎么到那里的让你烦恼，那就是它们来自哪里让你忧心。我在想——实际上我突然非常肯定——它们本应是 2004 年 4 月要从波斯尼亚运输到伊拉克的 50 万件武器中的一部分。”

罗杰，我的朋友，一贯脾气火暴。他的鼻孔张大，脸色变了。

“你从哪里听来的？阿提拉，那个大嘴巴？我现在就告诉你，在今天结束前她就没有安全许可证了。”他恶语中伤她。

“不是阿提拉，”我说，“从她那里我只得到了套话。”

“那是谁？”

“那什么谁？关于 50 万支枪有什么大不了的，罗，要保密 11 年？你坐了整晚的飞机就是为了防止我找出真相？”

他凝视着我，想起第一次在见到梅里威尔时，他脸上挂满了紧张的表情。

“你在玩火。”罗杰说。

“我们在洞穴中没有发现尸体的新闻稿，提到了我们发现的东西——这些轻武器——这对你来说是祸患，不是吗？某个无畏的记者会问这些武器怎么会落入吉卜赛人手中，以及——这可是大事——本该运往伊拉克的50万件左右的武器出了什么问题？你不想让我们进行的调查由《纽约时报》做完了。我很好奇答案，”我看向桌子对面，“你在虚张声势吓唬人，罗。”

“我在受罪。”

“你在吓唬人。你在说谎？”就在他面前，有一阵风将一个小铝勺吹离桌子，我伸手捡起了它，“一直以来就是枪的事，对吗？你早就知道卡耶维奇是用吉卜赛人卖给他的偷来的枪杀死了那些美国兵？可你们不想谈论没有被偷的那些武器。对吗？因为你们这些人——你、梅里、阿提拉，还有军队——想伺机反攻：指控我们犯了我们并不曾犯的罪，在巴鲁普拉的洞穴里屠杀了400个吉卜赛人。也许我们甚至可以提供一些能支撑这一事实的证据，这有助于掩饰我们真正的罪行。”

“罪行？”罗杰往后坐。他试图看上去愤慨，但他显然有点担心，“什么罪行？”

“我不能告诉你，罗，还不到时候。不过一般来说，人们不会容忍得到残暴的罪名，除非他们在隐藏别的事情。他们在保守的秘密通常不是他们有不雅的吃相，那是会让你们惹上真正麻烦的事情。”

“没人犯罪，”罗杰说，“除非你重新被任命为美国联邦检察官，不然这不关你他妈的事。”

“好，”我说，“把那些告诉《纽约时报》。那是坏符咒，不是吗，罗？那些武器真的到伊拉克了吗？你是其中的一分子，对吧？你是那笔交易中的情报联络军官。你们以某种方式经常出没，你和梅里，我觉得你和梅里，你们才会在公众面前被剥光，一旦人们开始询问这些枪。”

他没有回答，只是瞪着我。他需要理发了，风吹乱了他耳朵上长满的灰色毛发。

“你采用了错误的方法，罗，”我说，“你应该告诉我你需要我帮一个大忙。”

算计现在刺激了他明亮的眼睛，他东窗事发。

“我需要帮忙。”他说。

“太晚了，”我回答说，“无法挽回。如果你惹火了我，我会把剩下的故事直接告诉记者。你最好让我们完成这桩调查，说我们应该在公众场合说的话，把剩下的细节留在卷宗里。如果我有决定权，罗，我会按你雇佣我做这份临时工作就确信的那种方式来行使它。你知道如果我有机会，我会保护你。并且，不管你是否相信，我仍然会。因为你曾是我真正的好朋友。”

我走开去，回过头向他告别。

“旅途愉快。”

我在波斯尼亚的时候，娜拉去了贝尔格莱德见博齐克。到星期五晚上她才回来。看见她时我像一支火箭被点上了火，她一放下她的手提箱，我们就到床上了。星期六下雨，但待在屋内我们很满足。

整个周末，娜拉在我旁边小睡时，我就思考我的案子。在过去的几个月里，常有事情让我感到惊讶，但如果我们以终止调查结束，我不得不琢磨一下职业上下一步等待我的是什么。我在国际刑事法庭的任命表面上是永久的，但最好勇敢地主动提出辞职，因为如果巴鲁普拉的案子并不以指控告终的话，我不确定有人会想要我继续留下来。我想我应该在国际刑事法庭留下了好印象，很可能签约受雇于一个审判队，如果那真是我想做的事情。或者，我可以回美国，但现在不太合适，又或者我可以去度假，无止境地过夏天。不过仔细思量后，所有这些有关离开的主意都没有吸引力，出于一个主要原因：考虑到娜拉旺达对卡耶维奇一案承担的义务，她不会跟我一起，这就意味着我要留在海牙，待在国际刑事法庭或去另一个机构。

如果四五年前，我在一块黑板上列下要与我共度余生的人的品质，娜拉绝对不会匹配。比如，我想象我自己跟一个在社交上比我更优雅、更热心的人在一起，某个可以弥补我为之懊悔的缺点的人。我相信未来是灿烂的，虽然是未知的，但从没费心去列一张清单。事实是为了难以理解的原因，我跟娜拉一起待在家里，不仅相爱，而且心中平静。只有上帝知道这种状况是否会持续，但在我找出答案之前我不能离开。

星期天，天气再次晴朗宜人，我们在海边度过了一天。下午晚些时候回到公寓时，我们充满夏天的热情，夏天似乎让你所有的神经到了皮肤表面，与微风接触良久后欲望变得更为紧迫。我们第一次在她床上结束一个似乎有点象征意义的假日。

后来，光从外面透进来，我问出了一个一直想问的问题。

“你想要孩子吗？”我的语气不带感情，有点好奇，似乎那只是又一件为了更好地了解她才要问的事情。

“刘易斯反对要孩子。他说这个世界太黑暗，不能把孩子带来。”

“可没有新生，光从哪里来？”

“这是借口，我明白。他不想从他的职业和对他重要的东西上分心。”

我注意到刘易斯仍然占据了现在时态。

“你愿意接受这一点吗？”我问。

“不清楚。我还没有到不接受的地步，不过我从没有同意过。像太多其他事情一样，这件事一直在敷衍。自然，我母亲一直在暗示。”

我最后问娜拉多大了，她精明地回避了这个问题。

“猜一猜。”她回答。

“现在要小心，切丽（法语）。”我说，我还是个男孩时，当对方要得分的时候，这句话在猎人队的无线电广播一周要说好几次。

她咯咯直笑。

“看外表？”我问道，“看外表你可以充作 23 岁。”

“真会说话。”她说，虽然我没有开玩笑。

“不过依据你受的教育和从事的职业来计算，我觉得你大概 38 岁。”

“37。我上学早。”

我重复这个数字：“也许是时候考虑是否要做这件事了。”

“要孩子？”

“没错。”

“成人后，我一直想要。现在也仍然想要。你的建议呢？”

“关于你是否要孩子，对这样的问题我没有建议。不过如果你问起我自己的生活，没有我的儿子们是难以想象的。对我来说，成为一个父亲完全改变了我对行走于这个星球有何意义的看法。大多数人都会这么说，就好像世界从扁平变成了3D。”

“你是说我必须要。”

“这个‘必须’要由你自己来决定。对一个深深地关心你的人来说，我希望你能拥有我的孩子给我的生活带来的那种深刻的连接感。我甚至不太清楚我的婚姻糟到什么程度，直到我的儿子们搬了出去，因为他们在那里时我非常开心。”

“你想要更多的孩子吗？”她轻松地问道，一如我问她是否想要孩子。

我还没有深入思考过这个问题，我用行动或多或少给出了答案。在我的恋爱生活中，我对有孩子的女人没吸引力。

现在，在她的床上，娜拉来到我身边，大汗淋漓，这是我们造成的，我聚焦到我自身，我可以在55岁时再次成为一个父亲吗？对电影明星和总裁们来说这似乎并不算太晚。我知道在家乡金德县有个男人，检察官汤米·莫尔托，在52岁时结婚，然后有了孩子，他就像一朵郁金香在仲冬的暖房开放，虽然他曾告诉我由于他憔悴的面容，他总是被误认为是他儿子们的祖父。

但是汤米没有成年的孩子，他们会为这个决定不知所措，尤其皮特，他马上就会有自己的孩子。汤米，用最粗俗的话来说，没有经历过这个阶段。乍看起来，在我这个年龄要孩子似乎就像伊卡罗斯[1]飞得离太阳太近。那就

[1] 希腊神话中代达罗斯的儿子，借助用蜡黏附的翅膀飞近太阳时，因蜡融化，落入海中而死。

像我要试图活两次。

“我需要想想，”我说，“我们都得想想。”

“是的。”她回答说，把自己拉得离我更近。

星期一早上，古斯和我协作完成有关洞穴挖掘的联合报告。在波斯尼亚，我们只是感觉迷惑，我们仍然不知道曾居住在巴鲁普拉的吉卜赛人去了哪里，但在这儿我们必须面对我们法庭的责任，简单的事实是我们消耗了国际刑事法庭大量的资源在没有事实根据的指控上。在这个阶段，幸运的是费尔科在公众面前提供了证词，而三位法官投票批准展开调查。但现在该怎么办？在一起探究了一阵后，我们的结论是我们仍然不知道是否有人犯下了战争罪，我们必须进行一些有限的后续行动，即便继续意味着进行共计400个失踪人口的调查。

几小时后，在下午的暗淡时光，古斯进入我的办公室，并且关上了门，这意味着发生了什么事情。他通常带着的那种快活的神气，在菲安回海牙后的早上显而易见消失了。他出现时，甚至还不如说，心烦意乱。

我的第一个念头就是罗杰兑现了他的威胁。

“我的名字印出来了吗？”我还没有告诉古斯我跟罗杰的会面，对我来说有些尴尬，尤其因为古斯知道我拿罗杰当朋友。

“那是怎么回事？”他说。

“我还没有告诉你星期五我差点辞职了。”

我讲述发生的事情时，古斯歪着头听我说，但是眼神中充满不解。他不明白这一切。

“要知道，古斯，无论如何我都要想一想辞职的事，早晚有关埃斯玛和我的故事会在这里传开。人们会说那就是我们相信费尔科并展开整个调查的原因，我会成为替罪羊。”

“不，你不会。预审庭同意进行调查。埃斯玛跟你的故事，没人会追究。”他在我桌前的另一把椅子上就座，抬头看着空白的墙，似乎那里真的有东西。

他的唇收紧，嘴巴动了几次，欲言又止。

“说出来，古斯。”

“呃，如果你相信那些老开玩笑的人，你不是国际刑事法庭第一个跟她上床的。”

现在，有关埃斯玛，没事让我惊奇。

“我之前是谁？”

“明美。去年秋天，我怀疑这就是调查得到批准的原因，即使美国人粗声说话，大吵大闹。”

“明美？”

“他们这么说的，我没有证据。有些无稽之谈，但人们永远不知道真相。这没有困扰到我，应该是很长一段时间以前调查就得到了批准。”

尽管埃斯玛否认，我绝不敢说我不是那个队列的一位，在我读到的有关她离婚的报道中女人们也同样在队伍中行进。最让我困扰的是，我越来越清楚地看到我——还有可怜的明美——都是埃斯玛达到目的的手段。

“这对幸福的小两口后来怎么了？”我问。

“传言说埃斯玛结束了这段关系，伤了明美的心。我怀疑她一贯这么干。”

这可以解释我叫停时，埃斯玛为什么沮丧，她认为先退出舞台是她的特权。

古斯仍然躬身坐着，显然不自在地看着我。我本能的反应是询问他为什么之前没说，但我意识到这样做很蠢。地球上一半的人估计都对他们关心的人说过这样的话，“她对你不合适。”这些警告多半产生适得其反的效果。

“这50万件武器怎么了呢，你朋友没说？”古斯问起罗杰。

“没有消息，”我说，“我想查明。”

“调查这个不是我们的事，是吧？”

“不，”我说，“我们的任务是调查据称被埋在洞穴里而现在不在的400人被屠杀的事件。”

“对，”他说，“不过我得到了一些好消息。我来就是要告诉你这些。”

他把从脸书上弄来的几张屏幕快照放在我桌上。

“我可以读吗？”我问。

“你可能不喜欢。”

“古斯，这是塞尔维亚—克罗地亚语的。”

“对，对，对，”他说着用手环绕住他的前额，“要我翻译吗？”他问。

“我会抓取要点。”

“记得我们 DNA 数据库的权宜之计吗？”

“你是指找出我们以为在洞穴会发现的那些人的亲戚？”

“对。我在脸书上发出了一个请求：想要收到从 1999 年到 2004 年住在巴鲁普拉的人们的亲戚的消息。这里有两个女孩，还不太熟悉脸书，说她们出生在巴鲁普拉。”

“出生在那里？她们现在住在哪里？”

“科索沃，米特罗维察。巴鲁普拉的那群人就是从那里来的，老兄。一个女孩 15 岁，她今天回复了几次我的消息。说她和她的朋友们，她们是怎么长大的，父母是那种甚至不会说出‘巴鲁普拉’这个词的人。不在一个统一的难民营，她的多数朋友甚至不知道他们在那里出生。我是说，布姆，我之前在网上试着搜过‘巴鲁普拉’，视频网站、脸书、罪案举报热线，诸如此类。没有一个人说他们曾住在那里。”

“那么什么变了？”

“我觉得最好去那里问，你不这样认为吗？”

“但这些女孩，他们说父母也在巴鲁普拉住过吗？她现在待的营地的其他人，对吗？这就是暗示，不是吗？”

“那就是暗示，布姆。听起来，那些事情后，吉卜赛人回家了。”

调查谬误是指假定你想要相信的事实，古斯和我受到训练不去想当然。不过 400 个人的消失毫无争议，加上费尔科的证词，让我们从没去考虑他们也许只是搬走了。我们这么想有原因。吉卜赛人离开时，没有对他们该地的朋友或亲戚说明，那时没有，后来的 11 年里也没有。除此之外，他们没有运输 400 人的工具。除非，我突然意识到，美国军队深夜开着十几辆卡车到来，带他们回家。

家——7 月 6—7 日

星期一，跟古斯见面后，我郁闷地回到家。我准备告诉娜拉我不想跑步，但我马上看出她碰到了麻烦。

“你不能尝试玩扑克牌。”我告诉她。

“这是什么意思？”

“我是说你发愁的时候不擅长隐藏自己的情绪。”

“真的？人们老是说很难猜透我的心思。”

几个月前，我也会这么说。我想，这是一件好事，对我来说她现在一眼就可以看透。

她示意我去沙发，我们挨在一起，她一本正经地触碰我的手。

“刘易斯。”她说。

“他怎么了？”

“他打电话来说想回家跟我商量事情。”

我有些迟疑，“商量什么，离婚，和解，他的衣服寄到哪里去？”

“我不知道，布姆。这些问题我都问了，他说他认为我们最好坐下来面对面把这些事情谈清楚。”

“你怎么说？”

她的大眼睛突然由于些许失落变得更黯淡。

“布姆，他是我的丈夫。我没法拒绝跟他谈。”

“当然，”我说。但我感觉我体内的一切停滞了，仿佛我吞了毒药，“他什么时候来？”

“这周末。”

“啊，”我说，激动地屏住了一会儿呼吸，然后再次投入深水中，“他要待在哪里？”

她低头看着自己的手，“我们没有说到这件事。”

我点点头，“我要回德印第酒店。”

“你不必这么做。”

“空出另一间卧室对我更好。”

“布姆，拜托。我相信他能睡在沙发上。”

“你们得有隐私。”加里·库珀[1]或者以前的其他非常有名望的电影主人公，不可能用更强的决心说这句话，但我不讨厌这么说。我想，你清楚得很。我警告自己：没地方住。一颗破碎的心。

现在没有更多的可说，于是我们出去跑步。那晚我们再一次在我的床上终结。

星期二，我发现自己比我母亲死时更抑郁。我人生的过去五年，我的大冒险，正如埃伦时不时这样挖苦的，将没什么了不起。我吸取到的教训是：你赌，有时就会输。

午餐过后，我沿着走廊走到古斯的办公室，它从外表看几乎跟我的一样。他明天去科索沃。现在，他确认了十几个在米特罗维察的人说他们曾在巴鲁普拉住过。没人解释十几年来他们在哪里，以及为什么他们似乎现在再次出现，古斯觉得最好亲自去问一下，我认同他的看法。

“如果我告诉你，”我问他，“你离开后，我要前往美国，会怎么样？”这一整天我都转着这个念头。我感觉到最糟糕的是最近几个月来我们做的一切完全是徒劳的。当然，在娜拉和刘易斯商讨事情时，我最好离开海牙。就待

[1] 加里·库珀（1901—1961），美国知名演员。

在几个街区之外会把我逼疯，那会是胡思乱想的漆黑之夜。

“为了什么原因，布姆？”

“想办法与欠我们答案的几个人面谈。从埃斯玛开始。”

古斯做了个鬼脸。

“你可能会违法。”古斯说。

“在那里作为一个普通公民就不是的。如果我为了自己的原因问问题，没有将信息用到国际刑事法庭的意图，那就不违法。在美国我们把这种做法叫作‘第一修正案’。”

“你是律师，布姆。”

“你一直这么说。”

我又思考了一会儿，在网上搜索：贾汉巴尼的案子。贾汉巴尼星期四下午两点要参加一个听证会，达美的航班可以让我在中午前到达纽约肯尼迪国际机场。我给明美发了邮件，请求这周剩下的时间休假。

“你想要在修复一段持续了将近30年的友谊上迈出重大一步吗？”罗杰一接起电话，我就问道。

他想了会儿说道：“乐意之至。”

“我需要帮忙。”我告诉他。

他用一种和缓的语气说“好的”。

“一个月前我在相当困难的境况下丢了护照，你大概知道这一切。”他们一直在密切追踪我，不可能漏掉那次绑架，尤其这件事情汇报给了北约。

“对你的假设我不做评论，我或许听说过你经历了一次糟心的事情，在一个油罐上面？”

“盐水罐。”

“对对对。”罗杰说。

进出一个欧盟国家，携带波黑政府发给的文件，我在波斯尼亚或荷兰边境不会有任何麻烦，讽刺的是，没有护照，要想进入我自己的国家则困难得多。我申请替代文件，但鉴于距离，需要很长时间。

罗杰问了相关的号码，然后让我等等。

几分钟后他回来了，问我："你记得是哪个大使馆吗？"我记得，虽然由于我在国际刑事法庭的角色，我回避了这个地方。"如果你明天下午晚些时候去那里，找里德·詹姆斯，她会给你护照。"

"谢谢你。"

"请问一下，这与你的调查有关吗？"

"我不会代表国际刑事法庭做出行动，罗，如果那是你担心的。我要为我自己问一些问题。从我的前女友开始，你喜欢这么称呼她。"

"啊！"罗杰说。

"我猜你知道，她的真名不是埃斯玛·斯扎尼，她也不是吉卜赛人。她是伊朗人。"

有一秒我没听见罗杰的呼吸。

"伊朗人？"他问道，"伊朗人？你是说所有这些胡说八道可以追溯到德黑兰？"

"罗，我不知道它的源头。她或许只是个别具一格的疯子。"

"耶稣基督。我怎么不知道这件事？你知道这些年这些人以让美国尴尬而感到高兴吗？她是个伊朗人？"

我们继续分享了彼此的震惊，虽然出于不同的来源。

"罗杰，你不是在告诉我美国情报机构从谷歌和维基百科获取他们关注的人的信息，对吧？"

他没有回答这个问题。"我们要跟她谈谈，"他说，"她真名叫什么？"

"我星期四会见到她。我见完后，你们可以跟她谈谈。"我不希望罗杰毁了我的惊喜。FBI 拜访后埃斯玛 / 埃米拉会有个律师。罗杰为延迟有些抱怨，但是明白他没有选择。

"既然你给我打电话，"他说，"我能问问你的调查前景吗？"

"我得说看上去它已成定局，这周末我会确定。仍然有很多问题，但老实说，似乎没有问题是国际刑事法庭值得关注的。我想你不是知道答案的人。"

“我不是，布姆，有关你的问题我们大概知道的比你少。也许不再在通报系统里的人可以自由地多说一些，只要它完全不供引用。”

他是指梅里威尔。我停下来思考，罗杰填补了沉默。

“上周我把事情搞砸了，布姆。抱歉。”

“接受你的道歉。”我说。

我再次感谢他帮我搞定护照的事情，并且答应本周末向他反馈埃斯玛的情况。

“伊朗人。”我们挂断电话之前，罗杰再次说道。

娜拉到家时，我在我的房间。我拿出了一个衣箱，正把一些东西扔进去，边琢磨着为这趟旅行我还有什么东西要洗。看见那个衣箱，她看上去愁眉苦脸。

“你要离开我吗？”

“只是回美国几天，把调查中的一些事情了结。无论如何，现在是离开你的好时机。”

“我不需要你离开，实际上我在想刘易斯来的时候，你在这里或许是个好主意。”

“那绝对不是正确的方法。娜拉，你需要做对你、对你的人生最合适的事情。”

她在床上坐了下来，摇了摇头。

“请不要像我们在演戏一样说话。”

“我没有开玩笑。如果你能挽救你的婚姻，你就应该认真地想想怎么做。”

她歪头看着我，显然不高兴。

“你真的认为刘易斯最适合我吗？”

我手上拿着几件 T 恤衫，看着她。

“真的，不。他像个傻瓜。请勿见怪。”

“你难道不觉得你更适合我吗？老实回答。”

“老实说，是的。我选我，但这个星球上大概还有 35 亿其他男人，很有可能其中一个比我们两人都更适合你。”

她冲我调皮一笑。

“我的生活中有两个男人，已经够复杂了，”她回答说，“现在我必须略过其他 30 亿。”

我们出去跑步，但半路下起雨来。通常，我们会继续跑，但我们对视了一眼，直接回家了，我们一起进入淋浴间。

“别这么轻易就放弃我，布姆。”在我的床上紧紧抱住我时，她说道。

“我没有放弃你，娜拉。但一个人最糟糕的时刻是，多年后回头看，纳闷自己都干了些什么。”

“你说得好像这其中你没有利害关系一样。如果我说‘好的，你说得对，我去找别人，找肯定想要孩子的人’或者类似的话，你会怎么想？”

“坦白说，我会崩溃，但我会尽力去理解。我觉得我可以，我会继续前进，我没有选择，只有——”

“只有什么？”她说。

“没什么，”我说。我不想让她悔恨，这有可能是结果，不过我对自己有点惊奇，我差点就要说，“只是我会担心我是否还会有这样的感觉。”

Ⅷ 触犯法律

弗利广场——7 月 9 日

我把衣箱扔在诺丽塔，一家我从网上选的精品酒店，然后穿越唐人街去弗利广场和中心街 60 号——纽约州最高法院发源地。我从未进入这栋楼，虽然我在街对面的联邦法院度过了比我想象中更多的时光。在那里，纽约精力旺盛的“滚蛋”氛围让检察官和辩护律师之间的关系永久恶化，我情愿向我要打交道的美国助理联邦检察官介绍是来自伊甸园的蛇。

像 19 世纪和 20 世纪初建造的其他法院大楼一样，中心街 60 号旨在成为正义的殿堂，前面是庄严的科林斯式柱廊。里面，我认为是标准的纽约建筑鼻祖，也就是说带有绚丽框架的建筑——大理石踏台、优雅的拱门、巨大黄铜链条上的漂亮枝形艺术吊灯、灰泥上的精致图案，以及圆形大厅上修复明亮的壁画，描绘着正义的明星比如林肯和汉谟拉比[1]。所有这些值得称道的细节受到微弱的光、积年的污垢、脱落的漆，以及几十年未完成的修补极大的影响，门口、通风孔和一些装饰上频繁使用的胶带要为此负责。

51 区，婚姻部审判室，贾汉巴尼的案子在审理，跟楼里其他地方基调一样，两层半高的橡木压花护壁板和一个可爱的栏杆将法庭的讲坛区与给观众的直背橡木长椅隔开，我在长椅上坐了下来，设计的美妙似乎完全淹没在日常的忙乱中。一个蓝色的塑料垃圾桶立在陪审团旁边，几十年来的正义给精巧的橡木家具造成了损失，边缘的罩面漆已经碎裂了。法官前面的长桌子上尤为

---

[1] 巴比伦阿莫里特王朝的第六位国王，也是最著名的巴比伦统治者。在位期间，武力统一美索不达米亚地区，实行中央集权统治，颁布《汉谟拉比法典》，收编在《汉谟拉比法典》中的法律，证明他希望成为一个公正的君主。

明显，我看到埃斯玛，坐在我认为是她的初级律师的年轻女人旁边。在同一张桌子的另一端，对方的副手和委托人也就座了，我之前没见过这样的做法，考虑到离婚诉讼易怒的性质，似乎相当不当。看着这个安排，我突然理解了贾汉巴尼先生为什么会挨揍。他看上去没怎么样，庄重，腰背挺直，一个高瘦英俊的老人，秃顶，太阳穴处一道青筋明显在跳动。

根据我读到的材料，贾汉巴尼有一段复杂而不合常规的审讯程序，就像一些癌症的生长模式。最近几年，贾汉巴尼夫妇在听证官面前为不同的问题在三个不同的时间段审理过三次，在这个系统里称作“仲裁”，不过还是又回到处于困境的法官面前进行一场听证会，有关贾汉巴尼先生的财产，他的妻子想要一部分，这是否在美国法庭的管辖之下？

我能听到这对夫妇的主要律师在法官面前就当天证人的次序进行争吵。在我人生的这个阶段，我已经接受了我基本上是个法律迷，可以兴致勃勃地坐在任何审判室。我照例被律师们表现的细微差别吸引，法官们之前都听过所有内容，更可怕的是，明天还要再听一遍，但他们仍然专心致志听取谈话和抱怨，这更吸引我。也许因为法官的角色是这里我唯一未曾扮演的，我一直着迷于每个法官沉默聆听的风度。有些表现出明显的厌烦或无礼的不耐烦，有些像麻木迟钝的人一样面无表情地坐着，另外一些人显示出了一点怪念头，或者——最让人钦佩的，因为他们做了我永远做不到的事——对每一个词充满十足的兴趣。

在出庭辩护律师中，总有一群人认为离婚案子根本不是诉讼。我从不这么认为，虽然在很多情况下，双方的悲痛在诉讼程序中占了首要地位。不论律师的本领如何，你总是听到同样痛苦的挽歌在词与词的空间弹奏，像一把小提琴沉闷的尖叫——譬如：他不再爱我，等等。这种不公正，法律没有安慰性的回应。

法官名叫凯莉，一个非裔美国中年女人，遵循本地独特的惯例，作为对民主的一种屈从，没有穿长袍。她身着淡紫色的职业装坐在法官席上，仍然掌控着局面，和气而高效。她在最后的争论中没有过多地详尽阐述，代表埃斯玛做出了裁决。之后，法官宣布休庭离开。所有人站了起来，埃斯玛跟她的主要律师聊天，回到律师桌前，朝走廊前进时正对着我这边。我在黑色的栏杆旁等待。

看见我，埃斯玛完全停了下来，不过视线没有离开过我。她最后拉了拉她律师的手肘，让那个女人先走。过了一会儿，埃斯玛从栏杆缺口出来，走向我。

“比尔。”她说，似乎惊讶得有些喘不过气来。她再次因为上法庭而穿得很随便：一件简单的灰裙子，没什么首饰，一条缎带将生长过速的黑发绑在脑后。她看上去不错，一如往常，很美。“真让人惊讶。”

“我需要跟你谈谈。”我回答道。

“比尔，抱歉没有回你的电话。但我不需要解释，是吗？”

“不是这件事情，”我说，“是几件别的事。”

她指路，我们走进两边是大理石墙的昏暗走廊。总的说来，如果是我撒了弥天大谎被人发现，绝不会表现得像她这么镇定。

“你是怎么找到这里来的？”她问。

“四处搜寻了一下。你对我描述过这件案子。”

“啊，是的。正如我说过的，这个案子让人悲痛，没完没了，”她和我一起沿着走廊往前走，没人听见我们说话，“对了，你最后一条短信提到了银行街？”

“他们说没有你的任何消息，埃斯玛。”

“那是凯拉，那位接待员，”她满不在乎地说，“她保护每个人的隐私。”有一会儿我大吃一惊，然后突然了解了她的策略。她以为我依旧不知情，继续假装她是贾汉巴尼案的律师，而不是委托人。“你需要知道什么，比尔？”

我对此感到愤慨，但个人的训斥不出所料地会结束我们的谈话。我最先要考虑的是了解费尔科以及她跟他的安排。

“你知道费尔科现在的下落吗？”

“我不知道，比尔。就算我知道，我也不会告诉你。我们都明白他不想别人知道。他那时对你非常恼怒，对我也是，我或许该补充上。”

“你跟他谈过？”

“谈过一次，几个星期前。你又发来一连串要求见他的短信之后，我给他打了电话或者说尝试过。发现他的电话中断服务后，我用了他儿子的号。费尔科非常生气，他认为你把拉扎·卡耶维奇的老虎军团引向他。说他们给他上了手铐，询问有关古斯和你的问题。这可能吗？”

“我们不是故意的。”我说，虽然费尔科的答案很可能最后救了我们的命。

“但是你贸然到了费尔科家里找他？”

“是的。”

“呃，这严重违反了国际刑事法庭的规定，比尔。难怪他不想与你有任何关系，他要求再也不能发生这种事情。”

我没有回应。我不会听从来自埃斯玛有关道德规范的指示。

“这么说你从来没见过他的房子？”我问道。

她把头甩来甩去，笑了。

“从来没有。我甚至没有他的地址。从一开始我就答应他，我不会保留可以让别人找到他和为做证惩罚他的记录。我们见面时，我用手机联系他，大部分时候安排他在我的酒店见面。”这就是为什么费尔科可以实施骗局。我意识到，作为一个受法律保护的证人，意味着没人调查他做出的有关自己的基本主张。

“你想知道我们发现了什么吗，埃斯玛？”

埃斯玛一直以来是一个慎重的人，我描述了古斯和我在武村的发现后，她的吃惊似乎是真实的。她听的时候，收起下巴，脸移向一边，最后向后看，在墙边的一条石椅上坐了下来。

“这太奇怪了，”她说，“你是说他在骗人吗？”

“差不多。”

“真可怕，”她回答说，她摇了摇头表明她不太相信我的话，“但是你确证了他的证词。我在波尔多的坟墓里看见了骸骨。”

我坐在椅子另一端的一个座位上，提供了齐齐科夫教授依据坟墓的土壤做出的推断，以及对古斯发现的子弹法医鉴定的梗概。

“但要达到什么目的？”埃斯玛问道，“费尔科放入子弹，他老婆活着却声称她死了，能得到什么？”这些是关键性问题——虽然合乎逻辑的答案似乎与埃斯玛有关。“我搞不懂，”她说，“我们知道发生了爆炸，我们知道来自巴鲁普拉的400个人消失得无影无踪。”

“我们上周挖掘了洞穴，埃斯玛。”

“找到了什么？”

“没有尸体。”

埃斯玛露出茫然不解的神情。

“他们被埋在了别的地方吗？”她问。

“不，埃斯玛。400个人死亡的事情，除了费尔科的证词，还有别的证据吗？他说的话都是假的。事实上，我们现在相信那时住在巴鲁普拉的很多人现在在科索沃。”

“科索沃？”她把一根手指放在嘴唇上。根据我对她的了解，埃斯玛并不常显得迷惑不解。她通常时时刻刻脑子里有自己的目标，以及实现目标的策略。“到底什么事情促使费尔科编造这样的事？”

那是核心问题。我给出了我的最佳猜想。

“对我来说唯一合理的可能是你让他这么做，也许给他钱，为了吉卜赛人。”

“我？”她直往后缩，差点从石椅上滚下来。我也很少从埃斯玛身上看到明显的愤怒。她要完成的事情需要一位女演员疯狂的技能，即便如此，她做得非常出色，显得很震惊，一脸茫然，现在愤愤不平。“我？如你所说，这种精心编造的谎言，最终注定会暴露，这对吉卜赛人有什么好处？比尔，我知道我曾经让你失望，但我并没有那么傻，或者完全言不由衷。”

我把一只手顺着脸滑下来。我准备好了。

“哦，埃斯玛，有人会煞费苦心地编造谎言并且许多年生活在谎言中，为了它提供的种种满足，这不让你惊奇，是吧？”

“我只能说我非常吃惊，比你程度更深，比尔。十年来，我一直相信费尔科的这些话。”

我的心顿了一下。

“你听说过一个来自波斯流亡家庭的女人吗，她婚前的名字是埃米拉·扎蒂？”

她再次明显一震，眼睛睁得大大的，一动不动，保护性地转动她的肩。尽管她化了妆，但我觉得她的脸色有变。最显著的是，她所有令人惊叹的热情没有了，取而代之的是另一个罕见的新表情，在最后这几分钟里控制了她。她很害怕。

“不太了解，”她说，“这个人跟费尔科有关系吗？”

“哦，埃米拉·扎蒂跟你惊人地相像，贾汉巴尼夫人。”

她停下来想了想，嘴巴抽动着不知道说什么好。

“什么夫人？”

“你是个骗子，”我说，“一个疯子。如果你告诉我费尔科和你为什么编造这些，你可以省去我一些麻烦，反正你也不在意。”

我突然抓住她的手，再次握住某个相对真实的东西：克制怒火。

“我跟费尔科没有编造任何东西。我劝说他到国际刑事法庭做证，比尔，这需要哄。不过那是因为我全心全意相信他。”

“并且为那张全家福照片哭泣，埃斯玛，”我仍然没法用别的名字称呼她，“那是谁的主意？”

她点了几次头，似乎在累积迟钝来做出让步。

“没错，我建议他带一张照片到法庭，比尔。我确实告诉过他如果他不尽全力表现得真诚，就不值得上证人席做证。但我并没有指示他假哭。我为他筹划，比尔，就像这么多年来，你的几百个委托人要去宣誓时，你为他们做的筹划一样。”

对你的证人进行排练让他们在证人席上给人深刻印象，是辩护很重要的一部分。但有限制，诚然有时非常微妙，可我从没告诉任何哭不出来的人，哭是一个好主意。

“况且，比尔，讲述你所说的费尔科的那些谎言，我得不到任何好处。”

“除了让别人注意吉卜赛人的困境。”

“吉卜赛人的困境就其本身而言，显然令人痛苦。他们的苦难持续了数个世纪，不是假装。我也不是假装。”

“对吉卜赛人的痛苦我没有疑惑，但我再不会相信你说的任何话。”

她盯着我，揣测着，并且尽她所能表现得完全没有在揣测。

“解释这些要花很长时间，比尔。可是埃米拉·扎蒂是创造出来的，我就是我告诉过你的那个人。”

“真希望是这样，因为我真的非常喜欢埃斯玛。从长远来看，她不适合我，可她是我喜欢并爱慕的那种人。从某种程度上来说，她是一个梦想成真的人，”一个多愁善感的人，我内心那个聪明的家伙会这么补充，但那不会降低渴望的深度或重要性，“但是在银行街，或者说在整个英国，没有一个律师名叫埃斯玛·斯扎尼。”

“我是用我婚前的名字取得律师资格的。”

“你跟我说你没有结过婚。现在我发现你和贾汉巴尼卷入了纽约的一场旷日持久的离婚。”

“我知道你十分正派，不会愿意与一个有夫之妇有牵连，比尔，虽然我的婚姻名存实亡十年了。”

她重新用上了作为骗子的技能，为关于埃斯玛最后的宣言摆正下巴，眼神镇静。我们可以永远在她捏造的故事中跳来跳去，我暴露出一个，而她另编一个作为回答，根据需要转变身份。她的精神很不正常，也许有天赋，但没有意义。

“你引诱我上了你的床，埃米拉，这样我会相信这一派胡言。我相信了，真让人兴奋。”

她严肃地回应道：“你想要被‘引诱’，比尔，如果你要用这个词的话。”

“的确，是的。”

“但我永远不会比一个有大乳房的性玩乐伴侣对你有更多价值。你永远不会爱我。”

这一指控最初在我看来是一个诡计多端的骗子让另一方处于防御地位而采用的又一项策略。她以前用过，把我说成是作恶者而她自己是受害者。我准备提醒她，是她警告我不要坠入爱河。

但再一次，这一切都不是合理的。有人活在编造的现实里，是为了经历她在其他情况下经历不了的东西。考虑到这一点，她告诫过我，不要放弃她必须拥有最想要的东西，毕竟，谁会感觉自己有足够的爱呢？

“我一直怀疑你在跟别人恋爱，”埃斯玛说，“我能看出我是对的——你远离我的方式是那么傲慢。那就是你现在在美国的原因，不是吗？已经好几个月了。你回到你前妻身边了，不是吗，比尔？”

我本能地抚摸我的前额。

“我本来希望，埃斯玛，埃米拉，不论你是谁——”我顿了顿，“我本来希望无论如何，你能够真的了解到我一些事情。显然没有。”

“你在掩饰。我知道什么是我了然的，比尔。你现在肯定在恋爱，但不是跟我。你继续前行，回到你的妻子和愚蠢的孩子们身边，回归你在金德县的愚蠢小日子。”

我站起身：“你能告诉我你为什么这么做吗？为什么你要忙于这场冗长的做戏？”

“吉卜赛人有权得到公平，比尔。不管你怎么看我，或者要相信什么，吉卜赛人从来没有得到过公平，我想带给他们公平。我被费尔科骗了，就像你和古斯。”

我想，这应该是我能从她那里得到的最好的答案，差不多是从面具下能听到的一切。

“再见，埃斯玛。”我说。

我起身，从她身边擦过时她把手放在我的胳膊上，她的眼睛又一次显示出一些熟悉的力量。

“我在床上从没对你撒过谎，比尔。”她轻声说。

外面，天气变成了丛林潮湿的阴沉天气，我试图寻找一个地方平复自己的心情。转错弯后，我最后到达了监狱后面的一条林荫道，悬挂着保释担保人的霓虹灯，在那里我找到一家阴暗酒店。在一台当当响的窗式空调下面有几张有缺口的漆布桌，我在一张桌前坐下，喝下一个杯子中的一半苏打水，这个地方散发着糟糕下水管的轻微恶臭。几个去开庭的妓女购买彩票或香烟时，跟收银机后面的那个巴基斯坦人特别大声地说话。那个男人，大概是老板，丝毫没有表现出友善。他的一只手从没有放到他旁边有刮痕的玻璃柜台上，那是一个带临时挂锁的装着糖果和口香糖的展示柜。我相当肯定在看不见的地方，他拿着某种武器，可能是一只球拍或一根铁锹。

离埃斯玛几个街区，又过了几分钟，我开始思考起来，我发现自己没我想象中愤怒。每当我为她虚幻的生活谴责她时，我的父母，尤其我父亲，就在不远处。的确，我们中很多人做过她做的事情，让自己成为新的自己，只不过程度较轻。就在六个月前，我抛弃了我在金德县花了1/4世纪打造的生活，因为我感觉到了来自海牙的一些更真实的东西在呼唤我。

我仍然想不通的是为什么她想成为吉卜赛人。不过在动身开始这段行程之前，再次仔细检查我有关她的随意研究时，我注意到也许她受到了学术界最著名的吉卜赛人巴塔·威尔的影响。他是吉卜赛民权的坦率拥护者，剑桥凯斯学院几十年的董事，埃斯玛就是在那里度过了大学时光。在他的YouTube视频中，他有魅力而鼓舞人心，不难想象他对年轻时的埃米拉的影响。不过缺乏一个传记作者的心理学涉猎，我永远无法完全理解她的内在动机。由于某种原因，她感到深受伤害或虐待？也许。还有其他理由让她想要表现成罗杰称为地球上最受欺负的白人群体的一员吗？

可那只是猜测。在我本能地关注持续溜进溜出酒店的人时，我能确定的一件事，是埃斯玛的性感根植于她的双重人格。不论她是谁，她意识的一些片段得为另一个人格保留，这样有需要时她可以逃离它，除了在床上。记忆中她说过的话，最让我兴奋的是她鼓励我去经历“这时没有你，只有享乐”的时刻。对她来说，卧室是一个净化之地，在巅峰时刻，她没有保留或模棱两可，因此从她的角度来说她在那里从没对我说过谎大概是真的。

为那个原因她看出了我体内类似的渴望。在她的层层谎言和它们对这个案子、对她、对我的意味中搜寻，我碰到了那个上锁的箱子，故事里探险者在寻找埋藏的宝藏时必然会找到的那个箱子，里面是我自己肮脏的小秘密。不论她的动机多么让人琢磨不透，我得承认：从她那里我得到了我想要的。

保密——7 月 9—10 日

我从酒店打了几个电话，一个人也没联系上。对娜拉来说，太晚了，她已经把手机静音了。古斯似乎不在科索沃的范围之内。连接了罗杰的语音信箱后，我给他发了我掌握的埃米拉·贾汉巴尼的所有联络信息。在几个月内，罗杰和我将在金德县或者哥伦比亚特区吃个饭，喝很多酒，再次决定，我们还是老朋友，不会回避彼此。最后，我给梅里威尔的私人手机留了条信息，录音说他不在办公室，明天回来。

我联系上了特里萨·赫尔德，我的一位前诉讼合伙人，我们在我的酒店见面，喝了一杯。特里萨最近被提名为布鲁克林的联邦法官，她想要我的建议，并且帮忙搞定参议院司法委员会。罗杰认为在美国国会，赞赏我的两党球迷俱乐部对司法委员会有唯一的影响。来自我家乡所在州的资深参议员，让我成为美国联邦检察官的人，现在是该委员会的首席委员；另一边我也有位朋友，我的新生宿舍辅导员，一位共和党人，是来自肯塔基的年轻参议员。托德仍相当正派，虽然他在电视上的讲话，有时令我惊讶得张口结舌。我答应特里萨给这两人打电话。

接着我上楼预订客房服务，处理我的邮件。我看到了娜拉在睡觉前发给我的一条非常甜蜜的信息，还有古斯在科索沃或在路上时转来的几条信息。

在看之前，我给他发了一封邮件，说明了我跟埃斯玛对质的大概情况。“她强烈声称费尔科也欺骗了她。上帝才知道为什么，但我倾向于相信她。她似乎为他的妻子、他的房子以及坟墓着实感到惊讶。即便如此，如果说故事就这么简单，我连一分钱也不会押。”

古斯转发来的邮件来自荷兰法医学学会。第一封是一份报告，分析了齐齐科夫教授五个星期前在洞穴收集到的石头上的爆炸残余。考虑到古斯的身体状况，我们逮捕卡耶维奇回来后，他过了一阵才把样品送到实验室。荷兰科学家认为有必要与FBI商谈。他们最终拿出来的报告有很多我没法理解的术语——“碎片射程和散布”“激波反射”，不过结论明白易懂：黑色的东西是一个小爆炸装置特有的，比如美军使用的手榴弹。有趣的是，荷兰法医学会得出这一结论，并非基于炸药的化学成分，而是由手榴弹中熔化成残留物的金属来达到的。

考虑到北约空中监视的照片，这个结果并不让人吃惊，虽然我还是搞不懂美国军队为什么要把5000件武器埋在洞穴里。我反复琢磨这个问题，这时我的手机嗡嗡响，是梅里威尔，从杜勒斯机场回家的轿车里打来的。

我们聊了会儿棒球。我花高价买了星期天猎人队比赛的七张包厢座，我会带上两个儿子，一个的未婚妻，另一个的女朋友，以及埃伦和霍华德，以感谢他们的慷慨。

“你在美国？”梅里问。

“是的。我想去哥伦比亚特区停留一下，见你一面。”

“公事？”

“不尽然。也许相关，但肯定是私人的。”

“听起来十分有趣。”

“我们碰面时我会解释。”

他认真考虑了一会儿，说他明天下午有时间。

挂断电话后，我订了阿西乐快线中午的位置，继续看古斯转发来的第二封邮件，这封邮件附上了荷兰法医学会从洞穴取得的几个手机的发现。实验室确认了四个手机机主，虽然名字对我来说不重要。有个手机配备有照相机，在 2004 年还是一项创新，鉴于巴鲁普拉悲惨的生活水平，这个设备很可能不是买来的。不过用这部手机的人拍下了一切——孩子、狗、云彩、车和邻居。这些照片很动人，显示了即便是处于极端贫困中的人们，仍然怡然自得。

对我们的目标来说，2004 年 4 月 27 日晚上拍摄的那些照片最有趣，大概有十几张。显然它们是偷偷拍下来的，好多没有聚焦，非常黑，不过它们依然透露了内情。第一张显示了一队游击队员手拿武器进入巴鲁普拉。接下来几张我认为是游击队员指挥官的定格画面，他站着，手电筒光照在他身上，电动喇叭筒举到嘴边。这组照片中最有戏剧性的照片是片刻之后的同一位军官，喇叭筒仍然挂在脖子上，不过他单膝跪地，他的突击步枪被举了起来并闪着光，就像蜥蜴的舌头从枪管里跳出来。该序列中接下来显示的是士兵们扯下一处住所的石膏板，以及在枪口的威胁下，居民们朝卡车行进的几张照片，他们的怀中塞满了他们珍贵的东西，孩子们拿着玩偶，更悲哀的是，高举着双手向前走。最后一张相当模糊，我花了一分钟才辨认出来：波尔多和他儿子的尸体。男孩脸朝上倒在他父亲的胸口，他们一起躺在渗着血丝的棕色泥地上。

基于费尔科的描述，我常常一再设想在巴鲁普拉发生的事情，立刻将我想象中的情景与照片上的情景进行比较。我曾把费尔科当作一个骗子，此刻我惊讶地发现这些照片捕捉到的景象证实了他的证词。但是我为追寻费尔科的真相感到精疲力竭，警告自己不要轻易下结论。对一个探员来说，尤其在做了大量工作之后，一些最难说出口的话是“我们永远不会知道”。

我把这些放在一边，为别的事情烦扰起来，觉得我或许认识这位指挥官。在这三张照片里，他的身形、他的姿势和瘦长的体格，似乎有些熟悉。我想不起是谁，虽然我内心感觉他是我喜欢的一个人。我猜他是我见过的摩恩将军手下的一位士兵。

梅里威尔是远程通信的总裁，他由于丑闻退役，目前这份工作干得相当成功。公司企业园在北弗吉尼亚，离五角大楼不远，那个地方有群山和大落叶乔木，四周围绕着至少15英尺高的钢矛栅栏。在门卫室，我说了我的名字，一直等待直到允许进入。

作为一个我在遇见梅里威尔以前几乎没听过的公司，远程通信总部的规模让我震惊。起码50英亩作为安全外围低功能建筑网络，设计时没怎么考虑它们后面苍翠繁茂的山。接待处全是大理石，不过这里似乎有一种让人紧张的安静，尤其是那些从天花板角落垂下来的摄影机。在漠然的接待员那里签到后，一个摄影机转动起来跟随我回到椅子上。我确信我在面部识别软件里比照恐怖分子数据库进行了处理。过了一会儿，我得到了一个可以夹起来的徽章，梅里威尔的一位助理出现，护送我去后面。

她领我到达一个巨大的办公室。担任美国联邦检察官时，我常拿我办公室的大小开玩笑，说因为政府没有付多少薪水，所以用建筑面积来奖赏，但是梅里威尔占据的空间至少是那间办公室的三倍大。不夸张地说，你听不见房间另一边人说话，除非他们大喊。空间太大，有点空荡荡的感觉。家具似乎是1960年留下来的，柚木的丹麦现代家具，虽然我知道这种家具重新流行了起来。即便如此，梅里威尔本可以把这个地方布置得更温暖。除了一张他外孙女的照片，这个地方没有别的照片，唯一的装饰是这么多年以来这个公司从美国国防部得到的奖章。在担当私人执业律师期间，我曾代理过另一位国防承包商，员工的工作空间故意显得毫无特色，让我印象深刻，尤其是蓝灰色的墙。我现在明白这是一种行业惯例。

梅里威尔，身着白色衬衫，系着庄重的领带，热情地迎接我，带我去占据了房间一角的12座会议桌前。他的状态看上去比几个星期前更好，有那种来自许多次航行后，风吹过的有活力的神采。他说他在东海岸的家里待了好一段时间。罗杰的度假别墅也在那里，我怀疑他们一起度过了一段日子。

我问他们这周是否联系过。

“我们一直挂念对方。他说他想来喝杯咖啡，但直到昨天我一直在西非。我猜我马上就会知道他在想些什么。”

我耸了耸肩。

“他在电话里告诉我，”梅里威尔说，“你的调查接近尾声。”

“没错。我们开挖了洞穴。”

“什么结果？”

“呃，我想从你的角度来说，梅里，我大概可以说有好消息，也有坏消息。”

“好的，”梅里威尔说，他想了会儿，“最近我感觉更乐观了，我要先听一下好消息。”

“没有尸体。”

他噘嘴，点了好多次头。

“抱歉，布姆，我不止一次告诉你结果会如此。”

“基于什么？”

“很抱歉！”

“什么让你如此确信巴鲁普拉的吉卜赛人没有遭到屠杀？”

“别人向我做出过坚决的承诺。我告诉过你在我们第一次见面之前，我跟我的高级军官们谈过。”

“你的哪些高级军官向你保证没有杀害吉卜赛人？”

梅里面带怒容，他淡淡的眉毛向下弯。

“你知道我不能回答这个问题，布姆。”

“我猜是阿提拉。她控制了最终把吉卜赛人带离巴鲁普拉的卡车。”

“哦，现在你知道的似乎比我更多。”

“对此我表示怀疑，梅里。”

“如果你对阿提拉有疑问，估计她是回答这些问题的最好人选。”

“如果她愿意的话。”

“为什么她不愿意？”

“我希望就这一点你能够对我做出解释。”

他呆板地缓缓摇了摇头，表示他不知道。

“我想，”他说，“我应该听听坏消息。”

“我们找到了大约5000件轻武器——突击步枪、手榴弹、弹药、火箭榴弹、迫击炮，这是一个真正的军械库。它们大部分是南斯拉夫制造的，刻有激光标识，表明它们曾被北约扣押。我说的事情你不知道吗？”

“有5000件武器在你说的洞穴里？老实说，我很震惊。”

我考虑要不要相信他。

“呃，”我说，“我们就要接近你知晓的事情了。如果我的推断无误，这些武器被一个车队的一些吉卜赛人偷走了，阿提拉本要派这个车队去科曼切营地飞机场。这些偷来的武器中的100件由吉卜赛人卖给了卡耶维奇，卡耶维奇最后用这些武器造成你们的12个士兵伤亡。我觉得，这个事实，对你来说不仅是悲哀的，还是成问题的。因为所有这些武器——卡耶维奇使用的武器、在洞穴的武器、在车队的武器，是你聚集起来的要送到伊拉克的五十万件武器的一部分，这些武器最终的处置似乎非常神秘。”

梅里看着我，他铅灰色的眼睛一动不动。

“也许我在帮助你了解，梅里，为什么罗杰想要跟你喝杯咖啡？”

“布姆，你跟我说过这不是公事。”

“这不是。国际刑事法庭起诉违反人性的罪行，而不是非法买卖武器。此外，你我都明白我在美国的领土上进行调查，以及你帮助我是违法的。这只不过是两个人之间并没有发生的一场谈话。”

梅里继续思考，不以为然地看着我。

我说：“在多博伊出现伤亡后的几小时，你肯定就知道那些士兵是被从北约偷去的武器射中的。起初，得知这个消息时，我以为你保密是因为这件事太让人尴尬了——我们在波斯尼亚唯一的战争死亡是从我们手里偷走的弹药和轻武器造成的。随着时间的推移，我重新考虑这件事，怀疑你封锁这条消息是因为吉卜赛人盗取并售出这些武器，给了美国士兵强烈的动机去实施私人制裁并杀害吉卜赛人。”

梅里威尔摇头，简单地说：“没有。”

“我们会再说到这一点，”我说，“不过最近，我觉察到别的事情，这就是为什么我说洞穴里的枪对你是坏消息。承认我们的士兵是被从我们的车队偷去的轻武器杀害的问题是，有人——媒体、遭到杀害的士兵的父母、国会代表——这些重要人物必然会问究竟为什么一个装着北约扣押的武器的车队要去科曼切营地。这些武器被运到哪里了？这些武器——杀害我们士兵的枪、埋在洞穴的枪、车队里的枪，要运往伊拉克的50万件轻武器——是你们不想谈及的。”

“我知道你在暗示什么。”梅里威尔说。

“但是？”

“但是有关送往伊拉克的波斯尼亚武器的安排仍是高度机密的事情。”

“已经过了11年了，梅里。”

“改变安全等级不是我的工作，布姆，现在更不是。抱歉，不言而喻，这件事情，”他一根手指在房间画了一圈，“取决于不超越这些界限。”

到现在这些废话我听得太多了。我合上双手放在桌上，我对梅里威尔和我成为朋友从来不存幻想，尽管我跟他独处过。我认为我们尊重彼此，但我一直明了我们的角色在某种程度上来说是敌对的。

“我并不是来这里威胁你的，梅里。”

我得到了一个勉强的笑容。“不管怎么说，你会威胁我。我现在就告诉你，如果你真的认为我参与了买卖军火，那么你就太没用了。”

“呃，我来告诉你一件我有把握的事，梅里，一个联邦检察官学到的刑法细枝末节，我想你也知道：联邦法律的法定时效有一项战时例外。对于可能被认为是对美国政府不利的骗局，在最后的军队离开伊拉克后至少五年可提起公诉，这意味着罗杰和你在2016年底前仍在紧要关头。我不知道你们到底做了什么，但我相当肯定你们共同的焦虑不仅仅是为了保全面子。你们为了隐藏这个消息而做出的努力太持久、太积极，没人会对《纽约时报》头版的对战争犯罪的指控咬牙切齿，尤其是不实的指控，除非为了掩盖一些真实的东西。”

梅里威尔狠狠地看了我一眼，他曾是一个士兵。

“因此，梅里，像其他成功的55岁律师一样，我在美国国会有很多朋友，他们会很高兴马上见到我，包括提名我为美国联邦检察官的那位参议员。当权者总是喜欢让他们的名字见报，来拥护真相和美国纳税人。我的目标不是让罗杰或你为难，但我也不会回避。我刚浪费了我人生中的六个月来调查一起没有发生的罪行，因而你们可以避免一场对真正发生的事情的调查，我想要一些答案，如果你喜欢，可以说它们是猜想。如果我设想50万件轻武器要被送往伊拉克，我能认为它们到那儿了吗？”

梅里威尔在椅子里挺直身体，这是一种他或许五岁时就采取的姿势，用手指在桌面上嗒嗒地敲击。

“全部保密？”他问道，停止记录。

“从心底保密。”

然而，他又等了会儿。

“它们是分两批运走的，”他说，“我相信它们全到了巴格达机场。之后发生的事情有点难以理解。”

我笑了。一月罗杰来我的律师事务所时，用的就是同样的词。

“为什么难以理解？”

“有文件表明伊拉克国防部的官员签收了武器，但是随后伊拉克声称这些签名是伪造的。”

“这么说武器没有到伊拉克？”

“不，它们肯定在伊拉克。”

“如果那些枪在伊拉克，为什么国防部否认收到了它们？”

梅里威尔天性谨慎，他看着我，显然在考虑接下来说什么。

“很多武器在战场上找到了。”

一时间我不太明白。

“从敌人那里？”

“是的。”

“他把它们卖给了伊拉克的‘基地’组织？国防部长？”

“或者是他们从他那里偷走了，或者在到达巴格达之前就转运走了，这是伊拉克的说法。”

“所以你运输了成千上万件武器去伊拉克，后来被用来杀害美国士兵和海军？”

梅里威尔拒绝回应。他的脸色严峻。

“这非常让人难堪，布姆。毫无疑问。可是没有证人，至少没人会告诉我们在巴格达看见那些武器。最后，白宫和国防部决定对这一事件绝对保密，因为这将损害我们与伊拉克新政府的关系。

“你肯定记得事情的背景，布姆。在2003年的入侵后，我们缴了民兵和武装部队的械，他们是萨达姆的代表人——几乎全是逊尼派教徒，像萨达姆一样，但他们也是唯一受过训练来维持秩序的部队。等我们意识到我们犯了一个灾难性的错误，想要把武器还给这些人时，一个什叶派政府在掌权，他们的成员对前景感到恐惧，因此，如果伊拉克什叶派政府误用了还给逊尼派的突击步枪的一两个，我们没有选择，只能接受。在这个世界中武器就像货币，处处都需要，”梅里威尔移了移肩，“‘基地’组织肯定从别人那里购买了武器。”

当然，这是复杂的行贿形式：借由允许他和他的老朋友在瑞士银行账上做手脚，帮助国防部长和老天知道的别人放宽他们对重新武装逊尼派的异议。

“梅里，我怀疑美国纳税人会对伊拉克国防部长卖出杀害我们士兵的武器这一事实泰然自若。国防部和白宫无疑不希望这个故事传出去，这肯定会摧毁对战争的支持。”

梅里威尔咬住嘴唇。

“你知道我从不赞同战争，布姆。但是我到达后，面对的任务是挽救整个社会的残余部分。我们毁坏了他们的政府和每个公共机构。我们没法脱身，除非我们想离开，把伊朗的称号给整个国家。”

正如娜拉强调的，一旦战争开始，通常没有好的选择。

“如果白宫和国防部一开始就上船了，罗杰和你为什么还如此审慎？”

他嘲讽地一笑。

“你大概知道在这个城市推卸责任的游戏是如何玩的，布姆。记忆褪色。指手画脚。今天你在国会找不出十个人会说他们将再次入侵伊拉克。这种事情会有许多落实到记载的东西，这种情形下没人想要把东西落在纸面上。罗杰是高级情报官员，我是高级指挥官。俗话说，破事儿永远是从顶上往下滚的。这么多年来，布姆，有一些国会简报和调查，有人可能在上面说罗杰和我说话有点太谨慎了。”

我闭上眼睛仔细思考。如果我是梅里的律师，我会清楚地看见危险，指挥系统中在梅里上面的人会躲闪。他们会说没有提前知道伊拉克国防部长会把武器转移走，当然不是去“基地”组织。在一种不稳定的情况下，真相像水银一样变幻，灾难总是如影随形，可能，甚至很有可能，罗杰和梅里没有等待恰当的批准。即使在 11 年以后，狂怒未消，从在那个时期死于伊拉克的每个士兵的家庭开始。这会变得非常麻烦，不容争辩。

雷顿 · 梅里威尔——为了避免他的名誉受到进一步的毁坏，他甚至帮助我——显然他没法承受另一个丑闻，破坏更多的职业生涯，或者数年的大陪审团和诉讼，甚至检举。罗杰领着他的政府抚恤金，有一种特别的脆弱性。我不需要重读美国《刑法》第 18 章，来找出是否给敌人提供武器装备是犯法的依据。在梅里威尔和罗杰知道枪支有可能出岔子后，第二批出货将很难辩护，这就是为什么他们的上级军官必然坚称他们从未了解全貌。

“三年后，在 2007 年，”梅里说，“美国政府和我在战争上的意见不再一致，正如你知道的。我开始在报纸上看到我的名字——”

“作为一位总统候选人？”

他点点头：“有关我们在波斯尼亚收集的武器，在国会的调查中突然有一阵忙乱。我明白这是警告。最后，政府高级官员介入，让几个委员会主席确信对除我之外的许多人来说，这是潘多拉的盒子。”

“这就是你决定不参加竞选的原因吗，为了结束调查？”

他笑了笑。

“不参加竞选我有很多原因，弗洛伦斯坚决反对、我的机会比较小等都是原因。总的来说,我不能想象每天像一个拿着锡杯的僧侣一样讨钱。不过,是的,我宣布要待在军队肯定鼓励了大家不多事。

“不过，一件奇怪的事情是，引人注目的斯扎尼女士几乎在同一时期，在波斯尼亚现身，打听有关巴鲁普拉的事情。我一直认为这是个巧合，但我没能说服阿提拉。”

“提到阿提拉——她告诉你巴鲁普拉的吉卜赛人还活着？”

“猜测。”

“什么时候？”

“我第一次跟你见面的前几天。”

“你问过他们在哪里吗？为什么没人告诉国际刑事法庭？”

“阿提拉说他们被要求对他们的行踪严格保密，这就像大规模的证人保护项目。”

“因为什么？”

“因为拉扎·卡耶维奇想要杀死他们。在多博伊的交火之后，他发誓要向他们报仇。只要卡耶维奇仍逍遥法外，他们就一直有生命危险。”

我发出一声惊叹，虽然现在梅里说了出来，我意识到我本该靠自己厘清思路。这就是为什么过去11年消失的人们突然现身。

“阿提拉的解释有道理，布姆。但是当然，在这种情况下，这并非我要告诉你的秘密，把这些人置于危险中也不是我的权力能做到的。我尽我所能引导你去看北约记录，以为他们会给你们提供一些线索。看到那些空中监视照片时，我承认我有一种衰颓感。我希望阿提拉在迁移这些人的行动中扮演了某种角色，当然，她也有可能对我说谎，照片中的吉卜赛人远离了死亡，但我一直不相信。”

“你没有问阿提拉？”

“很久之前我就明白，布姆，谈到情报工作和平民承包商，我非常‘需要知道’。并且，对比起来，我从没与阿提拉讨论过我交给你的材料。探明事情的真相是你的工作，不是我的。”

我理解向前看的心态，但我不赞同梅里威尔避免问阿提拉这个问题，你犯过违反人道主义的罪行吗？不过他的逻辑是什么也得不到。如果阿提拉否认，梅里仍然不确定她说的是不是真话。更糟糕的是，如果他的前军士回答说是的，梅里威尔又该如何做？

“那么我的证人费尔科呢？他在搞什么名堂？他做证说他们死了，是要保护巴鲁普拉的人吗？”

“同样的答案：我从没问过。我认为他的证词是斯扎尼女士的计谋，不过你的猜测跟我的一样精彩。也许他是在当英雄。”

律师和法官把一份神圣的重任放在证词上，很少看到那个角度下的伪证罪。正如古斯和我承认的，很难相信我们在武村遇见的那个男人，拥有小城堡，每个手指上戴着戒指，是他族人勇敢的保护者。梅里威尔说过什么来着？为了在一个日新月异的社会生存下去，吉卜赛人并不认为这是说谎。

我再次闭上眼睛，集中精力思考我剩下的那些问题。我在飞机上做了笔记，但拿出它们似乎不太合适。

“在 2004 年，有关卡耶维奇的事情，你对吉卜赛人的角色如何理解？”

“比你认为的要轻。我知道吉卜赛人提供了有关卡耶维奇方位的情报。我的情报是他们向他的人卖黑市仪器、汽车部件这种东西，之后才知道他们在跟谁打交道。但即使我们的士兵出现伤亡后，我都不知道吉卜赛人偷了武器或把它们卖给了卡耶维奇。我承认，布姆，这些武器是一个敏感问题，我们不希望媒体或国会去探究，害怕事态发展。不过，正如你指出的，小偷的身份不是那个问题的关键。”

“那么你认为谁偷了武器？”

“别人告诉我这些卡车在午夜被窃贼用点火器电线短路的方法启动了，他们逃跑时没人看见。由于其他情报，陆军情报形成一种理论，说窃贼是伊斯兰教极端分子，他们想得到武器去中东。这就是为什么我们对卡耶维奇获得的火力没有一点准备。袭击之后两天，我前往伊拉克，那时还没人对卡耶维奇怎么弄到武器和卡车有解释。”

“你什么时候得知吉卜赛人参与了进去？”

“我觉得是 2007 年斯扎尼女士在波斯尼亚出现的时候。阿提拉告诉罗杰，罗杰告诉我，吉卜赛人的失踪与卡耶维奇使用的武器有一定关系，我没有询问细节。”

我又花了一会儿把事情拼凑起来。在这个间歇期，梅里威尔走到房间另一边给他的助理打电话，我能听出来他的下一个会见准备开始。我答应他不会停留太久，不过他花时间从一个黑色的塑料保温瓶里再给我们斟满咖啡，又重新在他的皮椅上就座。

我问出了那个我留到最后的问题。

“有可能是阿提拉把武器卖给卡耶维奇的吗？”

梅里威尔赏脸简单思考了这一可能性，有力地摇了摇头。

“她的行为有点怪。我想你可以看出来，你在你前妻家里感谢我让阿提拉帮你时，我有点惊讶。前一天，我跟她通过电话，她提高嗓门，坚持说我把北约的记录交给你，太疯狂了。我告诉她我没法描述文件内容时，她非常不高兴。阿提拉痛恨没有答案。但是出售武器给卡耶维奇？这钱还不够让阿提拉·杜比背叛她的祖国或我们的士兵。”

“显然她回美国了，”我说，“你有她的地址吗？”

“的确。”梅里威尔再次走到办公室的另一边——从一边走到另一边他当真需要一个背包和一个手杖——给他的一位助理打了电话，那位助理说我出去后会给我提供阿提拉在国内的所有联络信息。

在门口，梅里再次伸出手。我仍然为古铜色肤色的他看上去那么健壮自信而感到惊奇。他是个复杂的家伙，像我们大多数人一样，但我觉得他今天对我说了实话。总的来说，对于我关心的问题，他保持一贯的看法：没有屠杀。

“希望你能保持联系，布姆。回顾那顿晚餐，它在我的人生中起到了改造作用。”

“那不是我的功劳。”

“你给了我希望，”他说，“这得到了证实。下次你来城里时，晚餐可以去我家，杰米在重新装饰。我相信你也看出来它需要重新装修。”

我能感觉我的脸色变了。

“哦，”看见我的表情时梅里威尔大笑。这或许是我看过的他最愉悦的时候，嘴巴咧得露出许多牙龈凹处，“我猜美国的小道消息还没有传到海牙。”

“当然，我并没有留心那些。”

“杰米回到了我身边，”他指的是少校圣约翰，“她离开了里克。如果不是因为你，我将永远不会有勇气再次伸出手。”

我再次握住他的手，出去的路上收到了来自梅里威尔的助理的一张纸，可我仍然不知所措。我没法想象梅里威尔听到了我建议中的什么从而继续前行，并重新解释自己是否符合自己的需求。不过他得到了想要的，至少暂时是的。我曾告诉他，保持快乐的心情，但我离开时感觉这个男人很有可能不会幸福。

外来的声音——7 月 10—11 日

我在哥伦比亚特区亨廷顿过夜，联系到了大学的朋友们梅尔文和米利·杭特共进晚餐。他们是一家人，梅尔文是黑人，米利是白人，他们都是医生，米利在耳鼻喉科，梅尔文是一位肿瘤医师。我们主要谈论我们的孩子，后来话题转到种族，从奥巴马到迈克尔·布朗[1]的一切。我第一次见到梅尔文时，他不喜欢在公开场合提及他是黑人，但他似乎对在美国肤色不可逃避这一问题越来越绝望，尤其对他们的孩子，他们理想主义地养育他们，却在有关种族的表格的“其他”项上打钩。

[1] 迈克尔·布朗：非裔美国青年，2014 年 8 月 9 日在弗格森地区被白人警察枪杀身亡。

我睡得早，不过手机开着，希望收到娜拉的消息。我们一直在交换语音邮件，但还没有接通电话。我要离开海牙时，对于我要去见埃斯玛，她显得有点忧虑，虽然她的不安与我对她要跟卢的谈话而显出的担心相比小多了。早上四点，我的手机砰然作响，我被惊醒，打开灯，坐在床边，双手放在大腿上，努力提醒自己身在何处。

这条短信来自古斯。他在一间网吧，想知道我们是否可以通过网络电话讲话。他附上了最近几天他采访的人的几张照片。

他的图像在屏幕上晃动，碎成参差不齐的线，然后粘在一起。我们从简要报告我与梅里威尔的谈话开始。

“我们很幸运，他对你有好感，布姆。”

“也许。他知道我不愿意激怒罗杰，不过我认为他不敢不告诉我真相。”

像我一样，古斯能看出如果伊拉克武器装运成为公众讨论的一个话题，梅里和罗杰将会背黑锅。即使他们最后以指责白宫来拯救他们自己，这也会给他们的公职画上一个残酷的句点，结果没法保证。

最后，我们转向古斯在科索沃努力的收获。

“在最近两天跟大约 40 个人聊过，”古斯说，“有些是单独聊，有些是群体。有几个家伙就站在旁边，如果你想自己问问题的话。”

“在我们做这件事之前，执行概要是什么？”

“内幕消息，曾在巴鲁普拉居住的 386 个人在 2004 年 4 月 28 日到达这里。”

“这是米特罗维察？当地人试图在 1999 年烧毁他们的家迫使他们离开的难民营？”

“没错，布姆。我得说，现在这一带没那么受欢迎了。那时科索沃有大约十万吉卜赛人，九万人成为难民。老一套的故事，人人讨厌他们。”

我觉得弄清楚我自己的反应有点困难，我理应为这些人还活着感到高兴。

“他们到达米特罗维察后，发生了什么事？”

“呃，我给你发了照片，不过这里，这间网吧就在街对面。”

他把他的便携式电脑转过来，我看见的景象并不比巴鲁普拉好多少，带瓦楞铁皮屋顶的棚屋，侧面是帆布或裸露的板材。和在巴鲁普拉一样，有些住所在蓝色柏油帆布下面，还有住所在联合国援助机构的旧褐色帐篷下。衣服挂在清洗管路上，一如既往，到处是一堆堆的金属废料。这个地方真的很糟糕。

“这里的旧营地还因为空间的原因，”古斯说，“使很多人得病，它就在一个铅矿的山脚下。几年前最终关闭了，但仍然有来自巴鲁普拉的三四十个吉卜赛人擅自占住在这里。”

“铅中毒？”

“铅中毒！有死孩子、盲眼的孩子，有各种各样问题的孩子。有些成人有神经问题，可是没别的地方可去。来自巴鲁普拉的大多数人在一个好些的营地上，前联合国兵营，小白楼。很多人后退到镇上的吉卜赛人社区，马哈拉。不过这里没那么多人，布姆，不管他们在哪里生活，都他妈的非常艰难。”

“对吉卜赛人来说，没有圆满的结局？”

“在这部电影里没有。”

在我的平板电脑上，我浏览着古斯发来的照片：穿着廉价脏衣服的孩子，大多数身着短裤，似乎习惯了不考虑季节。成人们有着我之前见过的那种保守且饱经风霜的面容。他们穿着卡骆驰鞋，不穿袜子，涤纶夹克衫，带有荒谬口号的过剩 T 恤，这让衣服卖不出去，于是吉卜赛人花几分钱购得。这景象有一种使人灰心的熟悉感。

“让他们跟你聊容易吗？”

“不容易。年轻的好些。几个月前，在卡耶维奇被逮捕之前，我没可能跟任何人谈。”那差不多就是我跟梅里威尔拼凑出来的故事。

“结果，布姆，我有点太幸运了，”他是说他运气很好，“想起莉吉的赛菲，那个吉卜赛人的镇？你告诉过我她的故事。”

我并没有这么快忘记赛菲。那是个漂亮年轻的瘦女人，背着九个月大的孩子，第一个告诉我们卡耶维奇威胁过吉卜赛人。

“我在营地四周转悠，”古斯说，“看见一个女孩，我想到她肯定是赛菲的妹妹，”他指的是萎缩的胳膊，“于是我问了她。我猜得没错，我把手机借给她打电话到莉吉，这里没人有国际漫游。这是一个欢乐的时刻，布姆，让人喜极而泣。之后我成为每个人的朋友，唯一的事情是大多数人想要再次确认卡耶维奇已经入狱，我让他们看了几张北约的照片。”

“这么说你是园区的大人物？”

“可以这么说。要知道，布姆，他们中一些人想要找我们帮忙。这是他们的做法。他们将很快伸出手来等待赔偿，不论他们能得到什么。你明白，布姆。他们很穷。”

我不需要告诉古斯如何绕过这个问题：不许下任何承诺；不过，另一方面，现在不要告诉他们他们的希望是虚幻的。不在某种程度上欺骗他们，就几乎不可能与吉卜赛人打交道。

“这就是我们的人，扬。”由于缺乏技巧，古斯忘记了重新对准镜头，他的便携式电脑镜头暂时反过来落在一张桌子上，不过最后扬到了古斯旁边。扬长得壮实，有一张胖乎乎的脸和硬直的黑头发，像一枚旧便士一样黝黑的皮肤。他是个温和的人，笑口常开，尽管他的上牙床只有两个孤零零的门牙。他把我一路带回童年时代一个叫奥利的木偶，一个单齿的、下唇交叠的龙。

扬讲塞尔维亚—克罗地亚语讲得很快，也知道几个英语单词，因为他是又一位科络戴伊的前雇员。不过古斯经常打断他，给我翻译。

扬曾在波尔多的团队工作，经常为阿提拉和科络戴伊开车。2004 年 3 月中旬，他被调度到几个车队上，在波斯尼亚周边的种种军事机构取回大量武器，送到科曼切营地，现在我知道是为了运输到伊拉克。最后的车队没有遵循这条路线。

“他们去莫斯塔取了一车武器，有 12 辆卡车，但返回图兹拉时，波尔多突然告诉他们中一半的人，包括扬，把武器和卡车开往巴鲁普拉。波尔多让他们在半夜驾驶这些卡车一路到达洞穴，这让这些家伙不高兴，但波尔多像小猫的小便一样讨厌。早上，扬和来自村里的十几个人把武器从卡车上卸下来。波尔多大摇大摆地走来走去，像一只猎狐一样咧嘴而笑，说他有个客人需要一些武器。”

“这是新近出现的？”我说，“波尔多经常做偷武器的买卖吗？”

“波尔多，”古斯询问后，告诉我，“非常擅长偷车并卖出去，不过武器，据扬所知，是波尔多的新职业。”

古斯和扬又聊了一会儿。下午，所有的武器卸下来后，波尔多、扬和其他司机回到剩下的车队在等待的地方。接着他们前往科曼切，波尔多汇报说遭到拦路抢劫。第二天，波尔多的人把武器暂时存放在洞穴里。

“扬在山脊上休息，这时他看见一辆车穿越山谷，扬起尘土，像一辆带水汽尾迹的喷气式飞机，时速每小时起码 150 公里。”

像很多吉卜赛人一样，扬很会讲故事。他在给自己卷一支烟，但能够用动作和手势说明车的速度，即使扬另一只手上拿着没有加封的纸，边上放着烟草。

“小轿车在洞穴前面停了下来，即使在山上，扬也能听到阿提拉在尖叫，像一只麻袋中的青蛙一样恼怒。‘波尔多在哪里？波尔多在哪里？’”

“波尔多不紧不慢地下来，阿提拉为难他，非常不高兴。”

扬做出了一个开枪的手势。

“那是什么？”我问道。

“如果任何一方有随身武器，肯定会开枪，他们就是那么疯狂。”

“扬听到了争吵内容吗？”

“他和好几个人从路上下来观看。但他们主要用英语讲，有时说波斯尼亚语。他记得波尔多对阿提拉说：‘将军们偷盗，他们是英雄，吉卜赛人偷盗，他们就是窃贼。’”

扬补充了什么让古斯后缩。显然他请扬再重复一遍。

“扬还记得波尔多对阿提拉说：‘你说过我们应该偷走这些武器。’”

我停顿了一会儿。

“阿提拉怎么回应？”

扬花时间点燃了他的香烟，再次用拇指和食指做出开枪的手势。

“争吵的结论是什么？”我问道。

“阿提拉给出了许多指示，波尔多郁郁不乐。阿提拉站在那里，像一个妈妈控制着孩子。波尔多拿出他的乙炔喷枪，开始分拆一辆卡车。”

“拆成一块块？”

“对，拆成几块，然后把部件放回洞穴，收工。”

我问古斯：“你明白阿提拉在搞什么吗？”

“没线索。”

“好的。”

“阿提拉一走，波尔多开始嘲笑她，一个搞同性恋的女人怎么能告诉他该怎么做。最后，波尔多匆匆去了镇上，通常在图兹拉外让吉卜赛人进去的俱乐部做些肮脏的交易。”

古斯回头看向扬，继续倾听。

古斯说：“第二天一早那个一脸粉刺的傻瓜出现了，也许20岁，看上去像瘾君子，因为吸毒一口灰色牙齿，现金太多，一个口袋装不下。扬被叫回洞穴，他和几个家伙装满了两辆有篷的没被拆解的运货卡车，100把突击步枪、防弹衣、弹药、火箭榴弹、迫击炮。对波尔多来说大赚了一笔，大约四万凯姆，两万美金。波尔多要在天黑之后把货运送出去。”

“扬送货了吗？”我问道。

扬对古斯说话的语气很强烈。

“没有。波尔多派出了常帮他偷车的三个人，包括我们的朋友费尔科。那时扬和费尔科是朋友，因此扬从费尔科那里听到了后来发生的事情。显然卡车和武器去往多博伊的残损区域要克服很多困难，塞尔维亚人在驱逐其他人。

“扬并不确切地知道费尔科的所见所闻，但费尔科回来时非常愤怒，朝波尔多发脾气。波尔多最后用枪指着费尔科让他闭嘴。过后，费尔科仍然极其生气，告诉扬波尔多在跟撒旦打交道，不会有好结果：在北约和波斯尼亚之间，镇上的每个哪怕只是看见这些武器的人，都会被关进地牢里。这给扬留下了很深的印象，他再没去过洞穴。”

“这件事的确切时间是何时，古斯？”

“只能猜测一下，布姆，可能是 4 月 1 日。”

“跟卡耶维奇交火的两周前？”

“我猜是的。”古斯跟扬握手，招呼一个女人过来，他介绍说是弗洛里卡。她的手臂抬得离身体很近。一只麻痹的小手，黑黑的，骨瘦如柴，从她的袖子伸出来。这应该是赛菲的妹妹，她比赛菲矮多了，很丰满，穿着一件长裙，系着头巾。她总是保持笑容，很有感染力。扬仍在背景里显现。

古斯让她重复一下她对他说过的话。

“三个星期后。”古斯说。

“4 月 20 日？”

“那前后，几个士兵从塞族共和国来到巴鲁普拉。要知道，波尔多跟当地许多警察有商业上的合作，她以为这两个来这里也是出于同样的原因，但不是。这两个人当着弗洛里卡和营地一半人的面告诉波尔多,他们有可靠的消息，拉扎・卡耶维奇要杀掉这里每一个把他的消息告诉北约的油滑的吉卜赛人。”

“波尔多是什么反应？”

扬自发地移回画面中，表演波尔多和士兵们之间发生的那一幕，跪地，双手合在一起祈祷。

“波尔多发誓说那是假话。他叫来他的两个孩子，以他们的生命发誓，他没有做过那样的事，在巴鲁普拉没人蠢到与卡耶维奇作对。”

“不过在巴鲁普拉的确有人做了这样的事，对吗？消息灵通？”

“该死的誓言，布姆。你和我漏掉了这个故事的大部分，但我们刚才搞对了。一个吉卜赛人告诉了北约卡耶维奇所在的位置。”

“也许是费尔科？”

“我就是这么想的。”

“在巴鲁普拉是什么反应？”

“恐慌，布姆。卡耶维奇，你或许已经注意到，像只茅厕的老鼠一样狡猾。他并没有威胁能跑、能隐藏的人，只是将一把刀放在他们的喉咙口取笑他们。

他们已经是难民，没处可去，也没有方法逃跑。他们请求北约的保护，因为北约和美国人会第一时间为偷盗武器封锁半个村子。到目前为止所有卡车要么被卖掉，要么被拆了。”

“面对这个威胁，波尔多怎么说？”

古斯向弗洛里卡提出这个问题。

“波尔多还是老样子，表示不用担心。士兵们相信他，他说，他从没对北约说。此外，如果他们看见卡耶维奇的老虎军团来，他们在洞穴里有 5000 件武器，可以保护自己。与此同时，每晚派一家人站岗，以防万一。”

“波尔多还没有卖出剩下的枪支？”

“没有。似乎阿提拉告诫他不要碰那些枪。弗洛里卡说巴鲁普拉的一些人想要波尔多给每个家庭分发武器，但他没有听。”

扬苦笑着插入嘲讽。

“扬认为波尔多害怕如果他分发步枪，镇上的一些人会冲他开枪，把尸体运到波斯尼亚军队，作为卡耶维奇不需要杀别人的证据。由于这些原因，波尔多睡觉时也拿着他的突击步枪。”

古斯周围，尤其扬夸张的言行，吸引来了一群人，大部分是孩子。自然，一些孩子开始把脸伸到古斯的镜头前面，扬和他需要赶走他们。弗洛里卡拍了拍一个男孩的后脑勺，不是严重的打击，但足够表明看法。

“我们现在到了什么时候，古斯？”

“哦，我们到了 2004 年 4 月的最后一个星期，几晚后，扬和弗洛里卡说他们醒来时发现带着武器的游击队员在村子里挨家挨户叫人。”

“警卫呢？”

古斯问扬。从他的回应中，我能听出“费尔科”这个词。

“费尔科是警卫？”我问。

“费尔科、他的儿子和他的女婿。”

扬再次喋喋不休讲了一分钟。“他说，”古斯说，“那是他们最后听人说起费尔科，直到一个月前，他再次现身。一两周后，会有一次开庭——你知道的，吉卜赛法庭——来决定是否要把他赶走。费尔科说他救了所有人的命，他们却认为他把他们全出卖了。”

“你有什么看法，古斯？”

“呃，我们知道费尔科或多或少在做波尔多的业务。”

我花了一秒来思考费尔科，他还没有成为焦点。我从没有在他身上感觉出和美国人打交道需要的那种狡诈。

我请古斯指引证人回到 4 月 27 日接近午夜时游击队员进入村子的时候。在这期间，另一个人，迪尔弗闯入了屏幕。他是一个老人，矮胖，脸像土豆一样。他是弗洛里卡的公公，扬和弗洛里卡的丈夫普拉托的父亲。三个人说了起来，古斯不时让他们停下来，给我翻译。

“这些游击队员组织有序，扬和迪尔弗看见他们最先包围了波尔多的家，外面有一个指挥官，用一个电子喇叭筒，以流利的塞尔维亚—克罗地亚语告诉波尔多出来，举起双手。波尔多拿着一把扎斯塔瓦冲了出来，他离他的门还不超过四步，他们就开枪杀害了他。指挥官先开的枪，接着每边都有枪声。”

古斯和扬用塞尔维亚—克罗地亚语交谈了一会儿。

“扬说认识波尔多的人都知道他不会举起双手。一切发生得非常快，波尔多倒了下去。接着他儿子跑了出来，抓起他父亲的步枪，另一名士兵朝他开了枪。然后他兄弟来了，尖叫说波尔多从没告诉美国人，你们为什么杀害他？他们试图缴他的武器，跟费尔科做证时说的很像，但是那位兄弟也被枪杀了。我是说，在最近几天，关于这部分，我听到了 40 个不同的版本，布姆，没人说的一样。”

“正常。”我说。很少有人在看着别人被杀死时还能冷静地观察。

“与此同时，游击队员挨家挨户把每个人拖出来。一开始，吉卜赛人乞求不要杀他们，以为卡耶维奇要来杀他们，不过拿着喇叭筒的游击队员说：‘你们是安全的，你们要回到科索沃。’士兵搜了每个人，把几个当时拥有手机的人的手机拿了过来，用枪指着吉卜赛人，让他们上了卡车。现在波尔多和他的亲人被杀死了，没人反抗。”

迪尔弗在图像的中心，突然把双手举到空中。

“爆炸？”我问道。

“没错，”古斯说，“最后一辆卡车出了镇上大约800米后，他们听见从下方传来爆炸声。”古斯直接翻译出迪尔弗的话。

“我们在卡车里待了八个小时才来到米特罗维察。看到我们回到了什么地方，吉卜赛人又哭又闹。那位游击队员指挥官，仍然戴着巴拉克拉瓦盔式帽，站到卡车上，用塞尔维亚—克罗地亚语说：‘我们为了你们着想，把你们带到这里。因为卡耶维奇和他的老虎兵团早晚要杀掉你们每一个人。他诅咒了巴鲁普拉整个村子。’要知道，布姆，吉卜赛人非常相信诅咒。反正他们也听到波斯尼亚士兵传达了卡耶维奇的威胁。

“指挥官继续说：‘没人能知道你们在这里，这就是我们拿走你们手机的原因。对卡耶维奇来说，你们全死在了那个洞穴里，他是否能那么想就看你们了。你们中有些人想要让你们的亲人知道你们还活着，绝不能这么做。如果卡耶维奇知道巴鲁普拉的吉卜赛人还活着，他会找到你们，你们每一个人。’”

“当然，布姆，他们大多数人跟他们的家人在一起，他们在波斯尼亚没多少人要联系。一位大人物，波尔多之后的那位新人，四处走动，跟每一家倾心交谈。每个人都签署了他们不会说出‘巴鲁普拉’这个词的协议。他们不喜欢告诉非吉卜赛人——”

“非吉卜赛人？”

“是的。反正他们也不喜欢告诉非吉卜赛人他们的秘密。”

“他们知道这些戴着巴拉克拉瓦盔式帽的人是谁吗？”

古斯问道，这让三个人互相讨论并争吵起来。

“他们到今天还有争议。”古斯说。

“看得出来。”

“有些人认为他们是卡耶维奇的老虎兵团，假装自己不是，或者一些其他的非法军事组织，做着老虎兵团的卑鄙勾当。波尔多的家人肯定他们要来杀波尔多，”弗洛里卡突然插话，古斯点了点头，“弗洛里卡，她说游击队员拿着北约的文件穿过科索沃边境。她偷偷从卡车朝外张望了一下感觉他们也许是德国人或法国人。”

“没人认出卡车上的人？”

“认出来一个。”扬用英语回答。

“游击队员指挥官，”古斯说，“有人说那个游击队员是个男人，不过像扬这样的人有另外的看法。”

扬看进镜头里。

“阿提拉。”扬说。

“阿提拉？本人？”我问道。

“对，阿提拉。仔细看我发过去的照片，如假包换，那是阿提拉。”

“朝波尔多开枪，对吗？”

“那是我的猜测。”

古斯谢了三位证人，让他们继续做自己的事。然后他坐了下来，顿时他的脸充满了整个屏幕。

作为智力训练的一种，我努力弄清我们是否还留有问题。显然吉卜赛人在枪口的威胁下被迫回到科索沃，虽然很难说是他们还是我更不愿意看到他们中有人靠近证人席。

“要知道，古斯，在我们的管理法令里，强迫迁移被视为战争犯罪。”

“呃，你告诉我，布姆，把人们带回来是强迫迁移吗，尤其是为了救他们的命？”

我在好检察官变为坏检察官的那个关键点，把事实敲进一个确定的犯罪形状里，证明几个月或几年的辛苦工作和糟糕的假设是正当的。

“我们了结了，”我说，“同意吗？”

“确实难熬，老兄。”

“我订了飞机票，明天一早去辛辛那提。”

“去做什么？”

“我要去找阿提拉。她在肯塔基北部有一个马场，记得那些照片吗？”

“什么目的，布姆？”

“哦，还有很多我们不知道的事情。比如谁安排费尔科撒弥天大谎？为什么波尔多说阿提拉告诉他去偷枪？最主要的是，我想看着阿提拉的眼睛，告诉她我不在意她拍我们的马屁。”

我们又谈了一会儿，这期间，娜拉发了短信过来，我急切地想跟她交谈。

“你到阿提拉家后，切记给我发张自拍，”古斯说，“别表现得像个无赖。这样就有你最后行踪的证据。阿提拉比我们想象得更复杂。”

这听起来有点偏激，不过我同意了。

这时，迪尔弗又走回画面里，向古斯发表一些临别感想。

“他说什么？”我问。

“想要我们把他们所有人弄出科索沃。说卡耶维奇让他们在这里当了十几年囚犯，现在他们值得去更好的地方，”古斯看进镜头里，补充说，“他们受到欢迎的地方。”

“我只想听听你的声音。”娜拉接起电话时说。

“要我给你读读电话簿吗？”

“我也这么想，我爱你。”

我应了一声。

“我跟刘易斯谈了。他半小时后来这里。”

“他的心境如何？”

“他说他在重新考虑一切事情，”她停顿了一下，“我跟他说了你的事。”

“他沮丧吗？”

“非常沮丧，但我不想他进来时还不知情。”

我大体明白了她的意思。

“你的心境呢？”我问道，虽然我清楚她丈夫站在她面前，走进他们共同拥有的家里之前，她不会知道什么真相。

“我试图遵从你的建议，考虑一切事情，但我并不认为在这种情形之下人们是这样做出选择的，就像这是一棵决策树。坠入爱河不是易事，布姆，当然对我不是。如果你问地球上的每个人，你要伴随着爱去生活，还是没有爱去生活，他们会怎么说？人们不会选择没有爱的生活，布姆。”

她是个聪明的姑娘，可那误导了她的选择。看见刘易斯，如果他说出一些合适的话，她也许感受又不一样，也许再次引发感情，让他们重新开始。

娜拉说：“不过关于那天晚上我说的话，我想了很多。关于你放弃我的事情。”

“然后呢？”

“我觉得我是对的。你想要我走开——”

“我并没有让你走开。”

“部分的你想要这样，这样你就不必处理难题。你怎么能够拒绝给予你爱的人的孩子？但如果你缺乏意愿，你怎么能做一个孩子的家长？你告诉我我应该想想，这样你就不会被迫去选择。”

我不知道该怎么核算我们关系的持续时间，考虑到我们事先柏拉图式地一起住了几个月，但经由我的快速计算，娜拉和我做了三个星期的恋人。夫妻们常说，如果事情能成，他们从一开始就知道，但我怀疑在这些宣言中，有很多回顾性的重塑，不论回顾时一切看起来多么清晰。更明智的是我知道就算娜拉让刘易斯打包，也要一段很长的时间，我们才能对未来有一个确定的观点。不过，作为一个之前的每段关系都失败了的男人，我明白这么平静地说为时已晚，这永远不会起作用——如果你相信情况是这样的话。娜拉旺达让我回答她的问题是对的，尽管一个诚实的回应似乎比我对她的情感更难以解释。

“我真的有权做出这个选择吗？”我问她。这对她来说或许像是拖延时间的一种方式，但对我来说它像做决定的正确次序，我的业主喜欢称之为“关键路径”。我永远没办法抽象地得出结论。

“我觉得你有，”她说，“不过这个周末后我会明确地告诉你。”

坏人——7月11日

在阿提拉的办公室，我见过她在肯塔基北部的家的照片，但是盛夏时节，农场和周边的风景有一种照片反映不出来的繁茂和宁静。她居住在离辛辛那提机场一小时车程的地方，快要到路易斯维尔，在卡罗尔顿外面。在这个地方可以俯瞰一段平静的俄亥俄河，跟陪伴我度过不少岁月的金德河非常相像，低处的青山间有一条蓝色缎带。跟随全球定位系统来到我从梅里威尔的助理那里拿到的地址，我发现自己在一个公共电话亭前面，旁边又是一组镀金铁门。

一个女人应答了，她说“你好”的时候口音就相当明显，我报出了我的名字，补充说我是阿提拉的朋友。我准备好被拒绝——她不在家，她很忙，她生病了，她不认识你，走开——不过机动门打开了，我进而上了一条整整四分之一英里的花哨法式铺路石车道。那栋房子，全是白色石头，在几英亩的丝绒般草地后面的一个圆形小丘的顶端，树林深处的中间，宏伟的豪宅风格显示出乔治时代的外表。

阿提拉的美丽妻子，即使穿着牛仔裤也看上去很高贵，从她的房子从容地下来迎接我。她一头黑色的直发，像渡鸦的翅膀一样闪亮，垂到背上，蓝色的眼睛从50英尺外就非常醒目。

我从车上下来做自我介绍。她是瓦莱里娅。

“阿提拉在商店，”她说，“马上回来。”她听起来像俄罗斯人或波兰人，并且从国外回来不久。“你的名字很有趣，我从阿提拉处听来的。”

在等待的时候她请我喝咖啡，领我进去，穿过入口处修整为盾徽形状的结实栎木门，我确信这跟阿提拉或她无关。光滑的厨房，大理石柜台和器具藏在悬铃木细木工家具里，就像直接从一个设计杂志出来的，可与我在埃伦和霍华德家看到的精美设计相媲美。

瓦莱里娅用房间对面的一个铬合金设备泡了一杯咖啡，然后在柜台旁边的一把黑色皮凳上坐了下来，示意我坐在另一边。我在琢磨如何开始一场谈话，空气变得有点闷人。

“你是怎么遇见阿提拉的？”我问道。

她淡然一笑。“买了我。”她说。

这应该是口音的问题，我猜。

“抱歉，我想你说的是她买下了你。”

瓦莱里娅挤出一个冷酷的挖苦的笑。这个故事，即使她说得磕磕巴巴，也引人入胜。瓦莱里娅来自摩尔多瓦[1]的蒂拉斯波尔，那里后共产主义向市场经济转型造成了一段绝望的时光：连续的通货膨胀，没有工作，食物很少。

“女人，塔娅，说来意大利，当服务员。”塔娅拿走瓦莱里娅的护照，据称是为了获取意大利工作许可证。但是塔娅拥有了文件后，瓦莱里娅，还有其他四个女孩，在刀尖的威胁下进入一辆运马的货车，她们赶了几小时的路。最后，她们发现自己在一艘小船上，坐夜班船去波斯尼亚。那里她和大约 20 名年轻女人被带到了一个谷仓里，在枪口的威胁下脱掉所有的衣服。经过检查后，她们被卖了。买下瓦莱里娅的女人在图兹拉附近拥有一家俱乐部。

“这个女人非常刻薄。她一直对她的儿子们说，强烈点，强烈点，”那指的是打[2]她，我意识到，“睡觉时还听得到。”

第一次有人让瓦莱里娅跟一个老主顾发生关系时，她拒绝了。原来，酒吧主人有一个顾客，他支付了很高的报酬，要求头一个强奸她们。

“酒吧后面的房间里住着四个女孩，这里也是见顾客的地方。极臭，地板上有肮脏的避孕套，从不洗被单，也许睡六个小时。每天吃一次食物，却要接待四五个男人。老板娘警告说：‘逃跑？你没有工作证件。我叫警察，他们会把你抓进监狱。’”

他们告诉瓦莱里娅，六个月后，她欠夜总会老板把她带来这里的费用能够得到偿还，她的护照会被归还。然而，日期临近时，老板告诉瓦莱里娅她有一位新主人，为她支付了 3000 德国马克。

[1] 摩尔多瓦：位于东南欧的内陆国，与罗马尼亚和乌克兰接壤。
[2] 瓦莱里娅说的是“bitter，bitter”，应为“beat”。

“是阿提拉，在酒吧附近见过，我以为是个男人，”她再次勉强笑了笑，“阿提拉把我带回她家，给我衣服和食物。说：‘你想离开，就离开。但你这么美，我请求你不要离开。’我说：‘好的。’阿提拉很好，非常好，非常和善，现在，我拥有一切。”她抬起她长长的双手指向厨房和上方的天空。

我思考着显然的问题，不过在你为了生活出卖肉体后，你能想象柔情会多么动人。

“你在这里有朋友吗？”

“一些教堂的朋友。不过现在整天与摩尔多瓦通视频电话。阿提拉说：‘你怎么不学英语，难道要整天讲罗马尼亚语？’我可以很好地理解英语，但没法说。”

我跟她说最近几个月我如何费劲地学习荷兰语，这时前门砰地关上了。

“嘿，宝贝，谁来了？”阿提拉喊道。她听起来心情愉快，不过看到我时在门槛边停了下来。

“布姆。”她缓缓地走过来，握住我的手，没有了通常的活力。她奇怪的肤色被晒黑了，时尚感没有提高。她穿塑料平底人字拖鞋，牛仔裤用一根绳子扎紧，T 恤很好地混淆了性别的标志。“你他妈在这里干吗，老兄？”

“我想问你几个问题。”

“我认为你们这些家伙不能在美国展开调查。”

我已经猜到了阿提拉为什么如此突然回家。

“我们不能，”我说，“这是为我自己。”

“只有你和我？”

“我会告诉古斯。”

“就这样？像这件事从没发生过？”

“你做过错事吗，阿提拉？”

“呃，他妈的对，我做过。你现在可能知道了，不是吗，布姆？”

我还没想要给她任何提示。

“我知道你的假话说得很漂亮。”

“不尽然，”她回答说，“大部分的事情我没有说。我喜欢你，布姆。我一直跟你说这些吉卜赛人没有死。”

“但你没有告诉我你把他们藏起来了。”

这一点切中她的要害。她看着我，一动不动。

“就是那个该死的全球定位系统，不是吗？”她指的是在空中照片上短暂出现的一个发射机应答器，“告诉我真相，布姆，我他妈的需要给我自己找个律师吗？”

“看，阿提拉。如果我把你告诉我的事情汇报给国际刑事法庭，或者在美国的任何人，最后惹上麻烦的是我，因为我没有得到许可来这里问问题。”

她考虑了下这是否够好。我拿出了我的王牌。

“我昨天跟梅里聊过。”

“啊。”她走到庞大的冷藏抽屉，倒了杯冰茶到一个梅森罐。给我也做了一杯后，她领我到外面的纱窗阳台。这里的空气闷塞，比我先前感觉到的更潮湿，不过一阵微风从河面吹来，看得到下面平静可爱的河水。我们够高，鸟儿和蜻蜓在齐眼高的位置，在林间急转。

我跟她说了发现的一些事情：轻武器、伊拉克。

“我有很多问题，”我说，“也许我们该从简单的开始。为什么一群吉卜赛人有枪卖给卡耶维奇？”

“谁告诉你的？”

“不对吗？”

“不，很对。我只是想搞清楚你们是怎么发现的。你很棒，布姆。你和古斯，你们的工作做得很出色。”

“我老得很，你没必要敷衍我我有多么漂亮，阿提拉。让我听听整个故事怎么样？”

她看着她的杯子，用她咬过的食指在杯子凝结的水汽上画了一个人。她盯着那里，说：“要知道，我不是个坏人，布姆。我真的不是。我一直努力做对的事，你会明白的，有时你会在麻烦中越陷越深。”

我点点头，但是不太想提供言语上的安慰。我在我的律师事务所听过很多相似的借口。

“你知道，”她说，“梅里承担了整个武器运到伊拉克事件的过错，但我仍然认为是你的朋友罗杰的主意。无论是谁，这太荒谬了，老兄。整个行动靠情报方和私人承包人运转。我们的武装部队从没碰过这些武器，也许这样他们可以推诿不知情。

“你不知道吗？第一批武器前往伊拉克两天后，我收到了来自巴格达绿色管制区的怪异电话，问武器去哪儿了。不到两个星期又收到了陆军情报机构的一封电报，他们在伊拉克“基地”组织找到了突击步枪，上面要么有我们的序号，要么有我们的激光雕刻，通常两者都有。要知道，伊拉克人想在他们卖出火器时烧掉标识，但是他们做这件事跟他们做其他事一样蹩脚。

“十分糟糕，我们送出 20 万件轻武器到伊拉克去杀美国人，不到两个星期，就在我开始听闻这些武器最终的下落时，罗杰给我打电话说我们要送出第二批，30 多万件。我就说，去你的，我不想杀死美国兵、加拿大兵、英国兵，或者任何站在我这边的人。他就说，你不明白这里都是什么狗屎事，这是疯人院。我们需要重建警察和军队，如果五万个神枪手一走了之，那么就会发生这样的事情。此外，你听说过服从他妈的命令吗？我一个电话就可以替换掉你这个没有价值的蠢货，”阿提拉停下来摇动她的下巴，“我讨厌那个无赖。”她说。

“我想你是在解释吉卜赛人怎么拿到卖给卡耶维奇的枪的。”

“是的。”

“这是怎么回事？”

“我接到罗杰那个电话时，一群吉卜赛司机就站在我的办公室。”

“他们为什么在你的办公室？”

“发薪日。这些吉卜赛人不知道银行账户，我得用现金付他们工资。并且，布姆，我是个大亨——我管理我的公司，我是唯一处理大笔现金的人。这是事实。”

“你跟罗杰争论时究竟是谁跟你在一起？”

阿提拉抬起她的脸，眯眼看我。

“你找到那个傻瓜费尔科了吗？”

“阿提拉，回答我的问题。”

她噘起嘴。

“嗯，我那样跟罗杰争吵不止一次，我没法肯定都是谁在那里，但肯定有六七个人。波尔多、费尔科，我想，还有波尔多的傻弟弟，他们几乎总是跟波尔多在一起。三到四个那个星期开车的人。”

“提起波尔多，你怎么认识他的？”

“波尔多？你上网，在谷歌搜索‘肛门’，那里就会有一张波尔多的巨大照片。他一直在科索沃的杜布拉瓦监狱，直到1999年米特罗维察吉卜赛人被焚烧的一个月前。”

“他为什么在监狱里？”

阿提拉耸了耸肩：“我听说，他在一个酒吧杀了人，也许是偷窃，他是个真正的窃贼。无论如何，北约轰炸了那个监狱，塞尔维亚人侵占了它，让非穆斯林走了。因而波尔多和整个吉卜赛犯罪团伙到了波斯尼亚，差不多是那儿的大人物。随着时间的推移，波尔多开始拆卸盗窃来的车辆，也偷车。”

“你雇佣他了吗？”

“这就是为什么我雇佣整队人，布姆。我想要他们划破我的卡车吗？我用他们，这样他们不会碰我的东西。另外，也让其他人不会偷我的设备，波尔多是你得去打点的主体。我是说，”阿提拉说，扫了我一眼，“这是生意。”

“他们有多少人？”

“我看到的总共十人。”

“名字呢？”

阿提拉挠了挠下巴，抬头回想。她想起了大概六个名字，扬就在其中。

“好的，”我说，“那么现在他们在你的办公室。你接听了一个电话，你和罗杰进行激烈的争吵，而这些吉卜赛司机站在旁边等待发工钱。”

“没错。挂掉电话后，我失去理智。我是说这真是他妈的坏脾气。我哇啦哇啦用英语讲个不停，往墙上乱扔东西，这些家伙不知所措地盯着我。‘弄死我吧，如果我送枪去伊拉克武装“基地”组织，就算为他妈的雷顿·梅里威尔。弄死我吧，如果我让他妈的伊拉克人偷掉武器，这可是几千名北约士兵冒着生命危险收集来的。我操，我操。如果我真的有方法，我会自己偷走这些枪，把它们送到没有人朝美国人开枪的地方。’我不停地说啊说，抱怨梅里威尔如何失去理智。只是我忘了一件事，布姆。”

“什么事？”

“波尔多说英语，他是唯一一个。其他人连波斯尼亚语都说不好。但波尔多，他听得懂每一个词。”

“唉。”我说。

“对，唉，”阿提拉说，“就像我的许可证泡汤了，如果有人听见我这么自由地说出了所有绝密的东西。我是说，布姆，我很久之前就告诉过你：我说得太多。我这辈子一直在刀尖上行走，我总在想我他妈太搞笑了。”她停下来，窄肩放松，似乎在琢磨她自己。

“不管怎么说，我最后按吩咐做了，集中了30万件左右的轻武器，最后从科曼切空运到伊拉克。我们实际上延迟了几小时，等待最后的车队，这些吉卜赛浑蛋硬编了个故事，说六辆卡车在夜里被用点火器电线短路的方法开走了。一开始我没想太多，我想要让飞机离开地面。我给罗杰和在伊拉克的人发了电报，我们向波斯尼亚警方和北约刑事调查员汇报了。

“但是一天后，我觉得不对劲。我看着从波尔多、费尔科和车队其他人那儿来的报告，他们甚至没费心让他们的故事口径一致。关于他们夜晚在哪里、坏人长什么样，以及他们六个人怎么把卡车弄回巴鲁普拉，没有两个人说的一样。

“于是我迅速去难民营找波尔多。我从后面的路进入山谷，走到洞穴，你知道我看见了什么？梅里的武器：几千件扎斯塔瓦，还有弹药、迫击炮和火箭榴弹。

“波尔多下来了，像个国王，我们吵了起来。那个傻瓜，你知道他说什么吗？‘你告诉我偷这些枪。这些人都听到了。’

“我就说：‘如果我告诉你现在去操你自己，你也去吗？’

“他就说：‘我会给你我得到的一半，我想我已经有一位顾客要来买一些了。’

“我就说：‘你个笨蛋，偷车也许你是个好手，但是对这个东西你一无所知。这些武器上有标识。你试着卖掉它们，第一个被逮到拥有这个武器的人，他会在说出自己的名字之前先告诉执法机关你的名字。北约将用路由器和闪光灯直抵你的直肠，你直接就回到了监狱。’所有这些都是真的。

“可波尔多听到这些，笑着说：‘对，可你说过去偷。’

“自然，他在胁迫我。他并不蠢。如果我把波尔多送交波斯尼亚或北约，他会重复他从电话里听到的关于‘基地’组织、伊拉克人和梅里威尔的话，并且我是那个决定偷取一些武器来进行阻止的人。因而结果将是我以诅咒梅里威尔结束，我会丢掉我的工作和许可证，我得处理胁迫我的波尔多和他的那伙人。”

我抬起一根手指打断了她。

“但你没告诉他去偷枪，对吧，阿提拉？”

她从桌前往后退。

“他妈的，布姆。”她怒视着我。

“答案是没有吗？”

“没有。答案是他妈的没有。从来没有。你不相信，是吗？”在脆弱的时候，阿提拉很容易被看透，她显然受到了伤害，不过我仍然花了一会儿来确认我的想法。

“我没有。”我说。我提醒她现在在故事的哪里，她在洞穴外面与波尔多对质。阿提拉叹了口气，窄肩颤动，坐了回来。

“好的，我得把柠檬做成柠檬汁，对吧？我告诉波尔多：‘你干的好事，把这些枪埋在这里，就在洞穴里。那是你、我或其他人最后见到它们。’至于那些卡车，如果它们再次出现的话，麻烦比价值更大。于是我对波尔多说：‘你得自己解决这件事。你可以把这些卡车拆掉，出售零件。但是你们这些笨蛋以后不用为我开车了。结束了。’

“我当真站在那里看着波尔多开始拆第一辆车。

“尽管如此，还不到三天，我的手机收到一条费尔科的短信，他快吓尿了。他真的想要在一个地下室见面，并且让我以我还没有的孩子的生命发誓，我永远不会让这些事情再弹回到他身上。显然，波尔多在图兹拉外面的一个性爱俱乐部碰到了某个讨厌的孩子，同意卖给他两辆卡车和100支突击步枪，波尔多让费尔科和几个人去多博伊送货。

“但是接收这些装备的家伙们，他们每个人都有阿尔坎的刺青——那是一只吼叫的老虎——就在他们的手上。不止一个人在笑，说他从美国人那里弄到这些武器，‘总统’多么高兴。那个孩子是卡耶维奇的一个亲戚，一直在说‘拉扎’。我是说，费尔科，他并不笨，他善于应付困难。

“费尔科跑回波尔多身边，说：‘我想我们刚把东西卖给了卡耶维奇。’波尔多当面嘲笑他，‘谁在乎？北约和美国人将一无所知。他们十年都没有抓住卡耶维奇，现在几乎没剩下什么人来抓他。’

“但费尔科不一样，这里有很多事情他不喜欢。首先，他不喜欢波尔多。没人喜欢他。他特别不喜欢卡耶维奇，因为卡耶维奇杀害了很多吉卜赛人。其次，他也不想丢掉我这边的工作，因为我给的报酬比波尔多多。不过最糟糕的是，他怕被抓。他知道如果波斯尼亚方面知道他与出售武器给卡耶维奇相关，他们会一点点剥掉他的皮，用著名的图兹拉盐塞满每一个伤口，这毫不夸张。感谢波尔多，因为他，在多博伊人人都看见费尔科运输武器。”

“因而你让费尔科去告诉陆军情报机构有关卡耶维奇的事？”

“不，布姆，我去了情报机构。我说：‘我有一个吉卜赛司机肯定地说他们有人售出了一些黑市东西，给躲藏在多博伊的一些家伙，他确定那是卡耶维奇。’

“当然，情报专员，他们说：‘好的，我们得跟他谈谈。’我说：‘别这么做，吉卜赛人不会出卖吉卜赛人。吉卜赛人不仅会在潘诺尼亚湖把这个家伙溺死，还会把他所有的家人都驱逐出去。’这是真的。‘这是坐标，’我告诉他们，‘你们自己监视一下看看。’”

“但你没有提到费尔科运送的武器？”

“没有。我说那个告诉我的人是从一个偷车贼那儿听说的，我就只知道这些。我试图保护费尔科，还有梅里，甚至那个讨厌的罗杰。还有，如果他们询问波尔多，他会把责任都推到我身上。毕竟，我是个他妈的白人。”

“可以这么说。”

她笑了，“可以这么说，”她把她的拇指举到牙齿边，决绝地咬和撕扯，这种景象看上去并不雅，“但是，布姆，说实在的，我从没想到情报人员没意识到卡耶维奇和他的老虎兵团武装到了牙齿。他妈的怎么那么笨，明知道一个装着武器的车队在30公里开外的地方失踪了，而不怀疑卡耶维奇弄到了一些？这是军队，布姆。寻找我的卡车的那些北约的人认为是伊斯兰极端分子偷走了它们。直到今天，我还是不知道原因。他们知道内情。

“因而卡耶维奇带着他们完全没料到的火力，在等待特种部队，四个美国人死了，八个受了不同程度的伤，我更加谨慎起来。”

“不到一个星期，事情变糟了。首先，卡耶维奇放出话来说他要杀死巴鲁普拉的每个吉卜赛人，费尔科告诉我，我必须保护他和吉卜赛人。

“情报人员，他们神志失常。他们不需要任何人告诉他们他们搞砸了，他们努力分析原因。他们回到我这里说：‘现在别废话，我们需要跟提供给你消息的人谈谈。’

“于是，过了一天，我告诉了他们真相。我说：‘我看上去有点苛刻，他妈的吉卜赛人骗我。他们从车队偷了武器，卖给了卡耶维奇，他们还有几千件。现在，因为我的手下做了正确的事，把卡耶维奇的事告诉我了，他和他的老虎兵团要回来摧毁整个难民营。’

“当然，情报人员一开始说：‘听起来像个好主意，杀掉这些浑蛋。我们绝对不会保护出卖我们士兵的人。’

“我说：‘理解，只是我们现在有大问题，这将损害我们在这个国家的整个使命。首先，如果吉卜赛人偷的这些枪被卖给老虎军团或魔蝎，或其他非法军事组织，谁知道他们会引起什么样的骚乱？企图缴他们械的人谁会被杀或受伤？也许这些吉卜赛笨蛋就做了北约所认为的，把这些武器送给了一群伊斯兰极端分子，他们把它们送给了黎巴嫩真主党。或者想象卡耶维奇当真去巴鲁普拉，把他们全杀了。所有这些维和的事情在这之后看上去会怎么样？这里不是没有圆满结局。我们得做些事情，我们得快点做。’

“跟我谈话的那些家伙，他们说：‘呃，我们会把这些话带到总部。’我说：‘你们把这些踢给高层，他们会拖一个星期，这个期间就会有坏事发生。’梅里刚走，新的北约司令官仍然四处侦察寻找营地。

“自然，情报人员问：‘哦，你有一个更好的主意？’的确。‘让我们摆脱这些武器，也摆脱吉卜赛人，’我说，‘让这些笨蛋打哪儿来回哪儿去。我会让我的人——’”

“你的人是费尔科？”

“没错。让我的人待在这里，说那些戴面具的人进来把其他人都杀死了。

“要知道，布姆，这并不是一个坏主意。这是实施私人制裁，因为没有指挥官会同意，不过情报机构不缺志愿者。

“于是我最终指导了一次武装行动。每个人都有科络戴伊文职雇员的文件，打印的是来自北约的跨境指令。我们安排好了时间，那天晚上刚好是费尔科、他的儿子和女婿们看守。我们从煤矿那边的后面开进去，偷偷地到达山谷，保卫洞穴，然后快步行进到村里。我知道波尔多睡觉时还拿着一把步枪，真的，于是我们一开始就包围了他肮脏破旧的小屋。但是波尔多，老兄，波尔多根本就不把手举起来。”

“谁朝他开的枪？”我问。

“我，至少，第一枪。我不能等太久，他手上拿着突击步枪。在部队20年了，布姆，此前我除了开枪打靶以外，从未朝任何东西开枪。我本来可以再等等的，也许。我是说，我恨这个浑蛋。但我仍然不知道。不过子弹开始飞舞时，人们紧张了起来，”她瞥了我一眼，“这场战斗被大大地高估了。”她说。对于这一点，她思考了一会儿。

“你知道，一旦有人开枪，人人都想要开枪。于是那个可怜的男孩中弹了，被一个并不比他大多少的蠢孩子射中。布姆，我就站在那里思考。好了，现在，你是那个想出所有事情的人，想出怎样把事情做好，似乎不到一秒事情就没法逆转了。”阿提拉摇了很长时间的头。

“那位兄弟呢？”

“他跟波尔多一样蠢。他不想活命，于是他也死了。

“可笑的是，之后一切进展顺利——把吉卜赛人迁走，炸掉洞穴。我们把他们安置在科索沃，在熄灯号前回来。吉卜赛人对卡耶维奇在找他们深信不疑。”

“费尔科告密的报酬就是他留了下来，并且接手了波尔多的生意？”我问道。

“没错。有人得待在附近，说明发生了什么。我们需要传出话来说吉卜赛人已经死了。”

“费尔科不担心卡耶维奇？”

“你在开玩笑吗？一听到卡耶维奇的名字，他就开始抽泣。我想要他说卡耶维奇的老虎军团杀死了所有吉卜赛人，但费尔科怕招来杀身之祸。反正卡耶维奇已经得到了他想要的，吉卜赛人不在了，他或许认为美国人把他们全埋在了洞穴里。”

“我想他是这样认为的。”

“事情就是这样，让人难过：吉卜赛人都不见了，还有波尔多偷的武器。直到 2007 年你的吉卜赛甜心现身，说她听说了有关一场大屠杀的可怕谣言，想要展开一项国际调查。我告诉费尔科别理她，他没理她，然后她说她要提起间接起诉，要去米特罗维察找巴鲁普拉这些人的亲戚，这样这些亲戚可以说好多年没有巴鲁普拉人的消息了。呃，那真是糟透了。如果她在米特罗维察四处逛，用吉卜赛语闲聊，早晚她会知道他妈的整个故事。她并不是普通的吉卜赛人。”

“不是。”我说。

“她开始在报纸上寻找记录和问罪。我给罗杰打了电话。”

“你们又恢复友好的关系了？”

“并没有。但他不会挂掉我的电话。”

“你想从罗杰那里得到什么？”

“我觉得也许他能让科索沃人不让她进入那个国家。他不能。至少，他是那么说的。”

“那时你告诉罗杰巴鲁普拉的吉卜赛人还活着了吗？”

阿提拉低头，捏她的大腿进行思考。

“我开始说，但他不想听。他跟我说吉卜赛人是我的问题，但他并没有掩饰我们送去伊拉克的武器仍然是高级机密。人们在说梅里要竞选总统，这些武器的内情，谁偷了，会引发大量注意力，很可能让我们覆没，如果记者或者总审计局知道的话。

“因而我们不能让埃斯玛去科索沃。我告诉费尔科，‘你得跟她谈，让她相信巴鲁普拉的所有人已经死了。’”

“费尔科有什么好处？”

“哦，我付了他钱。不过他也没做过什么可夸耀的事情——拦截一车队的武器，卖给卡耶维奇，或者向我透露消息？他需要隐藏的事情很多。如果她相信那个故事，对所有人都好。”

阿提拉之前很忌讳，不愿意看我，但她现在看着我，一边继续拨弄梅森罐。

“好了，我听上去像是最可鄙的人吗？”

“说下去，阿提拉。听完整个故事后，我会告诉你我的想法。”

阿提拉看见她的一只狗在外面做些顽皮的事，她起身去训斥那条狗。透过帘子，看得见那条黑色的狗，它羞愧地悄悄走开了。

“我能往深处想一点吧？”阿提拉再次坐回她的铁椅时，我说，“我明白你不想让埃斯玛去科索沃。可究竟为什么费尔科要在我的案子里做证？”

“我让他别去，这么做没有任何好处，一无所得。但是，要知道，老兄，他渐渐迷上了那个吉卜赛女人，真的想要她高兴。他从没说过这样的话，但我确信她不时舔他的‘棒棒糖’，当她想要一些东西的时候。”

在巴鲁普拉，古斯偷听到费尔科对埃斯玛说：“我希望你言而有信。”我还以为在曼哈顿那天我摸透她了，可是跟埃斯玛打交道，你永远没法弄个水落石出。在床上，她不跟任何人撒谎。她可以让费尔科、明美和我相信她需要什么，因为为了那些东西她可以放弃自我。那是拥有没有真正边界的个性的极大优势。正如梅里所说，她有强大的吸引力，反社会者[1]总是这样。

阿提拉说：“我告诉那个傻瓜：‘如果你真的要做证，你得做好。你到那里胡说八道，我们都会卷入麻烦——包括你回到科索沃的族人。如果卡耶维奇知道他们还活着，他会让老虎兵团的一队人乘第一班火车去。你最好按她告诉你的去做。’似乎他享受这种叙述。”阿提拉咬住唇，忍住笑：“不过，我不相信人们会蠢到相信一个吉卜赛人。”

“你是说，像我一样。”

“你的‘老二’相信他。”阿提拉说，我想跟她争论，不过没有意义。

“费尔科真的把波尔多和他的亲人埋在巴鲁普拉了吗？”

“没有。我们把这些尸体带到了科索沃。波尔多的人，你知道，我们担心他们不会坚持这个计划，不过他们很害怕，他们知道卡耶维奇会先杀死他们。我给费尔科钱，每月寄给他们，说这是他们的生意损失。你的调查开始后，费尔科找了几个盗墓者把这些尸体弄回了巴鲁普拉。”

“谁重新埋葬了他们？”

“费尔科，他想要我帮忙，不过我说：‘这是你的事，哥们儿，这都是因为你想要做证。’”

“于是他扔了几颗子弹进去，让它看上去更真实？”我问。

阿提拉幽暗的眼睛看向天花板。

[1] 指知道自己在做错事但毫不在乎的精神变态者。

“我想是我告诉他这么做的，”她点点头，又咬起了她的手指甲，有个表皮出血了，“你说什么，布姆？我是个处理所有事情的垃圾桶吗？这一路，我真的想走好每一步。没错，可是在波斯尼亚因为我和这些射击事件，一个月内有七个人死了，还有八个伤了。我明白，我并没有骄傲，我把事情搞糟了，我一直想着这些事，可我不是个坏人，布姆，我真的不是。”

阿提拉喜欢她自己打扮成一个硬汉，可现在她的小眼睛涌出泪水，渴望我的评价。

过去这么多年来，从我的众多委托人那里，我听过这种宣言——我不坏。我通常告诉自己，《传道书》说过不以一个人最坏的行为来评判他的虔诚话语，但是阿提拉的渴望来自更深层的需要。早年她常被称赞她没做错，于是她想要我的安慰。

可是正义是无情的。她让我发表意见，我决定照做。

“首先，阿提拉，你可以用国旗把自己裹起来，谈论伊拉克的军队，要保护梅里和罗杰，可首要的是这是你的事情，你的保密证、你的公司、你的钱，我知道所有这些对你都很重要，我明白原因，可那不是借口。”

她晃动她的头，似乎表示同意。我不确定她真的认为我是对的，但她没有要分辩的意思。

“其次，我不相信你对杀死波尔多表示惊讶，你到巴鲁普拉时就料到了。你知道波尔多会相信老虎军团就是去那里找他的，他最好让他们拿枪打他，而不是被捕受折磨。”

阿提拉咂了咂嘴，这次她摇了摇头。

“如果他出来时举起双手，布姆，他会在科索沃过得很富裕，还开心，能偷什么就偷什么。但我不可能数到三，看他能杀死我们几个人，那把步枪装着子弹，布姆。你说你不会朝他开枪？”

“不，我也会朝他开枪，但我在拟订计划时就会意识到这会杀掉一个人，我希望我会仔细考虑整个冒险行为。我知道波尔多是个可恶的家伙，阿提拉，但是还罪不至死，更不用说另外两个基本没有过错的人。”

她低头看着餐桌，像一个二年级学生。我感觉我的评价让她惊讶。

“最后，对我来说最重要，阿提拉，巴鲁普拉没什么人做过错事，要在枪口的威胁下被驱逐出境。北约应该保卫那个难民营不受卡耶维奇的伤害，可是你想要把吉卜赛人赶离波斯尼亚，让他们保持沉默。于是吉卜赛人在科索沃因为两个原因经受铅中毒：一是保护你；二是给一帮情报人员一个机会将忧愁发泄在其他人身上，他们为没有知道卡耶维奇全副武装而感到痛苦和羞耻，为了达到这种目的，吉卜赛人一向很有用。”

“我搞砸了，布姆。正如我所说，我并不是在请你原谅我。”

“我不原谅你，阿提拉。你安然脱身，没有受到任何惩罚，那就是你想从我这里得到的安慰。我不会拍拍你的背说，你现在可以忘记它了。”

我们注视着彼此很长时间，直到她突然起身，离开桌子。

我起身看着河水和峭壁。几条狗，全是黑色的拉布拉多，在院子里追逐。我能看到栅栏边一副遥远的景象，几匹阿帕卢萨马[1]闲站着，用尾巴轻打着苍蝇。我享受了大约一分钟夏天醇厚浓烈的空气，接着跟随阿提拉进入大厨房，她背对着我，搂着她的妻子，她整整比阿提拉高出一个头。

我站了一会儿，说，“你有一个好女人，阿提拉。”

她点点头，从长餐桌拿起一张纸巾，擦她的鼻子和眼睛。转向我时，她的脸鲜红。

“在这一点上我们可以达成一致，布姆，好女人很难找，希望你有更好的运气。我警告过你离那个吉卜赛女人远点儿，不是吗？”

“你警告过。”

阿提拉请我留下来吃晚餐，可是我刚才说的是认真的。我不会坐在她的餐桌前，假装没什么是错误的。我送了不止一个人去监狱，我喜欢他们的诚实或他们的幽默，甚至在内心认为他们很好，只不过在脆弱时刻屈服于冲动或其他人的影响。我喜欢阿提拉，为她感到可惜。我承认事情不受她的控制，

[1] 阿帕卢萨马：供人骑乘用的一种马，产于英国西部。

可是她毁了很多人。

我吻别了瓦莱里娅。阿提拉送我出门，我们在我租来的车旁握手。

“你从这里去哪儿？”阿提拉问。

这个问题吓了我一跳，我现在才意识到我多么努力地在回避这个问题，我还没有一个持久的答案。我能感觉有一个坑在我胸腔打开，有一点振作了精神，但大多数是空虚。

“我明天带儿子们去看球赛。之后，我会回到海牙，”我说，“我喜欢国际刑事法庭。我相信他们做的事情。但是我不确定某些东西是否在合适的地方等我回去。”

我能看出阿提拉爱管闲事的自我在猜想，不过她似乎认识到我们不再处于一个她可以自由发问的状况中了。

“希望顺利。”她说。她又给我一个沉思的目光，仍然渴望得到她没有从我这里获得的宽恕，然后拍拍我的肩，走回屋内。

她漂亮的前门砰地关上时，我差不多滑入情感的深渊，那是一秒钟前在我体内慢慢开启的。我忆起几个月前我在海牙害怕的那个时刻，当时我尽最大的努力重新开始，却毫无结果。我快55岁了，竭尽所能给我自己一个开心的机会。我努力去做正确的事情，搞清楚什么是重要的。可现在我在这里，坏人，不管他们是谁，不会受到惩罚。巴鲁普拉的人在科索沃受苦，我仍然没有家，究竟是怎么搞的？

我碰触汽车方向盘旁边的启动按钮，衬衣口袋里的手机开始振动起来。我的心跳加剧，我突然充满希望。

是娜拉。

附言

这个故事有多少是真的？每个小说家都想这么回答这个问题：全是真的——都不是真的。

我会更坦率。真实的事件总能给我灵感，但这是想象力的成果。没有一个人物是真实人物的代表。因为就算我是从实际事件开始的，为了戏剧效果及为我故事更重要的目标服务，我做了改变。

例如，尽管吉卜赛人有遭到虐待的可悲历史，包括在巴尔干战争期间，但在真正的老鹰基地外围，从来没有过一个吉卜赛难民营。我并不知道在战争之后的波斯尼亚，有几百个吉卜赛人被杀害的事件，不管是真实的或声称的，更不用说事件中北约士兵遭到怀疑。事实上，在老鹰基地服役的美国士兵，名声很好，虽然对我们的私人军事任务承包商我没法做出同样的评价。[见《人权观察报告》，第14册第9篇（D）；《希望的破灭：战争之后的波斯尼亚和黑塞哥维那女人和女孩被强迫卖淫》（纽约：《人权观察》，2002)]

另外，在2004年8月从波斯尼亚运输成千上万件武器去伊拉克，包括这些武器的处置从未得到解释，其中，政府问责署和国际特赦组织有据可查。[见格伦·凯希尔，《给伊拉克的武器不见了》，2007年8月6日，《华盛顿邮报》；国际特赦组织和一家NGO组织，《分秒不差：武器运输，中介和对人权的威胁》（伦敦，国际特赦组织，2006年5月）；《捐赠给阿富汗的波斯尼亚武器很有可能在塔利班的手中——研究者》，BBC监控国际报告，2007年8月14日；以及斯蒂芬·布劳恩，《坏人让结盟更糟糕》《洛杉矶时报》，2007年8月13日]

同样地，我承认对波斯尼亚的地理了解有时不精确。对主要城市的描绘我意图精确，但是，我提到的小镇通常是虚构的，比如玛多维奇的隐修院，虽然它与波黑其他地方的隐修院有些相像。

我不想将这篇附言变成法律评论文章，带上没完没了的引用目录，有关我起始点的一桩桩现实事件，我在我的网站（www.scottturow.com）上贴出了一页页的尾注，描述了那些给我灵感的事情。我还附上了对我的研究起到关键作用的许多书面作品的一个参考书目。我深深地感激这些作家。

写这本书时，我去了欧洲好多次，读者们应该不会惊讶，包括去荷兰和波斯尼亚。我非常感谢与我分享他们的时光和印象的许多人。每个人跟我交谈时，并不知道我要写什么，我怀疑在很多情况下，他们并不同意我——或者我的人物——表达出来的观点。下面提到的这些人不为我的观点和我犯下的错误负责。(对于众多选择不公开的人，我铭记着你们的帮助，深表感激。)

首先，国际刑事法庭。像其他机构一样，国际刑事法庭有其长处和短处，但我跟布姆一样相信，考虑到持久性的战时暴行的现实，国际刑事法庭在让这个世界更公正方面不可或缺。我希望最终美国能认可我们签署的协议，将其道德权威给予法庭。鉴于法庭行使权力的法律基础，我认为美国担心这个法庭，虽然远谈不上空想，但与美国支持在世界范围内实行法治的长期利益不相称。

我得到了国际刑事法庭很多官员的接见：审判长坤诺 · 塔夫泽、检察官法托 · 本索达夫人，还有司法常务官赫尔曼 · 冯 · 黑贝尔。我还跟检察官办公室的很多现任及以前的成员聊过。哈佛法学院的亚历克斯 · 怀廷教授特别慷慨地付出了他的时间，做了很多引见；我还跟山姆 · 洛韦里、朱利安 · 尼科尔斯和克劳斯 · 莫利托谈过。

玛丽 · 奥里亚雷、丹 · 伊维迪奇和薇拉 · 杜威 · 德克帮助我了解了海牙国际刑事法庭和南斯拉夫特别法庭辩护律师的生活。

出色的小说家琼 · 夸克和她的丈夫欧文 · 克卢沃，向我介绍了海牙的印度尼西亚菜肴，在接下来的两年里回答了有关在他们的家乡城市生活的无数问题。两人都读了这本书初期的草稿，纠正了大大小小的错误，包括几个彻头彻尾的荒谬的错误。

通过与我的朋友，我们驻荷兰的前大使费伊·哈托格莱温和她的丈夫丹·莱温的数次谈话，我对海牙及周边外交环境的理解得到了极大的提升。蒂姆 · 布罗德大使也十分友善地在大使馆见了我。我在外交界结交的很多关系多亏了我亲爱的朋友朱莉和戴维·雅各布森的帮助，戴维还是我之前的律师合伙人和我们最近驻加拿大的大使。我还受惠于安德鲁·莱特和西娅·海尔茨·库吉柏，感谢他们在我在海牙期间的殷勤招待。感谢联合国国际法院的退休法官托马斯·伯根索尔，他跟我聊了聊国际法律问题。关于荷兰的最后一点，我对海牙居民威廉·罗萨托致以深深的谢意，他提供了有关这本书情节的大胆建议。

我对波斯尼亚的理解因为许多人得到扩展。我的高中同学，我们在那儿的前大使（在希腊）汤姆·米勒和他漂亮的妻子斯特恩·米勒，提供了非常宝贵的意见。斯科特·西蒙友善地分享了他在波斯尼亚当记者期间的回忆（他也是一部杰出小说《美丽的鸟儿》的作者，这也在很多方面影响了我）。我跟克里斯朵夫·布拉格登聊了好几次，他管理BILD，一个致力于波斯尼亚重建和调解的NGO组织。我的同事，芝加哥人，著名的作家亚力山大·埃蒙，在我写作期间定期向我提供有关他家乡的建议，友善纠正了本书早期草稿中的错误。我不仅要向“图兹拉盐矿”的原型胡萨奇克和官员们表示感谢，也要表示歉意，他们热情地款待我，完全不知道在一个小说家的想象中会发生什么样的邪恶事件。布姆描述的在一个不一样的——并且完全属于想象中的——盐矿的所有事情都是虚构的。感谢埃丁·塞尔维花一天时间陪我，包括带我去基岩基地的旧址。感谢加州大学伯克利分校法学院的教授埃里克·斯托弗，我们通过邮件往来探讨人权问题和法医人类学，和我编排进这本小说的一个悲伤故事。

在波利贾镇，纳兹夫·穆吉奇，由于其在获奖影片《涉生一页》[1]中的角色而世界知名，欢迎我去他家，并和他的家人及朋友们对我详谈了在波斯尼亚的吉卜赛人的生活。感谢我的朋友迈克尔·班德勒，他帮助我扩展了在吉卜赛人的国际问题上的理解。

在加深我对波斯尼亚的理解上，没人比我在那儿的不可比拟的向导达加纳·吉尔德齐克对我的帮助更大。达加纳带我在她的国家到处转了好多天，坦率地告诉我波斯尼亚的情况，在几个会谈中帮我翻译。她也查看了这本书

[1]《涉生一页》：由纳兹夫·穆吉奇主演的一部75分钟剧情类纪录片，讲述了在远离城市的罗姆人聚集地，贫困家庭穆吉奇一家因为流产事件引发的悲惨经历。

之前的一个版本，并纠正了错误。最后，在克里斯朵夫·布拉格登的帮助下，她在我们共同承担的一个人道主义小项目上协助了我。

转变半球，著名的澳大利亚作家、作家拥护者和编辑安吉洛·卢卡基斯帮助古斯说出了更好的澳大利亚英语。安吉洛给手稿提供了有洞察力的评论。

离家更近，在本书早期的草稿中，我收到了以下人士的有价值的反馈：朱利安·所罗托罗夫斯基和丹·帕斯顿、我在民用航空管理局的代理人布鲁斯·维诺库拉、我的女儿雷切尔·特罗和伊芙·特罗·保罗，还有我的女婿本·希夫林。

永远感谢这个世界上最伟大的出版经纪人，盖尔·霍克曼。热烈的掌声和感激送给我的编辑德布·富特，我确信负责一本背景主要在外国一种不熟悉的法律制度中展开的小说的编辑需要得到格外特别的表扬，同时感谢她孜孜不倦的修改，让我在几个草稿中保证了我的节奏。

最后，对我的妻子阿德里安娜致以爱意和特别的感谢，她通读了几版草稿并提出了建议。说得更确切些，她忍受了多年来我突然茫然的表情和没说完的句子，就在我们谈话时，我的思绪回到了布姆身上。

FONGHONG
凤凰联动出品